« J'AI RENCONTRÉ LE PETIT PRINCE »

Oberlin

ISBN 2-85369-163-2

« Pourquoi l'a-t-on tué ? Je veux qu'on me l'explique...
Vous ne compreniez point, mère, la politique...
C'est pour cela qu'il faut que les vieilles grand-mères,
De leurs pauvres doigts gris que fait trembler le temps,
Cousent dans le linceul des enfants de sept ans. »

Victor HUGO
(Souvenir de la nuit du 4. *Les Châtiments*)

« Les fous ouvrent la porte,
Les sages suivent. »
Proverbe persan

à Tisy pour que tu te souviennes !
à tous les Kirill du monde
… pour que nous ne les oubliions pas !

PREMIÈRE PARTIE
LE SEMEUR DE VENT

Chapitre premier

... L'atmosphère est cotonneuse... bizarrement floue...

La nuit de novembre enchâsse la route des Crêtes. La nuit est noire, très noire. Le ciel est blanc, très blanc. La première chute de neige a surpris tout le monde. Les Vosges s'emmitouflent sous leur première couverture.

La lourde berline troue la myriade de flocons de ses deux phares blancs. Essaim d'abeilles blanches et silencieuses, inconscientes du sot suicide contre le monstre d'acier vrombissant. Une découverte toujours renouvelée allume des virages soyeux, des sapins assoupis aux branches appesanties de ouate suave, de somptueuses apparitions fantomatiques. La route est propre telle une immense traîne de mariée, révélant l'attraction mortelle de l'aventure hors-piste. Ce petit bout de rêve où l'on croît frôler l'ivresse d'être le premier. D'être le dernier. Un zeste d'éternité, en somme !

Guy conduit en souplesse, sans à-coups, presque porté par la moelleuse chevauchée des flocons. A ses côtés, silencieuse, son épouse n'a pas dit un seul mot depuis leur départ de La Bresse, où ils viennent de passer le week-end. Elle s'est retirée dans son écharpe couleur de lune. Seul le parfum « Calèche » dénonce la féminité boudeuse... Le silence qui suit la tempête. Celui qui précède l'orage.

L'homme le sait. Il retarde l'explosion et insère une cassette. « Little Darling » de Count Basie envahit l'habitacle. De quoi amadouer toute velléité frondeuse. Il pianote le volant, un brin taquin.

A l'arrière, leur fils écarquille les yeux à la traque des flocons tentateurs. Adolescent de douze ans, il fait la fierté de Guy. En cet instant, le père voudrait lui faire don de toutes ces blanches séductions fugaces, éphémères. C'est dans ces moments que l'homme ressent cet émoi intérieur, presque humide, proche d'une tendresse féminine. Même absent de sa vue, il ressent son fils comme une hallucination désirante. Lorsqu'il y songe, il se compare à l'aveugle qui sent la flamme de la bougie sans pouvoir l'apercevoir. La chaleur est là. La bougie, aussi !

Avec la neige, imperceptiblement, le paysage vosgien se modifie. Le libre chemin des écoliers dans les Hautes Chaumes contre la fausse raideur morne et uniforme de la route empesée d'un blanc inquiétant. Dans cette randonnée solitaire du véhicule, dans le vide hanté de la forêt violée par le ronronnement assourdi du moteur, c'est une catharsis immaculée dans un pèlerinage d'enfance. La neige est toujours plus évocatrice de boules de neige que de chutes en ski ! Avec précautions, tel l'oisillon brisant peu à peu sa coquille enfin inutile, Guy éprouve un tout autre rapport au temps, au lieu. Dans cet univers de neige alsacienne, il se dépouille de ses apparences conventionnelles : un nouveau rapport à lui-même s'installe. Il est en train de renouer avec ses racines perdues au gré des horizons traversés.

Une simple brimbelle bleue au bord du lac Vert automnal, le voile léger, vaporeux des pulsatilles blanches du Kastelberg printanier le renvoient, à chaque fois et de la même façon, au pays de l'enfance !

Baladin, s'il osait, il arrêterait la voiture pour aller se rouler dans la neige, en happer les flocons et... faire une bataille de boules blanches avec son fils.

Mais le silence glacé de son épouse le ramène à la conduite. Il lui faut faire avec.

Troubadour, il sifflote l'accompagnement de Count Basie pour tenter de ramener un peu de complicité au regard de sa compagne. « Little Darling » n'opère pas, au moins en apparence.

– Tu pourrais nous mettre quelque chose d'autre que ta musique de nègre !

Ouf, enfin une réaction bien féminine ! car Guy sait que son épouse raffole de cet air. Certes, il eût préféré des joutes intellectuelles, âpres et disputées plutôt que ces piques et tracasseries d'un quotidien gris. Cependant, avec le temps, il s'était résigné à la disparition de cette contradiction de leurs personnalités pour ne plus trouver qu'une femme avide d'uniformité rassurante. L'affrontement tendre de leurs premiers émois avait engendré l'harmonie édifiée dans le déséquilibre permanent. Maintenant, ils s'étaient installés dans la quiétude construite, territoire banal à défendre contre toute intrusion... et sortie !

Avec les années, Guy avait fait sienne l'acerbe phrase de Stendhal : « Les femmes extrêmement belles étonnent moins le second jour. » Il eut un petit sourire, vite réprimé pour ne pas se trahir. Gage du flot de tendresse qu'il sentait monter en lui à chaque empoignade, laquelle, pourtant, lui faisait mal. Une pudeur féminine lui interdisait de dévoiler cette sensibilité à la douleur, à l'amour...

– Préfères-tu la radio ? Le ton de l'homme est plat, volontairement inattaquable.

– Papa, prends plutôt ma cassette ! l'adolescent aux blonds cheveux s'introduit dans le simulacre de conversation. Il tend la cassette avec de petits gloussements proches des lallations. Ces petits bruits des jeunes enfants, lesquels n'ont de vraie valeur que pour eux et leur mère : c'est là l'essentiel.

– Enfin, une bonne idée dans cette soirée ! La voix de la femme s'est subitement radoucie, comme à chaque fois lorsqu'elle s'adresse à son fils. Elle se tourne vers lui pour saisir la cassette et l'introduire dans le lecteur.

Au passage, Guy saisit l'étincelle de volupté admirative de la mère pour ce fils qu'elle semble enfanter à chaque regard. C'est plus son fils à elle que son fils à lui. C'est clair, c'est évident.

Amusé par ce flamboiement maternel, un brin agacé par l'égoïsme féminin qui ramène tout à son ventre. Au travers du rétroviseur, à son tour il jette un regard vers l'adolescent. Étendu sur la banquette arrière, celui-ci saisit la quête au vol. Il lui jette un clin d'œil complice en lui désignant la petite boule de verre qu'il tourne et retourne dans sa main infatigable.

C'est l'une de ces « boules de neige » vendues dans les boutiques à souvenirs. On l'agite et un nuage de minuscules flocons errent en suspension dans l'enveloppe translucide. Ils retombent en pluie molle et brillante sur le petit sujet campé au centre de la boule.

L'enfant avait hésité un court instant. Puis, il avait opté pour le sapin de Noël planté dans la bakélite.

Agacée, la mère avait décrété que cet achat était ridicule..., « puéril », avait-elle décidé !

Guy, complice de son fils, avait subi la même fascination gamine pour le petit sapin emprisonné, recueillant indéfiniment les flocons éparpillés. Il avait acheté la « boule de neige » et l'avait offerte à l'enfant ravi. La mère avait hésité à répondre à ce qu'elle considérait comme une provocation et la joie visible de son fils. Une fois de plus son silence fut acquiescement.

Ce fut une fois de plus l'occasion d'une nouvelle et délicate piqûre de la femme : « Tu l'infantilises ce gosse avec ces gadgets ! » Acerbe, lâchée du bout des lèvres pour que l'enfant n'entende point, la phrase s'adressait à Guy. Les yeux de la mère brillaient, caressants à son fils.

Concentré sur la conduite, agrippé au volant, Guy reconnaissait sa part de culpabilité dans la brouille ménagère qui venait de gâcher cette fin de week-end. « Querelle ancillaire », avait-il persiflé pour s'en sortir.

La rencontre inopinée avec quelques amis dans une ferme-auberge s'était transformée en mélodrame. Une jeune femme – ancienne « petite amie » de Guy – s'était ingéniée à picorer leur passé amoureux sur le mode de la plaisanterie. Mais allez savoir où peut bien se nicher le sens de la plaisanterie chez une femme ! Et lorsque l'on s'ébat dans les souvenirs, sait-on vraiment si l'on feuillette l'album de photos ou si l'on se promène dans la Carte du Tendre ! Toute femme hésite entre son rôle ovulaire de madone reproductrice et celui de putain sexuelle.

A certains retours en arrière, l'incendie avait flamboyé dans les yeux de son épouse. Guy avait admis l'incongruité douteuse du propos. Mais la chaleur de l'auberge, le bon vin et... un brin de machisme primaire l'avaient propulsé dans ce passé équivoque.

Programmée pour une union romantique et durable, son épouse avait exhalé ses défenses féminines pour chasser la péronnelle impudente hors de son territoire.

Guy en avait souri. Son sourire disparut lorsque, derrière la flamme belliqueuse, il crut lire la tristesse désordonnée de la femme cherchant à reconquérir le terrain qu'elle croyait avoir perdu. C'est dans cet instant qu'il sentit remonter à la surface de sa légèreté inconséquente un raz-de-marée de tendresse.

– Voilà le Markstein ! annonce-t-il avec un soulagement visible. Dans quelques minutes, nous serons dans la vallée de Guebwiller. Ce sera, alors, plus facile de rouler. Qu'en pensez-vous ?

A l'arrière, l'adolescent s'est endormi. Seuls quelques vagues de flocons blancs s'envolent au creux de sa main : la « boule de neige » vit au rythme des frémissements du véhicule.

Les bâtiments fantomatiques éclairent leurs fenêtres jaunâtres au fur et à mesure que Guy s'engage dans le grand carrefour sommital.

En temps normal, il eût poursuivi sa route vers le grand Ballon pour filer ensuite vers Cernay. Mais plus que le scalp technocratique qui défigure définitivement ce sommet avec sa station de radar triste à pleurer, précurseur hideux des Vosges-béton, c'est un réflexe de sécurité qui amène Guy à opter pour la proche vallée de Guebwiller. Un court chassé des roues arrière sur la neige brillante, et la voiture négocie le premier virage.

N'obtenant pas de réponse, Guy dévisage son épouse. Avare d'émotions à fleur de peau, il s'efforce toujours de les retenir jusqu'à l'extrême limite. La longue randonnée sous la neige ajoute une pesanteur pathétique au silence forcé de la femme. Guy recherche le moindre interstice pour faire éclater ce quotidien triste et lourd. Il la sent prête à la générosité. Fragile et frémissante, elle est sur le point de laisser palpiter son émoi.

– C'est tout de même plus beau que la ville ?... Ne trouves-tu pas ?

Il lui jette un regard oblique. Elle opine du chef et lâche dans un murmure presque inaudible : – Quelle paix !

L'ouverture est trop belle pour Guy aux aguets. Il s'y précipite : – Et si nous faisions la paix ? glisse-t-il. Ne crois-tu pas que nous conduisons comme des gamins ?

– Nous ? Cheveux dans les yeux et sourire flirtant avec les lèvres, elle glisse vers la rencontre.

– Disons que je me suis conduit comme un imbécile... je t'avoue que je voulais voir si tu étais encore un peu jalouse.

– Alors là, tu as gagné... et moi, je me suis laissée prendre. La femme a un petit rire de gorge qui allume une flamme dans le corps de Guy.

– Sais-tu qu'une petite querelle d'amoureux, cela...

–... ravive l'incendie, l'interrompt-elle. Elle rit à petits coups. Elle remet « Little Darling ». C'est sa réponse !

Guy entame la première épingle à cheveux, juste avant le lac de la Lauch. Le virage est mouvant sous l'averse de neige toujours plus épaisse. La voiture tangue.

– Alors, c'est toi, maintenant, qui ne répond plus ? demande-t-elle, narquoise

Une bouffée de chaleur dans le sang, il étend le bras vers son épouse. Guy empaume l'épaule offerte. La femme saisit la main qui la caresse. Elle l'attire à elle, pleine de tendre séduction. A ses lèvres gonflées, il sait qu'elle vit le même désir.

Le lac est plat de blancheur étalée sur la fine pellicule de glace. Le grand virage surgit, mal dessiné dans la futaie pétrifiée d'ombre et de neige. La voiture esquisse une mauvaise trajectoire. Les roues avant mordent dans le vide de la route qui se refuse.

Guy tente de se dégager avec brutalité de la caresse féminine pour tenter de reprendre le contrôle du véhicule. A leur tour, les roues arrière s'affolent sur la neige glacée. Tout va très vite. Les sapins, le lac. Les sapins, le lac... La voiture se lance dans une danse frénétique où elle vient hoqueter sur le bas-côté de la route...

Les sapins, le lac... La valse est lancée. Tourbillonne le véhicule dans un tempo qui s'accélère... Guy tente vainement de récupérer la folle course...

Les sapins, le lac... La femme se met à crier. L'enfant réveillé par les cahots échevelés ouvre grands ses yeux endormis. Dans sa main serrée, la « boule de neige » s'extasie de flocons en bataille...

Les sapins, le lac.... Déséquilibrée par le fossé du bas-côté droit, la voiture trébuche et bascule dans la sapinière tassée en contre-bas. Les chocs monstrueux de la tôle qui explose. Les craquements des fûts ligneux qui se renvoient le jouet mécanique. Le tapis de neige qui ne sait pas amortir le combat frénétique de l'homme et de sa machine. La forêt, effarée des efforts du voltigeur, voile ses basses branches de fins rideaux de neige bousculée. « Acqua-toffana », la neige impassible diffuse son poison blanc.

Après le vacarme désordonné, le silence glacé. Après les arbres qui gémissent de leurs branches arrachées, les roues en rotation stupide dans le vide. La voiture, tortue défoncée, dodeline sur son dos écrasé.

Oppressé, Guy émerge dans un brouillard cotonneux. Il a été éjecté à quelques mètres du véhicule. Meurtri, agenouillé et tremblant, il se traîne plus qu'il n'avance vers la ferraille disloquée. Sous le choc, les portes sont ouvertes. Avec peine, il tire le corps de son épouse sur la neige. Le visage est serein, presque détendu. Un vague petit sourire étire les lèvres. Les paupières sont closes sur des visions que lui ne peut plus entrevoir. Affolé, Guy cherche en vain un battement de cœur, une palpitation de la carotide. Une énorme boule de détresse dans la gorge, un tremblement incoercible dans les doigts, il emmitoufle la vérité du visage qu'il a tant aimé dans l'écharpe couleur de lune.

A l'arrière du véhicule, recroquevillé dans un coin, son fils attend. Le corps bizarrement détendu. La tête inclinée sur la poitrine Les yeux sont ouverts, fixes. Leur clarté semble s'étonner du paysage entrevu. Un râle dans la poitrine, Guy extirpe le cadavre de l'enfant. L'une des mains enfantines enserre encore la « boule de neige ». Les petits flocons malicieux virevoltent dans leur cage translucide aux accents de « Little Darling ». La voiture vit encore...

Un vent de panique harcèle l'homme. Il veut croire en l'espoir. Celui-ci combat l'angoisse qui le convainc. Il titube. Il essuie, machinal, la sueur mêlée au sang dégoulinant de son front. Là-haut, sur la route, il vient d'apercevoir les phares d'un véhicule qui s'est arrêté. Il ahane en rampant vers le talus. Hagard, il abandonne les deux corps blottis l'un contre l'autre. Naissance. Mort. Renaissance de la mère et de l'enfant réunis dans un curieux halo de lumière lourde. Le tournis au cœur, des bleus à l'âme, Guy rampe. Il bat l'air de ses bras, tel un nageur qui se noie. Sa bouche râle des hurlements muets de détresse. Ses yeux se brouillent de neige, de larmes... tout devient si flou..., étrangement flou...

Satanique, une sonnerie de téléphone efface « Little Darling ». Impudique, le grelot de la bakélite chasse le glas jazzé et installe la lancinante perverse d'un nouveau présent.

Hirsute, embrumé dans une sueur surannée, l'œil écarquillé dans la brume de ses souvenirs, Guy se redresse sur sa couche. Il cherche à tâtons l'interrupteur et allume la lampe de chevet. La mauvaise sueur balaie son corps convulsé. L'interminable reptation dans la neige vers le talus mortel est devenu un rituel auquel son esprit ne peut, ni ne veut échapper. Son corps épuisé se contente de suivre et de souffrir.

Terrifiées, les réminiscences d'une mémoire neigeuse de dix ans s'affolent. Elles cherchent refuge dans de mystérieux coins d'ombre qu'elles seules connaissent. Elles sauront bientôt retrouver les méandres de cette âme torturée, si complaisante à leur lamento.

Plongeur dans les profondeurs du temps, Guy inspire profondément pour revenir à la surface. Il se saisit du téléphone :

– Allô !

– Bonjour, Sundgau. Je te réveille ?

– A trois heures du matin, c'est du domaine du possible, bougonne l'Alsacien. Il a reconnu son interlocuteur. Il sait que la conversation sera brève.

De fait, la communication s'égraine, laconique et lapidaire :

– Parfait. Prends note. C'est OK pour Tornade.

– C'est bon. Vas-y !

– Départ comme prévu : vendredi prochain, à partir d'Ancone. La chambre est réservée à l'hôtel Émilie pour mercredi soir. Questions ?

– Pas de problème pour moi. Et les autres ?

– C'est OK... Un petit changement : Léa remplace le Hollandais.

– Qu'est-ce qui s'est passé ? La voix de Guy s'est tendue.

– Un banal accident de voiture. Il en a pour trois mois.

– Je ne suis pas d'accord avec ce remplacement. Je ne veux pas de femme dans ce type d'opération, tu le sais très bien. Surtout cette fois-ci !

– Je regrette, mais c'est le seul médecin disponible dans notre groupe. De plus, elle est parfaitement au courant de tous les détails.

– Pas elle, je ne marche pas !

– Toi, l'Alsaco, fais attention à ne pas mêler sentiments et boulot ! Sinon, tu connais la règle : nous vous changeons d'équipe ! Tu auras peut-être remarqué que le calendrier est beaucoup trop serré pour se permettre des acrobaties. Je t'expliquerai cela en détail sur... la plage. L'interlocuteur téléphonique glousse de sa plaisanterie facile : – Donc, rendez-vous dans les conditions habituelles. OK ?

Le ton est faussement interrogatif. Il est évident que l'homme connaît Guy et ses réactions.

– C'est toi qui décides ! pour moi, ça roule. Le ton de Guy est redevenu neutre, comme s'il regrettait d'avoir entrouvert une porte.

– Bien, alors à mercredi... Au fait, Léa descendra dans le même hôtel. Là aussi, en réponse, la voix est devenue impersonnelle.

– Est-ce vraiment prudent ? interroge Guy. Il cherche à donner le change.

– Prudent n'est pas le mot !.. Efficace conviendrait mieux. Salut, Sundgau !

Une note d'hilarité satisfaite erre dans la chambre, tandis que l'Alsacien raccroche le téléphone.

La machine s'est mise en marche. Instinctif, Guy retrouve les gestes méthodiques et techniques du jeune officier de commando en Algérie. Les circonstances, les impedimenta sont différents. L'esprit reste le même.

En fait, son sac de voyage est pratiquement composé. Béant, il attend les derniers articles indispensables au départ. Quelques semaines par monts et par vaux bosniaques n'exigent guère de toilettes !

Guy contrôle, une dernière fois, les vêtements sans étiquette de marque préalablement ôtées, la paire de pataugas. Des effets solides, juste usagés. Neutres, entre le gris et le vert, parfaitement anonymes. Adaptés à l'été méditerranéen. Quelques T-shirts, bien pratiques. Un chèche, couleur sable. Un second de couleur noire. Les deux foulards exsudent l'odeur de sable chaud, chère à la môme Piaf, ainsi que des visions de djebels sahariens.

Sur la cheminée, les « bricoles » jalousement entretenues par Guy dont il ne se sépare jamais. Sa vieille montre-boussole : elle lui a souvent indiqué le nord ! Une petite lorgnette anodine, susceptible de se transformer en une bonne paire de jumelles : deux yeux valent mieux qu'un seul ! La baïonnette allemande remodelée en un redoutable poignard : *si vis pacem pare bellum !* Un minuscule appareil photo, très performant : la mémoire des yeux !

D'un geste faussement négligent, Guy poursuit son inventaire à la Prévert d'un nouveau tempo. Chaque regard échappé le ramène au raton laveur : la « boule de neige ». Reposant au pied du petit sapin, tels des chiens assoupis, les flocons attendent le geste qui va les propulser dans leur folle danse. Par un fétichisme qu'il se refuse à avouer, la « boule de neige » fait partie de sa mémoire et de ses voyages. D'un doigt taquin, Guy tapote la boule : – Alors, nous partons ?

Les « chiens assoupis » s'ébrouent et retombent, interrogateurs. Un vague sourire d'autre part effleure la bouche de l'homme. Il s'efface très vite. Il importe de chasser au plus vite cette nostalgie qui pourrait l'affaiblir. Dans sa tête, l'action vient de remplacer la réflexion.

Sa vie manquée au détour d'un virage, ses désirs inassouvis, ses illusions ont pris l'eau comme un bateau. A la vision des yeux sans feux, striés de fils de fer barbelé serbe, et surtout celle de l'enfant tremblant de froid et fuyant sous les balles dans la sniper allée de Sarajevo, Guy a brutalement compris la petite phrase de Jan Navic, le compagnon des flammes de Jan Palach, lorsqu'il disait « qu'une fois qu'on a la tête sous l'eau, peu importe à quelle profondeur ! »

L'Alsacien avait alors décidé d'immerger la sienne pour éteindre le soleil noir intérieur qui le brûlait. Exister à nouveau. Étancher cette soif d'accepter enfin l'autre, celui qui souffre et n'espère plus rien...

Guy est venu déguster le lever du soleil sur la vaste houle des horizons mélangés, hérissés de petits clochers. Les milles chemins se mêlent de silences flâneurs. Les villages secrets, lovés dans leur langoureuse vallée, interrogent les châteaux forts altiers. La constellation des étangs assoupis se met au diapason du matin sundgauvien pour effilocher la fine vapeur estivale. Celle-ci joue, capricieuse, au voile léger de la maîtresse qui s'éveille au premier rai solaire : elle ne sait pas encore si elle a fait ou va faire l'amour...

Les brumes de l'été rhénan bleuissent à l'aurore des trois pays du « Dreieckland ». Au promeneur matinal, la Petite Camargue alsacienne offre le luxe d'un spectacle unique En une seule vision, elle découpe les ombres chinoises des clochers de Bâle pour les mêler aux premiers escarpements sapineux de la Forêt-noire, tout en conservant en toile de fond les halètements moutonnants du Jura et des Alpes. Les Vosges capricieuses esquissent de longues caresses vers le Rhin grondant.

Fracassés les rêves de l'homme quand, dans sa tête, il parle sans trêve, alors que son cœur le supplie de se taire. L'amputation mortelle s'est installée depuis une décennie. Elle a effacé les traces du « nous » pour l'assujettir au « je ». Refusant l'animation citadine de la Place de la Réunion – les cloches du Temple St. Étienne lui rappelaient les deux cercueil accolés – Guy avait bazardé son appartement. Il s'était installé dans une rudimentaire fermette, au nord de St. Louis.

Pour se retrouver, l'homme blessé avait suivi son instinct. Il lui fallut quitter la fallacieuse comédie humaine pour se nicher et se ressourcer dans un vieux saule. L'astucieuse rousserolle lui avait montré comment accrocher son nid dans les somptueuses roselières du Grand Marais. La rutilance arc-en-ciel du martin-pêcheur avait tracé son sillon dans le bras mort du Kirchenerkopf. Guy avait décidé de s'émerveiller, une fois encore, en s'installant dans ces « malsains bourbiers » de la chronique alsacienne. Le temps et les saisons avait allumé en lui l'éblouissement de l'authentique nature sundgauvienne. Il pensait avoir tout consumé... Ce fut là qu'il trouva les motifs de sa retraite.

Quand on vit en ville, on pense pas à regarder le ciel, les étoiles... on a pas le temps ! Ici, dans sa Petite Camargue alsacienne, Guy sut trouver le temps.

Plus réceptif aux blessures des autres parce que lui-même invalide de l'âme, plus révolté au malheur injuste parce que disponible, plus attentif aux égoïsmes de la civilisation parce que désert devenu, Guy s'était insurgé face au dilemme déliquescent de la nouvelle humanité. Confronté au choix entre la poursuite des privilèges, du fric amassé et celui de la fraternité obscure, de la solidarité loin des médias, il s'était écrit sa Table des Lois. Un grand brûlis éteint dans le dos, il fut conscient de l'énorme farce des chiffres et de l'idéologie de l'économie à tout va. Aussi allumait-il et entretenait-il ses contre-feux pour mieux s'affronter aux vérités officielles.

Tout avait débuté un de ces jours de printemps où traîne l'équivoque pudeur du firmament rayé de chaudes géométries. La pluvieuse tristesse de l'hiver chassée, la quiétude du courlis cendré avait captivé Guy dans les méandres secrets de la Largue. Errant dans la basse vallée ocellée de mille flaques aux philtres réveillés, la canzone lumineuse de ce minuscule bout de nature préservée l'avait fait vibrer à l'insolence inquiète du volatile.

Au bilboquet de sa vie en sursaut dérisoire, il avait compris la force qui, à l'instar d'un héros de Steinbeck, l'avait fait s'exiler dans les marais sundgauviens : il s'était imaginé ne plus pouvoir vivre..., aimer. Et en ce jour, tandis que l'enfance bruissait toujours dans l'haletance de son souvenir, il sentit son sang s'échauffer et rappeler sa présence et ses exigences. Sa raison fit de même... Son âme rejoignit son corps !

Invité à un dîner auquel il ne pût se soustraire, Guy dut subir la litanie des convives sur les plus-values des Sicav, le passage en Suisse des sacoches mensuelles, avec en contrepartie les sarcasmes méprisants sur les RMistes et les Chômdus. Lorsqu'il évoqua, non pas la misère d'une certaine France, car d'évidence il n'eût pas fait recette auprès des bien-pensants de gauche comme de droite ! mais les rumeurs et flashes insoutenables des atrocités serbes en Bosnie, la même lâcheté et compromission des élites de 1939 refirent surface. Pourtant, il paraît que l'Histoire ne se répète pas !

Amer autant que révolté, il remarqua :

– Prenez garde, nous entrons comme le prophétisait Marshall Mc Luhan, dans l'ère du village planétaire. Les chiens serbes et leurs éternels émules aboieront un jour devant vos portes !

– Qu'ils règlent leurs problèmes, c'est leur affaire après tout, répliqua l'un des convives.

– D'ailleurs, personne n'a jamais rien compris aux Balkans. Moyennant quoi, tous les cinquante ans, ils viennent nous foutre le bordel !

– Que voilà de beaux raisonnements pour garder son cul au chaud sur sa chaise, explosa Guy. Entre les paroles lénifiantes des politiciens et votre petite vie de bourgeois calfeutré dans sa Sécurité Sociale et son compte en banque, nous sommes bien partis. Nous sommes plus proches de la décadence de l'empire romain que de la déliquescence du Front Populaire !

– Écoute Guy, chacun doit assumer sa tâche. Pour ton problème bosniaque, aussi désolant soit-il, il y a des organismes internationaux dont c'est le job. Laissons les faire.

– Je regrette, s'insurgea celui-ci. Le grand sérail se complaît dans les jeux délétères des politiciens irresponsables. Ces derniers ont clamé et réclamé haut et fort leur irresponsabilité. Certes pas tous. Mais ceux qui n'ont rien dit, ont approuvé en silence ! En France, nous l'avons vécue, cette mascarade de piètre matador : avec des riens sanguinolents, nous avons fabriqué des milliers de morts. Et les matadors paradent toujours dans l'arène. Mais nous, à notre niveau, nous sommes responsables. Donc, conclut-il haletant de cette sortie qui lui pesait et l'allégeait en même temps, nous devons nous engager et devenir coupables de notre responsabilité.

– Dans ce cas-là, mon vieux Guy, il te faut créer une brigade internationale comme pendant la guerre d'Espagne, ironisa l'un des interlocuteurs.

Il est vrai que la mauvaise conscience cherche refuge derrière l'ironie destructrice : la bêtise donne toujours des arêtes coupantes aux paroles !

– Ou mieux encore, engagez-vous comme conducteur de l'un de ces camions qui transportent de l'aide humanitaire en Bosnie, glissa un autre. Il cherchait visiblement à apaiser le débat devenu houleux. Guy lui trouva un regard curieux, intéressé.

– Ne vous méprenez pas, asséna-t-il en réponse à son dernier interlocuteur. J'ai décidé de vivre la réalité de cette tragédie pour ne plus avoir honte de moi dans ma petite vie bien tranquille au fond de l'Alsace !

Sa déclaration brusque mit tout le monde mal à l'aise – il n'en avait rien à foutre – lorsqu'il conclut :

– Moi, je veux encore croire en quelque chose de propre ! Être à l'écoute de l'autre, c'est le premier pas pour lui redonner sa place. Ne plus parler, mais s'engager, c'est vouloir la reconnaissance des victimes !

Un brouhaha de consciences et de verres bousculés, d'inquiétude et de dessert révélés sembla rasséréner la tablée. A la fin de la soirée, au moment de se quitter, le convive qui avait suggéré le convoi humanitaire et s'était révélé attentif lors de la discussion sur le drame bosniaque, aborda Guy : – Ils sont nombreux ceux qui ferment les yeux..., moins pour dormir que pour ne pas voir.

Dans les yeux de l'homme, Guy chercha l'ironie qu'il ne trouvait pas dans la voix. Il ne la décela point. Bien au contraire, ce fut une interrogation amicale qui vint à sa rencontre.

Il y avait longtemps qu'il n'avait pas ressenti une telle pesanteur, une telle tension du regard d'autrui.

Au travers de l'interrogation passait un message. Sur l'instant, il fut brouillé. Ensemble, ils terminèrent la nuit dans l'anonymat d'un bistrot, derrière le square Steinbach. L'homme parla longuement. Guy éprouva une brusque envie de s'épancher. Oh ! juste le trop plein. L'essentiel dormirait encore longtemps dans les fissures de sa mémoire.

Arpenteur de sa vie, il reconnut et décrivit son itinéraire agité, ses ailes rognées, son égoïsme entortillé. Il ne voulut pas encore reconnaître qu'il n'avait de cesse de ferrailler contre ses chers fantômes. Mais il admit avoir plagié le souvenir de Rimbaud chassant son spleen à Harar. Le Sundgau est un écrin tellement plus voluptueux ! Le plagiat esquissé prouvait l'allégeance à la vie !

– Maintenant, tel l'étoile bleue de la gentiane qui émerge dans les prairies humides, je ne crains plus une existence à la Germinal, déclara-t-il. Toutefois, à ce symbole de la dureté de la vie, je veux accoler celui de la solidarité pour ceux qui ont eu moins de chance que moi.

– Prenez garde, relança l'homme. Le ciel est parfois vide à craquer.

– Tant pis. Désormais, je refuse le verbe au passé composé, ce temps qui... parachève le temps de la mort. J'en ai marre de tout ce qui se déroule devant moi et que je ne voyais pas : cette monstration barbare des dirigeants serbes vouée à un fascisme macabre et banalisé en est le point d'orgue !

– Pourquoi les dirigeants serbes ? La voix de l'homme n'offrait aucune aspérité.

– Dans une lutte, quel qu'en soit le motif, et même si les raisons en sont plus ou moins partagées, il y a toujours un agresseur et un agressé. Cela commence à l'école. Je n'ai jamais supporté que le grand flanque des baffes au petit. Et ne vous imaginez surtout pas que je sois naïf !

– Et alors, qu'est-ce que cela veut dire ?

– Rien, si ce n'est que je ne marche plus dans la combine politique cherchant à expliquer au plus faible qu'il lui faut patienter, accepter les baffes jusqu'à ce que l'agresseur se calme et... qu'en fait, il obtienne ce qu'il recherchait. Nos politiques sont de fins émules du syndrome de la lâcheté civilisée. Cela ne date pas d'aujourd'hui. La Société des Nations a foiré. L'ONU ne vaut guère mieux !

– Il ne faudrait tout de même pas généraliser, sursauta enfin l'homme. Il y a des gens qui se sont vraiment engagés dans cette affaire.

– Pour du fric ou des séquences de télévision, oui ! Combien par conviction et bénévolement, dans l'anonymat ?

– Ce que vous suggérez implique beaucoup d'abnégation, de solitude dans l'action. Et surtout... l'absence de reconnaissance, sourit l'homme. Il était arrivé au point final.

– En ce moment, avec tout ce que j'entends et vois autour de moi, j'ai l'impression d'arracher mes ongles sur un mur lisse : l'illusion qu'il n'y a rien à faire ! Or, je refuse de devenir un de ces objets qui ne servent plus, destinés à disparaître sous la poussière... un de ces objets rejetés dans la formidable inutilité des débarras de l'Histoire.

– Est-ce une profession de foi ?

– Pourquoi pas ? répliqua Guy, piqué au vif. Je suis protestant, et cela vous expliquera peut-être une facette de mon esprit... révolutionnaire. Là, il éclata d'un rire de gamin qui provoqua un grand sourire chez l'homme. Encouragé dans cette confidence spirituelle, Guy poursuivit :

– Vous savez, dans le protestantisme alsacien palpite toute l'étrangeté du fil d'Ariane reliant Albert Schweitzer à Jean-Paul Sartre... Me comprenez-vous ?

Le temps s'écoula avec une lenteur agaçante. Puis l'homme répondit, tout comme s'il désirait conclure l'entretien :

– Je vous avouerai qu'un instant j'ai craint que nous ne nous complaisions dans un agitato intellectuel, dont Corneille aurait écrit le scénario. Le regard lointain, il articula d'une voix très basse, si basse que Guy dut tendre l'oreille pour l'entendre : – Il arrive un moment où la foi de l'homme offre au corps les valeurs nobles pour se concrétiser. C'est cette quête et cette découverte, toujours sublime qui m'émeut... Je suis sûr que nous marchons sur la même route. Je vous rappellerai pour une autre rencontre plus... constructive, si vous voyez ce que je veux dire.

A son tour, Guy scruta l'homme et lâcha, avec un demi-sourire :

– Moi, je ne voudrais pas crever sans connaître le nom de l'inventeur du gyroscope !.. si vous voyez ce que je veux dire.

Les yeux de son interlocuteur brillèrent, comme

excités par la joute. Il n'hésita qu'un court instant : – Éluard !

Un brin estomaqué, Guy rétorqua : – Vous avez raison... nous sommes bien sur le même chemin !

Ils éclatèrent d'un rire, qui roula et se répercuta longtemps dans les rues vides de Mulhouse.

De fait, moins de trois semaines plus tard, Guy se retrouva dans une vaste maison, pansue et confortable. Posée sur l'âpreté du sol humide des Fagnes belges, la bâtisse ouvrait de grandes fenêtres sur l'horizon. Les genévriers poursuivaient le vent qui les pliait. La bruyère rouillée se violaçait à la migration printanière des grues cendrées.

Les lointains du bleu nordique capturaient les sursauts du silence dégouttant d'eau sourde. Lorsque Guy arriva, la lande ardennaise se délectait dans le tragique d'un couchant mélancolique. La sérénité des Fagnes le fit rêver au frisson des années perdues. Il comprit qu'il était arrivé à son rendez-vous. Car, ils sont des lieux, lesquels, d'instinct, se mettent en accord avec l'événement. L'homme n'est alors que suiveur...

Assis dans le salon, discutaient une douzaine de femmes et d'hommes. Ils conversaient, passant sans formalité aucune du français à l'anglais ou à l'allemand. Parfois quelques notes flamandes surgissaient. Steff – c'est ainsi que se prénommait l'homme de la soirée mulhousienne – fit les présentations. Très sommaires et directes :

– A chacun d'ouvrir son livre s'il le désire et lorsqu'il le souhaitera, précisa-t-il. Voici Guy, notre nouvel ami français.

En fait, tous se connaissaient déjà. Ils l'accueillirent, curieux et amicaux, un brin réservés.

– Piet, d'Anvers. Je suis photographe professionnel.

– Jan, de Luxembourg. Télécommunications.

– Léa, de Leuwen. Oh ! Pardon, tu es Français, alors je dois dire de Louvain. Je suis Belge flamande et médecin. De quel coin de France viens-tu ?

C'est ainsi que, avec sobriété, Guy prit le regard insolent de Léa en pleine figure.

– Autant mettre les choses au point, Guy, intervint Steff. Ici, nous nous tutoyons et nous appelons par nos prénoms. C'est plus simple et... plus discret.

– Cela me convient parfaitement, Steff, rétorqua-t-il. Une petite lumière s'était allumée dans ses yeux. La jeune femme dut l'apercevoir. Elle se mordit les lèvres et sourit à pleine bouche. Il se présenta :

– Je suis Alsacien dans un petit village au bord du Rhin, précisa-t-il en lui renvoyant l'impertinence de son regard. La jeune femme rougit et s'écarta.

– Formidable ! Nous sommes voisins dans ce cas. Un grand gaillard au cheveu noir s'avança, la main tendue :

– Marc, de Karlsruhe. Je suis dans l'immobilier. J'adore la moto, rit-il en désignant une cicatrice qui sillonnait son front. Et de quel patelin sors-tu ?

– Bah ! une petite ferme isolée dans le Sundgau, au creux de ce qu'on appelle la Petite Camargue alsacienne. Curieusement, il y a quelque chose de mon Sundgau dans la solitude de vos Fagnes.

– Sundgau ! Voilà un prénom qui sonne bien. Il me plaît, s'esclaffa gentiment le colosse. Si tu permets, je t'appellerai ainsi. Ce sera plus... discret, comme disait Steff, et tellement plus évocateur. Le rire aux accents germaniques résonna sous les poutres, tandis que l'assistance applaudit.

La présentation se poursuivit, toujours aussi amicale qu'elliptique. Mais Guy se trouva bien. Au fil de la soirée, aux soubresauts des flammes dans la cheminée, il entendit chanter près de lui les amis inconnus de Supervielle. Ceux qui « logent dans leur cœur les étranges battements qui leur viennent des jours qu'ils n'auront pas vécus. »

Il repéra la jeune Belge au ton persifleur. Il s'installa près d'elle, au pied de la cheminée. Le visage de Léa était rose de lumière brûlée. Depuis si longtemps, il n'avait senti ses mains ainsi trembler. Un tremblement qui lui montait des entrailles. « J'attendais ce frisson ! » songea-t-il.

– Alors, Guy, tu restes avec nous ! C'est revivifiant, tu verras ! Les petits « r » du « verras » roulaient, flamands, presque érotiques.

– Quand commençons-nous la préparation de l'opération ? Il évitait de trop regarder sa bouche.

– Demain. Pendant deux jours. C'est Steff, l'organisateur. Il est très sérieux dans ce domaine ! Ce soir, c'est la rencontre... C'est aussi important !

– Ah ! lâcha Guy.

– Mais oui, c'est essentiel de se rencontrer avant ! Elle s'était méprise sur son « Ah ! ». Elle poursuivit, se désirant convaincante :

– On ne se connaît jamais assez. C'est dans les moments difficiles que l'on s'en rend compte.

– Tu as probablement raison, Léa. – Il éprouva une émotion bizarre à prononcer ce prénom féminin pour la première fois : il sut qu'il ouvrait la première page d'un nouveau livre. – Cependant, le temps d'une rencontre vraie est toujours trop précieux pour l'abîmer en regrets.

– Ce n'est pas ce que je voulais dire, Guy, se défendit-elle, de nouveau agressive.

– Tu es ici parce que tu es médecin caritative, humanitaire ? l'interrogeat-il. Il chercha à échapper à l'indécis flottement du désir divaguant en lui.

– Oh ! Léa haussa les épaules : – Il y a un peu de tout cela. Je suis convaincue qu'il y a un peu partout des gens prêts à tomber. Ils ne tendent même plus la main pour appeler au secours, puisque la plupart des gens détournent les yeux. Je veux – elle asséna les mots d'une voix sourde, sans ambiguïtés – leur faire passer un message de solidarité, d'espoir... et s'il le faut de révolte !

La jeune femme prit une bûche et la lui tendit pour qu'il la plaçât dans l'âtre. Saisissant le bois, il emprisonna la main de Léa un instant. Un très long, trop long instant pour que la suite de leur aparté ne se traduisit pas au second degré. Léa et Guy surent faire passer tellement de lumière par la magie de leur regard.

– Il arrive toujours un moment où le silence se fait difficile à vivre, répliqua-t-il.

– Toi, tu es bien français ! sourit-elle, complice. Au fait, qu'est-ce qui t'a poussé parmi nous ?

Le silence est rompu par l'embrasement de feux d'artifice du foyer. Les étincelles se noyaient dans les yeux mi-clos de Guy :

– J'imaginais qu'avec le temps certaines tragédies européennes étaient révolues. Lorsque j'ai vu des gosses derrière des barbelés, tirés tels des lapins par des dégénérés avec la bénédiction des Grands du monde civilisé, j'ai vacillé. J'ai réalisé que je refusais ce monde et que je ne lui appartenais pas. J'étais prêt et... ma rencontre avec Steff en fut l'exutoire.

– Réalises-tu, Guy, qu'il ne s'agit nullement d'une sinécure de fonctionnaire ? Nous ne sommes pas là pour le journal de 20 heures !

– J'ai parfaitement conscience de m'embarquer vers un inconnu, une sorte d'aventure où la mort règne en maîtresse absolue. Mais..., celle-là, je l'ai fréquentée de trop près. Donc, pas d'inquiétude de ce côté, Léa ! Elle et moi, nous nous sommes colletés pour la dernière fois un certain soir de novembre vosgien. Guy se passa une main devant les yeux, comme pour effacer une vision : – Ses ténèbres létales, poursuivit-il, ne m'effraient pas. Car, elles seules pourront me permettre d'échapper à mes démons... Peut-être qu'un jour, je t'expliquerai...

– Je ne te demande rien, Guy. C'est une règle ici. Cependant, prends garde, nous ne sommes pas suicidaires. Déterminés..., pas dingues !

– Peut-être connais-tu notre poète, René Char. Comme pour lui, l'oiseau est devenu mon étendard. J'espère que cette réponse te conviendra ? A son tour, il lui sourit, à la recherche de la complicité entrevue.

– Fais attention, Guy : il est plus facile de donner que de recevoir... Les yeux de Léa luisaient, pleins de douce ambiguïté.

Trois jours plus tard, l'opération fut montée, organisée et planifiée. Ils furent cinq à y participer. Vukovar et son martyr bruissaient dans les esprits.

Guy fut de l'aventure. Léa resta à Louvain. Puis, ils se retrouvèrent régulièrement dans les Fagnes. Leurs compagnons reconnurent leur idylle, avant qu'eux-mêmes ne l'avouent.

Un soir, Léa entra dans la chambre de Guy. Très naturelle, elle lui dit :

– As-tu remarqué comme le soleil était rouge ce soir ? Fais-moi une place. J'ai quelque chose à te demander, car je suis tombée amoureuse...

Ce fut simple, évident. Elle lui dit ses mots bleus, les mots qu'elle savait dire avec les yeux. Elle dessina des pointillés enchanteurs découvrant avec lui des incertitudes rêveuses arrachées au-delà de l'horizon.

Lui quitta l'intérêt physique de s'endormir avec une femme. Il redécouvrit l'émerveillement de se réveiller avec elle. Avec Léa, Guy partit sur un chemin secret. Intimité effleurée sur des ancrages flamboyants, pleins de tumultes et d'apaisements.

C'est ainsi que Léa entra dans la vie de Guy.

*

* *

Chapitre II

Avec de petits gloussements de plaisir retenu, le bateau quitte tranquillement le port d'Ancône. Magnifique embarcation repeinte en gris bleu, au grand dam du propriétaire, celle-ci fait virer les yeux des promeneurs à la recherche de l'air frais du soir italien.

Les halètements discrets propulsent le motor yacht vers le large. A l'œil et l'oreille du spécialiste, le Crescent 93 adopte la petite allure d'échauffement d'un Carl Lewis des mers. Sous l'œil passablement envieux des touristes de la Riviera des Marches, il pointe ses 28 mètres au-delà de la jetée. Chacun pressent le lévrier prêt à la course. Les deux moteurs de plus de 1000 CV piaffent d'impatience. Les aiguilles des compteurs tremblotent. Les deux hélices aiguisent leurs pales à découper les vagues.

Sur le fly-bridge, au poste de commande, deux hommes sont occupés à la manœuvre de sortie du port. Les vitres assombries du salon laissent filtrer de faibles éclats de lumière. Ils interdisent de voir autre chose que quelques silhouettes.

De fait, les passagers sont rassemblés dans la salle à manger attenante. A les voir, ils sont semblables à n'importe quelle bande de touristes en goguette sur l'Adriatique pour une partie de pêche nocturne. C'est le but avoué et recherché.

Les scampi fritti, rizotto, prosciuto con melone provoquent immanquablement la décharge de suc gastrique. Le vin rosé d'Ombrie, apporté par le capitaine du Crescent – il est originaire de Gubbio –, désaltère les palais de ses effluves étrusques.

Ils sont là, tous. Le plaisir d'être ensemble. L'intense sensation d'être une équipe. Guy observe ses compagnons à la dérobée. Il en est à sa huitième « sortie » bosniaque. Pourtant, sur ce rafiot pour touristes en mal de luxe, éperonnant la vague adriatique, la proue tendue vers la côte dalmate encore invisible, flotte une ambiance de carbonari. Une plaisanterie pour faire illusion. Des mots pour dire autre chose. Cet autre chose qui ne trompe personne. Toutes les paroles, les non-dits sont en recherche de l'éventuel second degré de l'entendement. Le moindre sourire ou éclair de l'œil sont le rictus ou regard jeté par le parachutiste à son vis-à-vis dans la carlingue de l'avion... juste avant le grand saut dans le vide que tous deux redoutent et auquel, en même temps, ils aspirent.

Piet est en grande discussion avec Marc sur l'art de faire les scampi fritti. Le flamingant malicieux s'excite à l'esprit ordonnancé de l'Allemand, à la fois rigolard et sérieux dans son propos. Autant la verve anversoise de Piet lui procure des bouffées de rire, autant les éclairs de tempête qui s'allument parfois dans l'œil noir de Marc ont toujours intrigué Guy. Une sympathie naturelle a rapproché les deux Rhénans. Sans que pour cela, l'un ou l'autre ne se dévoile complètement. Peut-être que le vent qui riboule sur le Rhin y fut pour quelque chose !

C'était une règle que l'organisation rappelait à chacun de ses membres. « Moins vous en savez, mieux cela vaut ! Si l'un d'entre vous éprouve le besoin de parler, qu'il le fasse. La discrétion reste de votre ressort, quand elle s'adresse à votre vie privée. Pour le reste, tenez-vous en à la règle ! » avait asséné Steff lors de l'une des réunions dans les Fagnes.

Ce soir-là, Léa lui avait décoché un drôle de regard, plein d'impertinence et d'attente. Depuis, Guy avait répondu à cette impertinence. Il n'était pas certain d'avoir comblé l'attente. De fait, il en était sûr. Leur intimité s'était unie, brûlante et dénudée, avide de mieux se connaître sous... les cieux flamands ! Hors des réunions du groupe, Guy rejoignait de plus en plus régulièrement sa blonde amie belge dans sa maison de briques rouges. Là, ils cachaient leur quiétude d'Outre-Quiévrain.

Parfois, il ouvrait une fenêtre sur son Sundgau lointain. A l'âpreté du vent mauvais de l'hiver balayant le plateau des Failles, il lui parlait des chemins de neige qui s'envoûtaient vers le château de Morimont, à la recherche du souffle helvête. Au flottement baudelairien des nappes laiteuses sur la Hesbaye – « Haspengouw ! » le reprenait-elle, fière de sa belgitude flamande – il lui racontait la volupté de la plaine alsacienne à émerger des brumes rhénanes, à faire tourner les moulins à aubes du pays de Sierentz. Aux senteurs printanières en errance dans le verger belge de St. Trond, il lui promettait la valse langoureuse des collines sundgauviennes sur le tumulte du Rhin.

Guy promettait... Cependant, toujours recroquevillé dans son âme, il ne parlait que peu de sa solitude lacustre dans la roselière, des couleurs changeantes de sa petite Camargue. Il est vrai que le bois de son cœur y craquait au ralenti, ne pouvant encore recouvrer sa verdure, tant le souvenir était humide.

Guy promettait... Léa ne demandait rien. Elle attendait... avec patience et impatience ! Elle hésitait entre l'araignée tissant, fiévreuse, sa toile et la neige tombant, silencieuse, pour mieux atténuer et effacer les aspérités de la vie...

Précisément en cet instant de son introspection, la jeune femme, assise à son côté, éclate de rire. Un rire féminin qui fragilise l'atmosphère quelque peu factice du repas. Un rire de femme qui amène la note ludique dans les regards masculins. Michelangelo – que tous appellent Mic – ne peut renier son tempérament latin. Professeur de lettres à Florence, il entreprend une reconquête amicale de la jeune Belge. Il connaît les liens entre Léa et Guy, pourtant très discrets. Mais l'amore italiano se conjugue à tous les temps et en tous temps ! Pour la vie, et aussi pour le plaisir des yeux et des mots, insatiables dans la recherche des cœurs et des aventures.

Guy le trouve marrant. Il comprend cette élégance naturelle du Latin : un rien machiste ; un rien Casanova. Toutefois, il a du mal à admettre être un peu agacé, lorsque la galanterie florentine supplante la dissertation sur Giotto, l'autre maître de la capitale toscane. Il sait que Léa, avec sa rouerie féminine, est en train de lui donner une nouvelle leçon d'amour. « Notre intimité amoureuse ne pourra être vraie que si l'égoïsme en est banni, lui avait-elle déclaré. Car je crois que l'espérance qui doute est la plus authentique. »

Un brouhaha ramène le silence. Steff s'est levé :

– Prenez vos cafés et rejoignez-moi au salon. Je vais vous donner les dernières instructions. Jan, aide-moi pour les cartes, s'il-te-plaît.

Léa abandonne la Toscane résignée et se tourne vers Guy :

– Café ?

– Enfin, si tu me prends par les sentiments... je cède bien volontiers ! lui répond-il. Il avoue ainsi sa faiblesse pour l'expresso et l'éclair jaloux qui l'avait irradié.

– Tu as raison. Quand on est amoureux... du café, naturellement, il faut remettre ça en permanence. La jeune femme cligne une tendre provocation dans son regard rieur.

Assis dans les fauteuils confortables du salon, ils écoutent Steff. Une carte piquetée sur un panneau leur rappelle le terrain de cette nouvelle mission : la Bosnie-Herzégovine.

Une carte, c'est un pays. La sempiternelle et usée méthode Coué vient de prendre ses lettres internationales dans sa cinquième année de massacres, perpétrés par la « Republika Srpka » autoproclamée.

Une carte, ce sont des frontières. L'œil aux aguets, Guy y cherche en vain la résonance du trait rhénan. Route de civilisation, le fleuve a défié mortellement la rationalité des énarques de tous temps, de tous pays. Mis aux fers dans un corset de béton, il bougonne pour mieux démontrer qu'avec l'âge, c'est lui qui avait raison lorsqu'il se voulait fondateur et unificateur de la famille vivant sur ses rives. Les frontières bosniaques vibrent, sardoniques. Artificiellement figées tel le trapéziste photographié en pleine évolution. Figées dans le vide d'un papier aussi peu crédible que les aberrantes simulations cartographiques du Powerscene : l'insaisissable alacrité meurtrière de l'homme s'avère supérieure à celle du logiciel de l'ordinateur américain. D'un côté, la folie du sang. De l'autre, l'imbécillité programmée !

Une carte, c'est un peuple, des femmes, des hommes et des... enfants. Quand cette pensée navigue dans l'esprit de Guy, il songe que, curieusement, ce sont toujours les enfants que l'on sauve en dernier. Qu'il s'agisse de sauver les passagers d'un navire qui sombre, ou d'une population en détresse ! Le psychopathe de Pale, Karadzic, aidé par son comparse Milosevic, ce communiste pan-serbe, assure aux médias, en toute quiétude, leur dose quotidienne de dizaines de gosses massacrés.

Après tout, ce ne sont que de pauvres gosses bosniaques, livides et aux mains tendues. L'intérêt malsain et morbide de la télévision est de pouvoir regarder... sans être vu ! Il faut bien faire de l'audimat, au prix de la perte du respect de soi-même. Mais les démocraties occidentales n'en sont plus là... l'Europe songe sérieusement à interdire le fromage fabriqué avec du lait cru ! Il paraît que c'est vital !

Le cow-boy de Washington et le moujik de Moscou lèvent, de temps à autre, le couvercle de la marmite bosniaque afin de maintenir la pression en dessous de celle qui la rendrait insupportable à l'opinion internationale !

L'apparatchik de Belgrade et le forcené de Pale applaudissent à grands cris !

– Holà, Sundgau !... Tu restes avec nous ?

La voix de Steff le ramène dans le salon. Léa lui donne un coup de coude. Pas gêné, un rien ambigu, l'Alsacien réplique :

– Excusez-moi. J'étais loin... déjà parti au fond de la carte.

Personne ne rit. Un simple sourire de connivence recueille l'aveu de Guy.

– S'il-vous-plaît, je réclame toute votre attention, lance Steff. Il y a trois semaines, nous avons bien répété et coordonné l'ensemble de l'opération. Voici, maintenant, quelques précisions supplémentaires que je viens de recevoir. Il s'agit surtout de renseignements d'ambiance. Or, vous savez combien cela est important et demande... à être vérifié en permanence. Auparavant, je récapitule : nous serons débarqués en fin de nuit – c'est l'heure où tout le monde est fatigué, rigole-t-il – dans le sud de l'île de Hvrar. La nuit suivante, un bateau de pêche nous amènera sur la plage de Gradac, au nord de Ploce.

– Pourquoi attendre la nuit suivante ? objecte Piet. Nous aurions vite fait d'aborder : c'est un saut de puce ! j'aime pas attendre.

– Pour les mêmes raisons que j'ai choisi cette nuit pour effectuer cette traversée. Je ne veux prendre aucun risque, assène Steff. Nous sommes en période de nouvelle lune. Dans cet archipel d'îles, les gros bateaux de l'OTAN n'ont que peu de chances de nous détecter. Après-demain, c'est le 27 juillet, fête nationale des républiques croate et bosniaque. Autrement dit, un certain cirque et relâchement en perspective.

– Pourquoi aborder si près de Ploce ? interroge Marc. Il y a les Franzozen et les Engländer !

– Je vous ai déjà expliqué notre tactique. Éviter les forces de l'ONU autant que faire se peut : elles ne nous apporteront rien. Ce ne sont que des gardes-barrières : ils se contentent de regarder les trains passer. Ils les comptent avec beaucoup d'application !

– Ce n'est pas de leur faute ! s'exclame Léa. Ils ne font que ce qu'on leur dit...

– C'est bien ce qu'on peut leur reprocher, l'interrompt Steff.

– Moi, il m'arrive de les plaindre de jouer aux quilles d'un champ de foire manipulé, s'insurge Léa. Elle poursuit, énervée : – Probablement plus que d'exécuter des ordres aberrants. On a l'impression que, parmi ces soldats, plus on monte en grade, plus le QI baisse..., à moins que ce ne soit le sens du devoir humanitaire qui disparaisse !

– Je n'ai pas dit le contraire, Léa. Mais j'insiste, ils ne peuvent nous aider, sauf à coller au plus près de leur dispositif pour bénéficier d'un peu d'air. Poursuivons...

Guy admire, en silence, l'appréciation de situation glacée de Steff. On pressent le réquisitoire au bord des lèvres. Le metteur en scène révèle l'œil froid, les détails méticuleux, l'absence apparente d'état d'âme du chef.

– Notre objectif, c'est Tuzla. Une ballade d'environ 300 kilomètres. Nous serons pris en charge par deux groupes différents chargés de notre acheminement : le premier jusqu'à Zenica, au nord de Sarajevo. Le second jusqu'à Tuzla. Nous éviterons impérativement Mostar où s'organise l'affrontement croato-bosniaque, ainsi que Sarajevo où se joue celui serbo-bosniaque... le tout sous les yeux bandés du Monsieur Loyal onusien. C'est bon jusque là ?

Le ton sarcastique de Steff à propos des yeux bandés entraîne un sourire sur les lèvres des auditeurs. Ils approuvent de la tête.

– En ce qui concerne la sécurité ? intervient Guy.

– Je connais ton souci, Guy : ne jamais faire confiance aux autres. Mais il faudra nous faire une raison : nos amis bosniaques assureront notre sécurité jusqu'à Tuzla. Ensuite, pour le boulot... Inch'Allah ! comme ils disent. Si nécessaire, ils nous procureront des armes. Rappelez-vous que ce n'est pas là notre façon d'agir. Mais, si besoin se faisait sentir, je sais que vous saurez vous servir. J'en viens à notre mission. Guy, est-ce clair pour toi ?

– Oui. J'ai comme équipiers Léa et Marc. Nous devons prendre contact avec une personne qui a assisté à un massacre de population. Vérifier les preuves qu'elle est censée détenir et la ramener avec celles-ci en zone de sécurité.

– Parfait. Je précise qu'officiellement nous escortons un témoin, si... nous le trouvons. Personne ne doit être au courant des preuves. En ce qui concerne le patelin, il s'agit d'un petit hameau dans la zone montagneuse du Konjuh. quelque part vers Stupari, à une vingtaine de kilomètres au sud de Tuzla. Vous aurez un guide à partir de cette ville. Un type bien. Je n'en sais guère plus. Si ce n'est que, bien que situé officiellement en zone bosniaque, le patelin vit sous l'emprise permanente serbe.

– Et le témoin ? demande Guy. Que sait-on au juste sur lui ?

– Oui et non... il, ou elle, nous ne savons pas, ne veut avoir affaire qu'avec des gens extérieurs au conflit.

– Et l'ONU ? suggère Marc.

– Encore moins qu'avec les belligérants. Après les massacres à Srebrenica et Zepa, perpétrés sous les yeux des Casques bleus, qui comptaient les points..., pour ne pas dire plus ! ce témoin ne veut rien avoir affaire avec les fonctionnaires onusiens. Au mieux, ceux-ci enregistreraient la déposition du témoin, comme pour avoir grillé un feu rouge. Ils enfouiraient les preuves on ne sait où et informeraient par la voie hiérarchique – pardon du peu ! ironise Steff pour une fois libéré – les comiques de New-York ou les hamburgers de Washington. La soupe populaire, quoi ! Un instant d'attention, et puis hop, dégage ! Il y a des statistiques de comptable à remplir... en attendant l'hiver prochain.

Guy est surpris par la réaction de Steff. Lui, si calme, à la limite du marbre sur lequel glisse la goutte de pluie, est en train d'exhaler une certaine rage. Il y a quelque chose qui cloche ! Cette mission prend une tournure étrange avec beaucoup de zones d'ombre. D'ordinaire, tout est parfaitement clair, planifié tel une horloge. Alors que Steff décortique la suite de l'opération avec les autres équipiers, Guy le scrute dans ses mots et surtout... ses regards. Les précisions mises en exergue n'effacent pas les non-dits.

De temps à autre, Steff lui lance un coup d'œil, comme s'il voulait s'assurer d'un soutien avant de sauter une brèche :

– Bien, voilà maintenant une petite fiche résumant les contacts amis et les points de regroupement en cas d'anicroche. Nous sommes divisés en deux équipes : Mic, Piet et Jan sont avec moi. Toi, Sundgau, avec Léa et Marc, tu es responsable de trouver ce témoin et de son exfiltration sur Ribnica. Tu as bien bossé la région ! Moi, je m'occupe de vous amener sur place et de vous en sortir. De toute façon, nous serons ensemble au moment important !

Tout le monde approuve en silence. Il y a bien longtemps que les états d'âme les ont quittés : leur engagement dans l'opération équivaut à un acquiescement.

– Ah ! un dernier renseignement d'ambiance. Il va peut-être nous compliquer la tâche. Nos amis bosniaques bénéficient de... – ici, Steff trébuche sur les mots – de l'aide de quelques factions d'Afghans et d'Algériens ! Nous aurons donc certainement l'occasion d'en fréquenter là où nous allons. Restez discrets et attentifs : – nous sommes une organisation humanitaire..., ce n'est pas totalement faux. Léa, là tu as un rôle important à jouer. Soyez prudents ! Ces gens-là ne nous apprécient guère... C'est comme cela !

Maintenant, allez vous reposer pendant les quelques heures de traversée qui nous restent. Je vous donnerai vos papiers officiels une fois sur l'île. Laissez les vôtres dans le sac placé dans vos cabines. Bonne chance à tous.

Ils se lèvent pour récupérer leur petite fiche personnelle et la confronter avec la carte. Les lèvres épellent les noms. Les yeux repèrent et enregistrent les lieux.

– Guy, quand tu auras fini, veux-tu me rejoindre sur le pont pour quelques minutes ?

– C'est déjà fait. Nous avions mis tout cela au point sous des cieux moins noirs, rétorque l'Alsacien. Je te suis.

Un ronflement soudain propulse le yacht vers l'avant. Tous vacillent : le corps sous l'effet des machines emballées. L'âme délivrée de l'attente. *Alea jacta est.* Ils ont quitté les eaux italiennes !

Le teck du pont luit aux étoiles. Elles engloutissent la côte et la mer. Les fruits de la lune, chers à Gide, sont devenus nourritures interdites. En dépit du déchaînement des deux puissants moteurs, encoconnés pour assourdir les hurlements des chevaux en furie, les rives ludiques de l'insouciante Italie ont cédé la place à un relais du silence.

Les deux hommes, accoudés à la rambarde, ne disent mot. Ensemble, dans une même communion, ils s'absorbent dans les étoiles attirées au fond des eaux malmenées. Les vagues de l'étrave les tourmentent et les éteignent dans des images mouillées. Du salon s'exhale un rythme lancinant, zébré de saxophone envoûtant : suave, anachronique, une émotion se distille dans l'air frais brusquement devenu.

– Mon vieux Guy, demain matin, nous allons aborder une Bosnie-Herzégovine complètement dingue... un de ces lieux et de ces instants où le fanatisme religieux et l'imbécillité politique se sont installés. La chute funeste de Srebrenica est invraisemblablement honteuse : je plains tous les acteurs et spectateurs de cette tragédie. Quelle responsabilité !

– Nous vivons une fin de siècle pourrie par une volonté d'oubli et de vaine justification, rétorque Guy. Ceci explique peut-être cela !

– Guy, nous allons pénétrer le royaume de l'absurde et même, je le crains, du... tragique.

– Tu sais bien que je n'ai jamais craint l'âme des cothurnes, sourit doucement l'Alsacien. Son regard s'est durci dans l'attente.

Steff répond par un rictus désabusé au sourire de son ami :

– Pour rester dans la même époque, je te rappellerai qu'alors on offrait aux masses du peuple du pain et des jeux. Le Colisée de Rome en résonne encore. Mais ceux-là – il désigne la côte dalmate invisible – doivent se contenter de quelques barres de chocolat et de jouets onusiens largués dans les airs, à la va-que-je-te-pousse !

– En Europe, l'absurdité a pris le pouvoir : on traite de la chasse à la palombe, on fait la grève pour des frais de déplacement, on balance le fric par les fenêtres de Strasbourg, ou de Bruxelles, puisque c'est chez toi. Et pendant ce temps-là, nos bons fonctionnaires européens occultent l'assassinat bosniaque.

– Cette imposture me rend malade, Guy. Pour moi, pour nous autres embarqués dans l'organisation, défendre les droits des hommes et des nations, c'est la même chose. Les dissocier arrangent tant les politiques. Surtout ceux des grands machins européens et mondiaux. Cette fois-ci, Guy, je pressens que nous allons déchirer un rideau... très sale. Me comprends-tu ? Comprends-tu ce que je tente de te dire ?

– C'est au mauvais temps de la vie que je dois mes plus belles rencontres. Aussi, je ne suis pas blindé, mais plutôt dans l'attente.

– Il te faudra te méfier de tout le monde. Cela sent l'eau trouble. Je sais que tu l'as compris.

– Le témoin de ton patelin ? relance Guy.

– Lui..., les conditions générales de l'opération..., le flou des contacts... Personne n'a confiance en personne. J'en conclus que cela doit être très important.

– Probablement du fait des preuves qu'il est censé détenir !

– Certainement, réplique Steff. C'est pourquoi, j'ai emmené Piet et Jan. Il semblerait qu'il y ait une question de photos dans l'air.

– Ah !

– Ouais ! mais beaucoup de gens, et quand je dis beaucoup de gens, ils sont de tous bords à avoir apparemment intérêt à ce que ces photos, si photos il y a, ne tombent pas dans n'importe quelle main. Autrement dit, il y a du barouf en perspective... Maintenant, c'est moi qui suis désolé d'avoir embarqué Léa dans cette galère...

– Elle est forte. Tu me l'as assez dit. Ne la sous-estime pas, Steff. Et puis, je suis là !

– Oui, vous faîtes une fameuse équipe. A Vukovar, vous avez fait du beau travail ! Mais, cette fois-ci, prends garde, Guy. Je flaire le danger !

– Nous venons de quitter les eaux territoriales italiennes, Steff. Pourtant, j'ai encore en mémoire ces mots du poète Lucrèce : « Tu ne pourras être heureux que le jour où tu sauras regarder la mort en face. » Nous nous sommes déjà rencontrés..., mais je dois avouer que je suis plus fort pour moi que pour les autres.

– Attention, Guy. Je n'aime pas que tu parles ainsi. Je suis responsable de toi. Toi, de ton équipe. Si tu as des comptes à régler avec toi-même, et tu reconnaîtras que je ne t'ai jamais rien demandé, attends d'être seul pour les régler. Nous sommes bien d'accord : priorité à la mission !

– N'aie pas d'inquiétude, Steff ! j'ai toujours su faire la différence entre la grande histoire et ma petite histoire. Guy s'arrête là pour un petit haussement d'épaules fataliste. D'apparence fataliste, car il ne peut avouer à cet ami nouveau, si existentiel, que sa petite histoire réveille en lui de lointaines terreurs, un cauchemar inquiétant, une sorte de promotion poétique mortelle. Dans sa sensibilité déglinguée repte l'étrangeté du flirt malsain qu'il entretient avec l'idée de la mort.

– OK, Guy ! Tu sais bien que si tu éprouves la moindre ambiguïté dans une prise de décision, tu peux compter sur moi. Je te le demande... par amitié ! Steff secoue la tête tout en étreignant l'épaule de son ami : – Maintenant, je pense t'avoir livré une part de mes soucis. Va rejoindre Léa et profitez de ces quelques heures en attendant de revoir l'Italia. Buena notte, Sundgau !...

Dans la cabine, la jeune femme l'attend :

– J'ai profité de ton absence pour préparer mes affaires. Mon sac est en ordre.

Sur la table, Guy trouve une enveloppe brune portant son nom. Il y enfouit ses papiers personnels. Il éprouve toujours une certaine réticence à se séparer de son carnet de chèques. Dans cette expédition, le deutsche Mark est roi. Pour Guy payer en liquide est synonyme de volonté inconsciente d'amnésie. Lui aime revivre régulièrement cette petite vie romancée en quelques bouts de talon qui racontent et rappellent les rencontres anodines et imprévues. L'argent en espèces est la disparition sournoise de la mémoire.

Au regard amusé de Léa, il présente ses nouveaux papiers : – Guy Sundgau ! Mademoiselle Léa Corswarem, m'acceptez-vous pour compagnon de ces dernières heures de paix ?

– Avec nos pseudonymes empruntés à nos régions, nous ne risquons pas de nous tromper, rit-elle. Viens et allons à la rencontre de nos nouvelles identités... C'est toujours émouvant une nouvelle rencontre !

– C'est beau l'inconnu !

Ils se cherchent. Ils trouvent bientôt les rêves éblouis à prolonger au-delà du ciel noir qui les recouvre, au-delà du rivage attendu qu'ils ne voient pas. Le corps souple de Léa lui fait revivre la souffrance heureuse du désir. Labourant la chair exacerbée, Guy croit entendre ses propres cris sortir du corps tourmenté de la jeune femme.

Le soleil couchant découpe avec insolence la côte dalmate. Ce ne sont qu'îles et îlots qui émergent du capharnaüm des innombrables golfes, baies et caps sculptés dans la sauvagerie des collines. Une réplique de la costa brava, au sens premier de l'adjectif. L'étendue bleue et immobile accorde sa transparence étonnante aux fonds coralliens. Sa magie, profanatoire et révélatrice, festonne le jeu enchevêtré des Alpes dinariques.

Assoupis sous les oliviers, ils attendent que l'or solaire s'effondre en Italie. Ils ont dormi dans une bâtisse de pierres chauffées par le soleil, dans l'odeur forte des moutons. Leur hôte, un homme curieux, peu disert, leur a préparé un repas rustique. Le fumet roboratif a ouvert leur estomac. En mangeant le corba, ce potage aigre-doux à la viande et aux légumes, servi le midi et non le soir, ils s'amusent encore aux pitreries de Mic. Celui-ci mime l'arraisonnement de leur yacht par un patrouilleur américain au large de la côte. Le capitaine de Gubbio avait présenté ses papiers et expliqué qu'il se rendait à Tirana avec des touristes en mal de pêche. L'attirail sophistiqué du bateau, une fouille rapide et surtout l'exhibition de Léa qui s'était mise à danser avec l'un des marins US médusés rassérénèrent ces gabelous du 3e type yankee !

– Donnerwetter ! s'exclame Marc, en ingurgitant une grande rasade de dinjac. Son visage est aussi écarlate que le vin rouge de Peljesac qu'il vient d'absorber.

– Notre Germanie semble avoir un problème, susurre Guy, plein de malice. C'est peut-être la Knöddel qui te manque ?

– Arrête tes conneries racistes, Sundgau ! halète le Badois. Il recherche visiblement son souffle. Et toi, là – il s'adresse au berger qui les a servis – te marre pas ! Dis-moi plutôt comment s'appelle cet explosif ? Il lui désigne avec force le plat de salades appétissantes.

– Avjar !... avjar, rit l'homme au visage buriné de soleil et de rides.

– J'en ai déjà mangé de cet avjar, intervient Mic, pince-sans-rire. C'est un mélange très épicé de poivrons et d'aubergines hachés.

– Épicé ! rugit Marc. C'est le feu de l'enfer, veux-tu dire ! Je vous jure à tous que j'ai avalé Dante ! Allons, encore un coup de ce dinjac. Celui-là, au moins, est fait pour des chrétiens.

– Avec modération, Marc ! Avec modération, intervient Steff. Ce pinard titre à plus de 15°... aussi, je crains pour ta pointe de vitesse, dont tu es si fier ! Terminez votre repas, car la nuit va tomber très vite. Dans deux heures environ, les barques nous attendront sur la plage. Sur la côte, deux camionnettes sont prêtes. Détruisez tous les documents inutiles. Voici le complément de papiers qui seront désormais les vôtres. L'épisode comique avec les Ricains n'est plus de mise dorénavant : on ne rigole plus !

Steff a le don de ramener tout son petit monde sur terre. Il est vrai qu'avec le crépuscule, la ligne de crête dinarique dessine la « sombre silhouette », dont la qualifiait déjà Gérard de Nerval. Un léger frisson parcourt les épaules de tous en dépit de la douceur de fin de juillet.

Le plat des populaires cevapčici passe de main en main. Des petites saucisses garnies de viande hachée et d'oignons crus sont appréciés par Marc devenu méfiant devant chaque nouveau plat. Il hume son assiette, tel l'épagneul fureteur. Le kawa revigore tout le groupe rassemblé autour du feu. Grand amateur de café, Guy grignote un peu de mouture coincée entre ses dents.

La colonne serpente dans l'oliveraie. Le berger s'arrête de temps à autre. Aussitôt, chacun s'accroupit sur place, gros scarabée au sac rebondi. Les ténèbres opulentes écrasent le ciel, la terre et la mer.

Le terrain devient raide au travers d'une épaisse toison d'yeuses jaseuses et d'agaves turgescents. Un nouvel arrêt. Un nouveau tassement.

– Un peu plus de distance ! A mi-voix, l'ordre descend la colonne.

A mi-voix, l'ordre descend la colonne. Guy sourit. Il se souvient des mises en place de nuit dans le djebel saharien. L'éternel caillou, rigolard, qui taquine les souliers des marcheurs. Est-ce la faute du soulier ? ou celle du caillou ? Une bouffée de rire lui chatouille la gorge.

La plage bruit plus bas. Deux éclairs de lampe discrète transpercent la noirceur du rivage. On ne voit rien.

– Gajeta ! murmure le berger, en désigna la direction à suivre.

– Allez, vite et en silence, intime Steff. Ce sont les barques !

L'embarquement est rapide, feutré : chaque équipe se répartit dans une des deux gajeta. Des voiles courtes sont dressées. Les embarcations abandonnent les pépiements illuminés de Zaostrog. La houle du détroit fait tanguer les bateaux. Guy a rapidement mal au cœur : les cevapčici ne passent décidément pas. Assise près de lui, Léa se rencogne contre son épaule. Il lui passe un bras sur les épaules :

– Cela se passe très bien, Léa. Dans moins d'une heure, nous y serons.

– Chut ! Je voudrais que cela dure encore longtemps. C'est presque romantique.

Les yeux mi-clos de la jeune femme scrutent la ligne noircie de la côte. Léa paraît détendue en dépit du frisson qui la parcourt.

– Froid ? Guy n'a pas osé dire « inquiète ».

– Un peu. Mais je ne sais pas où est passé mon sac.

– Attends. J'ai le mien à portée de la main.

Guy ouvre son sac. Il y farfouille. Ses mains hésitent sur un tissu. Puis, elles tendent la longue écharpe couleur de lune. Sous une apparence anecdotique, le geste refabrique le temps passé, lui redonnant la densité de vie. Une vie de l'éveil de l'imaginaire et de l'ironie du réel.

– Elle sent bon ton écharpe, murmure Léa. Je t'ai toujours vu l'emporter, mais jamais la mettre. Elle ajoute, la voix atone : – On dirait un parfum de femme.

Par ces simples mots, elle vient de s'insinuer dans son histoire : page sensible, elle s'est intercalée entre celles du livre de sa vie. Irréversible et irrépressible, elle court sur les pages blanches.

Guy en éprouve un sentiment de dépossession plein de délivrance. Après la disparition de son épouse, il avait conservé l'écharpe de lune. De temps à autre, il lui donnait une touche du parfum souvenir, un peu d'attention et de bon. L'émotion de l'ultime caresse qu'il savait pouvoir encore donner.

Assoupis, les chiens-flocons de la « boule de neige » parfois tressaillaient, provocateurs ou soumis. Illusions mensongères d'un sombre oubli...

– J'avais toujours espéré mourir avec un chagrin d'amour, glisse Guy. Il serre plus fort sa compagne. Un sourire nostalgique aux lèvres, il poursuit à petits mots : – Parfois, la vie nous abandonne bizarrement seuls sur un banc, mis là pour les vieux et les exclus... elle oublie qu'au fond de nous brûle toujours une petite flamme... Je ne sais plus quel poète romantique écrivit : « L'homme a toujours besoin de caresse et d'amour... il rêvera partout à la chaleur du sein... »

Dans la fulgurance de ses trente-cinq ans, Léa ne craint pas de se mettre en état de vulnérabilité :

– Comment était ton épouse ? s'enquiert-elle d'une toute petite voix. Elle paraît troublée. Personnage en creux, à la fois jeune fille innocente et femme décidée à prendre possession de leur histoire en construction.

– Elle pensait, réplique l'Alsacien. Il donne l'impression de devoir chercher longtemps dans sa mémoire... Elle avait une maison dans sa tête. Sa maison n'avait pas de jardin, mais elle était rassurante...

– Et moi, comment est ma maison ? Aucune brutalité provocatrice. Une fois de plus, Léa, fiévreuse d'attente, est là où Guy ne l'attend pas.

– Toi, tu es le jardin ouvert sur les senteurs et les couleurs... tu es le vent qui butine les fleurs, qui porte les papillons... Vous êtes incomparables... toutes les deux... C'est une mauvaise réponse, n'est-ce pas ?

– Pourquoi dis-tu cela ? C'est une réponse... d'homme !

– Žalu, chuchote un marin. Il réclame le silence tout en désignant la ligne blanche de la vague. L'eau s'écume sur la plage. Des silhouettes attendent.

Les fins galets, jamais lassés, s'en viennent se frotter aux coques de bois. Les gajeta, poissons échoués, maintenant inutiles, s'inclinent sur la plage. En silence, les passagers débarquent. Guy aide Léa à sauter sur le sol graveleux.

– Merci. Tiens, reprends ton écharpe. Elle m'a tenu chaud.

– Garde-la. Un flou d'hésitation transpire dans le ton. Il s'en défait sans joie, sans tristesse. Presque dans un abandon las : – Elle te va bien ! ajoute-t-il. Elle te sera certainement plus utile qu'à moi ! Il lui fait un petit clin d'œil empli de tendresse. Au fond de lui, il est exulte, comme si, au cours de cette traversée, il avait appris. Il réalise qu'il vient de lâcher son ego. Ainsi, il a recouvert une sorte de virginité.

Guy fait un faux pas. Au milieu des rires contenus, il s'affale de tout son long sur la plage. Son pied a glissé sur la masse gélatineuse d'une méduse échouée. Dégoûté, il se relève. Dans un réflexe instinctif, sa pataugas shoote l'ombrelle contractile vers le flot. Au plouf sarcastique de l'animal marin, l'homme éprouve la désagréable sensation de voir s'éclore de vertigineuses et vénéneuses fleurs hors de l'abysse translucide.

Désagréablement impressionné, Guy se dit que son arrivée sur le sol balkanique ne ressemble en rien à celle de Guillaume le Conquérant sur celui de l'Angleterre. Le ciel noir commence à tirer à lui une aube de lait bosniaque. Les deux camionnettes s'élancent sur la route mal entretenue. Les lumières de Ploce scintillent à l'horizon.

Le conducteur est volubile. Il raconte qu'autrefois – c'est comme s'il parlait du temps des Habsbourg ! – il possédait un minuscule restaurant à Korcula, très prisé des touristes étrangers. Un bonnet de laine, lequel avait dû être bleu. Une veste de cuir écaillé. Il fume cigarette sur cigarette : des Drina ! L'Histoire avec un grand H en fumée ! Clignant à la fumée fadasse, ses yeux rougis témoignent d'une nuit blanche. Injectés, ils avouent le penchant pour le maraska, dont l'homme s'abreuve régulièrement.

Aimable, le conducteur tend le flacon à Léa, qui refuse. Puis à Guy. Tous deux sont assis à côté de lui dans la cabine. Pour oublier le mal au cœur de la traversée et faire plaisir à l'homme, l'Alsacien avale une gorgée. Le parfum de griotte n'est pas désagréable. Léa refait un geste de dénégation : elle a horreur de l'alcool. Aussi, il passe le flacon à Marc somptueusement installé à l'arrière de la camionnette. Affalé au milieu de bottes de maïs et de cageots de poules, celui-ci lui adresse un sourire comique. Il accepte le maraska.

Dans leur dos, le céruléen de la mer devient vénitien. Fornicateur de l'espace, le soleil rougeoie d'or fondu les flots tumultueux de la Neretva. Sur la gauche se profile Mostar. Enchâssé dans son écrin montagneux, brûlé par l'été et les hommes en armes, la cité d'Hajrudin dresse timidement les flageolantes et délicates hampes de ses minarets rescapés. D'un geste pitoyable, Stari Most, l'ancestral pont turc chanté par les poètes, jette au ciel ses deux moignons d'arches inutiles. L'imbécillité belliqueuse et culturicide d'un chef de char croate est passée par là : neuf ans d'érection contre une seconde de connerie !

Le conducteur fixe avec une obstination rageuse la route. Pas un seul coup d'œil vers le croissant pétrifié. La « Herceg Bosna », capitale de la république autoproclamée croate, titube entre le ravage de Beyrouth et l'éventrement de Grosny. Une pestilence de génocide barbare flotte au-dessus de la ville.

Le regard magnétisé par la mosaïque de ruines, Guy ne peut empêcher son esprit divaguer vers des jours lointains où, avec son épouse, ils avaient déambulé dans le vieux quartier des orfèvres de Kujundziluk. C'était du temps où...

– Pazi hrvatska miliziju ! décrète le chauffeur. Il traduit vite : – Attention, milice croate !

En dépit de l'atmosphère étouffante, l'air a soudain fraîchi. C'est le premier contact du groupe avec l'inconnu. Un immense drapeau à bandes latérales :

bleu, blanc, rouge et son écu à damier blanc et rouge. La bannière croate flotte, misérable et avachie, dans l'air échauffé.

Quelques voitures en quinconce obstruent la route. Sur leur plaque d'immatriculation, le damier du drapeau de Zagreb. A quelques distances, un engin bitubes somnole près d'un semblant de guérite en tôle blanche. Un homme, affublé d'un casque bleu, se contente d'observer le contrôle en cours. Il doit songer avec envie à la relève et à un bon verre de zilavka, le vin blanc capiteux et fruité de Mostar.

Une dizaine d'hommes, armés de M16 américains, examinent les véhicules. Leur chemise vert pâle leur confère une apparence militaire. Leur allure vulgaire et leur regard fureteur les classent au rang des malandrins, sinistres héros de ces vieilles histoires dans lesquelles on voit des bandits attaquer les diligences.

Le contrôle est tatillon. Plus pour les marchandises que pour les papiers. Le gradé paraît très intéressé par Léa. Elle est descendue pour se dégourdir les jambes en faisant quelques pas. En dépit du fichu et de son sweater avachi, ses jeans révèlent une féminité troublante pour ces spadassins d'un autre temps.

– Empreinte d'une candeur calculée, elle déclare : – Je sam doktor ! Puis, elle éclate de son rire à faire bouillir la Neretva et lâche à la chemise verte médusée : – Vous m'échangez une de vos cigarettes contre l'une des miennes ? Elle mime l'échange, grâce à un sabir où se mêlent des mots de serbo-croate, d'allemand et d'anglais.

L'autre, macho méditerranéen stupéfait, mais flatté devant ses congénères d'être ainsi l'objet d'une invitation féminine, s'ourle d'un sourire moustachu. L'échange est effectué. Tous remontent à bord des camionnettes, sauf quelques poules. Elles caquettent leur désapprobation rageuse d'être ainsi prises en otages par les chemises vertes. Conscientes qu'elles sont du sort qui attend les disparus en Bosnie-herzégovine !

– Dans ce foutu pays, les animaux et les hommes n'ont aucun droit civique, râle sourdement Marc. Il n'a jamais pu supporter les fouilles et inquisitions. Une rage visible brûle son regard.

« Il faudra qu'un de ces jours, je l'aide à débrider cette plaie sécrète qu'il trimballe », s'interroge Guy. En maintes occasions, il a vu son camarade allemand s'insurger devant ces mesquineries humiliantes des faux et vrais gabelous. A chaque fois, il donne l'impression que de vilaines images lointaines le taraudent.

– HVO, éructe le conducteur. Dans son langage moitié allemand, moitié serbo-croate, il explique : – Je suis musulman de Mostar. Eux sont des miliciens croates. Le ton est sec, tranchant comme les deux affirmations qu'il vient de découper dans son esprit tourmenté.

– Vous êtes alliés, objecte Léa. Elle est surprise par la réaction de l'homme.

– Vous n'allez pas jouer aux hypocrites, vous aussi, grogne-t-il. Il ingurgite une nouvelle rasade de maraska et poursuit : – Je me suis battu pendant près de deux ans contre la « Hercg-Bosna ». J'ai perdu mes deux frères et ma mère... Et vous faîtes semblant de croire que ce que vous appelez pudiquement des enclaves ou des poches ne sont que serbes ou bosniaques.

Le conducteur s'interrompt. Puis il hausse les épaules d'un air fataliste et poursuit :

– Il est vrai que l'esprit occidental est plus machiavélique que celui des Orientaux. Votre syndrome du corridor a déjà causé plus de massacres que n'importe quelle épidémie. Aussi est-ce votre solution de bureaucratie à tous vos problèmes et... malheureusement à ceux des autres !

– Vous n'allez pas me dire que vous êtes ennemis des Croates à ce point ! soupire Léa.

– Vous oubliez que la Bosnie-herzégovine vit avec son Sida, sa Croatie de l'intérieur... Franjo Tudjman l'entretient avec jouissance, car il méprise les Musulmans... Il attend son heure pour faire naître la Grande Croatie face à la Grande Serbie, avec l'appui des Américains et des Russes... et probablement celui de Milosevic, lequel n'est plu à une forfaiture près !

Sans se retourner, l'imprécateur tend le flacon de maraska vers Marc. Pour rétablir l'équilibre entre l'offrande et sa révolte évident, il précise : – Vous, l'Europe, vous ne resterez au mieux que des faire-valoir. Vous existez si peu, sauf pour vos petites querelles monétaires. Vous n'avez pas su régler votre problème du siège du Parlement européen, toujours entre deux chaises, alors !... Il hausse les épaules, estimant que sa démonstration est suffisante.

L'homme crache son mégot de cigarette par la fenêtre ouverte. Là-haut, le Cvrsnisca taquine le ciel rougeoyant. Avec plus de 2000 mètres, il peut se permettre ce geste de fierté pour faire oublier la maigre sylve karstique... En retour, dans le Plenj, enlacé par la Neretva, la nature se révèle magicienne : canyons vertigineux, lacs fugaces, poliès verdoyants, lapiès ciselés sont les mystères de l'éternel spectacle bosniaque.

Les villages traversés profitent de l'été pour camoufler de verdure les murs effondrés, les embrasures enfumées. Seule la présence anormale d'un feuillage au travers d'un toit trahit une famille écrasée sous les obus. Sinistre garde funèbre, des arbres étêtés et noircis escortent le convoi.

La sauvagerie du paysage coincé entre ciel blanc de chaleur et rivière noire d'ombre octroie un pesant silence aux véhicules qui atteignent la passe de Jablanica.

Un énième poste de contrôle donne le choix entre la direction de Sarajevo et celle de Banja Luka. Des soldats bosniaques affairés régulent le trafic. Un convoi militaire hétéroclite se voit accorder la priorité en direction du nord.

Guy constate une effervescence insolite pour ce peuple plutôt porté à la sieste solaire. La remontée de la Neretva depuis Mostar semble avoir glacé le ciel, échauffé les esprits, fragilisé l'ambiance. La disparition de l'écu à damier blanc et rouge croate, la fragilité du lys bosniaque sont l'illusion tremblante de l'œil qui découvre la blessure entretenue.

De la plaie sanguinolente, béante et qui geint partent tous les fils des tourmenteurs serbes et croates, mais aussi ceux des faux guérisseurs onusiens. Pire sont ceux des spectateurs indifférents de l'Europe : on assassine leurs enfants dans la cour, ils ferment les volets de leur maison pour ne pas entendre les cris. D'ailleurs, ils ne voient rien. Plus tard, ils prétendront n'avoir jamais rien entendu !

Mensonge fabuleux, rêve ridicule, amour trompé : ces dames et ces messieurs du Parlement dit européen poursuivent leurs études et... leurs vacances !...

– C'est l'hallali, décrète Steff. Suivez-moi ! Nous filons vers Sarajevo.

– Quoi ! s'exclame Léa.

– Pas d'inquiétude. Je viens de recevoir des informations pas très brillantes pour notre expédition. Nous allons faire une pause casse-croûte au bout du lac. Là-bas, je vous expliquerai.

Le Jablanicko jezero brille de mille feux, sous les yeuses affalées règne une ambiance club'med. Sur les braises grésillent les raznjici, tandis qu'Hasib – c'est le nom du chauffeur de Mostar – réchauffe de curieuses boules de riz enveloppées dans des feuilles de choux.

Le groupe s'est rassemblé autour de Steff, après que celui-ci ait longuement conversé avec le responsable du convoi. Un curieux homme, très réservé et omniprésent.

– Alors, que se passe-t-il ? s'impatiente Piet. Pourquoi ce détour ?

– On passe par le palais ? s'excite Jan.

– Non, mais de quoi parlez-vous ? s'impatiente Léa. De quel palais, s'agit-il ?

– Notre ami luxembourgeois a des réminiscences de sa ville-forteresse ! rit Mic. Tout heureux de reprendre son rôle de professeur, il explique : – Sarajovasi, le palais de la plaine. C'est ainsi que les Turcs baptisèrent la ville au XVe siècle.

– Bon, ca va comme cela, intervient Steff, le ton calme. C'est le bordel, là-haut vers Jace. L'armée croate et les HVO viennent de foutre une belle raclée aux Serbes de la Krajina : ils viennent de conquérir Glamoc et surtout le nœud routier de Bosanska Grahovo.

Penchés sur la carte déployée au sol, ils suivent l'évolution de la baguette. Elle dessine les frontières... d'hier. Celles qui déjà ne sont plus celles de demain.

– Autrement dit, la zone est devenue très insalubre ! constate Marc, désabusé.

– Voilà qui est bien vu, Marc, ironise Steff. Nos amis bosniaques viennent de prendre le contact au poste de contrôle. Notre route est assurée à l'ouest de son palais – là, il fait un clin d'œil en direction de Jan, lequel se marre doucement – depuis Breza jusqu'à Ribnica. Et de là jusqu'à Tuzla. Consciencieux, il trace la route au travers du massif du Konjuh :

– Environ 300 kilomètres, dont plus de 150 en montagne. Et quelle montagne ! Vu ?... Honnêtement, je ne sais où est la partie la plus difficile !

Un silence circonspect accueille l'appréciation de situation. Guy examine avec attention la carte :

– Si j'ai bien compris, nous parcourrons une partie de notre chemin de retour... en tout cas, à partir de Ribnica. C'est toujours ça de gagné !

– Parfait, Sundgau ! Tu as raison, c'est toujours ça de gagné. Tu restes un éternel optimiste. Malheureusement, ce sera de nuit et nous sommes en période de pleine lune !

– Tu connais l'adage, Steff : « Le malheur et le poil poussent comme de l'herbe, chaque jour de l'année. »

– Et cela signifie quoi ? intervient Léa.

– Oh, rien de bien extraordinaire. Tout simplement, il importe de se garder du premier pas. Aussi, tout ce que nous pourrons apprendre à l'avance sera autant d'expérience utile.

– Nous avons une bonne trotte, mes amis, lance Steff. Terminez votre repas. Départ dans une demi-heure. J'aimerais autant arriver à Tuzla avant le lever du jour.

La petite escorte bosniaque sympathise avec ces étrangers venus les aider. Les brochettes de bœuf sont déposées dans le riz fumant. Un rusica à la robe rubis, sans étiquette, rattrape son anonymat par sa fraîcheur. Hasib a pris Léa en amitié depuis son intermède échangiste avec la chemise vert pâle. Il lui offre une boza de sa région, lui expliquant que la boisson très légèrement fermentée est à base de maïs.

Outre Hasib, il y a cet homme qui intrigue fort Guy. Le responsable du convoi, lequel répond au nom d'Eyup, est très réservé. Affable, mais distant. Observateur à distance. Doté d'une abondante tignasse blanche, il a l'allure d'un instituteur de village. Seuls, ses yeux dénotent une houle jamais apaisée. De sa personne émane une autorité naturelle. Guy l'a remarquée lors de ses interventions auprès des différents contrôle des HVO et surtout des forces bosniaques. Ce qu'en Europe dite démocratique, on appelle l'aura, fait place chez Eyup à ce que le petit peuple bosniaque baptise du nom de « l'ina ». Cette forme de fierté, de défi et de fatalisme qui conduit les enfants de Sarajevo, de Vokovar, de Gorazde, de Zepa et de Srebrenica à faire face au tir des snipers serbes, ces nouveaux chasseurs d'enfant. Ils dansent dans la lunette de tir des reîtres de Mladic, s'imaginant sur une scène de théâtre. Ils ne savent pas ces mouflets des ruines, ces bambins aux cheveux d'ébène ou d'or, qu'ils n'existent même pas ! Leur silhouette sautillante n'est qu'ombre funèbre, invisible aux yeux des responsables européens vaquant à leurs petites affaires, inimaginables aux goûteurs de ketchup ou de vodka...

– C'est vous qui êtes chargé de l'opération de « Nebo » ?

Guy sursaute. Eyup l'a abordé sans qu'il ait vu la silhouette l'approcher. « Cet homme doit être dangereux au combat », ne peut-il s'empêcher d'apprécier. Pris au dépourvu, il balbutie : – Oui. Vous connaissez Nebo ? Il accepte le kava que lui tend l'autre : – Merci. Steff m'a dit qu'il s'agissait d'un hameau accroché au Konjuh. Il vous en a parlé ?

– Effectivement. Nous avons organisé votre opération ensemble. Eyup se tait. Un sourire léger sur les lèvres.

– Vous parlez remarquablement notre langue, apprécie Guy. Elle est aussi bonne que votre kava, et... je m'y connais en café ! plaisante-t-il.

Le Bosniaque garde son sourire. Oh ! juste un léger plissement des lèvres qui adoucit la soixantaine du visage buriné. Les yeux, couleur de forêt brûlée, s'apaisent :

– J'ai demandé à Steff que vous montiez dans mon véhicule. Nous devons causer. Car, ainsi que l'avez fort justement remarqué, cette nuit nous emprunterons une partie du trajet de retour. Il ajoute presque avec regret : – Et ce retour n'aura certainement rien d'une partie de plaisir.

– Pour quelle raison dites-vous cela ?

– Attendez de voir le Konjuh... Nul n'en est jamais sorti intact !

Au grand dam de Léa, Guy s'installe dans une sorte de break, intermédiaire entre une berline de vacance et une voiture blindée. La rouille et les éraflures s'effacent au ronflement puissant du moteur.

Les contrôles se succèdent, toujours aussi tatillons et ubuesques. Ils hachent la marche du convoi qui prend des allures de procession. A chacun d'entre eux, Eyup se présente. Par la magie de quelques mots, il relance le convoi vers le nord.

L'ultime contrôle bosniaque de Blazuj se silhouette dans la pénombre. Une atmosphère de pronunciamento d'Amérique du Sud. L'image d'Épinal de la veulerie occidentale que les superviseurs de l'Onu impriment au quotidien. Le mont Igman, recroquevillé dans les ténèbres montagneuses, trahit honteusement le blocus sarajevien : un convoi infamant se prépare à entamer son périple périlleux. Des clignotants des phares arrières balbutient entre le mensonge et l'ineptie : les vacances en Europe sont si belles !

Le tohu-bohu de la route vers la capitale bosniaque fait songer au monstrueux chassé-croisé du trafic routier aux sorties aoûtiennes de Paris : avec fièvre, une pléiade de folles lucioles conduit un invraisemblable ballet de véhicules divers, aux flancs rebondis. Rebondis de vivres et d'armes... pour vivre... pour survivre...

Sarajevo et son martyr aberrant, fomenté par Karadjic et consacré par l'ONU, sont esquivés pour permettre à la petite troupe de Guy de remonter la Stanja vers Ribnica. La nuit tombe. Les torrents et rivières donnent de la voix dans les épaisses forêts sapineuses.

Guy se prend à imaginer que, quelque part au fin fond de ces sylves dinariques, l'ours et le loup doivent s'en donner à cœur de joie dans ces espaces libres enfin retrouvés. Quelque chose de vosgien flotte dans sa tête. Il en sourit.

– Qu'y-a-t-il de drôle ? interroge Eyup. Le ton révèle une simple curiosité. Depuis leur départ du lac, c'est la première fois qu'il lui adresse la parole. Comme s'il avait attendu, tout ce temps pour mieux le jauger.

Guy est conscient de la situation. Tout comme il a compris qu'est venu le moment de parler. Les résonances baudelairiennes ont fait leur œuvre.

– Je songeais aux ours et aux loups qui doivent nous regarder passer, réplique-t-il.

– Ils ne connaissent pas les frontières, ces stupides lignes invisibles pour lesquelles nous nous tuons. L'Alsacien décèle une pointe d'amertume, mal réfrénée, dans la voix du Bosniaque, lequel poursuit : – Au fait, comment vous appelle-t-on ? J'ai du mal à saisir votre nom.

– Sundgau, pour les amis. Si vous voulez bien...

– Merci. Moi, c'est Eyup... Curieux votre prénom !

– Ce n'est pas mon prénom, rétorque Guy, éclatant de rire. C'est ainsi que me surnomment mes amis. En réalité, c'est le nom de ma région, en Alsace, si vous connaissez. Puis, Guy réattaque : – Décidément, votre connaissance du français m'épate.

– Il n'y a guère de mystère. J'ai servi pendant quinze ans dans votre Légion étrangère.

– Ah ! Où ça ? le ton trahit un intérêt réel.

– J'étais sergent pendant la guerre d'Algérie, puis le farniente du Pacifique...

– J'ai aussi fait la guerre d'Algérie, s'exclame Guy. Mais vous étiez un ancien et moi, un jeunot... dans les commandos. Les Hauts Plateaux sahariens, l'agada d'Aflou...

– Moi, Aïn-Sefra, Colomb-Béchar, le Sahara...

Une bouffée de silence s'évase. Un vent de sable traîne dans leur regard qui se croisent. Un vague sourire. Djebels, déserts, pistes arides et oasis leur rouvrent leur carnet de voyage. Ils le croyaient perdu. Une sorte de voyage à contretemps dans le monde des hallucinations et des associations libres.

Leur imaginaire flatté s'insinue entre leurs mots et leurs gestes. Il leur offre les épaisseurs de l'obscurité bosniaque pour mieux entendre le bruissement de leurs rêves révélés... fragments de rêves rétrécis à bouche ouverte et dents serrées.

Ils se reconnaissent, car ils sont de la même famille : de ceux qui sont à la recherche de ce qu'ils croient être, oubliant désespérément ce qu'ils sont. Eyup, le premier, brise leur silence : – La palette du peintre m'a séduit. J'ai barbouillé un peu partout en Espagne, puis en France jusqu'à ce que la lueur des flammes de mon pays attire mon regard ! Alors, je suis venu retrouver mes racines bosniaques dans ces montagnes – il désigne la monstrueuse masse noire qui défile à leurs côtés – et... j'ai découvert la moitié des miens massacrés, les stèles du cimetière renversées... et mes amis, de tous bords, incrustés dans leur terres pour y vivre ou pour y mourir. Le Bosniaque passe une main devant les yeux comme s'il voulait refermer un rideau malencontreusement ouvert : – Et toi, Sundgau, que viens-tu foutre par ici ?

Le tutoiement ne choque pas Guy. Cela le rassure, car il l'attendait, au nom d'une fraternité mystique qu'il voudrait faire passer par les mots : – Un homme ne peut se concrétiser que s'il crée un lien entre son action et le sens qu'il donne à sa vie... à travers celle des autres.

Guy laisse le silence refaire surface. Il hausse les épaules et un léger ricanement à la bouche, il lâche : – La majorité des gens et l'essentiel du monde politique sont extérieurs à eux-mêmes : ils sont en permanence sur scène... du grand guignol. Sa voix se fait sourde : – Un jour, j'ai réalisé qu'il arrive un moment où les choses importantes ne s'expriment plus par les mots, mais fondamentalement par les actes. Il importe d'être crédible à ses propres yeux, car tout est dérisoire lorsqu'il est rattaché au quotidien. Tu penses que je suis compliqué, non ?

– Pas du tout. Tu es vrai, cela me suffit !.. Un homme vrai !

– A ton tour de te tromper, Eyup. Je me souviens d'une scène qui se déroulait dans le port rhénan de Strasbourg : un homme était tombé à l'eau. Il ne savait pas nager. Sur les quais, la foule braillarde s'agitait, s'interpellait, discutait... Un homme, un seul se jeta à l'eau. Ce n'était pas un héros !

– C'était quoi, alors ?

– L'accusateur public de la lâcheté des autres. Guy ne précise pas où il se trouvait lors de cette anecdote : – Moi, j'étais dans un rêve où l'on sait que l'on peut, d'un moment à l'autre, se réveiller. Il faut simplement le vouloir.

Eyup le scrute avec beaucoup d'attention : – Rien n'est invisible : ce sont nos yeux qui sont aveugles, ainsi parlent nos paysans... ta vie doit être lourde de malheurs. De ce côté-là aussi, nous nous ressemblons !

Guy se tait. A la nuit noire qui pénètre dans la voiture, il comprend alors que son histoire ayant fait naufrage, il ne lui en reste que les débris ou vestiges dans les blancs de sa mémoire. Où sont donc ces blancs ? Que sont-ils devenus ? Pas toujours là où il aurait voulu qu'ils soient !

– Regarde bien, Sundgau ! C'est comme cela qu'on prononce ton foutu nom ?

Eyup a fait stopper les véhicules, tous feux éteints, dans le dernier col pierreux avant d'atteindre

Ribnica. Il lui désigne la gigantesque boursouflure dinarique du Konjuh. Quelques vagues halos de lumière délimitent au loin des agglomérations. De rares étincelles précisent des hameaux. Au ciel, des torches d'étoiles piquètent le noir utérin.

Une répétition du plan d'action s'échafaude sur la maquette... grandeur nature. Une étoile, une crête diffuse, un col assoupi, une lumière affolée deviennent la trame d'une immense caisse à sable si chère aux militaires. Une rafale de balles traçantes zèbre le ciel qu'elle fustige. Parfois, elle s'enfonce dans les flancs du Konjuh. Il ne tressaille même pas. Il souffre en silence.

Avec des mots sobres, Eyup habille le funèbre décor de la montagne éteinte : – Officiellement, la route Tuzla-Kladanj est à nous. En réalité, ce massif du Konjuh est un véritable no man's land. Chez nous le Konjuh est un véritable mythe de la résistance dans toutes les guerres. Chacun y est chez soi et personne n'est chez lui ! Les gens y sont terrés comme des lapins que... chacun tire à loisir et pour son bon plaisir. C'est peut-être là que sera ton problème !

– Pourquoi moi ? s'insurge Guy, interloqué.

– Parce qu'ici, même entre nous, la confiance n'existe pas lorsqu'il s'agit de l'horrible, de l'inconcevable. Toi et tes amis peuvent être les témoins de cet inimaginable.

– Et qui nous indiquera comment sonder cette énigme ? Le ton de l'Alsacien est ambigu.

– Avec quelques hommes, je vous accompagnerai et... je tâcherai de vous aider à en sortir. Tu verras, nous ne serons pas de trop... Toi, moi et nos souvenirs de djebels pour survivre !...

L'odeur de la nuit songe entre les sapins. Les ténèbres de juillet paraissent déjà flétries comme les fleurs d'octobre. Aux côtés de cet homme qu'il vient de rencontrer, Guy reste accoudé à ses hiers. Étonné des rires et des rêves qu'il pensait être enfuis, il reconnaît dans les paroles éployées d'Eyup l'espérance subtile d'un homme qu'il connaît depuis toujours...

*

* *

Chapitre III

Villon écrit sa ballade dans le camp des réfugiés de Tuzla. A l'orée d'une lisière squelettique, aux troncs gris de poussière, noirs d'incendie, se dresse un vieil olivier. Qu'est-il venu foutre dans ce paysage fatigué ? Qu'est-il venu foutre avec son pantin disloqué ? Il n'avait pas besoin de ce corps disloqué, se balançant au vent, pour mieux se distinguer des autres arbres. Il est vrai que le rameau d'olivier n'est plus porteur de paix. Alors, il porte ce qu'il peut !...

Le feuillage gris argent se ternit comme si l'arbre voulait fermer les yeux et ne plus regarder ceux du pendu réfugié dans ses branches. Ne plus regarder, aussi, dans ceux de la foule qui converge vers le fruit vénéneux de la folie des hommes.

Avec mollesse le corps oscille dans la chaleur. La ramure affalée se prend pour une funèbre escarpolette. Le pendu tourne et retourne autour des lambeaux de vêtements qui lui ont servi de corde : Claudia Schiffer de l'autre monde dans ses soieries à paillettes !

– Qu'est-ce qui se passe ? demande Léa. Elle est occupée à soigner de jeunes enfants. Ils font la queue sous la bâche tendue entre quatre piquets.

– Continue à t'occuper de la vie de tes gosses ! lui répond Mic. Cela vaut mieux ! Il a jeté un coup d'œil vers l'arbre. Il a vite compris, aidé en cela par Marc, lequel vient de les rejoindre :

– Il s'agit de l'un de ces jeunes gens qui ont fui Srebrenica et sont arrivés au camp des réfugiés ces derniers jours... il est mort tout seul... tout seul face au camp bien dressé de centaines de tentes blanches alignées !

– C'est terrible de mourir si jeune et en silence ! gronde Guy. Il vient de les rejoindre en compagnie de Steff et d'Eyup. En silence, reprend-il avec une rage croissante. Il s'agit surtout de ne pas déranger les fonctionnaires du Parlement européen de Strasbourg. En ce moment, ils doivent faire la queue à leur cafétéria. Et ceux de l'ONU doivent être occupés à organiser leur week-end !

– Tu es bien loin de la vérité, Guy lance Steff. Il a sa gueule des mauvais jours : – Cette fois-ci, la FORPRONU a fait de l'excellent travail sur ordre de ses généraux et des hauts fonctionnaires. Elle a renié sa parole et trahi les Bosniaques en vendant Srebrenica aux Serbes de Karadjic... Cela fait quinze jours que les rescapés de ce génocide conçu par le forcené de Pale, organisé par la lâcheté de l'ONU, conduit par ce malade de Mladic, tentent d'échapper au tragique de la « zone de sécurité onusienne ».

– Je viens de parler avec quelques-uns de ces rescapés, surenchérit Jan. Ils m'ont décrit des chemins entre Srebrenica et Tuzla. Des chemins tapissés de nos mensonges, de nos fourberies.... Des sentiers pour échapper aux tchetniks, jalonnés du sang et de la chair des enfants et des femmes affolés. Ces gens-là, conclut-il, visiblement écœuré, craignent les Serbes et nous méprisent. Cela, je l'ai lu dans leurs yeux. Car, ils ont des yeux si vides d'espoir qu'ils ne peuvent plus rien dissimuler.

– Qu'en dis-tu, Eyup ? interroge Guy.

Le Bosniaque, étonnamment silencieux, a suivi leur conversation avec beaucoup d'attention. Ses yeux à lui ne trahissaient rien de ce qu'il enregistrait. Un regard acéré vers Guy. Un très léger soupçon d'amertume ironique aux lèvres, il se décide à répondre : – Ces dizaines de milliers de réfugiés rédigent un acte d'accusation sans appel pour la conscience de ce que vous vous obstinez à appeler la démocratie et l'humanité. Maintenant, nous sommes passés de la désespérance à la rancune. Ce ne sont pas ces convois de l'ONU, bourrés de mauvaise conscience, qui nous redonneront l'espoir et nous ferons oublier la duplicité de ceux qui nous les expédient... Suit un long silence. Un lourd silence. Puis, il reprend : – Il faudra bien qu'un jour tous ces morts inutiles et avilis se relèvent pour demander des comptes à leurs bourreaux serbes ainsi qu'à Boutros-Boutros Ghali et Akashi, ces nouveaux comiques chers à Woody Allen.

– Nous sommes quelques-uns à vouloir sincèrement et concrètement vous aider, murmure Léa. Sa voix est sourde, un brin triste. La jeune femme jette un regard oblique vers la foule agglutinée autour de l'arbre mortuaire.

– Ce ne sont pas des gens comme vous que je visais, explique Eyup, sans chercher à s'excuser. Il se contente de faire une mise au point : – Mon peuple sait ce que vous faîtes pour lui. Mais il sait aussi que vous ne représentez que vous-mêmes. La gratitude n'interdit pas la clairvoyance !

– Eyup, il faut être réaliste, suggère Guy. Il y a heureusement quelques gouvernements qui commencent à réagir.

– Réaliste, explose le Bosniaque. Va et demande-lui d'être réaliste à celui-là ! – il désigne le pendu – Quant aux gouvernements..., de combien de doigts de ma main ai-je besoin pour les dénombrer. Le cowboy de Washington ? Il attend le moment de ses élections. Quant au moujik de Moscou, il va chercher à faire oublier sa Bosnie tchétchène. Mais..., tu as raison, Sundgau. Il semble que ton nouveau président soit sensible à la menace de génocide des fous de Pale... Lui paraît avoir compris le pouvoir de la force au service des faibles... peut-être que d'autres suivront. Inch'allah !

Guy sursaute intérieurement, lorsque le Bosniaque lâche avec un mépris assassin : – Quant à nous, nous devons régler leur sort funeste aux Masters of war !

La tempête coléreuse contre le désir inassouvi du profit et du pouvoir souffle dans les yeux à demi-clos d'Eyup. Un court instant durant, à la brise appesantie qui parcourt le camp effondré dans son entoilement, l'Alsacien croit entendre la superbe chanson de Bob Dylan... fac-similé des paroles du contempteur révolté, où se répandent d'étranges relents de souffre... La chaleur estivale écrase encore un peu plus l'ancienne base aérienne de Tuzla. Les pistes vibrent d'air brûlant. Les tentes affalent leurs blancs plis de catafalque

Au-delà des tentes immaculées, l'olivier a retrouvé ses branches orphelines de la détresse étranglée. Des mains amies ont recueilli le corps disloqué de celui qui ne s'était pas cru immortel. Encore jeune pour la vie, entaillé de souffrances, l'âme proche de l'agonie ignominieuse de Srebrenica, l'homme n'avait plus trouvé de mains secourables. Il avait choisi celles de l'arbre pour y suspendre la désespérance qu'on assassine.

A distance, les complices fangeux : Milosevic, Karadjic et Mladic, grâce aux yeux baissés de l'ONU, ont réussi leur mauvais coup ! A loisir, ils ont perpétré et répété leur forfaiture de Zepa.

La purification ethnique des uns et la veulerie des autres progressent à grands pas. Pour peu que la Bosnie-Herzégovine trimballe sa détresse et sauve sa peau déchirée, l'Histoire les jugera, les tortionnaires et les lâches.

Au loin, quelque part en ville monte une colonne de fumée. Un détonation sourde se propage, bourdonnante dans les toiles blanches des tentes. Regroupées, le dos rond tels des moutons affolés, elles se mettent à frissonner. Puis, un bouquet de champignons grisâtres et nouveau roulement de déflagrations. Enfin, un silence lourd, épais s'abat sur la cuvette. Un de ceux qu'on fabrique au cinéma pour mieux accompagner l'orage qui s'est abattu. L'inconsciente brutalité aveugle des artilleurs serbes se recueille.

La foule des réfugiés est sortie, hébétée, hagarde des abris dérisoires qu'offrent les tentes. Debout, les gosses agrippés aux vêtements de leurs mères, les bébés pleurant une horreur qu'ils ne comprennent pas, les vieillards appuyés sur leur bâton, prêts à reprendre leur longue marche, les hommes et femmes apeurés, la rage au cœur et l'angoisse au ventre, tous s'apprêtent au carnage dans la zone de sécurité de l'ONU... surtout sans déranger personne !

– Ils tirent de là-haut, montre Guy, le doigt tendu.

– La prochaine fois, nous devrons réussir notre offensive sur le mont Majevica. Lorsque nous le contrôlerons, Tuzla sera enfin à l'abri. Et de là, nous emmerderons les forces serbes jusqu'à la Save. Eyup éclate d'un bon rire, anachronique dans ce festival de l'horreur. Il poursuit : – Ne t'inquiète pas, Sundgau. A l'heure du raki, les artilleurs serbes nous annoncent l'apéritif à partir du « Sugarhill ».

– « Sugarhill » ? demande Piet. Il est visiblement intéressé par le cours de tactique.

– Ce sont les hauteurs que tu vois devant toi, au-dessus de la ville. C'est le nom de baptême que leur ont donné les otages bleus. Oh, pardon ! je voulais dire vos soldats de l'ONU ! c'est ainsi que nous les appelons : les pauvres, ils ne savent pas ce qu'on leur fait faire ! Avec l'ambiguïté criminelle des ordres qu'ils reçoivent, et surtout de ceux qu'ils ne reçoivent pas, je me demande si je ne les plains pas plus que nous, les Bosniaques.

– Et si nous allions aider ces gens avec le suicidé ? intervient Steff. Il ne tient pas à poursuivre la conversation en cours.

– Laissons-les entre eux. Leur douleur leur appartient, laisse tomber Eyup. Nous avons à faire. Nous y allons, Steff ?

– OK ! Sundgau, tu nous accompagnes. Toi aussi, Marc.

– J'en ai plus pour longtemps, Steff, lance Léa. L'un des responsables du Haut-Commissariat pour les réfugiés m'a promis des médicaments pour cet après-midi. Je suis pratiquement libre.

– Non, tu restes là avec les autres ! Vous avez suffisamment de pain sur la planche. N'oubliez pas de parler avec ces pauvres gens pour récupérer le maximum d'infos. D'ailleurs, nous ne serons pas longs. Je vous tiendrai au courant de la suite que nous allons mettre au point.

– Ah ! fait la jeune femme. Le ton n'est pas déçu. Simplement dubitatif.

– Oui, il vaut mieux pour nous de rester discret. On nous observe. Donc, rendez-vous à 13 heures au resto habituel.

A la demande de Léa, Eyup avait posé sa main sur l'épaule de Steff. Geste amical. La jeune Belge fit semblant de ne rien voir. Guy remarqua les doigts crispés du Bosniaque. Un message était passé. De plus en plus intrigué, Guy surprend le regard de Steff : – « Ne pose pas de question ! Surtout, ne te mêle pas de cela ! » Un message était donc bien passé par là. Il se promit d'éclaircir la zone d'ombre qu'il trouve un peu trop envahissante.

Avant de partir, il se retourne vers Léa. Un éclair de tendresse dans le regard, il lui lance : – C'est une affaire d'hommes. A tout à l'heure. Toi, tu fais un beau boulot de femme... Une vraie Mère Thérésa, au milieu de tous ces gosses et ces femmes... Tu feras une admirable mère de famille !

La jeune femme rougit. Elle s'en retourne sous sa

toile de tente après l'avoir menacé d'un doigt taquin. La troupe d'enfants se referme sur elle. Incantatoire, sa chevelure d'un blond hyper lumineux poudroie entre les foulards et les noirs cheveux.

Un léger trouble au cœur, Guy rejoint ses amis. Dans son regard flotte l'image libre et sensuelle de la fulgurance des trente ans de Léa. Dans la foule ondoyante des réfugiés, elle porte inconsciemment l'image de Pocahontas : elle croit, un peu naïve, à la compréhension et la tolérance entre les gens.

L'Alsacien lit la même appréciation dans le regard de ses compagnons. A son tour, il rougit de son bonheur.

Les tentes, misérables refuges transformés en fours solaires, se succèdent le long des pistes. Des gémissements étouffés. Des pleurs d'enfants reniflés. Des larmes de femmes ravalées. Accroupis, des hommes au visage inutile tracent des dessins inutiles de leurs doigts inutiles. De temps à autre, une vieille retourne, absente, la poêle où grésillent des oignons. L'odeur est forte : celle des oignons, de la promiscuité et de la foule angoissée.

Une odeur pestilentielle domine toute les autres : celle de la peur solitaire ! celle de la solitude apeurée ! Lorsque l'amour est enterré, la jeunesse suicidée, lorsque la douleur se marie à la gourmande agonie, lorsque l'Europe prend ses pantoufles de feutre pour assumer son absence, c'est cette peur qui doit déranger Dieu, Allah et tous ses compères ! « Silence et vie » clame Max Jacob. « Silence et mort », répond le poète. Tôt ou tard, viendra le jour où les peuples démocratiques se poseront la question obsédante de l'holocauste : « Pouvait-on faire autrement ? ».

Eyup s'arrête devant une tente semblable aux autres. Pourtant dès que Guy y pénètre, tous ces sens s'exacerbent. Il reconnaît cette étrange excitation prémonitoire. Elle est le signal de l'éveil de son instinct de chasseur solitaire, mais aussi celui de la vivacité inquiète de la proie.

Une demi-douzaine d'hommes sont assis à même le sol. De leur Drina, ils tirent de longues bouffées. L'atmosphère est empuantie de volutes de cigarette et de mutisme. Sur trois bouts de braise incandescents, une théière chauffe son cul noirci.

Même s'ils ne portent pas d'armes, leurs vêtements ne sont en rien semblables à ceux des misérables réfugiés : ce sont des vêtements amples, verts et solides. Des vêtements de guerrier. Les visages bronzés, encadrés de barbe noire, sont éclairés d'yeux à la flamme inquisitrice, presque méchante. En tout cas, le visage de celui qui les accueille est poli, sans plus.

Les quatre amis s'asseyent, côte à côte. Quelques phrases en serbo-croate, mâtinées de consonances orientales, lesquelles renforcent l'écoute de Guy, s'échangent. Eyup présente ses trois compagnons à celui qui paraît être le chef.

Ce dernier, sans mot dire, fait un signe à l'un des barbus. Celui-ci emplit quatre verres minuscules d'un thé sombre. Le geste ample du serveur fait l'ascenseur à chaque remplissage. Le liquide ambré et parfumé joue à l'équilibriste entre le bec de la théière et le verre : pas une goutte de perdue.

Tous quatre aspirent le thé brûlant au travers de la légère mousse. Le silence se fait encore plus opaque. Pas un mot de ceux qui boivent le thé. Pas un mot de ceux qui les regardent boire.

Guy a chaud. Très chaud. Une rigole de sueur lui coule dans le dos : « Je commence à en avoir marre de ces simagrées. Qu'est-ce qu'ils peuvent vouloir manigancer avec leur air d'ayatollah primaire ? bougonne-t-il dans sa tête. Et puis, j'ai mal aux genoux à être assis comme à la Mosquée ! C'est pas une attitude de chrétien ça ! » Il est vrai qu'un début de crampe titille son genou gauche, là où veille un vieil accident de parachute. Mais « son attitude de chrétien » le fait sourire.

Ce simple plissement de ses lèvres déchire l'ambiance feutrée. Chacun croit entendre le cri strident de l'étoffe découpée brutalement par le geste du tailleur. Tous les visages se tournent vers Guy. Les épaules de Steff et de Marc qui l'encadrent font bloc avec les siennes. Ouf ! Il se sent moins seul. Eyup, après avoir dévisagé l'assemblée, le considère avec une curiosité inquiète. Les barbus sourient à leur tour, méprisants et agressifs.

– Votre thé est excellent. Il fait oublier la chaleur du dehors, lance Guy. Il accentue son sourire en signe de remerciement. Il ne lui est guère difficile d'esquisser son rictus tant le parallèle entre les simagrées des ayatollahs présents et les bienfaits du thé lui amène une bouffée de rire incontrôlée. Son sourire en devient encore plus convivial.

A l'évidence, les barbus sont désarçonnés. Ils avaient montré leurs pectoraux pour un combat gagné d'avance. L'adversaire s'était simplement assis. Il avait bu leur thé et l'avait trouvé excellent. En outre, il avait dit merci. Délicat, dans ces conditions, d'être agressif !.. surtout lorsque l'on subodore l'adversaire combattant en fausse garde !

– Alors, c'est vous les étrangers qui viennent aider Eyup ? énonce le chef. Son français est rocailleux, mais parfaitement lisible. Son ton est hautain. Il a lâché le mot « étranger » comme s'il touchait une chose impure.

– Je m'appelle Faïture... Steff Faïture et je suis Belge, répond Steff, très calme.

– Marc Kohl. Je suis Allemand. La voix de Marc est anormalement lisse pour Guy qui connaît bien son ami. Il sent son corps trembler de rage contre le sien.

– Et moi, Guy Sundgau.

De nouveau, la lourde chape de silence. Visqueux et insinuant.

– Appelez-moi Ali. Eyup me connaît bien... Et toi, tu es aussi Allemand ? dit l'homme à la barbe noire. Il s'est tourné vers Guy.

– Je pourrais, répond l'Alsacien. Comme européen, je pourrais. Mais les aléas d'une naissance m'ont fait Français. La race, la nationalité et la religion – « Touché ! » se marre-t-il en lui – sont le fait du hasard... Et toi Ali, quel est ton pays ?

Maintenant, c'est au tour d'Eyup de sourire. « Le petit Français a du culot ! » penset-il. Toutefois, il juge bon d'intervenir pour ramener tout ce beau monde au motif de leur rencontre.

– Je suis musulman ! décrète Ali. Il a devancé Eyup. Celui-ci fait une grimace de désapprobation.

– Ah ! répond Guy. « Le sol devient glissant. Autant régler le problème immédiatement » se dit-il, car il a horreur des situations floues. Elles sont le meilleur tremplin des futurs malentendus. Il poursuit, le ton léger : – Moi, je suis chrétien et... protestant de surcroît. Donc, une sorte de révolutionnaire ! Mes amis, je ne sais pas ! cela ne m'intéresse pas, car c'est une affaire privée. Mais, toi, tu as bien un pays d'origine ? En tout cas, tu es aussi un étranger. Ton accent me rappelle quelque chose au-delà de la Méditerranée !

Ali et ses compagnons se rétractent, telles des tortues rentrant la tête et les pattes sous leur carapace. L'arrogance revient au galop dans la bouche du chef barbu : – Nous sommes des moujahidine. Ces deux-là sont Iraniens comme moi, tandis que ces deux-là sont Syriens. Lui – il désigne le cinquième homme, fumant impassible – est Algérien. Les autres sont dehors.

– Tes compagnons, peuvent-ils nous comprendre ? hasarde Steff, toujours aussi calme.

– Grâce à la coopération amicale de l'un de vos syndicats, j'ai pu travaillé avec l'un de mes amis dans une usine d'automobiles en France. Idriss – c'est l'Algérien qui continue de fumer comme s'il n'était pas là – a eu sa maîtrise de droit à Paris. Nous faisons l'interprète pour les autres. Eux parlent bien l'anglais.

J'ai organisé mon équipe en fonction de vous, annonce-t-il, une sombre fierté de carbonaro sur le visage.

– Au fond, vous faîtes le même boulot que les Casques bleus ! glisse Guy. Sa voix se veut anodine.

– Vos Casques bleus sont des pantins incapables de respecter leur parole... des chasseurs de prime !... Les Américains ont bien des conseillers techniques auprès de l'armée croate et bosniaque, alors pourquoi pas nous !

– Ah, parce que vous... rétorque Guy. Son exaspération se fait jour.

– Oui. Nous sommes les fils de la Jihad venus aider nos frères musulmans !

– Ils sont envoyés par la Fondation Mowafaq, installée à Karlsruhe, fait remarquer Eyup. Il cherche à apaiser une entrée en matière houleuse.

– Karlsruhe ! s'exclame Marc. Il ne peut retenir un mouvement de surprise.

– Cette fondation a reçu l'approbation du haut-Commissariat aux réfugiés de l'ONU, reprend Eyup. C'est pour cela qu'ils sont arrivés ici.

– Tu veux plutôt dire que c'est comme cela qu'ils sont ici, persifle Guy.

– Bon, maintenant que les présentations sont faites, intervient Steff, si nous en venions à la situation qui nous fait nous rencontrer... Nous avons des intérêts communs !

– Ali et ses amis nous sont d'une aide précieuse, approuve Eyup. Le chef barbu se rengorge, tel le coq grattant son fumier. Guy perçoit la pression amicale de la main du Bosniaque sur son épaule. Celui-ci poursuit : – Ils connaissent parfaitement la région qui nous intéresse. Ils ont mené dernièrement des raids significatifs contre les tchetniks de Capardi sur la Spreca et même une nuit sur Zwornik. Le salopard de Karadjic n'a pas dû le croire ! Des musulmans se sont lavés dans sa belle Drina !

Les moujahidine s'esclaffent bruyamment et racontent. La tente s'emplit de cris de guerriers en lutte, des clameurs de terreur de la population serbe affolée, des râles des blessés achevés. Des détails sordides de raids qui se voudraient razzias de légende. N'est pas Saladin qui veut ! Les roses d'Ispahan ne poussent pas sur le fumier...

Eyup a remarqué le visage fermé de ses nouveaux amis européens. Il reprend la direction de l'entretien et ramène les conteurs sur le sujet :

– Ali, raconte-nous ce que tu sais sur les réfugiés de Srebrenica.

L'Iranien regarde fixement Guy dans les yeux. Il commence :

Je pense que c'est toi qui est chargé de l'opération « Nebo ».

– C'est exact. A quoi vois-tu cela ?

– Tu as le feu dans le sang. Cela se sent. Mais ce ne sera pas suffisant, tu verras.

– Inch' Allah ! rétorque Guy.

– Allah ou akbar, répond Ali, interloqué. Il poursuit : – Les réfugiés arrivent en masse, jour et nuit. Par les routes, ce sont les femmes, les enfants et les vieillards. Certains par Kladanj vers le sud. La plupart vers Tuzla, au nord. Les hommes qui ont pu échapper à la rafle de Mladic se sont lancés dans une marche folle en direction de l'ouest, à travers les montages. Les tchetniks sont lancés à leur poursuite avec leurs chiens, comme dans les films américains. Ils arrivent par petits groupes, tels des enfants perdus... avec, dans la tête, les images du massacre des leurs. Mes amis et moi, nous parcourons les forêts du Javornik et du Konjuh pour récupérer ces fugitifs et les conduire vers Tuzla. Cette purification ethnique menée contre nos frères est un calvaire d'angoisse et de haine, conclut-il, la voix sourde.

Guy le trouve presque sympathique. Il garde secret le sourire que fait naître en lui l'évocation du « calvaire » par cet intégriste de la foi musulmane.

– Eyup m'a dit que toi et les tiens recherchaient des vrais témoins des massacres de Srebrenica, interroge Ali. Il y a un certain changement dans le ton du barbu lorsqu'il s'adresse à Guy. De la réserve, presque un certain respect : – Qu'entends-tu par de vrais témoins ? Ceux de Tuzla ne vous suffisent donc pas ?

– Il est facile de dénoncer les crimes de guerre, rétorque Guy. Il est plus difficile d'en avoir des preuves. Dans cette sale guerre, tout le monde a les mains plus ou moins souillées. Les assassins sont le plus souvent des gens ordinaires. Les responsables, par contre, sont exemplaires. La trilogie nauséabonde : Milosevic, Karadjic et Maldic nient le calvaire ! Et la plupart des témoins refusent d'en parler : les enfants battus, les femmes violées, les vieillards martyrisés. J'essaie de les comprendre... ce n'est pas facile.

– Il est évident que les torturés à mort ne peuvent non plus témoigner. Ali hausse les épaules.

– Nous savons que seuls seront probants les témoignages recueillis à chaud et sur place. Sinon, nous les obtiendrons peut-être lorsque les témoins seront en sécurité, à l'étranger et... cela n'aura pas la même force.

– La tuerie programmée à la suite de Srebrenica est pour nous l'occasion de faire jouer la conscience humaine, quelles que soient nos convictions morales ou religieuses, décrète Steff. Nous avons besoin de témoins oculaires !

Guy lui est reconnaissant de ce soutien enfin manifeste. Il relance Ali :

– Nous pensons que les contacts des amis d'Eyup et les vôtres, ainsi que les amitiés nouées sur place, vont nous permettre une enquête sérieuse, à chaud sur le terrain : comme l'a dit Steff, de telles atrocités dans des lieux aussi symboliques que Srebrenica et Zepa, en un laps de temps aussi court, sont un début de preuve indéniable d'un plan général d'extermination.

– Et tu penses que ce sera efficace ? ironise Ali.

– Le procès de Tadic, le bourreau du camp d'Omarska, est la preuve que cela peut démarrer, assène Guy. Car vouloir imposer la paix sans justice préalable, c'est ouvrir la porte à la vengeance. Et il y a suffisamment de lâches et de tarés pour se satisfaire de cette dernière.

– Tu penses à quelqu'un en particulier, le Français ? gronde l'Iranien.

Guy réalise qu'il s'est laissé emporter par sa fougue habituelle. Mais, l'homme barbu l'indispose de plus en plus. Un tic d'énervement qu'il connaît bien sur le visage de Steff le conduit à tenter de se rattraper :

– Je ne suis pas sûr que tu comprennes ma motivation, ni celle de mes amis. Ici, je l'avoue et je le regrette, l'ONU se contente de jouer au comptable qui recense les morts sans différencier l'agresseur de l'agressé. Or, nous savons tous ce qu'il faut faire. Le plus dur est de le faire ! C'est peut-être ce que les tiens, Ali, et mes amis tentons aussi de faire... chacun à notre manière !

– Tu parles bien, réplique Ali avec lenteur. Ici, il n'y a pas de code : professionnels et amateurs, nous sommes sur le même terrain. Encore faut-il nous faire confiance à nous, les amateurs ! – d'un geste large, il désigne l'assemblée, y compris Guy et ses amis –, car nous, nous savons et nous agissons ! Allah soit avec nous !

Le barbu tape la main tendue de Guy. Leur sourire, à tous deux, laisse entendre qu'aucun n'est dupe de cette entente de circonstance.

Ali sort une carte d'état-major. Il la déploie. En quelques mots, il démontre le tacticien méticuleux. Le papier se transforme en vision stéréoscopique. Les 1330 mètres du Konjuh renâclent à desserrer leurs flancs sombres, leurs crêtes fuyantes. Les mots forcent les passages. Le crissement de la baguette sur la carte convoie la théorie des rêves dans le chuchotis des forêts réveillées. Rôdeurs, les yeux tentent d'attraper les épaisseurs et les lignes d'horizon rompu. Le vent fou qui monte du Konjuh se drape de fantômes qui font sabbat de solitude. Une géométrie passionnée de sang suinte. La mort masquée creuse des ombres sans mémoire...

Un rayon noir du soleil de midi défonce la tente. Ancré dans ce néant cadastré, Guy sursaute. « Ne pas se laisser piéger par les mots ! », pense-t-il.

– Et la population du coin ? interroge-t-il.

– Le vide et la foule en marche, réplique Ali. Ainsi que je vous l'ai dit : sur les routes, les réfugiés refoulés par Karadjic. Tu les verras lorsque nous descendrons vers Stupari. Dans les montagnes et les collines, quelques villages et hameaux. La plupart sont dévastés, abandonnés. Quelques fous s'accrochent à leurs champs, à leur cimetière. Va savoir pourquoi !

– Seul un homme de la ville ou un fonctionnaire peut parler ainsi ! s'exclame Guy. Chez moi, dans ma région, il y a aussi des fous qui s'accrochent à leurs marais, aux vallées d'Alsace !

– Si tu veux. Mais ils n'ont pas le triste privilège des dingues de Pale. Ici, il s'agit de mort !

– Il y a plusieurs façons de vivre. Mais une seule de mourir : pour un paysan, c'est l'abandon de sa terre !

– Décidément, toi, tu commences à me plaire. Tu dis ce que tu penses... Pour en revenir à tes gens de Nebo, ce n'est qu'un gros hameau sur le flanc du Konjuh. Il comportait une vingtaine de fermes. Il n'y a que cinq ou six habitants. Les autres ont fui vers Tuzla ou Ribnica. Certains ont été massacrés par les tchetniks de Trifko. De celui-là, je vous en parlerai tout à l'heure. Depuis quelques jours, un flot d'une quinzaine de familles de Srebrenica et de Stupari les ont rejoints et ont occupé les fermes vides.

– Ils ne partent pas ? interroge Marc.

– Pour aller où ? Ils sont au ciel. Devant l'air ahuri de l'Allemand, l'Iranien s'amuse : – Eyup ne vous pas traduit le nom de ce village ? Nebo veut dire ciel. Tout un programme ! Mais si tu préfères, j'ajouterai pour quoi faire ? Le fatalisme de l'Oriental transparaît dans le haussement d'épaules désabusé d'Ali. Il continue, le ton aigre : – Parmi ces gens-là, vous trouverez certainement vos témoins dignes de foi. C'est du moins ce que pense Eyup. Je ne comprends toujours pas pourquoi nous ne pouvons pas régler ce problème nous-mêmes. Nous savons faire parler les gens !

A cette dernière phrase, Guy a un petit frisson. Ali doit être efficace, il n'en doute pas. Il constate simplement que l'Iranien ne connaît que les contours de leur mission. Voici encore un point à éclaircir avec Steff. Les paroles inquiètes de celui-ci, à bord du Crescent, lui reviennent à l'esprit.

Eyup intervient : – Ali, je te l'ai déjà dit. Les témoins qui nous intéressent ne veulent parler qu'à des étrangers susceptibles de recueillir et faire circuler leurs révélations. Ils en ont trop bavé. Même moi, je n'ai aucune idée de qui il s'agit. Ils se méfient de tout le monde : de la duplicité de l'ONU, du mercantilisme des médias... et même de nous, les Bosniaques, englués dans la politique. Ceux-là – il désigne Guy et ses deux amis – peuvent et veulent alerter les juges internationaux qui œuvrent contre l'oubli.

– Mais la presse, la télévision ? renâcle Ali. Il ne paraît pas convaincu.

– Oh, ceux-là ! Entre un but en Coupe d'Europe et un enfant tiré comme à la fête foraine, ils ont choisi l'audimat. Celui qui ne gêne pas les consciences et n'empêche pas de dormir... Maintenant, dis-leur ce que tu sais sur les Serbes dans le coin.

Ali hésite un court instant. Il se tourne vers ses compagnons, jusqu'ici silencieux, mais au regard terriblement déshabilleur des corps et des âmes :

– Idiss, à toi !

Tandis que l'Algérien se lève, Ali explique :

– Idiss a fait l'Afghanistan. C'est lui qui est responsable du renseignement dans notre groupe.

Agenouillé, Idriss se saisit de la baguette. Dans un français impeccable, il fait l'inventaire de la menace :

– A tout moment, les Serbes peuvent venir aux portes de Tuzla. Ils en ont les moyens. Personne ne les en empêcherait. Sauf qu'en ce moment, ils ont d'autres chats à fouetter. Le 7e corps du Général Mjalic vient de s'emparer des hauteurs de Donje Vakuf, au-dessus de Travnik. Une belle victoire bosniaque sans l'aide de personne, clame-t-il avec fierté. Il brandit l'édition du jour du Ljiljan. Et ces salopards ont du mal à digérer cette défaite. C'est pour cela qu'il nous faut surtout craindre les tchetniks. Ceux-là sont imprévisibles et enragés. De fait, ce sont eux qui contrôlent le Konjuh. A partir de cette base arrière, ils vont souvent rendre visite à leurs copains de Vosuca, au-dessus de Vares. C'est la raison pour laquelle je persiste à penser que vous avez pris des risques en empruntant la route de la montagne la nuit dernière.

– Ce n'est pas eux, mais moi qui ai pris cette décision, intervient Eyup. J'avais pris mes précautions et surtout j'ai fait le black-out sur cette opération.

– Je m'en suis rendu compte, déclare Ali. Le ton est lourd de sous-entendus. A l'évidence, l'Iranien avait été mis à l'écart de leur arrivée. Il se veut désinvolte : – Continue, Idriss !

– Bien. Un mot sur ces tchetniks. Ce sont des voyous, pour la plupart sortis de prison par ce porc de Ratko Mladic, et armés et équipés par Milosevic. Dans cette région du Konjuh qui vous intéresse, le chef des tchetniks est Trifko Cosovic. Il dispose d'une cinquantaine d'hommes dans le secteur. Voici sa photo. Le moudjahidin tend une photographie tout en commentant : – Trifko est un Serbe de Zwornik. Lors de la première épuration ethnique, il a massacré sa femme bosniaque, il lui a ouvert le ventre et extirpé le fœtus de son opprobre. Et depuis ce sacrilège, il erre tel un fou qu'il est, assoiffé de sang musulman...

– Il doit être à la recherche de son âme, glisse Marc, mal à l'aise.

– Ce genre de gars n'a pas d'âme, rétorque l'Algérien.

– Je suis d'avis contraire, réplique Marc. Ces gens le savent très bien et c'est là que réside leur angoisse !

– Eh bien, moi, je suis sûr du contraire, insiste son interlocuteur avec hauteur. Les Allemands n'avaient pas d'état d'âme avec la solution finale pour les Juifs.

Ils avaient trouvé la solution radicale, n'est-ce pas ? Nous devons agir de même avec les tchetniks.

L'ambiance s'épaissit. L'air se fait lourd, mauvais. Guy considère son ami Marc, prêt à se porter à son aide. Celui-ci déglutit. Il est visible qu'il se force à ne pas répondre. Une petite sueur perle à son front. Les muscles de son épaule se nouent d'acier en s'appuyant contre celle de Guy. « Décidément, se dit l'Alsacien, rien ne tourne rond dans cette soi-disant collaboration. Mais qu'est-ce qu'il lui prend à Marc ? » Il s'élance :

– La grande différence est que, dans ton raisonnement, tu confonds Juifs et tchetniks ! un peuple pacifique et une bande de salauds !.. Passe-moi ta photo ! Il accompagne sa provocation d'un gentil sourire.

Steff, Marc et Guy consultent la mauvaise photographie tendue par Ali. Ils y découvrent un homme jeune, d'une trentaine d'années, au sourire bestial, les yeux injectés. Il serre la main du ventripotent Mladic sur fond de visages excités et d'armes brandies à bout de bras.

– Lui aussi est un porc ! gronde Driss.

Guy trouve que la gamme d'insultes de l'Algérien est bien maigre. Il lui ressortirait bien la tirade de Cyrano, mâtinée de la gamme de victuailles promises par cet amusant bestiaux de nos fermes. Mais rien que l'évocation d'un monceau de charcuteries alsaciennes provoque en lui une montée de suc gastrique ! Ah ! une bonne choucroute accompagnée d'une bière pression fraîche ! Un Hiroshima gastronomique dans la fournaise hébétée de Tuzla !

– Où crèche-t-il, ton animal ?, interroge Marc, fort à propos.

– Lorsqu'il en a besoin, il vient prendre ses ordres à Zwornik sur la Drina, à une cinquantaine de kilomètres d'ici. Mais il peut être partout. Actuellement, il opère dans le massif du Konjuh. D'après ce que je peux en savoir, je pense qu'il a le même problème que vous. Mais lui, il élimine. C'est plus radical ! Il vient de razzier deux villages au nord de Stupari. Vous aurez l'occasion de voir cela ! Avez-vous d'autres questions ? Hautaine, la question est lancée avec la morgue d'un petit seigneur féodal.

Tous secouent négativement la tête. Ils en savent suffisamment long. Ils tiennent surtout à abréger cet entretien. Il pourrait exploser à tout instant. Le terrain et Eyup seront de précieuses sources de renseignement.

– Avez-vous prévu votre exfiltration, lorsque vous aurez vos témoins ? La question d'Ali, d'apparence anodine, sinon logique, provoque une réaction simultanée de Steff et d'Eyup :

– Nous nous en occuperons en temps voulu, déclare Eyup, d'un air entendu.

– C'est-à-dire... en fonction de la situation. Car, pour l'instant, nous sommes dans le brouillard, s'excuse Steff. Nous aviserons ensemble.

– D'accord. Nous aurons l'occasion d'en reparler pour mettre cela au point. En attendant, avec mes hommes, nous assurerons votre sécurité rapprochée autour de Nebo. Ah ! j'aimerais faire la connaissance de votre groupe avant notre départ demain.

– Excellente idée ! déclare Eyup. Rejoins-nous au restaurant sur la place. Nous y déjeunerons dans une demi-heure. A tout à l'heure.

Le groupe remonte le chemin poussiéreux vers la ville. Guy et Eyup marchent, côte à côte. Une sympathie manifeste les rapproche.

– Dis-donc, Eyup, c'était un traquenard ou quoi ?

– Pas du tout. Je voulais voir comment vous réagiriez.

– Alors, satisfait ? Guy s'énerve : – Mais, Bon Dieu, qu'est-ce que c'est que ces gars-là ?

– Sundgau, il faut nous comprendre. La Bosnie-Herzégovine n'est qu'une chiure de mouche sur la carte du monde ! Et cette chiure emmerde tout le monde, car elle dérange les savants calculs des technocrates de tous bords. Alors, certains veulent profiter du bordel général pour s'y implanter. Eyup éclate de rire. Il jette un clin d'œil vers Guy, certain que ce dernier a saisi l'allusion aux barbus qu'ils viennent de quitter.

– Ne prenez-vous pas trop de risques avec ces cocos-là ?

– Je te l'ai déjà dit, insiste son interlocuteur, tandis que Steff et Marc les encadrent sur la route enfin atteinte. Nous sommes tout petits et nous sommes forcés d'accepter toutes les aides, d'où qu'elles viennent ! L'ONU souhaite notre disparition pour qu'enfin son problème soit réglé. Vos casques bleus ne servent malheureusement pas à grand chose, sauf quand ils sont attachés à des poteaux. Alors, seulement, ils deviennent des nôtres ! Leur rage et leur peur sont aussi les nôtres ! Quant aux Afghans – c'est ainsi que nous les appelons – ils faut admettre qu'ils sont très actifs et efficaces. Ils espèrent implanter sur notre sol une république islamique.

– Ici, en Europe ? bondit Marc.

– N'ayez pas d'inquiétude, rétorque le Bosniaque. Ils ne sont pas nombreux et nous savons ce qu'ils manigancent. C'est l'une des raisons pour lesquelles je suis aujourd'hui avec vous. Ils l'ont d'ailleurs parfaitement compris. Permettez-moi un conseil d'ami : soyez toujours sur vos gardes. Ne les provoquez par de trop, car ils sont dangereux, voire extrémistes ! A titre d'information, contrairement à ce qu'Ali vous a dit, ses cinq compagnons comprennent tous le français. C'est moins vrai pour les autres que nous côtoierons. Ah ! voilà vos amis qui nous attendent.

Sur la place ensoleillée, des parasols dodelinent leurs champignons coca-cola. Atmosphère somme toute banale d'un décor méditerranéen pour tour opérator. Ici, dans la poussière empuantie de l'odeur de poudre à canon, dans le soleil aux stries ensanglantées, face aux murs qui tentent de dissimuler leurs blessures, la place prend une allure de prodige en voulant oublier les stigmates de la guerre. Invraisemblable intrusion hollywoodienne sur les façades blessées d'éclats d'obus, aux balcons à demiruinés.

A certains endroits, le devoir de mémoire palpite. Des fleurs fraîches, régulièrement renouvelées par les passants, témoignent d'un tragique vibrant.

Une enseigne de néon bleu fluo désigne le « kahfa » où sont attablés reste du groupe. La guerre se fait sur le terrain et dans la nationalisation de la langue du quotidien ! Exit le « kafa » serbo-croate. Bienvenue au « khafa » !

Des jeunes gens font fonctionner un antique juke-box. Dans un coin, trois officiers scandinaves en goguette, bardés d'insignes de l'ONU, hommes-sandwich d'une paix trafiquée, sirotent leur verre de sljivovica. Ils lorgnent avec discrétion les jambes des filles. La plupart des jeunes hommes sont en tenue de combat : rangers noires, pantalon camouflé et tee-shirt vert. Le plus étonnant est le spectacle offert par les jeunes filles. Elles assument la vie économique de la ville dans un héroïsme trivial et silencieux. Elles cultivent des potagers sur les balcons, charrient les rares provisions pour nourrir leur famille... au risque de leur vie. Elles réalisent des miracles pour être belles, pour rester féminine. Ces jeunes femmes ne trichent pas avec la vie !

Un sarma sommaire, hachis de viande de porc et de bœuf au riz, emplit les estomacs affamés. La vision du camp des réfugiés est trop proche pour se montrer difficile. Guy tique en goûtant le porc. Avec une curiosité discrète, il contemple Eyup. Le Bosniaque mastique tranquillement la nourriture. Il lève les yeux sur l'Alsacien et dit simplement :

– Je te choque, Sundgau ? Manger du porc pour un musulman et faire l'amour avec un préservatif pour un catholique relèvent de la même liberté d'esprit. Il faut vivre avec son temps. Le frigidaire et le

Sida n'existaient pas du temps d'Abraham ! Les imbéciles dogmatiques, eux, sont éternels !

A la frange ouest de la ville une nouvelle série d'explosions en chaîne ne parvient même pas à provoquer le plus petit froncement de sourcil des consommateurs. Les cœurs n'ont plus assez de place pour davantage d'angoisse de mort !

Parfois, comme en ce 25 mai noir que leur raconte Eyup, sur cette même place, il fallut ramasser les lambeaux de chair et les membres arrachés de cette jeunesse qui riait au soleil du printemps. Ce jour-là, les artilleurs du sinistre Karadjic prirent pour cible ce lieu de fête, en pleine « zone de sécurité » de l'ONU, en représailles au raid aérien de l'OTAN. Pour cette sombre commémoration, les obus serbes ne firent que 80 morts et 150 blessés... Un seuil tolérable pour les démocraties occidentales !..

– Vous me comprenez pourquoi je dis que tout le monde désire la mort de la Bosnie-Herzégovine, glisse Eyup, pensif. La seule question qui paraît préoccupante est qu'elle ne devienne pas le tombeau des musulmans d'Europe.

– Tout le monde ? réplique Guy. Il se laisse voir choqué.

– Pardon, mon ami. Je ne voulais pas t'offenser, s'excuse Eyup. Tu as certainement entendu parler des « trente-six Justes » du Talmud... ceux qui mettent leur vie en péril pour des inconnus en font partie !

– Tu es musulman et tu te réfères au Talmud ! lance Marc. Guy note un certain tremblement dans la voix de son ami. Tu es vraiment un drôle de gars, mon vieux Eyup. Il y a une curieuse connotation affectueuse dans la remarque de l'Allemand.

– Je suis un homme libre ! J'ai trop bourlingué de par le monde pour accepter d'être un islamiste intégriste. Comme notre Premier ministre, Haris Silajdzic, je suis pour une république musulmane laïque. Une démocratie européenne, c'est tout ce dont je rêve pour ma patrie ! Ici, à Tuzla, vous en avez un bel exemple avec Beslagic, le maire de cette ville. Bien que majoritaires, les Musulmans y vivent en bonne intelligence avec les Serbes et les Croates. Comme à Sarajevo et les autres villes, nous voulons vivre ensemble et non pas séparés, mêlés et non pas côte à côte !

Guy doit reconnaître qu'en dehors des Afghans, il n'a jusqu'ici rencontré que de rares barbus. Quelques-uns dans le vieux faubourg de Tuzla. Pratiquement pas de jeunes. En tout cas, bien moins que dans le quartier des Coteaux à Mulhouse ! Quelques femmes portent de vastes pantalons bouffants, emmitouflées dans des foulards. Mais, nettement moins nombreuses qu'au Neuhof strasbourgeois !

D'ailleurs, dans le khafa, la bière mousse aux lèvres de la jeunesse bosniaque. Frénétiques, les filles en mini-jupes harcèlent le sol de leurs pieds chahutés par « Shy guy ». L'idole ragga muffin Lady Diana King fait des émules au milieu des bombes de Tuzla. La pénombre émotive craque ses notes. Car ainsi que le proclame Bachelard : « le noir est le refuge des couleurs ». Puissent un jour exploser les couleurs de l'arc-en-ciel bosniaque !

– J'ai entendu beaucoup parler du Cercle 99 à Sarajevo, relance Léa. Ces intellectuels veulent aussi croire à la Bosnie-Herzégovine multi-culturelle et multi-éthnique.

– Encore faudrait-il que les démocraties y croient aussi ! rétorque Eyup, la voix assombrie. Nous attendons beaucoup de la récente élection de ton nouveau Président, Sundgau. Il n'a peut-être pas l'habileté des mots, mais il possède le courage de l'action. Je l'aurais bien vu monter à l'assaut avec nous dans le djebel ! Qu'en dis-tu ?

L'Alsacien lève son verre en direction du Bosniaque. Amical, il cligne les yeux : – Il est d'étranges soirs où les fleurs ont une âme, dit un poète français.

Grave, Eyup incline la tête. Puis, il vide son verre, le regard planté droit dans celui de Guy. Il s'apprête à répondre lorsque ses yeux cillent. A voix haute, il s'exclame :

– Voici Ali et ses amis ! Il se penche vers Guy et lui glisse : – J'espère que tu as prévenu tes copains.

Guy acquiesce. Steff se lève pour accueillir les trois Afghans : Ali, flanqué des deux Algériens. Il fait les présentations. L'atmosphère s'électrise immédiatement.

– Vous avez besoin d'une femme ? visse l'Iranien. Un mépris évident dans la voix.

Léa se raidit. Sa frange blonde, balayée de côté, révèle l'intensité de son regard félin devenu. Sa jambe collée à celle de Guy tremble. Celui-ci la sent prête à bondir. Il va pour intervenir, lorsque sous la table, elle saisit sa main. Il surprit son attitude. Animale, elle reste bouche et sourire provocants :

– Il est certain que c'est grâce à des gens comme vous que l'esclavage d'une Sarah Belabagan existe encore aujourd'hui !

Pressé, Steff entraîne Ali vers le reste du groupe. Les deux Algériens dardent concupiscence et haine rentrées vers ce bout de femme. Elle vient de leur révéler leur primarité.

– Décidément, ton amie Léa a le piquant des abeilles. Fais attention, Guy, pouffe Eyup. La sortie de la jeune femme l'a visiblement comblé.

– C'est vrai. Mais elle a aussi la douceur du miel, ne peut s'empêcher d'avouer l'Alsacien.

Les présentations sont achevées. Tout le monde se rassied. Steff et Eyup s'efforcent d'imprégner un ton conciliant après l'intermède machiste. Après que Léa et Mic aient fait le bilan des informations cueillies au creux des plaies et des angoisses, Piet et Jan présentent à leur tour celles enregistrées sur leur camescope. Sur le petit écran incorporé défilent les images des réfugiés. Entre folie et agonie d'un spectacle que les yeux européens pensaient appartenir à l'Histoire, les somnambules de la barbarie serbe suintent l'horreur et la détresse.

Pessimisme irrationnel dans le refus inconscient de l'esprit, lequel ne veut pas voir ! Angoisse réaliste de ceux qui veulent voir pour savoir ce qu'est la vie !

– Vous pensez réellement pouvoir arrêter les criminels de guerre serbes avec ça ? ironise Ali. Un sourire carnassier relève sa lèvre supérieure.

– La référence permanente aux droits de l'homme reste un leurre lorsqu'elle autorise la veulerie bavarde, rétorque Léa, sarcastique. Nous ne sommes pas venus ici pour jouer aux assistances sociales.

– Alors pour faire quoi ? relance l'Iranien. Le mépris bruit à fleur de lèvres.

– Nous refusons d'être les comptables des charniers et des camps d'épuration. Nous voulons mettre au grand jour le maximum de preuves pour permettre aux juges du Tribunal International que la réalpolitik ne passe pas l'éponge sur ces crimes contre l'humanité. – D'une ferme pression du genou, Guy rappelle à l'ordre et au calme sa compagne – Agacée, elle poursuit : – Il ne pourra y avoir de paix et de pardon sans justice préalable ! Je vous vois sourire et je vous comprends : les mots de paix et de justice n'ont pas la même valeur pour tout le monde !

Ali, de façon ostensiblement grossière, hausse les épaules. Il manifeste ainsi le profond dédain qu'il éprouve pour l'opinion de la femme qui lui tient tête.

Une fois de plus, Steff intervient et calme le débat tendu :

– S'il vous plaît, revenons au concret ! Départ demain matin pour Guy, Léa et Marc. Eyup demeurera avec vous avec son groupe. Ali et ses gens assurerons votre protection dans le Konjuh. Moi-même avec le reste du groupe poursuivons notre mission au camp. Nous vous rejoindrons dans une quinzaine de jours. Eyup aura la responsabilité de notre liaison pour avancer ou retarder notre exfiltration.... Des questions ?... Bien, vous avez encore la fin de la journée pour les mises au point... Qui prend un café ?

Toutes les mains se lèvent. Sauf celle de Léa. D'une voix très claire – trop claire, juge Guy – les yeux droits dans ceux d'Ali, elle demande : – Un verre de vinjak, s'il te plaît, Steff, avec des glaçons. Eyup, le vin de ton pays est un don de Dieu... Ce bon alcool me donnera le cœur d'homme qui manque à ma féminité ! Et son rire explose sous les parasols, ouate les fleurs endeuillées, respire les arbres blessés de la place ensoleillée.

Offensés, les yeux des Afghans se retirent sous la tente de leurs paupières. Monstrueusement provocatrice, Léa irradie le charme monolithique d'une héroïne de bandes dessinées. Elle lance des défis pour tenter de changer le monde. « A la fin de l'envoi, elle touche ! Plus femme qu'elle tu meurs ! mon pauvre Ali ! » exulte Guy.

– Tu m'aideras, Guy, lui glisse-t-elle. Tu sais bien que j'ai horreur de l'alcool !

– Après ce que tu viens de faire, j'ai envie de mordre ta bouche. Elle doit avoir la saveur du rhâtloukoum, répond-il sur le même ton, en désignant le plat de pâtisseries. Tu as fais fort. Modère-toi à l'avenir en mettant un peu d'eau dans ton vin – il joint le geste à la parole –, ce gars et les siens ne sont pas nos copains. Cela, je te le jure ! J'en parlerai à Steff et Eyup.... En attendant ce soir, de la classe, ma chère, de la classe !

– Pourquoi ce soir ?

– Oui, tu as raison. Pourquoi attendre ?

Ils éclatent de rire. Tous les regards se tournent vers eux. Dans le soleil, une odeur de matin d'amour s'épuise en attendant la nuit. A la rambarde d'un balcon, un curieux oiseau sans couleur – même les oiseaux ont pris un plumage camouflage ! – chante sur un ton de question... car Tuzla ne se vit que comme une immense question. La fallacieuse interrogation qui balaie les tentes déprimées de la même poussière incolore... Cette nuit encore monteront les sanglots des femmes réveillées par les rafales des tchetniks devenus fous. Ces pleurs en appelleront d'autres... Dans le camp de Tuzla, la nuit sera longue à la recherche du silence introuvable...

Au soleil levant, les minarets et clochers de Tuzla dressent la tête. La beauté du ciel et son azur éclatant irradient les ondulations frémissantes de la campagne bosniaque : les vieilles pierres grise ou verdâtres, le rouge vermillon des toits encore entuilés, les sombres stylets des cyprès, les reflets mica de la Spreca et les sapins aux troncs élancés.

Des taches noires rappellent que le Club Med n'officie pas par ici : les murs endeuillés de flammes mortes, les façades aux yeux crevés, les toits au squelette incendié et surtout les grands arbres brûlés et étêtés pour ne pas gêner les artilleurs.

Les trois camionnettes escaladent le versant sud de la Spreca. Presque bucolique, la rivière tressaille dans la pierraille grisâtre. Encore une fois, grâce à Eyup, qui exhibe avec discrétion un bout de papier, ils franchissent sans encombre le contrôle bosniaque de

Zivinice. Plus qu'un contrôle, il s'agit d'un véritable fortin. Les soldats, en tenue camouflée, s'abritent derrière des remparts de sacs de sable ou de simples véhicules. La ligne de démarcation est là invisible, à quelques kilomètres. Elle erre, impalpable dans les lisières du massif de Javornik. Les snipers serbes se font la main de temps à autre sur n'importe quelle cible : une voiture..., un soldat imprudent..., ou l'un de ces misérables réfugiés qui vient de Kladanj. Ce dernier est presque heureux d'abréger ainsi sa longue route de souffrance.

Aux sinistres aboiements de la sylve répond la première chute des feuilles. C'est encore l'été. Elles sont probablement lassées de ce carnage débile.

Au départ de Tuzla, Steff a pris ses trois amis à part. Il leur a prodigué ses dernières recommandations :

– Soyez très prudents. Les Serbes de Milosevic et Karadjic sont excités par leur victoire à Zepa et Srebrenica. Mladic purifie les zones de sécurité après avoir lâché sa soldatesque enivrée de slivovica : incendies, pillages et... tout le reste. Le Moyen Age existe toujours par ici ! Vous avez vu le camp des réfugiés. Ce n'est qu'un avant-goût. Je crains fort que vous n'ayez pas vu le pire ! Heureusement que ça bouge en Krajina. Tenez, voici le journal avec les dernières nouvelles. – Il leur tend la dernière édition du quotidien « Smaj od Bosne » – Faîtes-vous le traduire par Eyup... Ce type est très bien. C'est mon contact permanent. Vous pouvez lui faire entièrement confiance. Il t'a à la bonne, Sundgau ! Nous correspondrons par son intermédiaire. Salut, et j'insiste : pas de conneries ! Pas trop d'élans du cœur ! Enfin, pas de trop, sourit-il. Je vous connais bien, prévient-il pour arrêter leurs protestations. Et surtout, avertis-moi, Sundgau, dès que vous sentez quelque chose de sérieux, avec... discrétion, ainsi que je te l'ai expliqué !

Une brève accolade et ils s'étaient quittés. Bizarrement émus. Guy et ses amis n'en sont pas à leur première mission en Bosnie-Herzégovine : ensemble, ils ont vécu le martyre de Vukovar et surtout la première épuration ethnique à Zwornik. C'est d'ailleurs cette dernière mission à une cinquantaine de kilomètres de Tuzla, qui a motivé et décidé de leur choix pour cette nouvelle opération.

Chacun des trois amis est monté dans une cabine. En tête, Eyup avec Guy. Puis, Léa avec Hasib, le chauffeur de Mostar qui l'a adoptée. Marc ferme la marche dans la dernière camionnette.

Au départ, Eyup avait insisté pour qu'ils prennent chacun une arme. « A partir de maintenant, on ne plaisante plus » avait-il déclaré. Devant les dénégations des trois passagers, il avait simplement remisé un M16 rutilant dans chaque cabine.

– Et toi, Sundgau, ne me dis pas que tu ne sais pas t'en servir ? avait-il souri.

A l'arrière de chaque véhicule, trois ou quatre Bosniaques. Bardés d'armes, ils rient tels des gosses. Avec leur vingt ans, ils veulent en paraître trente. Leurs yeux étonnés ont déjà des reflets de vieux. Ils baragouinent quelques mots de français, d'anglais et d'allemand.

Ceux embarqués avec Marc sont pliés en deux lorsqu'il leur fait comprendre son aventure épicée avec l'avjar. Tandis que ceux avec Léa lui font une cour respectueuse depuis qu'Hasib, mentor jaloux, en a fait une héroïne de série télévisée après avoir raconté les franchissements HVO à Mostar.

L'agglomération poussiéreuse de Durdevik se profile dans la chaleur naissante. Affalée telle une voile qui se rappelle avoir flotté au vent, elle sue la résignation et l'attente des coups.

– C'est la dernière position de l'ONU, annonce simplement Eyup. Ensuite jusqu'à Kladanj, c'est l'incertitude. Chacun pour soi ! De toute façon, nous quitterons cette route bien avant.

Au premier croisement de rues, un casque bleu les arrête. Après avoir discuté avec le chef de poste, Eyup revient : – Nous devons nous arrêter quelques minutes. Nous devons laisser passer un convoi de bus qui embarque des réfugiés au centre du patelin. De toute façon, j'avais prévu une halte pour prendre mon neveu qui nous accompagne à Nebo. Dégourdissez-vous les jambes pendant ce temps-là !

Les véhicules sont garés. Les moteurs sont coupés. Le silence s'entrechoque aux murs tristes, aux volets arrachés. Une étrange rumeur occupe le ciel. Intrigués, oppressés, Guy et ses compagnons s'avancent vers cette rumeur, comme s'ils pénétraient dans une cathédrale sans toit, cathédrale invisible où la pierre votive est de celles qui, dès qu'on les effleure, rendent le son des cordes brisées d'un instrument rompu.

Sur la « trg », la place de Durdevik, triste et monotone, une quinzaine d'autobus attendent, portes ouvertes. La rumeur s'avance, pesante et poussiéreuse. Les ombres d'une foule se pressent dans la rue principale. Foule aux mains serrées. Aux mains séparées. Foule extirpée des décombres de sa ville. Foule aux yeux vides, si vides que la douleur même n'ose plus s'y installer.

Sacs de viande exténuée, déchargée à Kladanj par les sbires déchaînés de Milosevic. Chair empuantie d'angoisse violentée par Karadjic, ce démon pustuleux, imaginé par Bosch. Visages de plomb insultés et violés par Mladic, ce Goering ventripotent, esquisse d'humanoïde, empesé dans ses proies sanglantes.

Le soleil devient noir. La poussière brouillasse. La rumeur grossit, enfle. Pas un cri. Pas une plainte. Sauf quelques vagissements de bébés aux yeux de mort. Les réfugiés de Srebrenica avancent. Des femmes, des vieillards, des enfants. L'absence d'hommes de seize à soixante-dix ans devient une blessure sanguinolente. La route de Kladanj vers Tuzla a été défoncée par les obus de Mladic. Dernier pied de nez à l'ONU.

Les réfugiés de Srebrenica avancent. De pauvres sacs gonflés sont de tristes bagages. Des enfants aux allures de baudets éreintés courbent le dos sous de misérables ballots. Un gosse traîne les pieds dans les chaussures d'un parent disparu. D'autres titubent, les pieds nus sur l'asphalte défoncé. Leurs jambes sont parsemées de plaies purulentes. Deux femmes se relaient pour transporter dans une brouette le corps chahuté d'un vieil homme brinquebalé...

Sales, en lambeaux, épuisés, les réfugiés de Srebrenica avancent. Affamés, ils mâchonnent leur dernier pain cuit de farine et d'écorce d'arbre. Les dents serrées grincent l'horreur. Les lèvres grimaçantes ravagent les traits rongés. Par la langue découverte, les gorges brûlées ahanent les corps en état de mort.

La rumeur devient démesurée, gigantesque, lorsque la foule de ces damnés de la compromission européenne passe devant Guy et ses amis, pétrifiés. Obsédant est le frottement des pieds sur la caillasse. Lancinante est la respiration sifflante de ces poitrines de forge. C'est la misère en souffle ! C'est la détresse qui empoisonne l'air ! C'est le râle faible et sourd des mourants qu'on achève !

Emplis de rage et d'horreur, certains chancellent. Ils trouvent toujours l'appui de l'autre ombre qui, à leurs côtés, arrête un instant leur souffrance. Ternes et hagards, les réfugiés de Srebrenica avancent. Le soleil, comme fatigué de les poursuivre, se cache un instant derrière des nuages qu'il a rameutés. La nature est souvent plus clémente que les hommes !

Autour des deux citernes des pompiers de Tuzla, des attroupements se forment. Bidons en plastique et ustensiles de circonstance recueillent l'eau potable. Abreuvant et revigorant les corps desséchés, l'eau fraîche dessille les tourments qu'ils trimballent.

Les soldats de l'ONU se tiennent à l'écart, mal à l'aise, tels de mauvais élèves relégués au fond de la classe. Ils portent le poids de la pantalonnade batave de Srebrenica. Ils savent que les épaules étoilées, plus nombreuses en Bosnie-Herzégovine que dans la voie lactée, se contenteraient dans leur cas de se référer en haut-lieu. Pourtant, l'héroïsme de Naser Oric dans la défense de la ville martyre doit leur donner des complexes ! Ils pâlissent de honte lorsque, se traînant devant eux, les femmes crachent au sol. Un enfant leur jette une pierre. Le projectile atteint un officier au visage. Une goutte de sang perle. L'officier se contente de baisser la tête. Une goutte de sang...

Les rares habitants de Durdevik se pressent auprès de leurs compatriotes. Ils leur apportent de maigres offrandes. Ils les aident à parcourir les derniers mètres vers les portes ouvertes des autobus. Léa, Guy et Marc se précipitent vers la tragédie.

Léa, le visage bouleversé, à la limite du sanglot, décharge une femme de l'un de ses deux bébés. La Bosniaque, femelle protectrice, observe un mouvement de recul. Elle cède à la fatigue et aux yeux en larmes de la jeune Belge.

Marc aide un vieil homme à s'extirper de sa brouette. Les traits crispés du grand Allemand témoigne de sa profonde émotion. Il emporte le vieillard dans ses bras, tel un enfant apeuré.

Guy s'empare littéralement de deux gamins, claudiquant pieds nus sur la route échauffée. Il les installe dans un autocar. Pourquoi des enfants plutôt que des adultes ? Ce ne fut pas un choix, mais cet élan du cœur auquel il ne put résister. Depuis le virage mortel au creux des Vosges, la douleur aux entrailles, l'Alsacien tente d'extirper sa vraie tristesse. Il n'accepte plus que les autres attentent à l'espoir porté par le sourire d'un enfant. Il s'est juré de ne plus tolérer et de combattre les froids calculs des politiciens et des fonctionnaires, tous ceux qui n'ont que machines à calcul et règlements pour seule Bible. « Ce froid ricanement de haine et du mal » quand l'enfant lève les yeux vers le ciel... Tout gamin est devenu pour lui le commencement de cette distance qui mène du ciel au cœur.

Un géant blond, affublé du dérisoire casque bleu et du gilet pare-balles, sort des rangs figés de l'ONU observatrice. Il s'avance vers une jeune femme traînant derrière elle une diaspora de marmots agrippés à ses jupes. Le soldat passe un à un les bambins à la mère – ou du moins à celle faisant office de mère. Au dernier, la femme se retourne vers le soldat. Elle le regarde fixement de ses yeux vides et lui crache au visage. L'homme en uniforme blêmit et rejoint ses camarades. Lorsqu'il passe près de Guy, celui-ci voit de grosses larmes couler sur la mentonnière du casque. L'Onusien ne s'est pas essuyé le visage : les larmes se mêlent au crachat...

Le même piétinement, sourd et obsédant, martèle la chaussée que les trois camionnettes quittent dans un grand virage après Stupari. Pathétiques, les passagers ont les trait tirés. Impuissants, ils abandonnent les nouveaux forçats en marche sur leur Golgotha.

Au loin fume la sanglante conquête de Karadjic. Dans le sinistre stade de Bratunac, les Bosniaques de seize à soixante-dix ans entament leur ultime partie de mort. Milosevic a interdit la présence de l'arbitre.

Il n'y a que les mitrailleuses et les fosses aménagées par Mladic.

Ouf ! L'ONU et l'Europe ont enfin leur Guernica. Cela manquait à leur panoplie de lâcheté et de veulerie. Pour le baptême de son drapeau, l'Europe disposera du rare privilège d'arborer les stigmates de la honte !

Le soleil d'août chauffe les cadavres martyrisés avant qu'ils ne soient ensevelis dans l'ombre froide de l'oubli ! Sur les charniers aplanis, le vent fait déjà son deuil de tout chemin.

Les paris sont pris ! On trouvera des excuses et des arrangements pour que le temps fasse son œuvre. Donner du temps au temps : la plus belle arnaque des menteurs professionnels !

Le soleil d'août brûle. Les vacances sont belles sur les plages. Car l'Histoire s'écrit autrement à Washington, Bruxelles et Strasbourg !

Les camionnettes cahotent sur la mauvaise route de pierres, qui se glisse sur le versant du Konjuh. D'emblée, la montagne regimbe à l'intrusion. Elle se montre rétive, multipliant les nids de poule, les mauvais virages et les traîtres ponceaux.

– Alors Eyup, tu me présentes ce jeune monsieur ? interroge Guy. Il est soulagé d'échapper à la vision sanglante de la route.

– Kirill. C'est mon neveu, répond le Bosniaque. Lui également semble apaisé après l'épisode de Durdevik. Depuis leur départ, il a gardé le silence. D'évidence, il ne tient pas à en parler. D'ailleurs, est-il possible de trouver une explication, une excuse, un soupçon de raison à l'inexplicable, à l'inexcusable, à la folie meurtrière.

– Tu as donc de la famille dans le coin ? Guy se mord les lèvres. Il réalise son indiscrétion. En Bosnie-Herzégovine, lorsque l'on ouvre l'album de famille, on est certain d'y côtoyer l'intimité nostalgique des nouvelles nécrologiques.

– Il me semble te l'avoir pourtant dit. La précision d'Eyup s'arrête là. Passant une main dans la tignasse blonde du gamin assis entre eux, il ajoute, la voix rapide et étouffée : – Mon jeune frère était instituteur dans l'un de ces petits villages que nous venons de traverser. Sa femme était serbe. Une mésalliance que personne ne leur a pardonnée. Il y a deux ans, un matin, on les a trouvés tous deux égorgés. Les tchetniks étaient passé par là. Kirill était leur fils. Il a eu de la chance d'être en vacances au moment de l'assassinat de ses parents.

– Ah ! se contente de dire Guy. La gorge nouée, il contemple le gosse qui fixe intensément le chemin chaotique. Une sorte de chat sauvage qui joue au grand. Guy remarque : – Est-il raisonnable d'emmener un enfant avec nous ?

– Tout à fait. Car c'est à Nebo que Kirill passait ses vacances lorsque... Enfin, il y a passé l'essentiel de son enfance chez un cousin. Tu verras, il connaît le coin comme sa poche. Un vrai lapin ! Hein, Kirill ?

L'adolescent se tourne vers Guy. Il lui adresse un sourire : – Lapin ! Il s'accompagne d'une mimique très explicite. Dans les yeux pâles flotte une rêveuse tristesse.

– Mais il comprend le français, ton neveu ? s'exclame Guy.

– Entre ses parents cultivés et mon cousin qui a travaillé à Marseille, il a réussi à bien se débrouiller. Il comprend mieux qu'il ne parle ta langue. Il s'y mettra vite. Et là-haut, à Nebo, vous aurez besoin d'interprètes... passe-partout..., car c'est le bout du monde. Lui et moi vous aideront dans vos recherches.

Guy ne répond pas. Il réfléchit. La présence de ce gamin lui procure un émoi singulier. Il y a si longtemps qu'il n'a plus posé la main sur une épaule juvénile. Depuis que... Rougissant de rêves effleurés, intimidés de rides imperceptibles, il saisit le jeune garçon par le cou. Il se racle la gorge :

– Hello, Kirill ! Tu as quel âge ?

L'enfant hésite un court instant. Manifestement, il calcule et traduit :

– Treize, Monsieur. Ses yeux clairs luisent, mordorés dans l'ombre de la route.

L'Alsacien se laisse aller en arrière. La tête sur le dossier, il ferme les paupières. Le tumulte des souvenirs afflue à ses tempes battantes. Mêlés aux visions tragiques qu'il vient de traverser, il pressent une angoisse latente, tremblante comme une veuve, lumineuse comme une renaissance. Désemparé par ce trouble soudain, dans un mouvement irrépressible, il tend la main au gamin :

– Nous sommes amis, Kirill ?

– Amis ! Kirill est ton ami ! répond le gosse. Son sourire radieux ouvre la porte fermée de Guy. Ainsi s'effeuillent certaines plantes lorsqu'on les touche.

Dès cet instant, Kirill se montre un guide volubile. C'est exact qu'il connaît à merveille le terrain. Dans ses descriptions, il mêle de façon comique les aspects anecdotiques et enfantins à ceux plus techniques. Il surprend pour son âge !

– Il y a un petit pont après le virage. Un gros camion ne peut pas passer. Kirill a pêché beaucoup de poissons dans la rivière.

Quelques instants plus tard, il désigne une colline forestière :

– Derrière les gros arbres, il y a un sentier qui monte à Nebo. Par la route, c'est plus long.

– Nous y serons dans dix minutes, confirme Eyup.

La prévision s'avère exacte. Un hameau osseux telle l'échine d'une chèvre déchiquette le ciel obscurci par le Konjuh dominateur. Dans la caisse des camionnettes, les Bosniaques se remettent à parler, rompant ainsi le silence inquiet depuis la sortie de la route.

Oppressé par la sombre montagne, le hameau émerge du maquis de cistes, de myrtes et de chênes-verts. Le vent du soir exalte des parfums bucoliques. Les fermes, parfois de bois, au toit de tuiles rouges, font le gros dos dans les pâturages et la prunelaie. Un quadrillage de murets et de palissades déglingués recroqueville encore plus Nebo sur lui-même. Le hameau paraît sans vie. Une petite mosquée, immaculée, ose une minuscule coupole.

– Nebo ! Ils sont là, les gens, déclare Kirill.

– Comment sais-tu cela ? l'interroge Guy. Il est intrigué par l'absence d'habitants.

– Regarde le semeur sur le grand champ ! Quand il

est dehors, les autres sont au village.

– Un semeur au mois d'août, tu plaisantes, Kirill !

– Non, affirme le gamin. C'est le semeur. Depuis son arrivée de Srebrenica, il sème toute la journée.

– Et il sème quoi, ton semeur ? Guy est légèrement rigolard, un brin estomaqué.

– Du vent ! On l'appelle le semeur de vent, car il n'a rien dans son sac. Il travaille beaucoup. Il est toujours dans le même champ. C'est normal, ça ?

Discrètement, Eyup fait un signe explicite. « Le semeur de vent est un doux dingue, comprend Guy. C'est normal avec ces événements ! ». Aussi répond-il à l'enfant :

– Oh ! je pense qu'il voit des choses que nous, nous ne pouvons voir. Il sème dans un monde que nous ne voyons pas... un autre monde... le sien !

Kirill semble satisfait de la réponse. Comme tous les enfants, une réponse au « pourquoi ? » abolit le mystère. Sauf qu'il existe toujours d'autres portes fermées...

– Pourquoi garde-t-il les yeux fixes ? Dis pourquoi ?

« Avec les gosses, c'est une chaîne sans fin de pourquoi ! songe Guy, perplexe. Pourquoi quoi ? Ou plutôt pourquoi pourquoi ? C'est vrai pourquoi ? ».

La route passe si près du champ qu'à un moment l'Alsacien aperçoit l'homme marchant droit sur eux. Celui-ci s'arrête sur le talus. L'œil fixe s'attarde sur Guy, Eyup et Kirill. L'espace d'un éclair, Guy est persuadé que le semeur le dévisage comme l'œil, dans la tombe, regardait Caïn. Sa désillusion est réelle lorsque, dans l'ombre bleue du Konjuh jetée sur les collines, le pantin mécanique fait demi-tour. Machinal, infatigable, semant à pleines mains vides, le semeur de vent de fraye une trace invisible...

– Ton semeur, Kirill, attend quelque chose ou quelqu'un. Guy est assez satisfait de la réponse trouvée : – Voilà la raison pour laquelle il garde les yeux ouverts. Il ne veut pas manquer ce qu'il cherche !

L'adolescent incline la tête. D'un air grave, il approuve ainsi l'explication ainsi donnée.

Les véhicules pénètrent dans le hameau. Ils s'arrêtent sur la « trg », la petite place déserte. Tandis qu'ils descendent des camionnettes, Guy ressent l'épaisseur de l'attente qu'il pressentait en remontant la route. Les bâtisses, humbles, peureuses, suent l'angoisse. Le mutisme des façades décrépites, les yeux hallucinés des fenêtres closes taisent un silence fort comme un cri. Un nuage de poussière erre sur la place. Dans le ciel crisse le croassement aigre d'un couple de corbeaux.

Guy se remémore les vieilles légendes sundgauviennes : il retrouve dans son premier contact avec Nebo les signes annonciateurs d'un destin trop longtemps contourné.

Là-haut sur le Konjuh impavide se tient un curieux petit nuage sans couleurs. Le ciel gorge de tourterelle tire des stries violettes. Une chevauchée de nuages maléfiques allume des incandescences qui incendient les flancs sapineux. Ultimes fissures de lumière dans les ténèbres annoncées. En silence, la terre mûrit la nuit. Étrange, le Konjuh domine la terre et les mystères nocturnes...

DEUXIÈME PARTIE
LE BOGOMILE

Chapitre IV

La nuit aoûtienne fut lourde, suante en dépit de l'altitude. La température orageuse y fut pour quelque chose. Le souvenir dramatique des réfugiés transpirant leur agonie aussi. L'émotion de se retrouver seuls ou presque au milieu des habitants de Nebo également. C'est avec une curiosité d'entomologiste que Guy avait examiné le hameau. Sur la carte, dans les Fagnes belges, sur le Crescent voguant, il l'avait imaginé. Maintenant, Nebo ressuscite sous son pied, si différent et si semblable. « Ciel » est son nom. Peut-être parce que la pierre s'agenouille devant le Konjuh, où la clarté usée tisse de faux horizons.

Eyup avait rapidement fait décharger les camionnettes. Puis, il les avait renvoyées vers la vallée en déclarant :

– Il est préférable qu'elles repartent avant la nuit noire. Ainsi, nous serons plus discrets. Hasib assurera la liaison avec nous. Il viendra tous les trois ou quatre jours..., si vous avez besoin de quelque chose ou de faire passer un message...

Deux hommes de l'escorte étaient restés avec Eyup. Ils paraissaient plus de soixante ans, le cheveu gris, le visage émacié, l'air fatigué. Ils le paraissaient seulement. Car, Guy les avaient vus descendre des véhicules à chaque arrêt, se poster aux aguets, escalader un talus ou franchir un fossé, manipuler avec dextérité leur kalachnikov. « Ces hommes-là ne doivent pas avoir de problème de cholestérol, cher aux Français affalés devant leur télé, s'était-il dit. Ceux-ci peuvent citer par cœur chacun de leurs privilèges acquis. Ceux-là n'épuiseront jamais la liste de leurs tourments ! »

Fondus dans le paysage et le village, Guy ne les revit qu'à son départ de Nebo. Dévoués corps et âme à Eyup, ils furent le lien invisible, le messager secret, le témoin muet du Bosniaque.

Quelques villageois les avaient reçus, calmes et résignés. Leurs visages étaient fermés, inquiets, au mieux indifférents, comme s'ils attendaient une punition. Eyup leur avait adressé quelques mots d'explication. Dans la soirée, la rumeur avait pénétré les petites fermes alentour. Timides, ils étaient tous venus, les uns après les autres, se pressant dans la grande salle de la ferme du cousin d'Eyup. Le silence épuisant !

A la lumière parcimonieuse de quelques bougies, à celle vacillante et fumeuse du feu dans la cheminée, ils s'étaient assis sur tout ce qui tenait lieu de siège : le lit, les trois bancs, les chaises bancales et le sol. Le silence déchirant ! Ils se tassaient et s'entassaient. Les enfants accoudés entre les jambes des vieux. Les moustaches humides tremblaient. Des nourrissons allaités à des seins flasques de femmes sans âge. La nudité des yeux guettait l'étoile filante enclose dans les nouveaux arrivants.

Le silence éprouvant ! Non pas celui qui précède la tempête. Mais celui qui la suit, avec cet affaissement de l'âme à ne plus rien croire, à ne plus rien admettre et... peut-être, presque à ne plus espérer. Un grincement de porte qui s'ouvrait et se refermait. Une jeune femme en gilet rouge soutenait une vieille. On se poussait. Elles s'installaient. La jeune avait dû être belle avec son visage régulier et ses longs cheveux noirs. Maintenant, il était trop tard pour elle. Elle n'avait que vingt ans, mais elle avait déjà épuisé les quelques bonheurs et surtout tous les malheurs de sa courte vie. Elle ressemblait étonnamment à la vieille qui clapotait son souffle épuisé.

L'heure soyeuse et noire gouttait avec l'eau de l'abreuvoir laquelle, au-dehors, ne cessait de froncer sa surface taquinée. Le silence insupportable ! Les respirations rythmaient la nuit. Sur l'un des murs, face au lit, une vieille horloge – luxe insupportable dans cette misérable rusticité – découpait ses blocs de secret mal bâillonné...

La bouche ouverte, le regard absent, les habitants de Nebo portaient tous le même visage résigné de ceux qui vivent entre parenthèses, conscients de venir de nulle part pour aller n'importe où... les faces grises maudissaient des fantômes... chacun, les siens... Les faces grises maudissaient les menteurs...

D'étranges ténèbres s'effilochaient à Nebo. Comment peser le silence lorsque les cœurs sont contraints à la suspension abrupte et répétée des sentiments ?... Il faut laisser parler le silence. Quand il est réussi, alors il déclenche l'émotion !

Comme s'il avait jugé le temps de recueillement suffisant, Eyup se leva. Avec précaution, il souleva le couvercle de la marmite cabossée assise sur le feu. A l'aide d'une louche, il emplit une série de petites cafetières bosniaques, à la jupe étranglée. L'odeur du café brûlant fut électrique.

C'est cet instant que choisit Kirill. Sans avoir l'air d'y toucher, il s'était levé pour tendre une pile de bols à Eyup. Sa voix claire s'éleva :

– To su mi prijatelji. Il traduisit immédiatement : – Ce sont mes amis. Et son sourire espiègle lui creusa des fossettes charmeuses.

Tel le caillou tombé au centre d'une mare, ce sourire d'enfant engendra une ribambelle de rides concentriques. Les yeux cillèrent, puis se mirent à briller. Les mains se saisissaient du bol de café. Des petits « molim » et en réponse « hvala » bruitent la convivialité du remerciement. Comme il n'y eut pas assez de bols, ils prirent, sans le réaliser, la communion du café, buvant au même calice.

Même le feu de la cheminée lança une gerbe d'étincelles et reluisit ses flammes. Celles-ci repoussèrent les cloisons de l'obscurité. Même l'horloge, déshabituée à l'odeur de la fête, voulut accélérer son rythme. Après deux ou trois battements désordonnés, elle reprit son tempo asthmatique.

Marc, qui avait l'avantage de se débrouiller en serbo-croate, expliqua alors qu'ils étaient venus pour les aider. Tout simplement les aider.

Léa semblait au bord des larmes devant ces femmes violées dans leur corps et dans leur âme, ces vieillards battus, ces enfants abattus. Elle énonça : – Ja sam doktor. Vacillante, elle tendit les bras vers une petite fille tombant de sommeil. Un pauvre sourire aux lèvres, la mère lui confia la fillette. La gamine regarda un instant la tête blonde qui se penchait sur elle. Elle lui mit les bras autour du cou. Comme émerveillée par ce qu'elle venait de voir, elle referma vite les paupières et emporta ce beau souvenir dans son sommeil. Alors, sans paroles, les deux femmes se reconnurent.

Tout en servant le café, Eyup déclara :

– Demain matin, je vous distribuerai quelques provisions que nous avons apportées. Et la femme médecin vous verra tous. Mes amis sont aussi venus pour vous écouter. Quand ils retourneront dans leur pays, ils feront savoir ce que vous avez subi à Srebrenica et tout ce que les Bosniaques endurent. C'est une autre façon de nous apporter de l'aide ! Moi, j'ai confiance en eux !

Kirill traduisit au fur et à mesure à Guy. A la dernière phrase d'Eyup, sans pouvoir se l'expliquer, l'Alsacien se leva et donna l'accolade à son ami bosniaque. Il avait toujours détesté la fausse intimité. Cette attitude lui permettait de garder ses distances. Au langage simple d'Eyup et aux regards des villageois tournés vers lui et ses compagnons, Guy ressentit d'étranges battements de cœur. Décidément, oui ! Il faut laisser parler le silence ! ainsi que le dit Brecht :
– « Prendre note au fond du cœur ! »

Quand, au milieu des applaudissements, il se rassit, Guy croisa le regard du semeur de vent. L'homme était là. Ombre parmi les ombres, il s'était rencogné dans un creux. Ses mains, cachées dans son sac plein de vent, s'agitaient comme si elles égrenaient la semence absente. Un énorme pansement sanguinolent entourait son cou à la peau tendue, tel un vieux cuir. Les yeux, extraordinairement mobiles, auscultaient les nouveaux arrivants avec une avidité rare. Bizarrement, Guy fut heureux de reconnaître le vieil homme.

Le vieux fou avait été la première personne de Nebo qu'il avait rencontrée. « Voici maintenant que je m'attribue une responsabilité, se dit-il. Une responsabilité que nul ne m'a conférée. Cela devient de la sensiblerie, mon vieux Guy, prends garde ! » Impulsif, il s'était dirigé vers l'homme, mais le semeur de vent s'était glissé vers la porte. Ombre sombre et lasse, il avait repris le rite automnal du paysan. Pourtant, Guy en fut persuadé, un imperceptible sourire avait froissé la face parcheminée...

Oui, dans le Konjuh, cette nuit naufragea d'impudiques étoiles filantes. En vain, le ciel tendit ses mailles enténébrées. Elles dérivèrent toutes vers l'orient éclairé. Ce n'était pourtant pas encore le lever du soleil. C'était Srebrenica qui brûlait !

Oui, cette nuit dans l'appentis garni de foin, sur le vieux lit servant de trampoline, les cris de Léa furent des cris d'amour. Des cris issus de cette déchirure et de cette blessure tapies tout au fond de son corps. Dans sa quête soyeuse, c'est elle qui réclama les étreintes chaudes et vivantes des retrouvailles. « Après toute cette tragédie entrevue, j'ai besoin de savoir si je suis encore une femme », gémit-elle.

Beaucoup de gens après un deuil ou une catastrophe éprouvent l'envie folle de faire l'amour. C'est une autre façon de s'assurer la vie. Parce que le sexe, c'est la vie à l'état pur. Parce que l'orgasme, c'est aussi se shooter... Après la jouissance, on plane. Le plaisir est surtout l'instant de l'oubliement, sans fièvre, ni langueur. C'est la lumière que l'on a créée à deux...

Pour un rêve qui n'appartenait plus seulement qu'à lui, Guy s'accorda au désir fragile de son amie. Leurs cœurs désaccordés se réunirent. Ils se remirent à battre au même rythme. Avide, il l'a désira toute. Insatiable, elle se donna entière. Leurs corps emmêlés s'exilèrent dans les affleurements où les chemins vagues s'ouvrent des frontières incertaines... Navigation initiatique où les partenaires, parfois étrangement contemplatifs de l'autre, rêvent d'une vie imprudente qu'ils pourraient enfin réaliser...

Face au Konjuh voyeur, face au ciel jaloux, Guy raconta à Léa, satisfaite, à demi-endormie, le dédoublement du ciel alsacien : – Dans certains lacs du Sundgau, dans la vallée de la Largue ou de l'Ill, le vert des eaux est le plus étrangement transparent qui soit au monde. Leur clarté est telle que l'on ignore rien de ce qui se passe au fond. C'est comme si le ciel t'offrait un second ciel plus lisible que le premier. Une énorme émeraude ! Tu verras, Léa, je te les montrerai à notre retour.

– Oh, oui ! j'aime... j'aime les émeraudes, avait-elle balbutié. Elle avait passé le collier de ses bras autour du cou de Guy. Elle s'était endormie d'un seul bloc. Cette nuit, pour la première fois, ils rêvèrent ensemble du Sundgau.

Guy eut du mal à revenir au Konjuh...

Le soleil de Belgrade vient frapper la sombre montagne de plein fouet. Une couronne de cumulo-nimbus enfume la partie supérieure du Konjuh. Hors de la masse opaque de la blanche brume, il étire sa crête monstrueuse. Grandiose et sauvage, âpre et sévère, le massif dinarique est planté entre Drina et Bosna qu'il abreuve d'étincelantes coulées d'argent. Un continent en soi, aux multiples aspects. Une île aux hautes futaies où les pierres blanches prennent des aspects étranges. Masses granitiques entrecoupées de folles gorges, pleines de tumultes et de lamentations. Crêtes qui musardent en tous sens comme si un tourbillon de vent tourmentait le sommet. Des abrupts décourageants, juste accessibles au diable. De-ci, de-là, dans la brume, dans le maquis, qui s'interpose au pied des sapinières, des rochers torturés revêtent des allures de monstre. Dans les cols, qui confèrent à l'immense ligne faîtière une allure de dorsale de dinosaure endormi, veillent des formes minérales ou végétales. Figées là pour l'éternité, elles déchaînent l'épouvante. Plus bas, aux grandes lisières hésitantes, la lourde émergence des pentes sapineuses piétine les prairies brûlées par la fournaise estivale.

Dès potron-minet, Guy a quitté la chaleur de Léa. Il tient à prendre possession de son royaume. Assis sur une barrière vermoulue, il s'imprègne de cette nature hypnotique, belle à couper le souffle. La puissance solennelle de la végétation développe une explosion baroque d'enchevêtrements moussus et de rochers terrifiants en diable. Ceux-ci tiennent le paysage comme on tient une citadelle. Vision inquiétante et sauvage.

Lorsque l'astre solaire s'accroche haut dans le ciel, la lumière joue sur les eaux d'une flaque forestière. Elle harcèle les ombres qui s'enfuient et se réfugient dans les vallons et les forêts. Elle avale goulûment les sylves et les prairies.

Le soleil levant colorie d'un pinceau enfantin le ciel qui n'est plus nocturne : des taches, des reflets, des miroitements et des chatoiements où se retrouvent toutes les couleurs de l'arc-en-ciel. Le petit matin plante son décor. Sous l'effet de la rosée, l'herbe se rehausse de fleurs-étoiles naines d'or. Des papillons butinent en manteau de velours rouge à pois bleus. Dans l'air vibrant, un oiseau au plumage doré se trace un sillon musical. Il croise le chemin philosophique d'une grive musicienne

Guy est émerveillé. Des correspondances hallucinatoires font vibrer en lui des paysages sundgauviens. Au travers du frémissement forestier où le ciel s'accroche à l'eau et aux rocs, il transpose confusément le Konjuh dans un panorama alsacien : Nebo devient un des villages secrets du Thalbach. La prunelaie se mêle aux vergers du Pays de Sierentz. La longue prairie où paît la vache noire se prélasse dans les vallonnements de l'Ill. La rivière torrentueuse qui s'extirpe de la muraille montagneuse prend des allures de grande pour mieux rivaliser avec son lointain cousin, le Rhin...

– C'est plein d'émotions !

Guy sursaute à la voix familière, rocailleuse telles les pierriers. Eyup plante sa lourde silhouette à ses côtés. Il a troqué ses effets de combattant pour des frusques de cul-terreux. Le soldat-paysan respire à pleins poumons, les yeux mi-clos.

– Le Konjuh est un vrai livre d'images sans texte, s'exclame l'Alsacien. Il paraît surexcité par la fantasmagorie dorée de nuages, falaises et forêts.

– Les paroles sont dites par les hommes ! laisse tomber le Bosniaque, sentencieux. Tu t'es levé de bonne heure, constate-t-il. Tu as raison, c'est comme cela que tu conquiers un paysage.

Guy lui lance un clignement d'œil amical. Sur le ton de la confidence, il lâche :

– Le premier lever de soleil sur un paysage inconnu est un souvenir à part... J'y attache une sorte de virginité d'émotion. C'est comme... un premier amour.

Une note de nostalgie vient de casser la voix. Les yeux s'enfouissent dans le capitonnage brumeux du Konjuh pour chercher à prolonger la rêverie.

– Tiens, voilà ton coucher de soleil qui se lève, fait Eyup, goguenard. Il a perçu la fêlure et cherche à inverser les signes du songe.

Léa apparaît dans la cour. Mutine, elle ébouriffe ses cheveux courts afin d'en faire tomber les brins de foin. A l'abreuvoir, elle s'asperge le visage de gifles d'eau fraîche. Elle éclate de rire en courant vers eux.

Un court instant durant, les deux hommes imaginent alors la vie du hameau : en contre-point de Léa, ils entendent le rire des jeunes filles vaquant aux besoins des fermes. Le caquettement de la volaille et des femmes apportant le casse-croûte aux hommes dans les champs. Elles se congratulent, gloussent, papotent et jacassent de savoureux commentaires sur la dernière pluie qui a transformé le sentier en torrent de boue, sur le miracle quotidien de l'explosion florale, sur la potée de choux qui mijote. Le clabaudage des chiens excités par l'affairement du matin. Le meuglement des vaches noires, énervées par l'invasion laineuse des moutons. Alentour, les versants du Konjuh ondulent jusqu'au sommet de vastes perspectives ensoleillées qui s'ouvrent au vent...

Pleine de gouaille, la voix de Léa les gourmande :

– Et vous deux, vous rêvassez ? Nous vous avons préparé du bon café et des œufs !

Dans les yeux effrontément amicaux de la jeune femme, Guy et Eyup reviennent au hameau. Avec la crudité du soleil, leur regard dessillé font maintenant l'inventaire implacable de la vision magique entrevue.

Une vingtaine de fermes regroupées autour d'une petite place où trône une margelle de puits. Elles suintent leurs tourments rentrés. Le malheur est-il proche ? Sous leurs tuiles décrépites rôde une certaine détresse. Hallucinées, elles ouvrent leurs yeux désorbités à l'affût d'un silence hurleur. La malédiction plane !

De quelques bâtiments s'élève une fumée grise, droite. Les autres semblent vides. Ils sont morts. Cercueils ouverts, aux portes défoncées et vitres brisées. Cercueils profanés, aux meubles fracassés et vêtements éparpillés. Cercueils vidés pour mieux remplir le modeste alfange, aux pierres tombales effondrées.

La vision idyllique s'est enfuie. La brillance des couleurs s'est évanouie pour une réalité sensible et grave de l'indicible en noir et blanc. Tant il est vrai que Nebo s'est paré depuis longtemps des couleurs du deuil. A fleur de maison, les souffrances étouffées font la lèvre amère, la passion sourde contre le malheur qui traînasse. Une même crispation des traits trahit l'amertume du Bosniaque et de l'Alsacien.

Dans la salle basse, à la longue table, Marc est assis en compagnie des cousins d'Eyup. Babillard et impératif, Kirill installe les arrivants. Une épaisse odeur d'oignons et de miel vagabonde. Le café odorant, les œufs frits sur des galettes rustiques sont engloutis.

Eyup en profite pour donner quelques directives :

– Ce matin, je vais distribuer le ravitaillement que nous avons apporté. Léa, s'il te plaît, fais le bilan des malades. Toi, Marc avec Sundgau, regardez comment on peut améliorer... ce camp. Le Bosniaque a buté sur ce mot. Il s'en excuse en expliquant : – Nebo n'a jamais été riche. Autrefois, ce hameau était rieur, simple et doux à vivre. C'était suffisant pour le bonheur de ses habitants. Aujourd'hui, ainsi que vous pouvez le constater, ils sont encore quelques vieux à se cramponner. Ils gardent leurs morts en espérant le retour des enfants. Avec les réfugiés qui se sont installés dans les fermes abandonnées, ces vieux rentrent dans la nuit. Pour eux commence un autre temps, celui du souvenir, celui de la nostalgie.

– C'est une excellente idée, approuve Guy. Il répond à l'interrogation muette du Bosniaque demandant son approbation. Léa, quand tu examineras tous les habitants, tâche de nous simplifier le boulot : repère les personnes susceptibles de nous fournir de vrais témoignages.

Une lueur bizarre s'allume dans les yeux d'Eyup. Une pointe de regret dans la voix, il laisse tomber avec froideur :

– Sundgau, penses-tu vraiment que les souffrances de tous ces gens soient du théâtre ? Voyons, ici, tu n'es pas au journal télévisé de 20 heures. Tu n'as pas besoin de faire de l'audimat. A Nebo, on meurt tous les jours pour de vrai !

– Pardonne-moi, mon vieux ! Guy est sincèrement peiné de sa bévue. Il ne peut avouer que son adjectif « vrai » s'adressait au deuxième degré à Léa. Décidément, toute cette affaire devenait bien compliquée. Il lui faut lâcher un peu de lest..., un peu de vérité. Aussi poursuit-il, pesant ses mots : – Lorsque je dis « de vrais témoignages », j'entends des témoignages avec des preuves. Comprends-tu, Eyup, il importe d'éviter les vérités préfabriquées et imposées... celles des extrémistes religieux et politiques, celles des veules qui réclament toujours plus de preuves pour se prouver qu'ils ne sont pas des lâches !

– Sundgau a raison, Eyup ! intervient Marc. Face au drame que vit ton pays, les nations européennes demeurent pétrifiées, telles les filles de Loth, regrettant Sodome incendiée. Il importe de leur ouvrir les yeux !

– Parfois, je crains que vos pays n'aient pas encore compris qu'on ne guérit pas de ses blessures à la vue du malheur des autres ! La voix d'Eyup est sarcastiquement sombre. A la vue des charniers et des ruines de Vukovar, à la tragédie quotidienne de Sarajevo, il n'y a eu de perceptible qu'une vague esquisse de remords arrachés aux lèvres fatiguées de vos commentateurs. Le monde nous a envoyé l'ONU, cette pitrerie hollywoodienne !

– Tu n'as pas tout à fait tort, reconnaît Guy. Nous sommes nombreux à souffrir de cette situation lamentable d'observateurs passifs. C'est d'ailleurs l'une des raisons de notre présence à vos côtés. Il est vrai que nous avons trop de censeurs et de thuriféraires, assis sur des bancs d'assemblées ou devant les écrans de télévision. Ils s'étripent à qui mieux mieux, dans une hypocrisie réciproque digne de Tartuffe. Ils ne bavent pas du même appétit métaphysique de la vérité selon qu'il s'agit du Tibet, de la Tchétchénie, du Ruanda, de la Thaïlande ou de la Bosnie-Herzégovine..., et des autres !

– Eyup, avec mes amis, nous faisons partie de ces gens qui réalisent que la barbarie est en passe de triompher partout autour d'eux. Les mains de Léa tremblent lorsqu'elle parle de sa voix mesurée. Elle s'est levée. La tête haute comme une enfant. Les bras tendus, les mains offertes. Don total et immense retenue. Une boule de tendresse hérissée de piquants : « Mon petit hérisson ! » la plaisante souvent Guy, lorsqu'il caresse son ventre soyeux et efface tous les piquants. La jeune femme poursuit : – Nous sommes peut-être des inconscients, mais nous sommes décidés à continuer à nous battre dans ces ténèbres organisées, à y allumer quelques étincelles...

celles que d'autres s'acharnent aussitôt à éteindre !.. Pour aller où ? Pour sauver qui ? S'il te plaît, Eyup, ne nous démolis pas ! S'il te plaît, surtout pas toi ! Laisse-nous espérer...

Eyup, Guy et Marc, mais aussi Samir et son épouse Meliha – les cousins d'Eyup – et surtout Kirill sont pendus aux lèvres de Léa. Ils la contemplent admiratifs, conquis par son émotion passionnelle. Dans son intervention est apparue l'irrésistible mélange de séduction féminine et d'une fêlure de plus en plus visible. Léa au panache d'une petite sœur des pauvres, émule de Mère Thérésa, brûlant du feu de Jeanne Hachette !

– Tout près d'ici, dans le Konjuh, il y a une source et une cascade. Autrefois, j'y allais souvent. J'y ai même emmené Kirill. Ce n'était pas l'écume de la cascade qui m'intéressait, mais la vie de la source... avoue Eyup, sur le ton de la confidence. Mes amis, poursuit-ils si je vous ai froissés, je le regrette. Car cette source, aujourd'hui, c'est vous. Merci d'être là !

Pendant quelques instants, sous leurs paupières closes, ils écoutent en frémissant chaque seconde qui tombe de l'horloge asthmatique. Infatigable et rare, le temps ruisselle du petit conte oriental d'Eyup. Dans la salle, les flots de soleil déversés par le ciel rajeuni dessinent sur les dalles accueillantes une frissonnante source d'ombres et de reflets. Chacun peut y boire le son, les parfums et les couleurs de l'eau. L'onde vive coule et s'écoule sous la table, sous le lit. Vêtement de soie, ses plis les drapent de murmures et de lumières éphémères...

– Je crois qu'il est temps pour moi d'aller voir mes patients. J'en ai déjà vus. Ma trousse à pharmacie sera à peine suffisante. Il faudra m'approvisionner en antibiotiques et surtout en anxiolytiques. De çà, je n'en aurai jamais assez ! Léa se lève, embrasse Meliha, au regard humide. Puis Kirill, plus ravi qu'il ne veut le montrer de cette caresse féminine à la senteur maternelle. Un petit signe amical aux hommes. Et la silhouette blonde se fond au soleil.

– Cette femme ne cherche pas à comprendre. Elle aime tout simplement, déclare Eyup en forme de conclusion. Tu as bien de la chance, Sundgau ! Oui, tu as bien de la chance !..

Quatre jours se sont écoulés. Le soleil d'août, les étoiles du ciel, le vent du Konjuh peuvent donner l'illusion d'une petite colonie de vacances.

Tout est fait de courbes douces, de bruits étouffés, comme si une sorte de paix momentanée pouvait encore luire dans le regard mouillé de la vache paissante ou vibrer dans le vol du ramier fouetté par le vent. A croire que Nebo, tantôt noyé de brume, tantôt inondé de soleil, respire au rythme du Konjuh.

Émergeant avec peine de sa litière d'herbes où Léa tente encore de le retenir, Guy ouvre la porte. Tel un premier cadeau, le soleil levant réchauffe l'horizon découvert de ses teintes orangées, alors que la nuit, discrète, retire peu à peu sa longue toile brune.

Depuis leur arrivée à Nebo, il y a quelque chose de changé. On entend des bruits de verrou claquer, le battement de volets. Les femmes s'interpellent. Les enfants s'appellent. Un cœur de village se remet à battre lorsque les vieux s'asseyent autour du puits pour se raconter... les jours à venir.

La vie semble se dérouler au ralenti, accélérée qu'elle est de temps à autre par le bêlement intempestif d'une chèvre espiègle. Juchée sur un muret de pierres sèches, l'animal semble faire le guet.

En réalité, paradoxalement, cette petite scène champêtre révèle le climat oppressant qui broie Nebo. Isolé dans ses prairies, encerclé d'épaisses forêts, étranglé dans l'entrelacs du maquis exubérant, le village attend. Il se sait observé. Il se sent menacé. Par sa seule présence farouche, le Konjuh donne matière à rêver dans une attente qui creuse le cœur. Les corps cahotés ploient et s'éploient sans le dire, sans le savoir, dans la déroute des feuilles qui s'apprêtent à mourir...

Toute la matinée, dans une remise mise à mal par le temps et les hommes, Guy et Marc s'affairent. Kirill les accompagne. Il serait plus juste de dire que l'enfant accompagne l'Alsacien. Arrivé à Nebo, il s'est littéralement accouplé à son nouvel ami. Au début, celui-ci fut curieux de cette amitié nouvelle. Insensiblement, leurs pas s'accordèrent pour une affection discrète.

Léa le fit remarquer à son compagnon, avec beaucoup de discrétion. Embarrassé, une lueur pleine de brouillard dans le regard, Guy s'était mordu les lèvres. Comme le renard dévorait les entrailles du jeune Spartiate de légende, un souvenir d'enfant blond, aux yeux clos, bruissait dans les siennes. Le masque se fragilisait.

Cette nuit, prétextant la fatigue, Guy ne lui fit pas l'amour. Elle sut qu'il garda longtemps les yeux ouverts... Pour la première fois, ils s'endormirent non pas ensemble, mais côte à côte. Le sommeil ? Ce royaume du simulacre, du faux-semblant !...

Dans la remise poussiéreuse, les deux hommes et l'enfant s'échinent à découvrir les mille et un trésors de cette caverne d'Ali Baba bosniaque. Au milieu des tessons de bouteille, des boîtes de conserve éventrées, armés d'outils disparates, tous trois s'émerveillent de leurs pauvres découvertes. Découvertes sans prix sur cette nouvelle île de Robinson Crusoé.

Deux vieilles bicyclettes rouillées, pneus crevés, chaîne rouillée. Des tuyaux en plastique. Des hardes oubliées. Des instruments aratoires honteux de leur oubli. Quelques revues, dont des photos ont été découpées. Que représentaient-elles ? Où sont-elles ? Quel imaginaire avaient-elles frappé ? La pin-up aux nichons avantageux devait sûrement chauffer le sang d'un jeune gardien de moutons. La dernière recette de pitta, celui de la mère de famille, penchée sur son fourneau. La poupée qui parle et le train qui siffle, celui des enfants qui croyaient encore à ce que l'on appelle le Père Noël !

Coupé de la vallée, sans électricité, relié au monde par un mauvais chemin, Nebo se tresse des richesses dans ses entrailles pourries. Retour sur soi ! Fièvre d'un amour que l'on cache en soi ! Désir qu'on réveille dans sa chair meurtrie !

– Aïe ! s'écrie Marc. Donnerwetter ! Il saute sur place, suçant son pouce.

– Toi, tu as un problème métaphysique ! rigole Guy. Il sue et souffle sur la charrette à bras qu'il tente de réparer.

Fort occupé par le démontage d'un moteur de voiture antédiluvienne, Kirill rit de bon cœur à la mine déconfite de l'Allemand.

– Pas coopératif du tout ces satanés clous ! grimace Marc. Il est en train de collectionner les vieux clous afin de réparer portes et fenêtres brinquebalantes.

– Maintenant je suis certain que tu comprendras mieux l'état d'esprit des dents que l'on arrache ! le blague son ami.

– On croit tout facile et le plus simple est difficile : même arracher un clou ! On croit tout normal et n'importe quoi devient anormal : récupérer un vieux clou ! Au vingtième siècle, mon vieux Sundgau, notre monde marche sur la tête. Après ce que nous venons de vivre durant ces quinze jours, je me dis que nous vivons au Moyen Age !

– Que veux-tu, tu réalises enfin que le monde n'est pas aussi parfait que nous le désirons probablement parce que nous le désirons ainsi !

Marc scrute son ami, assis sur la charrette en cours de réparation. Ils sont là comme si des étoiles luisaient au-dessus de leur tête, avec cet intime sentiment de croiser un ami lointain. Dans un sourire entendu, vibrant de secrète complicité, ils se reconnaissent, prêts à la confiance qui engage.

– Sundgau, notre monde est comme il est. Nous devons l'accepter. Sais-tu que nous, les Juifs – Guy sursaute intérieurement. Il comprend enfin certaines réactions jusqu'ici surprenantes de son ami –, nous avons un vieux texte mystique. Devant l'air attentif, amical de son interlocuteur, le grand Allemand raconte :

– Il fut un temps où Dieu créa le monde. Pour ce faire, il pétrit une pâte qu'il glissa dans un four. En peu plus tard, il voulut vérifier si la pâte était cuite. Il la sortit du four. Il constata qu'elle n'était pas complètement cuite. Il décida de la remettre dans le four, mais elle lui échappa des mains. Vois-tu, Guy, cette pâte, c'est le monde que nous avons. C'est un monde pas tout à fait cuit, c'est-à-dire inachevé et incomplet.

Guy hoche la tête. Il réalise la portée de la confidence. Dans le contexte de leur engagement, elle signifie danger. Presque arrêt de mort lorsqu'il se remémore leur passage au camp des réfugiés sous la tente d'Ali et de ses comparses. Plus que la discrétion, elle impose le secret. Alors, il se met délibérément du côté de son ami, jubilant tel un adolescent qui fait un bon coup, ému par la rencontre. Il est dans son tempérament de répondre présent dès qu'il faut s'engager et qu'il y a risque.

– Marc, je suis Protestant. Vois-tu, comme nous faisons aussi référence au Texte et que Dieu a la première place, les Protestants sont plus proches des Juifs que des Catholiques.

– Ah ! répond simplement Marc. Il s'assoie sur une vieille caisse pour mieux écouter la suite.

Le petit Bosniaque interrompt son travail pour mieux saisir le fil d'une conversation qui le dépasse. Ses yeux clairs chopent au passage des mots, des expressions qu'il relie avec son cœur pour tenter de comprendre la gravité des propos échangés.

– Nous n'avons pas d'intermédiaire dans l'Alliance passée entre Dieu et les hommes. Dans ce sens, le Protestantisme est une religion de modernité, une morale en actes.

– Le ciel de la terre d'une religion minoritaire, sourit le Juif. J'en sais quelque chose.

– Ouah ! s'esclaffe Guy. Quand on est majoritaire, on est guère plus brillant que les autres !

Kirill laisse tomber une pièce métallique. Il se mord les lèvres de sa maladresse. Une ombre passe dans les yeux de l'Alsacien. Tout en passant sa main sur la tête de l'enfant penaud, il lâche d'une voix sourde :

– Un jour, j'ai décidé de vivre quelques aventures ou... plutôt quelques illusions révolutionnaires ordinaires... une sorte de posture délirante de la déraison ! Oui, il fut un temps où j'ai hésité entre l'île déserte et la vie... J'ai refusé l'île déserte pour foncer dans l'engagement... dans ce sens, je suis peut-être Protestant !

– Ou Juif, mon vieux Sundgau ! s'exclame Marc en riant. Il a vu l'ombre et cherche à la chasser.

– Le jeu des illusions perdues... et parfois retrouvées, conclut Guy. Retrouver la source... Il martèle :

– Oui, c'est cela, retrouver la source !

Par instants, Kirill dérape hors des sentiers de l'enfance et joue à l'adulte. Il joue un geste pour un autre, lorsqu'il explique à ses amis la traite de la vache noire. Il joue à l'araignée, lorsqu'il saisit une parole et en tisse une toile concentrique, étincelante de gouttes de rosée accrochées. Avec ses mots, ceux que l'oiseau trace hors de la branche, il lance à son ami, Guy :

– Dis, tu veux trouver la source ? C'est vrai, dis ? Un doigt sur la bouche, il ajoute à voix basse :

– La source du bogomile... celle d'Eyup. Il en a parlé l'autre soir. Je te la montrerai..

– Bogomile ? Qu'est-ce que c'est que cet oiseau-là, plaisante Marc, intrigué.

– Chut, c'est mon secret à moi !

Chut ! En effet, deux silhouettes se profilent dans l'encadrement du portail : Léa est accompagnée d'Eyup.

– Serions-nous en plein congrès mystique ? interroge malicieusement la jeune femme. Elle connaît trop bien Guy pour ne pas avoir saisi la réalité subtile de son évasion. En ce moment, le regard de l'homme gueule son trouble.

– Prenez garde à ne pas introduire trop de religion dans un débat déjà tumultueux, laisse tomber le Bosniaque. De loin, nous vous entendions... enfin, quelques mots. Ici, le vent porte même lorsqu'il ne souffle pas.

Guy et Marc se regardent, intrigués par le ton d'Eyup. Simple mise en garde ? Ou avertissement prémonitoire ? Abrupt, l'Allemand rétorque :

– Je disais à Sundgau que j'étais Juif !

Eyup sourit doucement, les yeux indéfinissables :

– Nous l'avions entendu. Ta réaction quand j'ai parlé du Talmud m'a suffi pour comprendre. Mais ta religion, comme celle de Sundgau, la mienne et celle des autres, je m'en fous ! La race, la religion sont des accidents de naissance, le ventre d'une mère. La seule vérité reste la terre. La paix ne peut se bâtir que sur cette terre en acceptant la diversité des hommes. Est-ce de la religion, ça ? J'en sais rien. Mais voyez-vous, si j'ai le cœur qui saigne à la vision de la tragédie bosniaque, il m'arrive aussi de plaindre le peuple serbe qui souffre sous la tyrannie de l'apparatchik Milosevic, cette pustule engendrée par le communisme. En voilà, une religion à extirper et à brûler comme de la mauvaise herbe !

Le Bosniaque marque une longue pause. Il semble admirer le travail de Guy. La tête dans l'ombre, il enclenche :

– J'espère simplement que ce n'est pas la simple quête religieuse qui vous a conduit dans mon pays. Encore que... mais la mise en scène de l'absurde va au-delà de la sérénité de la religion !

– Sans un orage, un soir à Erfurt, nous n'aurions pas connu Luther... et nous ne serions peut-être pas là à parler de religion... Guy hoche la tête et poursuit d'une voix étranglée :

– Je suis persuadé que chaque être humain peut rencontrer cette chance d'avoir le droit de se battre contre les vérités officielles !.. On a pas le droit de la laisser s'échapper ! Aussi, je crois aux coïncidences provoquées... Plus tard, Eyup, je te raconterai... plus tard.

– Si tu diffères de moi, loin de me léser, tu m'enrichis, écrivait Saint Exupéry. Vibrant, Marc intervient. Sa voix est curieusement tendue, presque extatique :

– Pour moi, enfant de la Shoah, quand j'entends parler de purification ethnique, j'entends mon père moribond qui chante le kaddish dans le mouroir d'Auschwitz. Bien qu'il s'agisse d'un pays peuplé de musulmans..., et peut-être parce qu'il s'agit de la Bosnie-Herzégovine, se reprend-il, je ne veux pas attendre de découvrir Auschwitz. Nos démocraties, nos politiques et nos médias sont experts en fards munichois. Tous suintent d'amnésie sélective! N'oubliez pas que des libérateurs des camps nazis possédaient déjà leurs goulags. Et maintenant, voilà que Milosevic, ce communiste, anobli de fascisme, triste héritier de ces libérateurs, mène la guerre contre une Europe trop occupée à faire la paix... Eh, bien, moi, Juif, je vis un cauchemar quand, en Europe, je décode les tragédies de Zvornik, Vukovar, Sarajevo et autre Srebrenica! J'ai les larmes aux yeux lorsque claquent à mes oreilles les mots de camps, tortures, viols... Je voudrais déterrer tous ces morts disparus pour qu'eux ils parlent...

– Il est vrai que cela arrange beaucoup de monde que de prétendre qu'il s'agit d'une guerre de religion, intervient Léa. Alors qu'en réalité, c'est bien un combat politique dont il s'agit. La guerre de religion en Bosnie-Elerzégovine est la plus belle blague que politiciens et journalistes puissent raconter.

L'atmosphère empoussiérée, misérable, de la masure prend un éclat hypnotique.

Solaire, un rayon laser fouille les ombres recroquevillées. Les chevelures blondes de la jeune femme et celle de Kirill s'irradient.

Eyup, protagoniste impénétrable du monologue pathétique de Marc, se dirige vers celui-ci. Arrivant à son contact, le Bosniaque le prend par les épaules et l'étreint avec une solennité toute orientale, une exubérance méditerranéenne :

– Merci, mes amis. Il y a un proverbe dans cette région qui dit que le plus court chemin de soi à soi passe par l'autre. Aujourd'hui, je dirais que nous sommes tous sur le *Titanic* et qu'il n'y a plus de canots disponibles. Alors, c'est bon de savoir sur qui on peut compter !

Une sérénité soyeuse s'installe. Léa veille à ne pas perturber la coulée continue des sentiments dévoilés. C'est Guy qui se décide à rompre le silence :

– Comment vont tes patients, Léa ? Sa voix s'est faite confidentielle pour mieux faire vire le secret qui vibre entre eux.

– J'ai fait le tour de tous les habitants de Nebo. Il y a beaucoup de bobos que j'ai dû soigner à cause de l'infection. La fatigue et la malnutrition sont énormes. Je me demande encore comment les réfugiés ont pu arriver jusqu'ici. Eux et ceux du hameau sont résignés à presque vivre. Je crois tout simplement qu'ils sont trop fatigués pour mourir. Par moments, je me sens littéralement happée par tout ce qu'ils me racontent... je ne suis plus sûre de pouvoir absorber toutes les horreurs que ces femmes me lâchent au compte-goutte.

– As-tu pu apprendre quelque chose de particulier sur ce que nous recherchons ? l'interroge Guy. Il se veut apaisant, ainsi que l'on calme une enfant sur le point de pleurer.

Ici, Léa dévoile une pauvre voix qui trahit son désarroi :

– La maison incendiée, les voisins qu'ils croyaient des amis et qui applaudissent aux coups reçus, les hommes triés tels des animaux, les hommes disparus... les vieillards trop vieux pour marcher, trop lourds pour être portés, abandonnés et décapités par les sbires de Karadjic.... Les enfants maltraités ! Qui pourra, un jour, leur raconter le Petit Chaperon rouge ? Le méchant loup est déjà présent dans leur inconscient sous les traits des Nosferatu de Belgrade et de Pale ! Ils ne croiront plus jamais au Petit Chaperon rouge, car le loup l'a dévoré... sans que les gens alentour soient intervenus ! Et les filles, portées disparues, enlevées par les tchetniks de Mladic !

Léa ne peut s'empêcher de frissonner au drame que les femmes bosniaques vivent dans leur quotidien, dans leur intimité :

– Tous ces gens ont besoin de vider leur sac... et moi, je sens la haine monter en moi ! La jeune femme hoquette de rage et de désespoir mêlés : – Dans une guerre civile, il y a toujours des exactions de tous bords. Mais après ce que j'ai vu, après ces témoignages, je ne pourrai jamais recevoir les arguments pro-serbes sans entendre l'artifice. Pour moi, la cause bosniaque est une évidence, une conviction de toute mon âme et de ma chair !

Extatique et déchaînée, la jeune Belge se libère :

– Je me croyais blindée contre la souffrance des autres. Et maintenant, je déjante à fond ! Je ne sais plus qu'une seule chose, c'est que désormais les salauds qui ont fait cela doivent payer... c'est que les salauds qui, chez nous, ferment les yeux doivent aussi payer !.. dussè-je y passer le reste de ma vie... ils paieront tous !

Le cercle se resserre autour de Léa prostrée, assise sur un billot. Poussé par une tendresse impulsive, Guy lui prend la main. Il voudrait essayer de chasser les nuages gris et torturés des yeux de son amie. A son tour, avec des gestes d'adulte maladroit et un regard déjà usé, Kirill se saisit de l'autre main :

– Kirill est ton ami. Ne sois pas triste, Léa... il ne faut pas !

Au travers de ses cils mouillés, la jeune femme contemple l'adolescent avec ce sourire maternel qui ne trompe pas. Lui ronronne tel un chaton à la caresse féminine dans ses cheveux. « Mon Dieu, implore Guy, comment se fait-il que ces petits vieux d'une dizaine d'années ne puissent avoir droit à l'innocence ? »

Quelque peu rassérénée, Léa se relève. Sa voix plus affermie résonne :

– Pardonnez-moi si j'ai craqué... Pour ce qui est des indices, R.A.S. comme disent les militaires français. En vérité, pour l'instant, je ne vois qu'une seule personne qui pourrait correspondre à celle que nous recherchons. C'est Dzemila.

– C'est l'une des réfugiées ? s'enquiert Guy.

– Oui, c'est cette jeune femme qui vit avec sa vieille mère. Elle porte toujours un gilet rouge.

– Ah, je vois ! dit Eyup. Marc et moi lui avons réparé sa porte.

– Et pourquoi elle ? insiste Guy.

– Je ne sais pas trop. Elle me paraît intelligente voire secrète. Elle a parfois de drôles de sourires. Lorsque je lui ai proposé de m'aider pour les soins au village, elle a de suite accepté. Elle parle quelques mots d'anglais. Je l'ai donc prise comme assistante.

– Très bonne idée, confirme Eyup.

– Parfois, j'ai l'impression qu'elle voudrait me parler. C'est furtif, impalpable. Mais je n'insiste pas. Je m'efforce de la mettre en confiance.

– Très bien, Léa, approuve Guy. Continue ainsi et préviens-moi dès que tu obtiens quelque chose de concret. Et vous deux ? s'adresse-t-il aux deux hommes.

– Pour ma part, j'ai bavardé avec quelques vieillards rescapés de Srebrenica, répond Marc. C'est malheureusement toujours la même litanie... sauf que certains ne sont déjà plus là ! Ainsi que le dit Léa, ils sont au bout du rouleau.

– A ce propos, Eyup, interrompt la jeune femme. Pourrais-tu intervenir pour que je puisse examiner le vieil homme qui porte un pansement au cou. Celui que Guy surnomme le semeur de vent.

– Je m'en occupe, promet le Bosniaque. Kirill, tu m'aideras à le convaincre, puisque tu as de bonnes relations avec lui. L'enfant approuve de la tête. Il est heureux de rentrer dans ce grand jeu des grands. Jeu auquel il ne comprend pas grand chose. Eyup poursuit : – J'ai parlé aux habitants du village encore présents. Rien à attendre de ce côté. Ah ! Un petit renseignement qui devrait vous intéresser : il y a deux jours, les tchetniks ont attaqué Banovici. Trifko est de retour dans le Konjuh. Cela confirme les dires d'Ali. Soyez donc sur vos gardes !

– Eyup, comment as-tu appris cela, s'inquiète Guy.

– Ici, tout se sait. Il existe un monde silencieux qui nous juge et nous observe en permanence. Tous les matins, sur le grand rocher de la prairie à la sortie du village, je vais relever la poste. Je croyais que vous l'aviez remarqué, rit Eyup devant la mine allongée de ses amis.

– Tu aurais pu me prévenir, râle l'Alsacien. Je suppose que ce sont les moujahidine d'Ali.

– Tu as vu juste, ami Sundgau ! Je ne vous ai rien dit, parce qu'il n'y avait aucun message jusqu'à ce matin. Ceci dit, ne vous étonnez pas si vous me voyez peu au-dehors. Je ne sortirai que la nuit. Si d'aventure, nous avions de la visite, mes deux hommes et moi deviendrons des réfugiés parmi les autres. Et surtout, vous ne nous connaissez pas. J'ai déjà prévenu les autres.

– Les tchetniks ? La voix de Léa reflète un fond d'inquiétude.

– Oui... je dis cela au cas où !

– Et nous, que devons-nous faire dans ce cas-là ? demande Guy. Il se veut narquois pour masquer son malaise.

– Oh, rien de bien extraordinaire, s'amuse le Bosniaque. Il reprend le même ton narquois. Vous avez refusé les M16. Aussi, je ne vois pas comment nous pourrions nous battre contre ces gars-là – le reproche est voilé. Alors, jouez votre carte humanitaire d'ONG. Dans le fond, vous aurez plus de chance qu'avec les M16 ! s'esclaffe-t-il. Ses yeux ont pourtant revêtu une lueur sinistre : le combattant refait surface. Il se lève, prêt à quitter la grange : – Toi, Marc, si d'aventure Ali et ses Afghans se pointent par ici, dispense-toi de parler de tes origines religieuses... Ce sont de dangereux fanatiques. Je pense que nous nous comprenons !...

Dans l'immense prairie-jardin dominant Nebo vers le Konjuh, le soleil a délié de leurs secrets nocturnes les gouttes de sang des petites balises des trèfles rouges et les émois de la rivière qui borde le village. L'air s'emplit peu à peu du bavardage sensuel de la brise montagnarde et de l'eau babillarde. Des taillis de cistes, myrtes et arbousiers s'envolent, spasmodiques, les notes d'un coucou. Elles réveillent l'horloge du combattant de l'ombre qui sommeille au fond de chacun...

Kirill trottine aux côtés de Guy, l'air absorbé. Celui-ci réalise, un peu tard, que l'enfant a assisté à leur entretien. Même s'il n'a pas tout saisi, c'est une imprudence. Mais comment ne pas craquer devant l'affection de ce blondinet ?

– As-tu compris, Kirill, que nous sommes là pour aider les habitants de Nebo ?

– Je n'ai pas tout compris, avoue le gosse. Mais je sais que toi et les tiens sont nos amis. Mon oncle Eyup me l'a dit. Il dit toujours la vérité. Pourtant Kirill a toujours l'air concentré. Guy s'inquiète :

– A quoi penses-tu, Kirill ?

– Ton ami Marc a dit quelque chose de très beau sur la... connaissance des autres. C'était qui ce Monsieur Exupéry ?

– Saint Exupéry. C'était un grand écrivain français, il savait écrire en même temps pour les enfants et les grands. Par exemple, l'histoire du Petit Prince.

– Celui-là, je connais, exulte le gamin. Mon père me racontait souvent l'histoire du Petit Prince sur son étoile, avec sa rose et le renard.

– Et le serpent, ajoute l'Alsacien, ravi de retrouver des souvenirs communs.

– Oh, le serpent, je n'aime pas ! Un être inutile et méchant... il y a des hommes comme les serpents, n'est-ce pas ?

– Oui, Kirill. Il vaut mieux les éviter. Cela vaut mieux !

– Pourquoi ne pas les punir, puisqu'il font du mal ?

– Ce serait une longue histoire, Kirill. Sache seulement que ces gens inutiles et méchants sont toujours punis à la fin.

– Bravo, s'exclame l'enfant. Bravo, c'est juste... Puis, un légère hésitation au creux de la voix, il ajoute sourdement, les yeux baissés vers le sol :

– Tu voudras, un jour, me raconter l'histoire du Petit Prince... il y a si longtemps que...

Une boule dans la gorge, Guy déglutit avec difficulté. Une houle de souvenirs l'assaille. C'est vrai, il y a si longtemps que... Dans une embrassade qui hésite entre le paternel et le fraternel, l'homme saisit l'enfant par les épaules :

– Je te le promets, Kirill… et je tiens toujours mes promesses, mon garçon !

De loin, sur le seuil de la ferme, Léa leur fait signe de rentrer pour le déjeuner. Son intuition féminine lui fait saisir que Kirill est en train d'ouvrir à Guy la porte de cette énorme muraille qui l'enclôt. La tendresse mutilée de l'enfant, le gouffre du silence de l'homme sont cette attente sans début, sans fin, sans espoir de rédemption. Leur rencontre fortuite a fait qu'à certaines de leurs interrogations s'élèvent et scintillent des réponses semblables à de jolies bulles de savon savamment irisées… les planètes du royaume du Petit Prince…

La route empierrée meurt à Nebo. Une fois le village atteint, elle éclate en petites veinules rocailleuses, herbeuses, parfois invisibles, certaines parsemées de crottes de biques mènent aux clairières aménagées pour les caprins dans le maquis proche. Une, merdeuse à souhait, conduit la vache noire de son étable vers la prairie parfumée. Enfin, une sente s'enhardit à quitter le village. Elle pique droit dans les entrailles du Konjuh. Elle rebondit à côté du torrent, le croise à cloche-pied, le remonte en direction du rocher-boîte à lettres d'Eyup. Dans un curieux cérémonial de courbes et d'esquives, elle s'approche du massif orgueilleux. Elle espère peut-être attirer son attention.

Dans l'après-midi chaude, l'homme et l'enfant empruntent le sentier pour un rendez-vous secret avec la montagne. A leur départ, ils ont salué Léa et sa nouvelle assistante, Dzemila. Elles sont fort occupées à soigner quelques bambins excités. Léa fit un clin d'œil complice à Guy. Elle lance :

– Kirill, où allez-vous ?

– Dans la forêt, glissa l'enfant, le ton prudent. Il évitait ainsi le mensonge.

– Ah ! encore un secret entre les hommes ! Je vois. Bonne promenade, Messieurs !

Près de la grange aux trésors, Marc est absorbé par le vieux moteur qu'il a extirpé à l'air libre. Il a disposé tout un attirail de planches et vieux bidons autour de lui.

– Hello, Marc ! Tu n'as tout de même pas l'intention de remonter ce vieux tacot ? Il te faudrait alors trouver un puits de pétrole pour l'essence ! le taquine Guy.

– Je sais que les Français n'ont pas beaucoup d'idées, le blague l'Allemand. Pour l'énergie, il suffit de se creuser un peu la tête !

Cherchant un impossible chemin dans l'oppression du maquis griffu et sombre, où le buis et le myrte se livrent une bataille parfumée, où l'arbousier et le genêt collaborent, où le chêne vert se donne des allures boursouflées, les deux promeneurs halètent. Le soleil dans la face, la sueur au creux des épaules, la poussière végétale dans la gorge, Guy et Kirill s'insinuent dans la mosaïque de cistes verts et de roches grises ou blanches. Ils se retournent une dernière fois vers Nebo. L'ocre des maisons lépreuses rougit de plaisir. Un peu à l'écart, honteuse de ses pierres noircies, de ses entrailles mises à nu, une ferme éventrée s'offre un vaste morceau de ciel entre les tuiles brisées. Envahissante, exubérante, une folle explosion de verdure indomptable semble envoûter la bâtisse.

Seuls signes de vie : les moutons laineux, la vache ruminent et autour du puits sur la place, les gosses échevelés. A l'orée de Nebo, un homme arpente un champ de long en large. Le geste large, il sème des graines invisibles sur la terre stupéfaite de cet entêtement. De temps à autre, Guy croit voir le semeur de vent se tourner vers le Konjuh et regarder dans leur direction... Le village bosniaque est un étrange labyrinthe quasi fantomatique d'antres aux portes closes, de murs écaillés, de seuils esseulés. Un théâtre antique d'une vie quotidienne qui a viré au tragique...

– Il est joli, mon village ? – « Dessine-moi un mouton », demandait le Petit Prince.

– Il ressemble au mien. Regarde ces collines, cette forêt... cette terre chaude... elle sent bon. Elle coule dans le creux de la main comme l'eau de ta rivière... Elle est chez moi... je suis chez elle. Il est merveilleux ton village, Kirill ! – Et l'étranger lui dessina un mouton, tel que l'imaginait le Petit Prince.

Le Konjuh, paysage ambigu de Corot : sorte de rêve éveillé saisi dans des lumières irréelles d'or étincelant et d'argent vieilli. Une mélancolie voilée au cœur de l'émotion. Un étrange paysage de larges prairies brûlées et de hautes croupes sapineuses qui font songer au Sundgau, s'inspirant des Hautes Vosges.

Le chant mélancolique d'un courlis signale les premières landes où s'ensanglante la bruyère. Les ombellifères balancent mille plateaux de fleurs blanches, tandis que les asphodèles exhibent leur plumeau de pétales crèmes à rayures brunes, et de fruits ronds déjà brun rouge. Par instant, au hasard d'une échappée facétieuse vers le Konjuh, la forêt rassemblée se pare de touches fauves. L'automne syncopé frémit de son approche proche.

– Viens par ici, intime le garçonnet.

Forteresse défendue par son isolement naturel, ses vallées profondes et ses forêts intimes, le Konjuh offre le silence de la montagne désertée. Ce silence bruissant de parfums de mille fleurs discrètes, chuchotant du battement des cœurs de mille oiseaux, bourdonnant de la cavalcade de mille animaux.

Dans un fouillis de sapins licheneux, le ciel argent de la rivière clignote pour signaler la passe secrète. Les deux aventuriers s'y glissent à la recherche de la source. L'ombre épaisse les avale goulûment. Espace indécis entre ciel et terre où seule l'oreille permet de différencier le bruit de l'eau de celui du bruissement des ramilles de sapin.

L'Alsacien redécouvre ces paysages, enfouis dans la nuit des temps, où les lisières hiératiques se sont transformées en rendez-vous mortels, les cols arrondis en chausse-trappes et les pitons orgueilleux en sentinelles wagnériennes.

Il faut s'être un jour promené dans une sapinière, loin, très loin des miroirs aux alouettes de la ville, pour en saisir la magie. La texture laquée des écorces écaillées, les jeux d'ombres à travers l'épaisse ramille. Et les jours de grand vent, les sifflements, vibrations, grésillements et bruissements de la canopée résineuse. L'entrechoquement des branches résonne comme des percussions étouffées.

Bientôt, une souille à la forte odeur de terre retournée, labourée, signale la vie : – Divlja svinja, murmure Kirill. On arrive.

– Sanglier, traduit Guy, tout aussi doucement. La lourde fragrance animale est le meilleur dictionnaire. L'enfant sourit.

Guy se sent léger. Heureux. Un rien désabusé, il se libère quelques moments de Nebo. Depuis plusieurs jours, il en côtoie les habitants, ces guenilles humaines tourmentées par les uns, rejetées par les autres. Ignorées, oui ignorées par la mosaïque des bien-pensants, des nantis et privilégiés de toutes sortes, toujours ardents et prêts à négocier le malheur des autres ! A l'instar de Léa, il en a épousé leur vie trouée. Comme Marc, il se sent leurs hardes rapiécées sur le dos. Comme Eyup, il marche dans leurs souliers percés. Ces êtres de souffrance lui renvoient leurs besoins, leurs désirs. Peut-être est-ce lui qui s'ouvre à leurs tourments ? « Je rêve. Et mon rêve est celui d'un homme éveillé », marmonne-t-il, énervé.

Dans ce dialogue entre lui et sa part obscure, Guy perçoit confusément le miroir écran qui reflète l'éclat lointain d'une origine douloureuse. Il est toujours tenté de se retourner sur l'éblouissante clarté d'un enfer enneigé : un virage manqué sur le verglas vosgien avait forcé le destin !

Les sapins ruissellent de résine : la senteur est pénétrante. L'ardense se fait oppressante : les basses branches retiennent tout. La subtile alchimie des couleurs du ciel et de la forêt provoque un grouillement incontrôlé d'images fugitives.

– La source de Kirill, annonce l'enfant. Sa voix s'est faîte plus confidentielle pour mieux faire vivre le secret qui vibre entre eux.

Le soleil a dévalé les pentes vertigineuses du Konjuh. Puis, il s'est glissé dans les mystérieuses profondeurs du sous-bois pour mieux dessiner la clairière moussue. Entre les lèvres béantes d'une roche éclatée, sourd un mince filet d'eau. Vive, babillarde et argentée, l'onde s'est vite créée une sorte de nid plein de soupirs et d'espoirs. Naissance aquatique, la mare enchâssée dans sa conque herbeuse reflète les randonnées échevelées des crêtes et du ciel. La flaque forestière se permet quelques méandres, cherchant à apprivoiser l'or de l'anémone et l'azur de la gentiane. Naïve et lisse, bruit et glisse l'onde.

Le garçonnet, fier comme un sultan dévoilant ses conquêtes, prend la main de Guy et lui fait faire le tour du propriétaire. Ses yeux fixent obstinément un point perdu dans le vague de la verdure. Son langage mi-enfantin, mi-adulte, est lumineux et calme. Dans une cuvette, il s'invente, tel un trésor, une colonie de têtards. Affolés par la main taquine, ceux-ci s'égaient. Frénétiques, ils pagayent au creux d'algues rouges en ikébana. Par ses jeux de construction, Kirill façonne une sphère de silence à l'harmonie cristalline. Il dévoile les traîtres nœuds gordiens des racines musculeuses. Plein d'un respect païen, il soupire auprès du tronc foudroyé de l'un des seigneurs de la forêt, en pourrissement dans l'incognito de ce paradis vert.

– Elle est belle, ma source, admire Kirill. D'évidence, cette fois-ci, il ne formule pas une question.

Muet, Guy approuve. En guise d'assentiment, il lui fait un clin d'œil amical. Il se laisse ensevelir par le dense enchevêtrement ligneux. Les fûts hiératiques aux fils d'argent boivent le soleil. Ils le couvrent d'ombre. L'Alsacien ferme les yeux pour ne pas voir le temps filer et s'extirper de sa griffe. Le frou-frou du vol d'un grand pic noir, celui haché de la mésange bleue ou de la méditation rébarbative de la chouette lui font hausser les épaules. Ont-ils un but ? Leur arrivent-ils de s'arrêter ? Dans cette montagne pleine d'espoirs ensoleillés, mais aussi de meurtres furtifs bouillonne une vie furieuse.

Une abeille, corsetée de noir et d'or, saoule du suc d'un mûrier, se pose sur son bras. Guy ne bouge pas. Bien au contraire, il observe avec intérêt cette tête d'insecte. Elle a un visage et flotte comme une expression dans ses yeux. Il la désigne à Kirill. Ensemble, ils suivent du regard l'insecte qui se dégage tranquillement des poils du bras. Avec beaucoup de fantaisie, l'abeille se décide à chercher un plat plus goûteux. Guy sourit, tant il est vrai que la piqûre n'est ni caprice, ni malice, mais la punition d'un geste irréfléchi. Non, vraiment la nature ne peut être comparée à la tuerie qui se déroule tout près de là. Elle se chargerait de régler rapidement leur compte aux êtres nuisibles que sont les Milosevic, Karadjic et Mladic des hommes !..

– Dis, pourquoi es-tu venu dans mon pays ? L'interrogation de Kirill volette, faussement anodine.

Ils sont étendus, côte à côte, face au ciel. Guy reste interloqué. Il hésite :

– Pour toi... et aussi un peu pour moi. Je m'en rends compte ici, à Nebo.

– Mais c'est dangereux par ici !

– Vois-tu, Kirill, j'ai été parachutiste. Et lorsque tu te trouves devant la porte ouverte de l'avion, quand l'air siffle et que le paysage défile, il ne faut pas trop réfléchir... Dans la vie, c'est pareil. Il faut parfois réagir avec son ventre et... être un peu bête ! Là dessus, Guy rit.

– Sais-tu ce que Eyup m'a dit de toi ?

– Qu'est-ce qu'il a dit ? Cette fois-ci, l'Alsacien est très intrigué.

– Il a cité un vieux proverbe de nos montagnes : Les fous ouvrent la porte. Les sages suivent !

Le gamin semble méditer, comme s'il contemplait le monde du haut de ses treize ans. Il lève les yeux sur son compagnon :

– Si j'avais pu choisir, j'aurais aimé avoir un frère comme toi, laisse-t-il tomber.

– Eh bien, Kirill, si tu le veux, tu seras mon petit frère.

– Alors, toi aussi, s'exclame l'enfant, l'air ravi.

– Ah, non ! déclare Guy hilare. Pas ton petit frère... ton grand frère, si tu m'acceptes !

– Oh, oui ! A son tour, Kirill rit de bon cœur. Je vais le dire à Eyup.

– D'accord, mais je serai ton frère avec tous mes défauts et tous mes secrets. Guy regrette aussitôt ce besoin de confidence ébauchée. Il se rattrape :

– Et comme jusqu'ici, tu n'as pas réussi à prononcer correctement mon nom, tu m'appelleras Guy.

– Comme Léa, remarque Kirill.

– Oui, comme Léa. Ainsi, tous les trois, nous formerons une petite famille.

Le visage du garçonnet devient très grave. Il scrute Guy avec une avidité dans ses yeux clairs qui fait presque mal :

– Puisque tu es mon grand frère, je vais te montrer le véritable secret de ma source. Lève-toi et suis-moi.

Quelques pas dans le fouillis d'une roncière échevelée. Les hampes pourpres de digitales servent de repère au Petit Poucet. Il écarte un ultime rideau de mûriers aux fruits sombres, tels les yeux d'une gitane, pour rejoindre un pin noir. Poteau indicateur funèbre, le résineux désigne à son pied un parterre de cistes roses, duquel émerge une curieuse stèle.

– Stečak, murmure Kirill. Eyup l'appelle la pierre des purs.

– Est-ce une tombe ?

– Oui..., mais il y a longtemps... Eyup m'a dit que c'était la tombe d'un bogomile.

– Bogomile ?

– Oh, c'est difficile à expliquer. Il faudra que tu demandes à Eyup. Il t'expliquera. A moi, il a raconté que, sous cette pierre, reposait un de nos ancêtres, à nous les Musulmans de Bosnie. C'est une belle place pour mettre une tombe, n'est-ce pas Guy ?

– Oui, tu as raison. C'est un endroit de paix.

– Quand un jour je mourrai, j'aimerais dormir ici.

– Tu as le temps, gamin !

– Je n'ai pas dit demain, Guy. J'ai le temps... mais je ne sais pas combien !

Guy préfère éviter ce débat sur la mort avec un gosse de treize ans. Il a mauvaise conscience de sa dérobade d'homme occidental confronté à l'au-delà. Il se penche sur la pierre. Haute de plus de un mètre, oblongue, elle porte d'étranges inscriptions. Une main sur la hanche, un personnage naïf dresse son autre main, grande ouverte : le bogomile est l'expression d'un défi éternel planté dans la pierre mystique.

Sans pouvoir se l'expliquer, Guy se sent une brusque tendresse pour cette figure d'un autre temps. Ces os blanchis, enfouis sous la mousse, doivent s'entrechoquer d'éternité au fil des jours et des nuits qui viennent passer quelques heures tournantes...

Le kaléidoscope de ce lieu d'ombres assoupies et de lumières tamisées dégage une harmonie rousseauiste. Celle palpable des couleurs et des formes. Mais surtout celle plus déliée du parfum qu'il respire. Le pot pourri de senteurs vertes mêle avec subtilité les fragrances des écorces, des feuilles et des fleurs.

Face au stečak impavide, Kirill paraît fasciné. La présence invisible du bogomile contraint à la méditation. Au regard illuminé du garçonnet, Guy répond à cette invitation au voyage immobile...

– Guy, mon grand frère ! Chez nous, lorsque quelqu'un t'offre une secret, en retour tu dois en offrir un, bien à toi... ce sera un pacte entre nous ! Les yeux troublés par une sorte de terreur enfantine, l'enfant ajoute :

– Pa tako ne gubimo svoje prijatelje...

Guy fronce le sourcil. Il s'efforce en vain de traduire la totalité de la phrase en serbo-croate. Grave, Kirill traduit :

– Comme cela on n'oublie pas ses amis !

L'homme comprend vite qu'il a du brouillard pleins les yeux :

– C'est promis, Kirill. Laisse-moi réfléchir un peu... Je crois que j'ai une idée.

Ravagé, il réalise que tous les enfants du monde ne sont pas morts pour lui. Morts avec ce jeune garçon, endormi dans l'absurdité de la neige alsacienne, dans son passé explosé...

La source du stečak est devenue la terre promise. Point central d'une quête dont Guy n'entrevoit pas encore la fin. Le bogomile doit en connaître l'issue.

La faille de la vallée entre peu à peu dans la nuit. La lumière du soir fait vibrer la montagne. Elle cherche à en épuiser le mystère de ses structures : forêts, rochers, rivières, source et ciel. Tout devient couleur, festival minéral de nuances mauves et roses qui lacèrent les ombres effarées du Konjuh.

*

*   *

Chapitre V

Oslobodenje étalé sur la table, Eyup lit et traduit lentement les dernières nouvelles de Bosnie-Herzégovine. Le quotidien bosniaque est arrivé par la liaison d'Hasib.

Chaque arrivée du chauffeur de Mostar révèle au petit monde de Nebo qu'il vit en vase clos, tel un animal blessé, calfeutré dans la forêt, léchant et soignant ses blessures. Et pourtant, les tueurs et les chiens, assoiffés de sang, poursuivent leur traque mortelle...

Les nouvelles se succèdent dans un silence religieux. La grande salle de la ferme de Samir et Meliha est bondée. Ils sont tous là : les vieux, les vieilles, les femmes et les enfants. Même le semeur de vent, dont on ne saura jamais s'il a suivi le flot des habitants ou s'il est venu pour entendre. Même le chat adopté par Kirill s'est arrondi sur les genoux de l'adolescent.

Les grincements de la carriole d'Hasib ont d'abord inquiété ces visages, alarmés par tout imprévu dans leur vie chaotique. Puis, l'ayant reconnu, les habitants sont venus l'aider à décharger les richesses d'un autre monde qu'il apporte.

Hasib a simplement souri. Il a pénétré dans la ferme avec son journal. Mic l'a accompagné. Et, tous l'ont suivi. S'installant à même le sol, les genoux repliés, les bras croisés, ils ont attendu. Maintenant, ils boivent les mots qu'ils espèrent... et même ceux qu'ils n'espèrent plus. Ces mots dépliés comme des bouquets de fleurs fanées par un long voyage ! ces mots qui s'écœurent pour mieux faire renaître le désespoir ! ces mots solennels et cauteleux des rois et de leurs ministres réclamant plus de patience aux suppliciés que l'opinion publique contemple ! L'esclaffement sombre de la grande faucheuse toujours victorieuse !

Eyup lit... Que d'illusions étouffées d'Oslobodenje le Bosniaque relève dans ces pages ! Que d'espoirs déçus, il saccage dans les feuilles d'Oslobodenje ! A Nebo, tous ont cru qu'en fermant les yeux ils pourraient nier les étoiles ! Mais le papillon nyctalope qui volette devant leurs paupières closes prend aussi leur froide clarté pour le jour.

Eyup lit... Il y a des coups qui tuent. Ceux qui torturent. D'autres qui affament. Il y a des sexes barbares qui violent. Il y a l'obus qui éventre. Il y a la balle du sniper qui culbute le gosse porteur d'eau. Mais il y a surtout ces mots qui font des discours toujours trop longs pour ceux qui agonisent. Ces mots qui, ne sachant pas apporter le réconfort et l'aide espérés, mettent des cheveux blancs dans la chevelure des femmes condamnées. Ces mots plus meurtriers que les coups, le sexe, l'obus et la balle...

Eyup lit... La perversité de ceux qui s'octroient la mort de jeunes soldats, les mains liées. Ceux-là qui, en même temps, serrent la main de Milosevic, Karadjic et Mladic. La dépravation de ceux qui s'innocentent derrière le Tribunal pénal international et qui donnent l'accolade aux tueurs de populations innocentes : Eltsine, El Assad, Khadafi, Castro... et autres Iraniens ou Chinois

Eyup lit... Les oreilles de Guy et celles de ses amis bourdonnent des bleus à l'âme de l'Europe. La monnaie unique et les charniers de Srebrenica : quand la chair humaine se monnaye ! Federico Garcia Lorca et Guernica. La jeunesse européenne mystifiée par la bouffonnerie tragique de la Bosnie-Herzégovine, maintenant symbole de la négation honteuse d'une soi-disant culture fière de Voltaire, Gœthe, Shakespeare et Dante. Ah, Dante ! L'Europe n'a pas à se démarier du « vieil homme » ! Ce pauvre Parlement, lequel ne sait toujours pas où mettre les pieds, parade dans ses discours abracadabrants, vertiges d'accents claudéliens pour un conte archaïque qui pastiche à rebours !

Eyup lit... En juin 1914, tout débuta par un coup de feu mortel dans la capitale bosniaque. A la fin du deuxième millénaire, peut-être qu'en creusant la terre pour déterrer les morts, on y retrouvera une mémoire. Une autre façon d'entrer dans l'Histoire !..

A Dzemila prise de frissons à son côté, Léa offre l'appui de son bras passé autour de son cou. Elle partage avec Guy la même humanité un peu agressive. Elle est surtout une attitude, une façon de vivre. Léa ne craint pas de se mettre en état de vulnérabilité. Contemplant les têtes de ces deux femmes accolées, la chevelure noire de la Bosniaque intimement mêlée à celle de la blonde Belge, Guy se sent très ému.

Il se souvient qu'au cours de leur dernière nuit passée à bord du Crescent, dans le plaisir partagé sur caresses d'or, il avait chuchoté :

– Avec toi, j'ai quitté l'intérêt de m'endormir avec une femme pour celui de me réveiller avec elle...

maintenant, je privilégie l'amour du lendemain à l'aventure du soir.

Léa avait alors revêtu le visage de l'amour satisfait, épuisé, ravi et déjà quémandeur :

– Moi, je vis au jour le jour... J'ai toujours su que les choses et les gens sont fragiles. Vois-tu, Guy, la vie est un damier. Un jour, tu es sur une case blanche, le lendemain, elle est noire...

Devant sa mine qui s'était fermée, elle avait ajouté en riant :

– J'ai beaucoup de chance en ce moment : j'ai la main avec les pions blancs... Toi !

– Je ne plaisantais pas, Léa. Coucher pour coucher n'est pas intéressant ! Il est plus important pour moi de serrer une femme dans mes bras que de coucher avec elle. Ce dont j'ai inconsciemment envie, c'est de m'éveiller auprès de quelqu'un que je peux regarder, embrasser... bref, être heureux.

– Il n'y a rien de mieux que l'amour, avait-elle ronronné, provocatrice. Même... si l'amour ça fait souvent mal, parce que c'est un don total... C'est la liberté, donc la confiance !

Guy tangue encore au gré des vagues de l'Adriatique et des paroles de son amie. Il se balance, les yeux mi-clos. Il fait si sombre dans le soir qui tombe. Eyup poursuit sa litanie. Léa remarque l'absence de son compagnon. Elle lui donne un coup de coude sournois :

– Alors, on roupille pendant l'amphi ? Les deux jeunes femmes pouffent à son effarement réveillé.

– Pardon, je suis un peu fatigué. Et puis, il fait si noir dans cette pièce.

Le Bosniaque semble l'avoir entendu. Il se lève et fait mine de se saisir d'une bougie, quand Marc lui intime :

– Non, Eyup ! Attends un instant. Tisina ! Silence ! traduit-il pour ses amis.

L'Allemand bricole quelques secondes dans une grossière boîte de bois qu'il a accrochée près de la porte d'entrée. Dans l'attente, l'obscurité devient ténèbres. Une brève étincelle bleuit dans la main du magicien germanique.

Un ho ! est expulsé par les poitrines. Tous fixent la silhouette sombre gesticulant dans la nuit. Ils attendent quelque chose. Quoi ? Nul ne pourrait l'exprimer. Le bonimenteur de foire devient l'attraction pour un lapin sorti de son chapeau. Un pressentiment court dans les os de chacun. La respiration et l'obscurité s'épaississent.

Ah ! Une demi-douzaine de petites ampoules clignotent. Elles hésitent un instant à entrer dans le cercle des yeux éblouis. Enfin, ambre et miel doré, les petites étoiles électriques installent une nuit lactée. Elles pourchassent les ombres maléfiques, désaveuglent les coins et recoins de la salle.

Les ombres frêles des petites têtes dodelinantes se redressent. La cheminée parcimonieuse, les meubles usés, les murs délabrés prennent l'allure d'un décor incrédule de l'Alhambra. Les ténèbres, frappées de cécité, s'enfuient de la ferme par tous les orifices, telle la chouette hulotte affolée par la lumière du jour.

La 5e Avenue new-yorkaise, les Champs-Élysées parisiens et la Place Kléber strasbourgeoise peuvent briller, artificiels ils demeurent ! factices ils sont ! Il leur manquera toujours cette part d'âme qui permet au regard d'imaginer des étoiles nouvelles. Accoudée aux fenêtres, la nuit chante. La rosée bruit... quelques secondes irréelles s'écoulent : à longs traits, tous boivent l'émotion d'une soirée nouvelle.

– Personne ne dit rien ? feint de s'étonner Marc. Il souhaitait la fête. Maintenant, il veut chasser le trouble qui le gagne. Bouleversé qu'il est par ce silence illuminé et la larme qu'il voit se faufiler, discrète, le long d'une grosse ride d'une vieille femme. Une autre laisse tomber son voile pour ce bain de pauvre lumière. La jeune Dzemila se laisse aller à sourire : richesse rare chez la Bosniaque. Le semeur de vent se fait plus ombre sur l'ombre. Il ressemble à un vieux hibou aux yeux agrandis. On pourrait presque croire qu'il veut parler.

Un claquement des mains. Faible et insistant. Kirill s'est levé et applaudit. Une traînée d'applaudissements résonne. Et Kirill se met à rire à gorge déployée. Une énorme vague de rires envahit la ferme. Et Kirill se met à danser. Il est bientôt accompagné par d'autres enfants. Les adultes n'osent se lever pour balancer leur corps. Ils en ont perdu l'habitude. Le cœur et les pieds soudés par le souvenir, ils se contentent du sourire qui déplie leurs lèvres fatiguées. Ils dansent par gosses interposés.

Guy est bouleversé par cette soif de vivre enfin libérée. L'ambiance n'est certes pas comparable aux *raves* débiles ou aux monstrations de laser et de décibels. Les peureuses petites lampes sont de magiques lampes d'Aladin...

Samir et Meliha, complices espiègles de Marc, servent le thé. Le murmure devient brouhaha. Et lorsque l'Allemand réclame une nouvelle fois le silence : – Tišina ! il est obéi sur-le-champ. Il réclame l'aide de Kirill pour expliquer aux habitants de Nebo qu'il pourra installer deux lampes par ferme dès le lendemain. Le petit Bosniaque, fier de son rôle, traduit. Les applaudissements reprennent de plus belle. La petite lampe, fait banal, anodin ailleurs, vient de prendre ses lettres de noblesse. Une allure de miracle !

– Chapeau, Marc ! lui lance Guy.

– Je ne te savais pas si bricoleur, renchérit Léa. Elle est visiblement ravie de la détente générale.

– Moi, non plus ! s'esclaffe le grand Allemand, embarrassé d'être ainsi l'objet de toutes les attentions.

– Voilà donc ce que tu manigançais depuis plusieurs jours, lance Eyup. Et moi qui croyais que la lumière venait du ciel. Décidément, tu continueras à m'étonner, toi ! Le Bosniaque lui tend une tasse de thé.

– Mon vieux Marc, je suis archi nul en technique, reprend Guy. Comment as-tu réussi ce petit miracle ?

– Petit miracle ! Mais c'est un grand miracle dirait Édison ! rétorque Marc, maintenant hilare. Bateleur, il explique qu'il a récupéré tous les alternateurs des vieilles voitures et tracteurs à l'abandon dans le village. Puis, après avoir appelé Kirill, il poursuit son explication dans les volutes du thé :

– Je me suis souvenu des moulins à palettes qu'enfant je construisais sur les rivières de ma Forêt-Noire.

J'ai monté dessus des alternateurs à l'envers. J'ai demandé à Asib de me procurer des ampoules de douze volts. C'est Mic qui me les a apportées. C'est aussi simple que cela ! L'Allemand se met à rire, tout en secouant amicalement l'adolescent attentif :

– Le plus difficile fut de me rappeler comment on construisait le moulin à palettes... En regardant Kirill jouer dans la rivière, j'ai eu l'illumination ! Kirill, tu as été le véritable interrupteur de ce miracle !

Heureux de participer à l'euphorie générale et de s'en sentir acteur, le gamin bat des mains.

– Apparemment, la vie reprend son cours normal, rigole Mic. Ici, à Nebo, c'est la lumière. A Tuzla, hier, j'ai pris, devinez quoi ?... un P.V. ! Oui, mes amis, un P.V. J'ai voulu payer le P.V. Moi, un Italien, vous rendez-vous compte, j'ai voulu payer mon P.V. ! Le policier a ri. Il a refusé. Il a prétendu que mettre des P.V. donnait un aspect civilisé à sa ville ! Mic exhibe son document extravagant :

– Celui-là, je vais l'encadrer. Dans cinquante ans, il vaudra plus que les emprunts russes. En tout cas, pour l'instant, il a plus de valeur que tous mes diplômes universitaires !

– Au fait, pourquoi restes-tu parmi nous ? s'enquiert Guy au milieu des rires.

– Steff a pensé que je serais plus utile avec vous. Il semble que ça bouge de toutes parts. Je vous expliquerai tout cela demain. Le Toscan ne veut d'évidence en dire plus au sein de l'assemblée en liesse. Bouffon, il plaisante :

– Et puis, j'avais besoin de respirer l'air de la campagne. Cara mia, Léa, tu es de plus en plus belle ! Guy est toujours aussi jaloux ?

L'amitié est belle quand elle s'illumine de plaisirs furtifs partagés. Ils s'y jettent éperdus. Conscients qu'ils sont que les lumières de cette soirée devront bientôt s'éteindre...

Il y a des choses à propos de soi sur lesquelles Guy ose à peine se pencher. Pourtant, cette nuit, illuminée de milliers d'étoiles que Marc aurait pu accrocher au ciel noir, il revisite les mots qu'il n'a pas su encore dire, jaillis du monde éteint de sa mémoire en soubresauts.

Dans l'univers ensommeillé de leur alcôve paysanne, Léa laisse libre cours à la souffrance de son désir. Désir qui reste désir. Lorsque l'imperceptible des instants précieux surgit entre eux, la bouche de la jeune femme est capable de restituer le frisson de ses frissons, les froissements mêmes du velours des ténèbres bosniaques.

Et quand à la tentation des corps attirés répond l'union des caresses, osées dans de vastes étreintes, Guy s'effondre dans le silence cassé de sa compagne. Chair de soie, soie de chair. Il balbutie de petits poèmes dentelés à fleur de peau de Léa...

Septembre fait les yeux doux au Konjuh. Le printemps et l'été s'y confondent dans les couleurs et les senteurs. L'automne prépare l'ambroisie de la montagne.

– Pourquoi êtes-vous venus avec la carriole ?... Problème de voiture ? demande Guy.

Il s'adresse à Mic. Assis autour d'eux à l'ombre d'un gros noyer, Léa, Marc et Eyup se sont réunis pour leur séance quotidienne d'information.

– Steff veut que nous soyons très discrets. Cela barde un peu partout, répond l'Italien. Même ici, à Nebo, vous avez dû entendre les explosions à Tuzla.

– Ce sont les Serbes qui recommencent leur chantage habituel à l'approche de l'hiver, suppute Marc.

– Il y a un peu de cela. Après leur débandade en Krajina, les bouchers de Belgrade et de Pale sont rendus fous furieux de la déculottée que les Croates et les Bosniaques sont en train de leur foutre dans la région de Banja Luka. Comme d'habitude, ces communistes, qui ne savent gouverner que par la mort, s'en sont donnés à cœur joie : ils lâchent des obus sur les populations innocentes des villes bosniaques. C'est leur Tchétchénie à eux. N'empêche qu'ils ont commis une grave erreur de jugement dans le massacre du marché à Sarajevo. Même sur leurs plages, les vacanciers européens l'ont ressenti. Et cette fois-ci, c'est l'OTAN qui est intervenu avec ses avions. Ce sont ces bombes que vous avez dû entendre. Je pense que nous sommes arrivés à un grand tournant, conclut Mic. Soyez certains que ça bouge dans le bon sens !

– Le sang des Bosniaques assassinés a enfin rejoint celui des Casques bleus humiliés ! C'est Eyup qui se manifeste, les poings serrés : – Les trappes à otages vont enfin pouvoir respirer, libérées de leur calvaire et de leurs angoisses.

– Attendez, ne tombez pas dans un optimisme délirant ! tente de les calmer Mic.

– Pourquoi dis-tu cela ? La voix d'Eyup se fait presque hargneuse, dans l'attente de la déception.

– Lisez le Ljiljan que je vous ai également apporté. Il y a des nouvelles très intéressantes. Il semblerait que deux pilotes français soient tombés près de Pale. Les Serbes en sont devenus dingues, car les données de lcur problème sont blackboulées. Mladic a lancé ses tchetniks de toutes parts pour chercher, fouiller et terroriser. Steff est donc très inquiet pour vous. Ah ! Il vous recommande tout particulièrement l'article sur Tadeusz Mazowiecki. Les rapports que ce négociateur de l'ONU a fait adresser en « haut lieu » sur l'épuration ethnique et les charniers se seraient évanouis. Et, avec eux, les preuves évaporées ! Steff insiste pour que vous réalisiez l'importance de notre boulot ! « Guy comprendra ! » a-t-il ajouté.

Tous se tournent vers l'Alsacien, dans l'attente de son commentaire. Celui-ci paraît avoir saisi le message de Steff. Un sourire énigmatique aux lèvres, il laisse tomber :

– Si j'ai bien compris, il y aura toujours des hommes et des femmes engagées, hésitant entre Descartes et Savonarole, entre Bossuet et Luther. Mes amis, peut-être sommes-nous Luther... peut-être deviendrons-nous Savonarole ! Inch' Allah ! comme dirait Eyup.

– C'est pas trop tôt ! Les grands se décident, bougonne Marc. Une fois de plus, les pauvres Européens vont suivre les bottes des cow-boys. Ensemble, ils vont inonder ce petit pays de diplomates et de généraux. Et tout ça au nom du sacro-saint manichéisme primaire américain !

– Plutôt que ces diplomates et généraux, nous préférerions des hommes ! riposte Eyup. Oh, pardon, Léa !.. et des femmes comme toi, bien sûr !

– Le paix européenne a toujours été un leurre, surenchérit celle-ci. Alors, pourquoi pas la pax americana ! Ce sera toujours mieux que le chaos actuel.

– Allons, Léa, sois un peu plus sérieuse ! la fustige Eyup. Tu ne vas tout de même pas croire que les Serbes ou les Bosniaques vont envahir la Californie ! Alors, cherche où peuvent être les intérêts des États-Unis : humanitaires ? Après leurs exploits au Viêtnam, en Somalie ou à Grenade, il vaut mieux en sourire. Sois réaliste, Léa. Je te le répète. En Bosnie-Herzégovine, nous ne représentons qu'un enjeu électoral pour les mangeurs de hamburger. J'entends déjà les halètements du grand moujik qui clame : « Moi aussi, j'ai des élections ! ». Celui-là cherchera à gommer son triste rôle d'épurateur ethnique en Tchétchénie,..

– Il nous faut bien admettre qu'après ces grandes messes démocratiques, au premier boy tué, tous rentreront chez eux, reconnaît Guy, le ton désabusé.

– Et alors, nous devrons régler nos problèmes d'indiens, ironise Eyup.

– Que veux-tu dire ? demande Marc.

– Tout simplement, le vrai problème de cette région est celui de la Grande Croatie et de la Grande Serbie. Car c'est cela que mijotent toute les arrière-pensées de ces réunions. Elles veulent nous imposer une paix militaire qui va dans ce sens. Et personne ne veut comprendre que c'est d'une paix civile dont nous avons besoin..., dans laquelle Serbes, Croates et musulmans vivront côte à côte... Eyup hoche la tête et ajoute, une profonde amertume au fond de la gorge : – Pardonnez-moi, mes amis, mais j'en ai marre d'un faux protectorat militaire et d'une assistance humanitaire pour pays du Tiers-Monde !

– Je comprends ton découragement. Mais ne crois-tu pas que nos jeunes soldats européens, lesquels n'ont rien à voir avec la fange de leurs représentants inutiles et nuisibles, n'ont pas payé un lourd tribu... Leurs morts – ici, Guy hésite : l'expression « tombés au champ d'honneur » ne veut pas passer ! –... ou les trois cents « otages bleus » me semblent un vrai gage d'humanité.

– J'admets tout ce que tu me dis, Sundgau, réplique Eyup. En revanche, reconnais les centaines de milliers d'otages dans les cités bosniaques. Ou, bien qu'il n'y ait aucune comparaison possible dans la mort héroïque et celle anodine, cet été, le massacre des quatre-vingt jeunes de Tuzla par un seul obus. N'avez-vous pas ressenti leur présence sur la place où vous aviez déjeuné ?... c'est à peine si quelques entrefilets de sang en ont parlé. A mon tour, je comprends que l'Occident, qui ici aura perdu plus que la face, cherche à se donner un nouveau visage.

– Il y a des ONG et des troupes engagées, murmure Mic.

– Je n'ai jamais rien dit contre les ONG ! Pour le reste, j'espère que les démocraties sauront passer des tartarinades à un engagement responsable. L'Histoire m'a rendu sceptique ! Ja čekam !

– « J'attends ! » traduit Marc. Il semble un brin déboussolé par la tournure de la conversation.

– Allons, il m'arrive aussi à moi de déjanter, ainsi que le dirait notre amie, Léa. Je vais faire le partage du ravitaillement apporté hier au soir. Le Bosniaque s'en va, les épaules voûtées. Il marche droit devant lui. Le regard fixe, comme s'il portait en lui la certitude mystique d'un lieu préservé, connu de lui seul, où le malheur n'avait pas encore frappé.

A la vue de la silhouette vieillie de son ami bosniaque, Guy eut cet éclair de mortelle lucidité que l'été à Nebo était bien fini. L'infortune venait de prendre rendez-vous dans les versants sombres du Konjuh.

Dans le ciel de soie bleue, une nuée, venue d'on ne sait où, épand des traînées grisâtres. Elles se rassemblent en un magma informe pour coiffer et masquer les crêtes. Un vol de corneilles à bec jaune déboule sur Nebo. Elles annoncent de leur voix de crécelle que la mort va passer et qu'elles en sont les hérauts en livrée de taffetas bleu-noir.

Guy frissonne. Dans ce tohu-bohu de l'actualité en plein délire, il se fait l'impression d'être Don Quichotte. Il a perdu ses repères précis dans le temps. Aussi recherche-t-il et accepte-t-il l'aventure qui va le transcender. L'homme, plus fragile qu'il n'ose se l'avouer, aime forcer le destin. « C'est mon destin à moi ! » aime à se dire l'Alsacien, lorsqu'il sent le *blues* le submerger.

Flanquée de Dzemila, Léa s'est faite accompagner de Guy et de Kirill. Elle a décidé d'examiner le vieux fou. En effet, celui-ci refuse de venir la consulter. Dzemila prétend qu'il est un homme et que, probablement, c'est la raison pour laquelle il refuse de se déshabiller devant une femme. « En tout cas, je ne vois pas d'autre explication ! » avait-elle ri.

Ce rire étouffé, timide, de la jeune Bosniaque est l'une des belles victoires de Léa. « Ma copine Dzemila », ainsi qu'elle aime à le dire, est extra avec les gosses. Une vraie nounou ! Elle m'apprend quelques mots de sa langue. Et moi, j'en fais de même avec la mienne.

– Et c'est quoi, ta langue, ma petite Flamande ? l'avait-il taquinée.

– La tienne... pour te faire plaisir, espèce de terroriste ! – son accent flamingand lui avait fait rouler au moins cinq « r » dans le vocable terroriste.

Tous quatre, ils longent le sentier herbeux. De l'autre côté de la barrière, la vache noire les suit benoîtement, espérant on ne sait quelle graminée cueillie dans le champ du semeur.

Devant, Dzemila et Kirill bavardent. Lui joue à l'adulte pour mieux raconter Nebo, les prairies et la rivière. La jeune Bosniaque se découvre des accents de petite fille, pour mieux chasser les éternels nuages de son regard.

Quelques mètres en arrière, Léa et Guy retrouvent leurs pas rythmés par le tutoiement des hanches. Ne serait-ce le Konjuh si proche qu'ils pourraient le toucher de la main – signe d'orage ! – ils respireraient en ce moment les effluves de la Mer du Nord éparpillées sur les Hautes Fagnes. L'Alsacien sent le moment proche où il ouvrira les portes de son Sundgau à sa compagne. Ce sera le dernier pas pour purger enfin son esprit d'une image : toute son ambiguïté, toute sa solitude est née de cette image du virage manqué, des sapins brisés et de la neige ensanglantée.

Guy saisit la main de Léa. Il l'étreint fortement. Avec trop de passion pour que la jeune femme ne réalise le trouble de son compagnon. Intuitive, la jeune femme a saisi que la promenade bucolique n'y est pour rien. Elle sait que depuis la tragique nuit de novembre, qu'il lui a brièvement narrée, Guy est entré en recherche d'identité.

– J'ai commencé à discuter avec Dzemila, lance-t-elle pour le ramener à ses côtés. Elle est très intéressante. Elle commence à s'ouvrir à moi. Son histoire est, par malheur, tragiquement banale. Son père et son mari abattus devant ses yeux par les tchetniks. Son bébé est mort dans leur maison incendiée. Sa mère en a perdu la raison.

– Elle n'a rien pu t'apprendre d'autre ? Des noms ? Des lieux ? Des dates ?

– Naturellement, j'ai fait ce que j'ai pu. J'ai tout noté dans mon carnet. Mais ce ne sont que des témoignages de malheurs subis dans l'horreur de l'anonymat des exécuteurs. Par instant, je pense qu'elle voudrait en dire plus. Ses yeux parlent. Ses lèvres ne suivent pas encore. Parfois, j'ai peur d'entrer dans la confidence horrible, d'être happée par ses souffrances... et surtout par ses blessures invisibles !.. J'ai peur de ne pouvoir échapper à cette souffrance par ricochet. Me comprends-tu, Guy ? Et je ne veux pas être moche avec cette fille. Elle en déjà trop bavé !

– Je sais que cela n'est pas facile ! Agis en douceur et n'insiste pas si tu sens que c'est inutile. Je te fais confiance là-dessus. De mon côté, avec Marc, nous avons entrepris les deux vieux couples, ceux qui sont toujours fourrés entre eux. Ils seraient mieux à papoter sur une petite place provençale. Le problème est de savoir de quoi ils papotent lorsque nous ne sommes pas présents. Bref, je patauge dans la semoule. J'ai fait part de mes doutes à Steff : pourquoi ce ou ces témoins vitaux ne seraient-ils pas au camp de Tuzla ? Ce serait, somme toute, assez logique.

– La réponse est plus simple, Guy. Dans cette affaire et dans ce pays, rien ne répond plus à la logique.

Léa lui serre la main pour indiquer qu'elle a entendu et en même temps qu'ils s'approchent de Dzemila et Kirill arrêtés. Là-bas, à l'autre bout du champ, le semeur répand le vent sur la terre en fleur. Pinocchio de vieille chair, pantin extatique, le vieil homme se trace des routes et des carrefours que lui seul entrevoit.

Frappé du soleil couchant, le vieux solitaire s'avance vers le quatuor immobile. Dans son sillage, il laisse traîner des fumées vite apaisées par l'incertaine tiédeur. Parfois, il s'arrête et écoute la seule musique qu'il puisse entendre : le chant muet de l'oiseau qui a perdu son nid et qui assourdit la rumeur ensanglantée de la Bosnie-Herzégovine.

Brut de fonderie, l'homme avance. Ses souliers éculés escaladent des sillons infranchissables. Battant les murs de l'horizon orangé, ses bras jettent au ciel et à la terre illusions et mystères. Ils font les gestes d'antan.

– Irfan, crie Kirill en serbo-croate. Irfan, arrête-toi. Mes amis veulent te parler !

La bonhomie pataude, presque débile, s'immobilise près d'eux. La silhouette tangue au soleil déclinant. Les mains cachées dans le sac égrainent des semences frémissantes.

– Irfan, la femme médecin veut te soigner. Cette fois-ci, c'est Dzemila qui apostrophe le vieux.

Le regard de Guy est obnubilé par le méchant pansement porté au cou. Une flaque de sang coagulé dessine une carte dégueulasse. « Bigre, se dit-il. Léa a raison. Ce doit être moche là-dessous ! »

En contre-jour sur l'horizon de flamme, la sentinelle semeuse grince ses os revêches. Le corps arrête de balancer. Les paupières palpitent sous de noires songeries.

Décidée, Léa s'avance vers l'homme. Tous deux s'observent de longues secondes durant. L'œil noir du vieil oiseau se teinte d'ironie liquide. Interloquée, la jeune femme tente un demi-sourire pour mieux dissimuler son geste vers le pansement.

Avec une vivacité insolite, la main du semeur, surgie du sac, se saisit de celle de Léa. Elle la rabaisse. Une lueur de colère s'installe dans l'ironie.

– Dzemila, dis-lui donc que je ne lui veux aucun mal. Je veux seulement voir sa plaie.

La jeune Bosniaque traduit. Le vieux fou se contente de fortes dénégations de la tête. Il s'apprête à faire demi-tour et reprendre son labeur inutile.

– D'accord, d'accord ! clame Léa, dépitée. Je ne le toucherai pas. Demande-lui si la plaie lui fait mal ? A-t-il des grosseurs douloureuses sous les bras ? Mal à la tête ?

Dzemila plaide de son mieux. Cela s'entend aux accents où la colère se mêle à la sollicitude. Ses gestes fébriles désignent souvent Léa attentive aux réactions de son patient à distance. La Bosniaque se tourne vers le médecin :

– Il dit qu'il a encore un peu mal à la tête. Mais il dit que la plaie cicatrise très bien. Il utilise les herbes qu'il écrase.

– Bravo ! mais il parle notre bonhomme ! Bien, tu vas lui dire de prendre un de ces cachets blancs chaque soir. C'est pour le mal de tête. Et un rose, matin et soir pendant cinq jours : c'est un antibiotique... à tout hasard. Un instant, Dzemila – elle farfouille dans sa trousse –, dis-lui aussi de changer de pansement. Ce ne serait pas du luxe ! Et qu'il se lave ! Non..., ne lui dis pas ce que je viens de te dire. C'est son affaire !

Le vieil homme n'a pas lâché Léa de ses yeux pendant qu'elle parlait. Comme s'il essayait de la comprendre, ou mieux comme s'il la... comprenait. Alors que Dzemila traduit, une esquisse de pauvre sourire flotte sur les lèvres décolorées. Il a rapidement enfoui les cachets et le pansement dans son sac magique. A pas lents, il s'approche de Léa à la toucher. Avec une douceur hésitante, le semeur de vent lui caresse la joue de ses doigts terreux. Stupéfaite, la jeune Belge reste immobile.

Vers le Konjuh, sans hâte, de son pas claudiquant, le solitaire s'en est retourné. Le semeur de vent ne se fatigue pas de ses gestes larges, généreux. Ces gestes insignifiants, presque vains, prennent l'allure d'un rituel quasi liturgique. Le vieil homme distribue le vide. Il remplit le champ apprivoisé de silence sidéral. Il ne se lasse pas. Dans sa campagne désertée, il ne s'ennuie pas. Il est déjà très loin... Très haut... Très près du ciel...

– Quel étrange bonhomme, marmonne Guy. Il secoue la tête, comme pour reprendre ses esprits après une apparition.

– Il ne faut pas lui en vouloir, explique Dzemila, moitié en anglais, moitié en français. Pour être dans cet état, il a du en subir des souffrances... Nous sommes ensemble depuis notre départ de Srebrenica. Il vivait dans notre quartier. Son fils y possédait un atelier de photographie. Les barbares de Pale l'ont abattu avec sa femme. Lui, ils l'ont laissé pour mort. Depuis ce massacre, même les miliciens serbes l'ont évité... ils n'osent pas partager sa nuit de fou, car il est le rappel vivant d'une quiétude assassinée.

Massés en cheveux de gorgones étranges, des nuages tissent une écharpe fantastique au Konjuh. D'autres cumulo-nimbus orangés s'enflamment dans le ciel. L'ultime lumière du feu solaire violace les flancs sapineux de lueurs fauves et pourpres. Elle semble être devenue le guide du vieux solitaire.

Illusionnées par les semences invisibles, de véritables escadrilles d'oiseaux au plumage sombre viennent piquer la terre derrière le semeur de vent. L'heure est crépusculaire. Peu à peu, un grand calme s'installe.

A Nebo, depuis quelques jours, règne une ambiance de conspiration amicale. Le chef des conspirateurs, c'est Mic. Dès son arrivée, sa faconde, mais aussi sa sensibilité toute latine l'ont fait adopter par toute la communauté bosniaque. Il passe et il trace un sillon de sourires. Il a réuni autour de lui Léa et Marc. Puis, Dzemila et même les deux vieux, Samir et Meliha, ont été incorporés au mouvement d'où partent des éclats de rire intempestifs.

Intrigué, Guy tente en vain de circonvenir Léa. « Ce n'est pas pour les adultes ! Tu es trop sérieux ! » rigole-t-elle en voyant sa mine renfrognée. Au sortir de son hiver, il vibre encore trop à l'émotion de la dernière robe qu'il pense frôler. Avec une horreur mêlée de joie, il s'interroge pour savoir s'il ne devient pas jaloux.

Par jeu, il insiste. Taquine, la jeune femme se dérobe :

– Tâche seulement de comprendre, Guy, que je refuse de me laisser définir par toi. De temps à autre, laisse-moi mener ma barque. Je te promets que, demain soir, toi et les autres serez au courant... Allons, ne fais pas cette tête. C'est une surprise !

Eyup se heurte au même refus souriant de ses cousins Samir et Meliha. Philosophe, il conclut : – Ils doivent nous préparer une blague. Je ne sais pas quoi ; mais depuis le coup de la fée électricité de Marc, je m'attends à tout. De toute façon, cela ne peut que sortir les gens de Nebo de leur léthargie.

– Il est vrai que tout ce qui ailleurs est banal devient ici miracle, admet Guy. Attendons. Au fait, Eyup, toujours pas de nouvelles d'Ali ?

– Non, rien depuis trois jours. Moi aussi, je commence à trouver cela bizarre avec tout ce qui se passe autour de nous. Pour dire vrai, je n'aime pas cette ambiance de faux calme.

– Oui, moi également. Je ne le montre pas pour ne pas inquiéter les autres. Et pourtant j'ai l'impression que nous jouons une partie de football à côté du terrain. Qu'est-ce que cela a donné pour ton enquête auprès des deux vieux couples ?

– Malheureusement du brouillard comme depuis le début. Nous pourrions les écouter des heures durant parler de leurs malheurs. C'est si simplement vécu que, parfois, je m'interroge pour comprendre pourquoi il nous faut d'autres témoignages.

– Comme moi, tu as lu dans le Ljiljan la démission de Tadeusz Mazowiecki. Lui également croyait que ses preuves suffisaient. A Katyn, les communistes, coutumiers de forfaiture, ont fait comme si... Les Occidentaux ont joué le jeu pour camoufler les preuves évidentes. L'information reste la meilleure arme contre la barbarie ! C'est une simple question de volonté, Eyup. Oui, une simple question de volonté.... Alors, ce renseignement que toi et Steff avaient obtenu, même s'il est foutu, même s'il est farfelu, nous devons le vérifier et le ramener.

– Tu continues à me surprendre, Sundgau ! Tu n'es pas Bosniaque. Tu n'es pas musulman et tu... tu es presque plus engagé que moi ! explique-toi.

– Eyup, nous sommes arrivés à la croisée des chemins de l'humanité. Nous allons changer de millénaire, aussi devons-nous faire preuve d'imagination. Dans mon pays par exemple, ce sont des nantis, des syndicats corporatistes, presque maffieux, c'est le pouvoir du fric et ce sont aussi des exclus, des millions d'exclus. De même dans le monde, vois-tu, mon vieux Eyup, face aux génocides ouverts et provocateurs, il faut remplacer la dissuasion du faible au fort, justifiée à une certaine époque, par celle du fort au fou ! Les délires d'un Sadam Hussein ou d'un Karadjic n'ont rien à envier aux massacres thibétains ou rwandais. Non, Eyup, la bête nazie n'est toujours pas morte ! A leur façon, la Libye, Syrie et l'Iran l'ont parfaitement compris et transposé dans leur terrorisme aveugle et con.

– Il est vrai que s'il y a beaucoup de concerts autour de nous, il y a peu de musique, rétorque sobrement le Bosniaque. De même, ici en Bosnie-Herzégovine, nous entendons beaucoup de verbes, mais peu... de paroles ! Tout à sa sagesse orientale, Eyup avance à petits pas :

– Tu sais probablement que nous, les Musulmans, avons une approche de la mort un peu différente de la vôtre. Or, depuis notre première rencontre, je t'observe... Tu ne parais pas t'inquiéter de la mort ? Ne me répond surtout pas que tu la recherches !

– Non..., Guy s'incruste dans son crâne, avant de poursuivre : – Elle ne m'inquiète pas, parce qu'en définitive, c'est la vie... Un philosophe grec disait : « La mort ne me concerne ni mort, ni vif : vif parce que je suis ; mort parce que je ne suis plus ! » Nous devons accepter la mort, malgré la peur qu'elle nous impose, surtout à nous les Occidentaux. Et je vais t'avouer, Eyup, que j'en ai une frousse bleue ! Là, l'Alsacien éclate franchement de rire :

– A la limite, mon vieux, je pense même qu'elle peut être une période magnifique dans... disons, certaines circonstances !

– C'est-à-dire ?

– Par exemple : pourquoi hésiter entre une vie courte et intense et une existence longue et monotone ?

– Et tu crois que les gens que tu côtoies ici jouent à ce petit jeu intellectuel ?

– Je voudrais que tu me comprennes, Eyup. J'ai fréquenté la mort de près, de très près... la guerre, les faire-part d'amis, de membres de ma famille. Ici, à Nebo, il s'agit d'autre chose : je ne la côtoie plus, car elle est déjà en nous. Dans la poussière de Nebo que nous foulons. Dans l'air du Konjuh que nous respirons. Dans l'eau de la rivière que nous buvons.

– Pardonne-moi ami. Mais, ne cherches-tu pas aussi à exorciser un malheur personnel ?

– Exorciser n'est pas le mot qui convient, Eyup. Sur ces mots, Guy se concentre quelque peu. Il lâche un peu trop précipitamment :

– Dans ce mot, il y a une connotation trop religieuse et il s'agit de chasser des démons. Or, il s'agit plus d'une sorte de magie égoïste qui me permet d'oublier.

– Cela va de pair avec la mémoire, remarque le Bosniaque, sentencieux.

– Le crois-tu vraiment ?

– Regarde le Konjuh. D'ici, tu ne vois qu'un versant. Et pourtant, tu sais qu'il en existe un autre. Comme la face cachée de la lune, l'oubli est l'autre versant indispensable du Konjuh.

– Pardonne-moi, car il est vrai qu'en parlant des autres, je parle... de moi !

... Depuis cette conversation avec son ami Bosniaque, Guy regarde le Konjuh avec beaucoup de considération. Cet univers fascinant, voire un peu inquiétant, se protège par des brumes troubles. Ses forêts profondes aux fûts bouddhiques prennent, certains crépuscules, des formes fantomatiques. Sur la surface lunaire du grand col, la vigie d'un sapin solitaire surplombe un gazon presque fluorescent de clarté blafarde. L'eau vient du ciel, le Konjuh la recrache en torrents et cascades. Chevelures aquatiques qui s'engouffrent dans la roche ciselée, se glissent dans les vallons abrupts, s'épandent en miroirs brisés dans l'épaisseur du treillis de lianes enlacées et enrobées de mousse hermétique.

Ce soir, les teintes de vert sapin s'entremêlent aux cieux bleu orangé pour créer un camaïeu envoûtant à l'intensité surréaliste. Paysage de plomb en même temps que paysage de « saudade » ! Paysage du temps clepsydre en même temps que paysage du temps refoulé ! « Oui, se dit Guy, le Konjuh se mérite ! Mais sur quel versant suis-je ? Celui de la mémoire ?... de l'oubli ?... »

La carriole d'Hasib est arrivée avec le soleil du matin. Comme à l'accoutumée, la kyrielle des gosses s'agglutine autour d'elle. L'âne est bientôt dételé. Il va rejoindre sa copine, la vache noire, aux oreilles battantes de contentement. La carriole prestement remisée dans une grange est déchargée au milieu des femmes accourues à la manne providentielle.

A son habitude, Eyup répartit les provisions. Prudent, il a toujours soin de préserver un petite réserve. « Aujourd'hui, Steff a fait des miracles ! » s'exclame-t-il. Deux grands sacs de café, de la farine, des boîtes de lait, des pâtes, quelques conserves et des bidons d'huile.

– Voilà pour toi, Léa. Tes médicaments ! Et pour toi, Mic, ces deux grands sacs : c'est curieux, ils sont légers... Bon, bon, marmonne-t-il, je ne te pose pas de questions. Je sais, c'est votre secret. Sundgau, il y a du courrier de Steff pour toi... Je fais la répartition et je vous rejoins chez Samir. D'après Hasib, il y a du nouveau... c'est probablement ce que t'écrit Steff !

Guy contemple ces femmes passives. Elles se mettent d'instinct en file, plaçant les vieilles devant. Une bassine, un vieux cabas ou à défaut un carton difforme à la main. La tête baissée, elles attendent, comme si on leur avait tiré un drap sur la tête. « Au même moment, songe l'Alsacien, à Strasbourg les gens râlent derrière leur caddie bondé, se bousculent vers leur voiture bondée, avec leur ventre bondé et leur portefeuille bondé. Ce soir, certainement, on illuminera et fera bombance au Parlement Européen !.. Pourrai-je seulement être sûr que je serai capable de me rappeler tout cela !... »

Frustré d'avoir été mis de côté par Léa, il rejoint Eyup auprès de la carriole :

– Je vais t'aider. Cela ira plus vite à deux et cela évitera à ces femmes d'attendre.

Le Bosniaque acquiesce. Un éclair d'affection dans le regard, il murmure : – Comme dans le djebel, hein Sundgau ! La camaraderie au combat.

Ils se sourient parce qu'ils se comprennent...

Un peu plus tard, les deux hommes retrouvent leurs amis autour de la potée bosniaque : les effluves roboratives du choux, du fromage et des œufs flottent dans la pièce. Hasib raconte Tuzla, le camp où les réfugiés concurrencent les mouches, les harcèlements meurtriers et quotidiens des Serbes.

– Avez-vous lu la lettre de Steff ? lance-t-il, le regard ostensiblement baissé sur son assiette.

Embarrassé, l'Alsacien sort l'enveloppe de sa poche. La missive est courte. Il lit à haute voix : – « Mon cher Sundgau,

Nous faisons le plein de témoignages et renseignements au camp. Ahurissement dans l'exécrable ! Quand je songe à tous ces Onusiens qui se gobergent dans leurs couloirs dorés. Quelques heures d'avion et ils auraient du pain sur la planche. Une fois de plus, ces braves fonctionnaires évitent, à leur habitude, la vérité. Cela leur évite de s'engager !

Par contre, nous ne récoltons que peu de preuves tangibles : les réfugiés n'ont pas eu le temps de les emporter avec eux ! Nous avons au plus quelques noms de tortionnaires. C'est la purification nazie, à la sauce communiste !

J'espère qu'à Nebo, vous progressez mieux qu'ici à Tuzla. Nos renseignements étaient sérieux. Vous avez encore huit jours, pour concrétiser vos investigations.

D'après les infos et les bombardements, la situation se détériore ou s'améliorera, je ne sais quoi préjuger. Il semblerait que les Occidentaux aient enfin décidé de mettre la main à la pâte ! Chapeau pour ton Président, Sundgau ! Après les ambiguïtés auxquelles vous nous aviez habitués, nous retrouvons enfin ton pays en première ligne. L'Europe est toujours aussi suiveuse !

Une bonne chose : l'opinion publique réagit mieux que ces gens qui se prétendent nos élites. Certains intellectuels également, surtout depuis l'erreur grotesque de Pale d'humilier les Casques bleus. Même, et ce n'est pas rien, les gens de théâtre ont commencé en Avignon une grève de la faim. Tout cela gênera le révisionnisme au présent de certains ! Les prémices de tentatives pour revendiquer le statut de victime pour la Serbie se font déjà jour. Pour le peuple serbe, oui ! Pour les dirigeants serbes, qu'ils soient de Belgrade ou de Pale, non, mille fois non ! On ne se débarrassera jamais assez des dernières pustules du communisme.

Une dernière chose : préviens Eyup que l'environnement ami n'est pas aussi sûr que nous l'espérions. Il t'expliquera.

J'ai fait évacuer Jan. Il a pris un éclat d'obus dans la jambe. Ce n'est pas grave, mais handicapant. Nous le retrouverons plus tard.

Mes amitiés et celles de Piet aux copains.

Steff.

Nota : Si vous voulez hurler de rire, lisez l'article ci-joint. Il relate la remise du prix de poésie au psychiatre dévoyé de Pale. Vous remarquerez au second plan l'égérie de la purification ethnique, Biljana Plavsic. Tôt ou tard, nous aurons affaire avec cette guenille humaine, qui n'a de femme que le nom ! »

Samir et Meliha poussent Guy et Eyup hors de la ferme, au prétexte qu'ils ont à faire. Quelque peu ahuris devant ce flot de mystère amical, de fous rires, gentiment chahutés par le trio Léa, Marc et Mic – ô comble ! même Dzemila s'est mise de la partie ! – les deux hommes subissent, prêts à... en fait, ils ne savent pas trop à quoi...

Leur étonnement devient ébahissement lorsqu'un tintamarre aux prétentions musicales ébranle Nebo. Parterre d'un théâtre impromptu, le hameau s'interroge. Le plaisant fond sonore de bruits démodés ouvre les volets. Cacophonique, il entrebâille les portes. Guy et Eyup ne voient pas l'origine de tout ce remue-ménage. Mais, ils aperçoivent des gosses courir, des adultes se pencher et s'interpeller. Pour la première fois, le rire court dans Nebo. Même le soleil du soir semble darder son ultime pinceau lumineux sur la place au vieux puits.

Bientôt apparaissent à leurs yeux éberlués, les héros de cette amusante pagaille. Six clowns, intermédiaires entre Groucho Marx et les modestes acteurs d'un cirque de campagne, haranguent la petite foule, bouche bée. Comment reconnaître Léa dans cette face enduite de crème blanche, affublée d'une boule rouge en guise de nez ! Un invraisemblable pantalon, trois fois trop grand, lui monte jusqu'au aisselles. Seuls ses bras lui confèrent quelque féminité. Dzemila, habillée telle une princesse des Mille et une nuits, à l'aide d'oripeaux assemblés et d'un loup noir sur les yeux, l'accompagne. Toutes deux jettent aux spectateurs de cet insolite cortège les papillons d'or cueillis sur les genêts environnants. Derrière les deux femmes, dans un rythme plus fête à neu-neu que martial se démènent quatre gaillards, tous aussi démesurés et grotesques les uns que les autres : Marc, impassible Charlot des Temps modernes, joue de la cymbale – ou plutôt frotte avec assiduité deux grands couvercles enrubannés. Mic n'a pas échappé à l'Arlequino italien : de bric et de broc, la salopette multicolore lâche des trilles d'une flûte traversière dénichée on ne sait où. Samir, étrange Pierrot au faciès bruni, enluminé de la même boule rouge, l'accompagne à la flûte de Pan, fabrication artisanale en roseaux. Enfin, Hasib, en bouffon velu par le truchement de vieilles pelisses trafiquées, bat fièrement d'un vieux tambour.

Effrontée, tempétueuse, la petite troupe tourne trois fois autour du puits. La vache noire sidérée convoque la baudet esbaudi à la vue de l'entrain excentrique. Les deux quadrupèdes en arrêtent de mâchouiller leurs graminées.

Traînant, entraînant, poussant et invitant la foule de Nebo, tous se pressent bientôt dans la grange désaffectée du village. Celle-ci a pris un air de fête.

Par les vantaux entrouverts, un jeu de loupiotes jette des bribes de lumières multicolores – encore une prouesse de Marc. Dans la salle, une assemblée de planches et de bottes de paille ordonnée fait office de bancs improvisés. Quelques affiches d'animaux, de jongleurs et de trapézistes datant de plusieurs années, quelques masques clownesques découpés dans du papier de couleur sont placardés en guise de décoration.

Sur la piste improvisée, le spectacle débute. Le bouffon-Hasib invente d'étonnantes jongleries avec des pommes, puis des bougies allumées. Quand il passe à la ronde des œufs, un silence périlleux s'installe dans l'attente d'un crash... qui ne manque pas de se produire sur sa face hirsute. Deux yeux coquins y brillent. Les gosses subjugués applaudissent.

Sur une bicyclette aux pneus remplacés par un bandage de foin et de tissu, Charlot-Marc imagine de rêveuses gambades. Excentrique à souhait, le pitre dispense sa grande carcasse dans l'esclaffement général.

Colombine-Léa s'amuse des pitreries amoureuses de l'Arlequino-Mic : – « Sacré italien, sourit Guy, il ne manque pas une occasion ! »

A la flûte traversière latine répond la musique pastorale bosniaque du Pierrot-Samir. Un soupçon de nostalgie flotte sous les poutres, où même les araignées, stupéfaites, ont arrêté leur tissage. Très vite, les culbutes de Charlot, les entrechats de Colombine et de Dzemila ouvrent de nouvelles fleurs dans les yeux, un court instant dans le vide.

A certaines figures, Guy reçoit le visage de Léa en plein regard. A la joie évidente de ses yeux, il croit entrevoir quelques lueurs d'humide émotion. Il en reçoit confirmation lorsque, tour à tour, les ondes frémissantes des chants s'évadent.

Léa, la voix légèrement rauque, entonne une chanson flamande. Il y est question d'étoiles qui veulent se mirer dans l'eau. Petite berceuse pour des enfants qui vont s'endormir dans l'attente de lendemains ensoleillés. Les gosses ne comprennent pas les mots. Ils inspirent et retiennent la musique : ce soir, cette berceuse, c'est leur lendemain ! Guy sent une émotion bizarre lui serrer les tripes lorsque, au-delà des enfants fascinés, il sent le regard de Kirill fixé sur lui. L'adolescent, assis à son côté, lui glisse : – Léa chante comme une maman...

Au soir illuminé, la canzone d'Arlequino apporte des gerbes de lumière lorsque les gosses reprennent en chœur le refrain d'une rengaine napolitaine... ces gosses qui ne savent même pas où est Naples ! de l'autre côté de la mer, voyons, juste en face ! Mais..., comment c'est la mer, dis, comment c'est grand la mer ?

Les enfants rient de ce spectacle improvisé qu'ils n'imaginaient pas. Les confettis pleuvent, quelques ballons multicolores s'envolent avec les yeux de ceux qui ne peuvent plus croire aux miracles.

Les adultes se mentent une fois de plus. Ils refoulent au fin fond de leur corps rouillé leur spleen tricoté au fil de ces années de guerre. Ils allument quelques lueurs falotes dans leur regard, heureux d'une brillance qu'ils croyaient à jamais éteinte. Ce sont probablement ces mêmes lueurs dérobées aux regards de leurs bambins que Le Greco fixa dans le mysticisme de la flamme tremblante dans les prunelles de « L'enfant allumant une chandelle ». C'est le jeu des illusions perdues... et parfois retrouvées...

Pour conclure en banquet, les acteurs de la soirée récréative, aidés par Meliha, distribuent force café, jus de fruit et pâtisseries.

– Alors, toujours jaloux ? Colombine questionne Guy.

– Toi, j'aurai dû te connaître plus tôt ! lui répond-il avec un clin d'œil tendre.

– Félicitations pour ton idée, Léa ! intervient Eyup. Faire rire des enfants est la meilleure farce à jouer à cette saloperie de guerre.

– Merci, Eyup. Mais c'est un travail d'équipe. J'ai une amie qui travaille pour clowns sans frontières. Et lorsque j'ai vu ces mômes blessés, piétinant leur détresse, aux familles détruites, j'ai parlé de ce projet à Marc et Mic. Et lorsque nous leur avons demandé de l'aide, Dzemila s'est engagée à fond ainsi que Samir, Meliha et Hasib. J'ai comme l'impression que cela leur a fait autant de bien qu'aux gosses, conclut-elle. Par moments, j'ai senti que ces gosses étaient déjà des adultes. Et je suis persuadée que c'est le même problème pour les petits Serbes. Dans cette sale guerre voulue par certains politiques, les enfants ne sont pas coupables. Ce sont ces politiciens forcenés !

– Quoiqu'il en soit, au nom de mes compatriotes, je te remercie toi, Léa, et tes amis, lance Eyup, un peu solennel. Sa voix baisse d'un ton lorsqu'il craque :

– Grâce à vous tous, ce soir, la vie à Nebo aura été une promenade dans un jardin situé au-dessus de l'enfer.

– Merci, Eyup ! C'est simple, je garde sous la peau quelque liberté de sentir et de penser... j'aime aimer... surtout ces enfants, ces petits vagabonds d'une route sans but ! Ce sont eux qui sont le plus au carrefour de mes questions. Impétueuse, Colombine embrasse le Bosniaque sur les deux joues.

Surpris, celui-ci se raidit. Enfin, un amusement fou dans les yeux, il réplique :

– Je te l'ai déjà dit, Sundgau. Tu as bien de la chance d'avoir une femme comme Léa !.. Elle est une personne de vérité...

Les ombres violettes de la nuit volée entre deux crépuscules se sont affalées sur Nebo. Chacun se retourne sur sa couche. Les enfants rêvent qu'une flûte gracile allume des étoiles rouges comme le nez des clowns. Les femmes pleurent en silence les vertes prairies entrevues dans la tourbe de leurs songes. Les hommes n'osent dire mot pour ne pas montrer que l'espace d'une chanson enfants ils sont redevenus...

Léa et Guy pénètrent dans leur appartement de foin. La jeune femme est particulièrement excitée par la prestation, mais aussi par les étonnements ravis des petits spectateurs. Elle babille telle une enfant un soir de Noël. Mais son regard d'après a un avant prometteur. Avec une douce lenteur d'effeuilleuse, ils s'inventent des moments pour eux seuls. Comme si c'était leur dernière nuit d'amour, Léa tremble. Jeune vierge sous les trajectoires épurées de la main osante de l'homme. Le rythme de ses hanches vahinées répond à la houle de ses seins dressés dans l'inassouvi. Guy se perd dans le lamento du ventre haletant de la femme...

Sombre génie, le Konjuh se prend à somnoler. Le halo blême de la lune le visite pour mieux en soutirer les ombres grises. Que peut-elle dire aux farouches sapins succombant aux rêves de la terre ?...

*

*   *

Chapitre VI

Éperonnée sur la crête invisible, une vilaine boursouflure de nuages. Monde duveteux, l'opéra automnal chancelle et prie dans la sapinière montagneuse. Au chevet de son Bogomile, la petite source de Kirill doit gémir sous le premier jet liquide. Il la force à une turgescente plainte. Les feuillages argentés des viornes et des argousiers éventent les flancs du Konjuh. Irritée de ces éclats intempestifs, la forêt se rencogne dans ses falaises et ses vallées pour mieux étouffer ses propres cris.

Faire silence, se replier sur soi, ne plus écouter son propre vacarme, s'abstraire des cris, des douleurs et surtout des souvenirs futurs... Ah ! ces souvenirs que l'on pressent. Ces souvenirs qui ne sont pas encore et voudraient déjà nous faire croire que rien ne s'est passé. Vivre au fil du vent et ne pas créer de mémoire : en quelque sorte, apprivoiser le malheur ! Prendre dans ses bras candeur et solitude pour mieux savourer sa faiblesse. Et, enfant, que nous refusons de ne plus être, venir éveiller le sommeil de la terre exilée.

Telle l'huître agrippée à son rocher, Nebo se plaque contre le Konjuh. Ses murs effrités, ses pierres descellées, ses tuiles moussues, son puits à la chaîne grinçante, ses portes et volets battants au seuil des maisons abandonnées sont autant de collages, frottages, grattages et chevauchements de matières diverses du grand artiste contemporain universel. Il étale ses traits de pinceaux sur le paysage qui se prépare à l'orage.

Léa et Guy accompagnent Kirill. Le garçonnet va chercher la vache noire pour la mettre à l'abri dans l'étable. Le ruminant les regarde venir de son œil torve. Il pressent la mise au bercail. Sournois, il tend démesurément le cou pour happer une touffe d'épillets en folie de l'autre côté de la clôture. Narquoise, la bête tourne son mufle humide vers les nouveaux arrivants. Sa langue râpeuse y en enfourne et désenfourne à l'envie la graminée.

Tandis que Kirill joue au cow-boy face à la vache têtue, ils s'adossent à la barrière. Ils font front à la lumière sourde qui signale l'enfoncement du soleil dans la montagne. Le Konjuh absorbe le couchant de l'astre pour mieux accélérer la venue du drap noir déjà tendu sur Belgrade. Des bouffées d'herbes séchées et de chèvrefeuille parfument l'air immobile.

Alors que s'éloigne la torpeur des heures chaudes, se creusent les ombres farouches et s'adoucit la lumière, le village s'ébroue. La magie de cet endroit si petit, si perdu qu'orchestre merveilleusement une palette de couleurs naturelles, donne des ailes d'explorateur aux deux voyeurs.

Guy raconte à Léa les diverses reconnaissances qu'il a effectuées. Il décrit le versant est du Konjuh avec une précision de cartographe. Il l'a arpenté en tout sens pour s'en imprégner au cas où..., mais aussi dans une sorte de complicité presque amoureuse. Prudent, Eyup, lorsqu'il ne peut l'accompagner, lui a accolé ses deux guerriers. D'où il est, Guy désigne à la jeune femme l'emplacement caché de la source de Kirill..., en omettant le « stečak ». Il y a des secrets entre hommes qu'on ne trahit pas, même pour une femme, n'est-ce pas, Kirill ?

Le regard affectueux de l'Alsacien poursuit le garçonnet. Trop grand pour son âge, trop maigre aussi. Un méchant pantalon de toile sur une vieille chemise déteinte à qui il a visiblement manqué l'ajustement d'une main maternelle. Avec un cri de joie, la tête blonde se tourne vers le couple. L'agile enfant a triomphé du rétif animal. Plus fier que le dernier vainqueur du rodéo d'El Paso, il a passé le licol du vaincu à la vache noire. Guy lève le pouce dans sa direction en signe de félicitations.

– Tu as beaucoup d'affection pour ce gamin, Guy. La jeune femme ne pose pas de question. Elle constate tout bonnement.

– Je ne construis rien, Léa. Le bouquet de ma vie s'harmonise tout seul. Par cette phrase, Guy laisse facilement imaginer tout ce qu'il a pu investir de soi, de détresse, de remords. Il poursuit, la voix sourde, presque avec regret : – Depuis que j'ai rencontré Kirill, j'ai tiré le jour au milieu de ma nuit.

– Prends garde, Guy. On ne peut conjuguer la vie au présent éternel.

– Que veux-tu dire ? La voix de l'homme a pris un ton dur.

– Oh ! mais tu deviens méchant !, constate-t-elle avec un mouvement de recul, comme s'il avait fait mine de vouloir la gifler.

– Non, Léa... malheureux, tout simplement lorsque toi, Léa, tu me parles ainsi. Alors ?

– Tu cherches un réparateur d'âmes... Kirill est de

ces enfants précoces que l'absurdité de la vie a fait vieil adulte. Un jour, vos yeux à tous deux se dessilleront... mais, alors, vous serez séparés.

– Toujours aussi réaliste, Léa, répond-il, tout en hochant la tête. Un sourire blessé flotte sur son visage.

– En ce moment, tu es en train de faire fausse route sur mon compte, Guy. Je suis désolée de te dire que tu as tout faux. Tu me connais et tu sais que je ne suis pas jalouse. Moi aussi, j'ai vu des êtres chers partir autour de moi. J'ai poursuivi ma route, persuadée que je n'avancerais pas. Et pourtant, j'avance !... Si tu décidais quelque chose pour cet enfant, et quoique tu décides, sache que je continuerai d'avancer à tes côtés.

Les idées se brouillent dans la tête de Guy. Somnambule et fragilisé, il réalise qu'après avoir enterré la mère et le fils, il tente, depuis ce jour d'hiver, de vivre avec ce vide énorme autour de lui. Il bredouille :

– Ma vie est remplie de coïncidences. Toi, Léa, tu en es devenue la plus importante. Kirill en est une autre. Sans s'en rendre compte, il m'a intronisé dans son pays. Cet enfant m'a décrit la réalité et le mystère de cette Bosnie-Herzégovine, son quotidien terreux, ses images hallucinées. Même si les images complexes qui hantent ses rêves sont autant nées de ces contrées dévastées que de son imaginaire bouleversé. En le rencontrant, j'ai voulu m'assurer qu'il n'était pas trop tard pour aimer un enfant..., peut-être aussi pour en être aimé...

– Ta plus grande qualité, Guy, c'est pourquoi je t'aime, c'est ta faiblesse, c'est ton côté... « enfant » ! C'est aussi de là que découle ton principal défaut, lui sourit-elle.

– Donner quand j'avais besoin de recevoir fut un exutoire égoïste, presque mystique. Toi, Léa, tu l'as su dès le premier jour. Tu me l'as avoué. Lui, il ne le sait pas encore. Alors, laisse-moi lui donner...

Avec une délicatesse de luthier, il écarte les mèches blondes aventurées sur les joues de sa compagne. Leurs regards sont graves devenus. Guy se penche sur la bouche offerte où l'amour s'ouvre. Y retrouvant le pli de l'enfance, à son tour il lui sourit et l'embrasse.

– Ljubavlju ! leur lance Kirill, tout joyeux. Il les dépasse, tirant derrière lui la vache résignée. A l'entrée de l'étable, Meliha agite et fait sonner le seau préparé pour la traite. La vache accélère et entraîne le gamin plein d'entrain.

– Qu'est-ce qu'il a raconté ? demande Léa.

– Cela veut dire quelque chose comme amour ou amoureux, réfléchit Guy. Nous devons lui rappeler une scène qu'il a vécue... peut-être par ici ! Ce devait être un bel endroit pour passer des vacances ! L'homme cherche visiblement à échapper aux images d'un passé qu'il n'a pas vécu, mais qui suinte dans les murs, ruisselle avec la rivière et se fond dans les fragrances herbeuses.

– Il est vrai que vêtus comme nous le sommes, nous faisons très vacanciers, renchérit Léa. Elle est heureuse, elle aussi, de se soustraire à l'acharnement machinal du temps. Elle pouffe :

– Tu fais très péquenot bosniaque ! D'apparence, la jeune femme déborde d'une joyeuse sensualité... mais Léa – et Guy le sait très bien –, triche parfois sur les desserts !

A l'évidence, Guy s'est glissé tranquillement dans la peau des gens de Nebo. Avec son jean vraiment délavé et un T-shirt sans formes, ni couleurs, mal rasé, bruni par le soleil et le vent, amaigri, le cheveu long, l'Alsacien s'efface parmi les autres, ombre parmi les ombres. Dans un mimétisme faussement inconscient, son visage a pris cette patine inimitable, entre pain brûlé et gris terreux, entre couleur de la vie et vision de la mort, laquelle, seule, marque le passage de la misère et du temps funèbre. Une certaine rage mêlée de peur rôde dans son regard parfois halluciné. Il marmonne, plus pour lui que pour elle :

– Nebo me convient fort bien, tout comme ma ferme dans mon Sundgau. Avec une certaine émotion, j'ai eu la surprise de découvrir de troublantes analogies entre ces deux lieux de vérité. Dans les fermes dévastées, dans les champs abandonnés, j'ai trouvé les mêmes outils agraires, que chez moi, souvent pauvres et rouillés, rafistolés avec du génie. Leur médiocrité fait leur richesse. Ce sont les mêmes mains qui les ont façonnés et maniés. Des mains de paysans, surtout pas d'agriculteurs ! Et lorsque je lève les yeux, dans mon regard se superposent et se troublent ces mêmes paysages. Le Konjuh grondant vaut bien les Vosges... ces collines celles de Ferrette... les à-plats frémissants des verts violacés des sapins ceux du Jura sundgauvien. Contemple ce ciel de perle et de lait, c'est que dans ma petite Camargue rhénane, l'orage y gronde comme ici. Et… – là Guy hésite comme à l'entrée d'un sanctuaire –, je connais chez moi une petite source dissimulée dans un repli de terrain tout comme celle de Kirill… dans le fond, je me sens assez proche des Amish, ces fermiers américains qui refusent le modernisme mercantile et la mécanisation. Je suis bien ici parce que je suis bien dans mon Sundgau !

Guy lève les yeux au ciel comme s'il cherchait l'invisible. Dans la prairie s'est calmée l'ivresse des criquets. L'hymne vertical du Konjuh écrase le jour frémissant. Terre secrète, inviolée, paradis de l'ours et du loup, le vent y souffle une évidence vieille de quelques millénaires… La touche crépusculaire semble griffer le tableau. L'espace montagneux est suggéré moins par la perspective que par les couleurs adoucies. Une sorte de sensualité dégage un appel lyrique.

Grand oiseau hirsute, l'Alsacien redescend sur terre, tel le disque solaire agonisant son dernier rayon. Il se tourne vers Léa pour saisir son profil tel une ombre sur la lumière fumeuse du Konjuh. Elle avait écouté son propos avec une attention presque douloureuse. Ses yeux sont brillants, fixés qu'ils sont sur cet au-delà qu'est l'empire du maquis. La bruyère rougissante troque son manteau mauve aoûtien pour celui lie-de-vin de septembre, refusant d'avance sa silhouette hivernale, brune et rabougrie.

– Quand nous serons rentrés, tu me la montreras ton Alsace ? Je me souviens que tu me l'as promis…, un certain soir…

– Ah, oui ! les émeraudes des lacs..., rit-il pour dissimuler son trouble. Chose promise, chose due !

C'est ainsi qu'au travers d'une promesse et d'une réponse apparemment banale, Guy comprend qu'il vient de s'engager. Il vient de faire éclater une partie de son histoire. Oppressée par l'engagement de son compagnon, Léa sent ses yeux lui piquer. Elle étreint très fort le bras de Guy...

Brutalement, sa main se crispe plus encore. Sans bouger, sa voix se fait murmure :

– Ne bouge pas, Guy. Il y a des gens en lisière des buissons, tout en haut de la prairie.

– Où cela exactement ? Il la prend dans ses bras, dissimulant ainsi l'observation dans la posture amoureuse. Leurs regards scrutent le gris bleu des argousiers.

– A gauche du gros rocher... regarde, on voit très bien deux silhouettes !

– C'est bien. Je les vois. Partons comme si de rien n'était. Nous allons prévenir Eyup et les autres. Viens !

Quelques minutes plus tard, à l'affût à l'intérieur de la ferme, hors des regards indiscrets, ils observent la lisière maintenant tranquille. Guy a sorti sa lunette et sonde orées, ombres laiteuses et rochers nocturnes.

– A ton avis, Eyup ? demande Marc.

– Ce n'est pas le genre d'Ali et de ses moujahidine, rétorque le Bosniaque. Ou alors, il se passe quelque chose d'anormal... Il n'a aucune raison de se cacher de nous.

– Et si ce n'était pas les Afghans ? La voix de Guy coupe le silence, tel le couperet qui fend une bûche en deux parties.

Une nouvelle attente. Dans le fond de la salle, les deux vieux, Samir et Meliha, se sont assis, plus fatalistes que prostrés.

– Attention, ils viennent de bouger... Ils se lèvent, lance Léa.

– Ils sont trois..., non, cinq, remarque Mic. En tout cas, ce ne sont ni des Afghans, encore moins des tchetniks. L'Italien a prononcé le nom que tous laissaient résonner dans leur tête, de crainte de propager l'angoisse.

– Ils ont plutôt l'air mal en point, observe Marc. Regardez, ils en portent un sixième, qui était resté dans les buissons.

– Bon, à tout hasard, je préviens mes deux gars. Ensuite, partons à leur rencontre, décide Eyup. Je crois savoir qui ils sont et, dans ce cas, ils auront besoin de notre aide.

– Des fuyards de Srebrenica ? glisse Guy.

Le Bosniaque hoche affirmativement la tête. Il demande à ses cousins de préparer nourriture et café. Samir jette un fagot dans la cheminée.

– Toi, Léa, tu peux préparer ta trousse, intime Guy. Tu vas certainement avoir du boulot. Nous sommes de retour dans quelques minutes. Kirill, tu aides Léa.

Les cinq amis se faufilent dans la cour. Avec d'infinies précautions, ils s'approchent du hameau. Ils observent. Les silhouettes entrevues traversent la longue prairie. Elles chancellent et titubent. Assumant un semblant de sûreté, trois êtres en guenilles avancent. Leurs M16 se veulent menaçants, mais les canons des fusils pointent, fatigués, vers la terre. Derrière eux, deux misérables en portent un troisième, les bras passés autour de leur cou, les pieds brinquebalants dans l'herbe épaisse.

– « Zwei Grenadiere... » murmure Marc en allemand.

Guy approuve en silence l'évocation heinéenne des grenadiers napoléoniens faisant la retraite de Russie. Aux aguets, prudents, les cinq amis attendent. Les six misérables deviennent ombres embrouillées sur le fond du Konjuh. Silencieux, ils tournent leur vague face vers Nebo. Troupeau étique, ces animaux à forme humaine trébuchent et vacillent à l'approche de ce nouveau mirage de la vie. Yeux insolites. Étouffés. Horrifiés à l'idée que leurs paupières pourraient se fermer, ne serait-ce qu'un seul instant, et ainsi effacer cette vision du dimanche

– Allons-y ! s'écrie Eyup. Ils sont des nôtres ! Sur l'une des vestes d'uniforme, il a vu le lys bosniaque.

Évitant tout mouvement brusque pour ne pas les effrayer et voir les canons de fusil se relever, Guy et ses compagnons se redressent. Eyup crie quelques mots. Puis, ils s'approchent des silhouettes, leur tendent les bras, comme les mères-grands le font pour attirer les tout-petits. Les hommes ne hâtent pas leur pas. Ils ne le peuvent. Ils se contentent de lever tous les regards de tous leurs yeux vides. Ils ont le visage hâve et la barbe noire des malades agonisants. Ils portent sur leurs épaules leur camarade et, en même temps, tout le poids de leur survivance égarée. Ils suent l'angoisse et la peur de ceux qui redoutent d'entendre sonner l'heure des condamnés... Sans batailles, aux mains amies et généreuses, ils livrent leurs corps sans ombre...

Les uns portant les autres, ils se glissent dans le village silencieux. Au moment de pénétrer dans la ferme de Samir, Guy, qui soutient le blessé avec l'aide de Marc, surprend la silhouette fugitive du semeur de vent. Le visage aigu du solitaire le contemple avec intensité. Sans bien réaliser son geste, Guy met un doigt sur la bouche en faisant :

– Chut ! Un sourire imperceptible sur la face du vieil oiseau. Un doigt sur sa bouche et il s'efface dans l'ombre du mur.

Dans la grande salle, le fagot fustige son propre incendie. De lourdes et disparates senteurs d'oignons, de choux, de viande grillée vagabondent. Un à un, après avoir été rapidement examinés par Léa, les cinq soldats valides s'affalent à la table apprêtée. L'horloge asthmatique tente, en vain, de prendre le rythme frénétique des cuillères. Interrompant leur détresse, les soldats affamés dévorent, lapent, boivent. Effondrés sur leur banc, ils ont du mal à rester droit, tant leur corps exsude leur lassitude. Les petites lampes de Marc leur collent de vilaines meurtrissures jaunâtres au visage. Le plus jeune – une vingtaine d'hivers dans les yeux pleure doucement, sans bruit. Sans pudeur, sans retenue, il mêle ses larmes à l'épaisse soupe qu'il ingurgite. Au dehors, Nebo s'ébroue et s'égoutte à la première pluie d'automne.

Dans un coin, allongé sur une couche de paille recouverte d'une couverture, maigre et décoloré, un homme en uniforme déchiré abandonne son corps à Léa. Avec l'aide de Dzemila appelée en hâte, elle cisaille les loques de l'uniforme. Le stéthoscope aux oreilles, elle ausculte. Ses doigts experts palpent avec précautions le corps douloureux. Un bref cri d'agonie arque le corps lorsqu'elle parcourt l'abdomen. Un peu de mousse rose bruit aux lèvres du blessé.

– Cet homme a au moins deux côtes fracturées, avec perforation certaine du poumon... une blessure à la cuisse droite. Je dois extraire la balle et réduire la fracture du fémur. Pour commencer, je vais lui faire une injection de tonicardiaque : il en a besoin. Dzemila, fais bouillir de l'eau ! Meliha, beaucoup de bougies ! Je dois voir. Vous quatre – elle désigne Guy, Eyup, Marc et Mic – tenez-le fermement, lorsque je vous le dirai. Je n'ai que de l'éther comme anesthésique. C'est pas extra ! Faites attention à sa jambe blessée !

Léa donne des ordres comme dans une salle d'opération. Elle a jaugé la situation du blessé. Pas brillante, ainsi que le trahit sa bouche crispée.

– Il faudra faire avec les moyens du bord ! maugrée-t-elle.

Subjugués, les hommes obéissent. Même, les soldats abandonnent leur fatigue pour se lever et s'approcher du blessé.

– Allez ouste ! les renvoie-t-elle. Mangez, lavez-vous et allez dormir. Je vous verrai demain matin.

Eyup, dis-le leur, s'il te plaît. Et toi, Kirill, au lieu de rester dans mes jambes, occupe-toi d eux !

La lumière frisante, tremblante des bougies sculpte chaque détail avec une précision diabolique : chaque ombre projetée sur les murs devient grotesque tout comme l'aberration de cette opération chirurgicale dans une salle plus proche d'une étable que d'un bloc opératoire.

Les mains de Léa deviennent musiciennes : elles palpent, sondent, écartent les lèvres de la plaie, exorcisent le petit bout de métal, réduisent, recousent et pansent. Ses lèvres – Guy ne connaissait que des lèvres tendres et ouvertes à la passion – ne forment plus qu'un trait trahissant sa farouche détermination.

Avec quelques bouts de planches et un rembourrage de tissu, elle confectionne une attelle dans laquelle elle installe la jambe soignée. De loin, Kirill ne perd pas un seul de ses gestes. Admiratif, son regard s'embue du respect que les Navajos éprouvent pour leurs hommes-médecins, ces sorciers de l'invisible.

Guy se remémore la phrase de Steff, au téléphone : « Dans les coups durs, si cela se produisait, tu verras que Léa est costaud. Un médecin hors pair, un vrai loin de la clientèle de luxe ! » L'autorité tranchante de la jeune femme rassure et fait merveille.

Le soldat revient à lui. Il marmonne quelques mots incompréhensibles. Eyup veut traduire. Elle lève la main. Attentive au langage sans mot de la souffrance – si souvent ignoré de la plupart des médecins modernes –, la jeune femme est réceptive au plus petit message du blessé, que ses aides pourtant attentifs s'avèrent incapables de comprendre. Ceux-là comprennent que l'exubérante et sensuelle Léa vient de pénétrer dans un pays dont seule elle connaît la porte d'entrée : celui où elle fait face à la douleur, la mort et aussi à ses certitudes.

– Slivovica ! réclame-t-elle sur un ton qui n'admet aucune réplique. Voix impersonnelle, dure, étonnamment sévère pour une bouche si gracieuse. C'est Eyup qui lui tend la bouteille. Elle imbibe copieusement d'alcool une serviette qu'elle saupoudre de sel. Elle applique le tout sur les côtes cassées. Puis, avec l'aide de Dzemila et d'Eyup, elle sangle le blessé dans des linges apportés par Meliha.

– Voilà ! Je vais le veiller. Je lui ferai une morphine s'il souffre trop... C'est tout ce que je puis faire pour lui. Après cela, il va dormir. Mais il faut l'évacuer sur un hôpital... et vite ! Sinon, je crains le pire. En tout cas, il est hors de question qu'il reparte d'ici en marchant !

– Je m'en occupe, dit Eyup. Le blessé partira demain soir avec Hasib. Ce ne sera pas confortable mais nous ferons de notre mieux. Quant aux autres, combien de temps de repos leur est nécessaire avant de reprendre la route ?... Le minimum ? insiste-t-il.

– Il faut que je les examine un peu mieux. Vu leur état apparent, disons deux à trois jours, s'avance Léa.

– Il importe qu'ils soient partis d'ici le plus tôt possible. Ils sont certainement poursuivis. Ils sont en danger et mettent Nebo en danger... Nous avec ! Le visage du Bosniaque ce crispe, tandis qu'il aide Léa à se relever. Il prendrait une enfant dans ses bras qu'il n'eût pas mis plus d'affection, presque de tendresse, dans ses mains tendues à la jeune femme. La voix chaleureuse, il s'adresse à elle :

– Du beau travail, Léa ! Chacun fait tourner la roue à sa manière. Ce soir, tu l'as fait tourner dans notre sens. Maintenant, tu es des nôtres ! Il se détourne pour ne pas trahir l'éclat de l'émotion qu'il sent naître en lui. En une seconde, Eyup vient de les intégrer tous et pleinement dans son univers tourmenté, brûlant de souffrances et d'amitié simple et sincère. Une autre manière d'être humain au cœur de la tragédie. Il lance : – Sundgau, il faut que nous parlions de tout cela, de suite !

– Pourrais-je avoir du café..., bien fort, s'il-vous-plaît ? demande Léa. Ses yeux ont repris la lumière qu'elle redistribue à foison. Elle a simplement serré la main du Bosniaque qui la relevait. Une pression qu'il a reconnue et emportée, brusquement timide devenu.

Kirill se précipite, un bol fumant à bout de bras. Désormais dans l'esprit du garçonnet, Léa est auréolée du halo mystérieux de la lune rouge, lorsque l'astre de la nuit sort des montagnes pour enflammer vallées et forêts. Une sorte de final du Boléro de Ravel après la longue litanie des instruments lancinants.

Guy est conscient de ce halo qui entoure la jeune femme. Elle paraît gênée de l'attention que tous lui portent. Il s'assied près d'elle, la regarde avec une attention inhabituelle :

– Ah, non ! Pas toi ! s'exclame-t-elle dans un soupir sincère. Je n'ai fait que mon boulot. Je suis là pour cela, n'est-ce pas ? Revanche taquine de la réticence qu'il avait eu à sa désignation pour cette mission.

– Je me suis toujours interrogé pourquoi, depuis notre première rencontre, je trouvais que la lumière ne descendait pas du ciel, mais... y montait. Ce soir, je pense avoir enfin compris ! Tu es devenue un instant de grâce rare dans ma vie déboussolée.

– Arrête, Guy, Guy..., pas ici !

– D'accord. Mais tes exploits médicaux dussent-ils en souffrir, peux-tu m'expliquer où tu as appris ces gestes de rebouteux, avec ce matériel de bric et de broc ? La faculté hurlerait au scandale devant un tel spectacle de guérisseur !

– Oh, tu sais... à l'hôpital et à la Faculté de médecine, on apprend beaucoup dans les livres. J'ai eu la chance d'avoir un vieil oncle, au fin fond du Limbourg, un vrai cul-terreux avec des mains de... sorcier ! Il m'a appris des foules de petits trucs pour soigner les animaux et... les hommes, termine-t-elle avec un fou rire. Dans ses joues creusées par la fatigue se faufile son sourire de fleur interminable.

– Je crois que tu as conquis un nouvel admirateur, lui glisse l'Alsacien. Regarde discrètement par la fenêtre près de la cheminée.

Léa scrute la nuit accoudée à la croisée. La tête du semeur de vent y est visible. Un curieux air de contentement sur le visage. A l'évidence, il a dû assister, en secret, à l'opération. Sentant les regards de Léa et de Guy croiser le sien, il place un doigt sur la bouche. « Tišina ! », murmurent les yeux du vieil homme. Léa cligne les siens en signe de connivence.

Alors, le semeur de vent montre son cou où éclate la blancheur du pansement propre. A son tour, la jeune Belge met un doigt sur ses lèvres : – Tišina ! souffle-t-elle.

– Quel vieux fou ! s'amuse Guy. Je crois que lui aussi est tombé amoureux de toi.

– Il a changé son pansement... comme quoi l'amour mène à tout ! conclut-elle, rieuse.

– Je suis persuadé que tu serais capable de mettre le feu à l'enfer ! surenchérit-il, heureux de la détente. Et, si tu...

– Sundgau, s'il-te-plaît, le rappelle Eyup. Nous t'attendons.

– Décidément, où ai-je la tête ? grommelle Guy. A bientôt Léa.

L'Alsacien rejoint Eyup auprès duquel se sont regroupés Marc et Mic. Le Bosniaque a pris un ton froid et mécanique :

– Le problème qui nous est posé est simple et redoutable. Nous ne pouvons garder ces pauvres bougres parmi nous. Et il évident qu'aucun de nous ne les chassera. Comme je l'ai dit à Léa, il sera assez aisé d'évacuer le blessé, dissimulé dans la carriole d'Hasib. Sur la route, il se mêlera aux réfugiés jusqu'à Durdevik. Comme quoi, le malheur des uns peut faire le bonheur des autres. Après le contrôle de l'ONU, Inch Allah ! mes amis s'en occuperont à Tuzla... Quant aux autres, ce sera moins facile et plus dangereux : ils sont trop visibles. Je ne vois que la solution d'Ali et ses moudjahidine. Qu'en penses-tu, Sundgau ?

Guy apprécie le tact du Bosniaque. Ce dernier a bien posé le problème. Cette affaire de soldats à la dérive est son affaire, pas celle de Guy et de ses amis. Mais elle interfère la mission reçue qui reste de la responsabilité de l'Alsacien. Aussi, la solution doit être commune pour la suite à donner. L'analyse et les conclusions d'Eyup lui paraissent les plus sensées compte tenu de leur position à Nebo.

– Eyup a raison ! approuve-t-il. Nous devons continuer de créer l'atmosphère la plus naturelle dans ce village. Car je le sais, nous nous croyons isolés, mais nous sommes sous observation permanente. Je n'ai aucune preuve de ce que j'avance, mais ça je le ressens avec intensité. Là-dessus, Eyup partage mon point de vue. Je suis entièrement d'accord pour l'évacuation du blessé. Je ne vois d'ailleurs pas d'autre moyen acceptable. Pour les cinq autres, il faut qu'ils se retapent et partent d'ici au plus tôt. Léa nous donnera son avis demain matin. maintenant, regardez la carte... En partant de nuit, ils peuvent atteindre les cols du Konjuh au petit matin. De là, par les crêtes ouest, atteindre facilement la Krivaja, qui coule à une vingtaine de kilomètres. La rivière les conduire sur Ribnica ? Ou alors, par les crêtes du nord. Dans ce cas, ils seraient à une trentaine de kilomètres de Tuzla. Ali devrait pouvoir les faire accompagner et faciliter ainsi leur progression.

– Hum ! constate Marc, ce merdier de montagne est truffé de tchetniks. Cela ne va pas être du gâteau pour ces gars !

– Ils n'ont guère le choix, intervient Mic. Encore que de nuit, avec beaucoup de précautions, ils pourraient tenter de redescendre sur Stupari et reprendre la route des réfugiés...

– Hors de question ! le coupe Guy. Ils ont franchi cette route en venant de Srebrenica. Ils sont certainement suivis, alors nous n'allons pas les renvoyer en arrière dans la gueule du loup. Nous prenons déjà de gros risque avec le blessé, mais ça vaut le coup ! Je refuse d'en prendre pour des hommes valides. Je pense à notre mission et aux gens de Nebo... une imprudence et nous sautons tous en l'air !

– Ainsi que le dit Sundgau, avec l'aide des moujahidine, nous leur offrons la meilleure chance, intervient Eyup. Il est resté en dehors du débat. Je ne conteste qu'une seule chose : il faut qu'ils s'exfiltrent par les crêtes nord. À mon avis, les cols du sud doivent vous être réservés au cas où ! Et un animal en fuite ne doit pas emprunter deux fois le même passage. Donc les pistes de ces cols doivent demeurer intactes pour un œil malveillant.

Au fond de lui, Guy sourit. Une fois de plus, l'appréciation tactique du Bosniaque le séduit. Il connaît son terrain. Mais de plus, des relents de poursuite dans les djebels algériens flottent et réunissent les deux hommes. Il y a comme cela des sensations diffuses qui ne s'expriment pas. La terre hésitante entre les rochers peut se montrer traîtresse. Les maigres sentiers du Konjuh peuvent, de campanules bleues ou de saxifrages sanglantes, être tapissés !

– C'est entendu ! tranche Guy. Marc, vois avec Samir comment camoufler au mieux la présence de ces gars. On ne doit rien voir de l'extérieur et de l'intérieur. Débrouille-toi ! Tu es bricoleur que je sache. Et il lui assène une tape amicale dans le dos. Toi, Mic avec Léa et Dzemila, vous allez immédiatement vérifier ce que les gens de Nebo savent. Dans un village, tout se sait, surtout derrière les portes fermées ! Tachez de circonvenir le vieux fou. Il nous a vus. A la limite, comme il vit seul, ramenez-le ici sous n'importe quel prétexte. Nous le contrôlerons mieux de cette ferme. Voilà, c'est tout pour l'instant. Demain matin, nous aviserons. La vie continue comme avant. Je ne veux rien d'inhabituel ! Ah ! A partir de cet instant, je veux un tour de garde permanent de jour et de nuit entre nous quatre. Je prends le premier tour. Marc, organise-nous cela... Questions ?

Un long silence. Tous apprécient la clarification et la simplicité des dispositions.

– Et Kirill ?... qu'est-ce que je fais ? interroge le garçonnet. Il sort de la zone d'ombre où il s'était dissimulé. Ses yeux brillent d'excitation. Sa voix tremble d'être rejeté. Ses petites mains pendent le long du corps, frémissantes.

Grand jeu ? Enfant qui s'assoit à la table des adultes pour montrer qu'il est loin désormais de ce qu'ils appellent des enfantillages ?

– Voyons, qu'allons-nous faire de ce jeune guerrier ? plaisante Guy. Il regrette aussitôt lorsque le désarroi s'installe dans le regard de Kirill. Quelque chose comme un sentiment de trahison. Désemparé, il se reprend : – Kirill, tu vas rester avec moi et tu me serviras pour assurer les liaisons avec les camarades du groupe. – « Autrement dit, le facteur ! Je suis vraiment idiot : cela ne tient pas debout, » se dit-il. Une idée germe peu à peu dans sa tête. Elle y galope, prend forme, puis explose telle une évidence aveuglante : – Mieux que cela, Kirill ! Je vais te confier une mission très particulière. Cela te demandera de jouer au détective... Ce sera une mission secrète. Attend, nous allons en parler. Puis, il lance au groupe : – Pour vous..., c'est bon. Maintenant au travail !

Guy s'isole dans un coin de la salle avec Kirill. Décidément, son idée lui plaît de plus en plus. Un curieux pressentiment l'agite : « Admettons que le renseignement reçu par Steff soit exact. C'est nous qui faisons fausse route. Nous ne trouvons pas la clé de ce rébus parce que nous réagissons en adulte, avec nos pieds dans nos pantoufles. Nous ressemblons à de brillants énarques penchés sur leurs ordinateurs. Or ces gens, au fond de leurs espoirs trahis, doivent avoir des réactions primaires... celles des animaux traqués. Cela doit nous crever les yeux et nous ne le voyons pas. Allons, je n'ai rien à perdre ! » décide-t-il en s'adressant au garçonnet :

– Kirill, j'ai un gros problème. Je n'en trouve pas la solution. Tu peux vraiment nous aider. Tu as confiance en moi, j'espère ?

Les yeux brûlants du gamin lui font chaud au cœur, très chaud. Il poursuit :

– Voilà, parmi les gens de Srebrenica qui sont à Nebo, c'est-à-dire des personnes qui n'appartiennent pas au village, il y a une femme ou un homme qui sait quelque chose de très grave sur ce qui s'est passé à Srebrenica. Pris d'un scrupule, il demande : – Tu as entendu parler de ce qui se passe à Srebrenica ?

Kirill hoche affirmativement la tête, l'air très grave. Une fois de plus, l'Alsacien se juge parfaitement stupide d'avoir posé une telle question. En Bosnie-Herzégovine, les enfants ont dépassé depuis très longtemps le cadre débile du hamburger et du coca-cola ! Autant demander à une enfant de Tuzla s'il sait faire la différence entre un orage et une bombe... Il y a peu d'orages à Tuzla ! Guy continue : – Cette personne possède certainement une preuve de ce qu'elle sait : un papier, une photo, un objet... ce peut être n'importe quoi... Tu me suis... mes amis et moi avons tout essayé et nous ne trouvons absolument rien. Et portant, moi, je suis sûr que cette personne nous regarde et nous épie à chaque instant. Elle n'a pas encore totalement confiance en nous. Aussi, j'ai pensé à toi. Dès demain matin, à ton tour, tu vas leur parler, les écouter, les observer : ils ne sont qu'une vingtaine de grandes personnes à avoir abandonné Srebrenica... il y en a obligatoirement une parmi elles qui sait ! Kirill, sois prudent et surtout naturel. Ne leur parle pas de ce que je viens de te dire. Tous les soirs, tu viendras me dire ce que tu as vu ou entendu d'anormal dans la journée. Même les choses qui t'apparaissent inutiles. Tu sais, souvent je me dis que cette preuve est tellement évidente que je l'ai en permanence là, sous le nez ! Là-dessus, l'homme tapote en riant le nez du gamin en forme de plaisanterie. En revanche, son regard redevient sérieux : – Je ne veux plus que tu t'éloignes de Nebo !

– Même à ma source ? Guy, s'il-te-plaît... La voix enfantine s'empêtre dans les mousses du bogomile.

– Nous irons ensemble, si tu es d'accord ! cède l'homme. Mais quand je te le dirai. Maintenant, va dîner et ensuite va te coucher... N'oublie pas que je compte beaucoup sur toi !

Kirill sourit, grave comme le Petit Prince devenant Roi : Roi d'un royaume entrevu dans la pénombre de secrets mirobolants. Dans les loupiotes rabotant la misérable salle, lui, l'enfant, voit un chemin d'étoiles. Le Petit Prince bosniaque mange sa soupe parce qu'il veut devenir grand. Il rejoint sa litière de paille pour entendre le vent du Konjuh lui raconter la nuit. Lorsque Léa remonte sur ses épaules la couverture et qu'elle lui baise le front, le Petit Prince de Nebo redevient l'enfant qu'il aurait dû être...

– Sundgau, tu m'accompagnes ? La voix d'Eyup le ramène sur terre... loin de la biblique scène de la mère et de l'enfant, de la paille et de la nuit épaisse... loin du passé blotti dans des minutes d'autrefois...

– Où cela ?

– Je vais déposer un message pour Ali. J'espère que son courrier n'est pas encore passé. Et puis, nous devons vérifier que les soldats n'ont pas laissé de traces trop visibles près du village.

A l'extérieur, la pluie s'est arrêtée. Au loin, la forêt profonde a ordonné ses sapins pour une fabuleuse prison d'ombres mystérieuses et incertaines. Le maquis exhale des bouffées d'arômes entêtants. Il fait chaud et lourd. Une vapeur collante monte de la terre détrempée. Les flancs du Konjuh résonnent du réveil de monstres nocturnes... Le vacarme est partout, dans le ciel et sous la terre... Les lisières s'accordent des éblouissements d'éclairs bleus...

– Ils ne doivent pas dormir à Tuzla. La voix d'Eyup est tranquille, aussi désabusée que celles des citoyens lorsqu'ils annoncent la prochaine grève des fonctionnaires.

– Les Serbes ont remis cela depuis quelques jours, ajoute Guy. Et dire que c'est là-bas que nous allons envoyer ces pauvres gars.

– Tant que nous ne chasserons pas ces salauds du Majevica, ils nous foutront le bordel, ronchonne Eyup. Par deux fois, il a participé aux tentatives bosniaques de conquête du massif qui domine Tuzla. Manifestement, il refuse la discussion sur la deuxième partie de l'intervention de Guy. En tout cas, poursuit-il avec une évidente satisfaction, ils sont maintenant sur la défensive.

– Ah ! fait Guy. Qu'est-ce qui te fait dire cela, Eyup ?

– Regarde le ciel, Sundgau !.. c'est écrit dans le ciel ! Regarde la crête du Konjuh. Elle est le plus beau phare de la fin des fous de Belgrade et de Pale... S'illumine-t-elle vers Maglaj ? Eux, ils ne font que tuer quelques Bosniaques de plus ! Lance-t-elle un éclair vers Zenica ? Eux, ils ne font qu'assassiner quelques femmes de plus ! S'allume-t-elle vers Sarajevo ? Eux, ils ne font qu'allonger la liste des soixante et onze jeunes gens massacrés par une belle journée de Mai sur une petite place de Tuzla !.. Haletant, le Bosniaque tourne son visage transfiguré vers la montagne mythique, laquelle, en écho douloureux, scande ses imprécations : – Sundgau, ils sont comme ces mouches qui, par temps d'orage, harcèlent le cheval... elles le piquent, croyant l'arrêter. Mais, le cheval continue d'avancer, plus obstiné que jamais à achever sa tâche.... et le sillon se creuse à chacun de ses pas. Les dirigeants serbes le savent. Ils ne peuvent plus que nous harceler, mais ils ne peuvent plus nous arrêter !

Décor rougeoyant entre mosquée et ziggourat, l'horizon crénelé du Konjuh cisèle une rythmique de « château rouge ». Alhambra bosniaque, le massif palpite entre les abysses noirs de ses forêts et le feu intermittent de ses crêtes déchiquetées. Chaque incandescence du ciel est suivie de lourds grondements qui ébranlent les entrailles du sol. Puis le noir des ténèbres et le silence pesant d'attente. Un satanique metteur en scène varie, à plaisir sadique, la force des éclairs et leur point de chute. Ce jeu d'ombres et de lumières se décline selon les abaques des fantasmes barbares... des fantaisies morbides de l'imaginaire débridé de Milosevic et de ses sicaires de Pale...

– Ils ne sont pas passés, remarque Eyup après avoir déplacé une pierre plate. Tant mieux ! Ainsi Ali aura notre message avec le courrier de cette nuit.

– Crois-tu que...

– Je n'en sais rien, l'interrompt son compagnon. Il est encore tôt et la pluie est plutôt favorable aux coureurs nocturnes. Comme convenu, je demande à Ali de venir chercher les soldats le plus vite possible à partir de demain soir.

– Mais Léa a dit deux ou trois jours au minimum ! objecte Guy.

– Elle réagit en médecin, moi en combattant ! rétorque Eyup avec vivacité. Et je ne puis te dire pourquoi, mais je trouve que le climat vient de changer... Toi, aussi, tu le sais !

Le Bosniaque n'en dit pas plus. Guy comprend que l'homme ne parle pas de la première pluie d'automne qui vient de tomber. Tout comme lui, il ressent l'oppressante sensation du piège qui vient de se refermer. Une sorte d'agonie gourmande baratte le silence opaque de Nebo. Derrière les volets clos, les habitants tapissent leur sommeil de frissons mouillés de sanglots. De leurs mains impatientes, fébriles, ils griffent et fouillent le fond de leur nuit pour y découvrir moins de désespérance...

Au bout d'une longue heure de recherches aux alentours de la cache des soldats, les deux hommes ramènent leurs maigres trouvailles : un fusil boueux, un pansement déchiré, ensanglanté et une musette contenant quelques papiers humides.

– Ils n'avaient plus grand chose à perdre, ces pauvres types !, constate Guy.

– Non, pas grand chose ! La réponse claque telle une culasse qui se ferme.

– Eyup, ce n'est pas ce que je voulais dire ! s'excuse l'Alsacien tout en se mordant les lèvres. « Merde, je ne suis pas encore complètement dans la peau de cette souffrance à vif ! râle-t-il contre lui-même. »

Guy comprend que donner la réplique à quelqu'un en mouvement perpétuel contraint à chercher avec lui et pour lui. Or, Eyup, sous des apparences à la fois frustes et détachées, reste imprévisible. Confondu avec la masse pesante du Konjuh, il y abandonne les traces noirâtres où son âme a brûlé. Leurré par le vent, oublié par le temps, il nargue désespérément la mort. Et lorsque, dans un âpre ressaisissement, il réagit, ce n'est pas dû à la fatigue du corps désabusé, mais à la blessure du regard incendié.

– Pardonne-moi, se reprend le Bosniaque. Tout ce gâchis me met hors de moi. Et je deviens injuste quand je m'en prends à ceux qui aident mon peuple. Et toi, Sundgau, tu ne dis rien... On dit chez moi que la pluie efface les traces et les souvenirs... chez toi, elle les creuse !.. je sais maintenant que, par ton engagement à nos côtés, tu recherches la démesure dans tes petits gestes qui donnent sans esprit de retour... dans tes regards qui savent recevoir parce qu'ils savent attendre... Sundgau, crois-tu dans le « Tarab » ?

– C'est quoi ton « Tarab » ? Encore un plat oriental ! le plaisante Guy. Il cherche à faire disparaître le tremblement de sa voix, seul signe de son désarroi devant cette lucide fouille de son âme.

– En quelque sorte, sourit Eyup. Un passage délicat pour tous les deux vient d'être franchi. Il continue : – Les Orientaux appellent « Tarab » l'ivresse musicale dont la quête est infinie... un genre de délire !

– Chez moi, nous appellerions peut-être cela la quête du Graal... aussi subtil à définir que ton « Tarab ». Qu'importe les mots quand il s'agit de refermer une fenêtre ouverte dans sa chair... Eyup, je ne vais pas te raconter ma vie : simple et compliquée à la fois. J'ai perdu mon épouse et mon fils dans un accident, il y a plus de dix ans. Tu as fait allusion à mon engagement. Sache que venir aider la cause bosniaque m'est apparue comme une occasion de m'approprier définitivement cette part de moi-même fracassée... et ainsi permettre à mon rêve intérieur de devenir réalité. Tu vas me juger égoïste, Eyup, et tu dois te dire qu'en sauvant les autres, c'est moi que je cherche à sauver !

– Personne n'a encore inventé le miel sans abeilles, le fromage sans lait et le lait sans chèvres, ni vaches, répond le Bosniaque. Le ton est sentencieux : – Ta liberté, Sundgau, est comme les étoiles. Tu ne peux les voir que par nuit noire... et Dieu sait qu'en Bosnie-Herzégovine elle est noire !... Descendons à Nebo. Il est temps de rentrer. Nous ferons un autre tour demain matin.

– Mais qu'est-ce qu'ils foutent ? Ils roupillent ou quoi ! rouspète Guy. Il tempête, car une étrange chape de silence s'est installée sur Nebo.

Les fermes agglutinées autour du puits restent portes closes. C'est tout juste si un filet de fumée blanche indique qu'au village il y a des vivants. Des vivants certes, mais des vivants terrés, comme si, une nouvelle fois, la main d'un Moloch impitoyable s'était refermée sur eux !

– Au moins, ils n'ont pas fichu le camp ! remarque Marc.

– Tu en es si sûr que cela ? interroge la voix narquoise de Mic.

– Regarde le grand champ vers le maquis ! Notre vieux fou sème son vent avec une belle ardeur !

– En voilà au moins un qui joue le jeu, même s'il n'y comprend rien, rétorque Guy. Il ressent soudainement un filet d'affection pour le vieux solitaire.

Hibou aux yeux jamais clos, celui-ci avait été ramené dans la ferme de Samir. Il y avait passé la nuit, confortablement installé près de la vache noire. C'est d'ailleurs lui qui avait l'avait voulu ainsi. Durant le repas, il n'a pas dit un seul mot. Mais ses yeux semblaient boire les paroles de Léa et de Guy. Quand cette dernière – preuve qu'il ne lâchait pas du regard – eût un frisson de fatigue, il lui tendit l'écharpe de lune qu'elle cherchait. Avant de partir se coucher, il saisit la main de la jeune femme et l'embrassa. La bouche édentée avait ânonné : « Mer... ci ». Et il s'en était allé, après avoir fait le signe du silence : « Tišina ». Ils avaient tous souri de la scène.

Léa, plus touchée qu'elle ne laissa paraître, s'enquit auprès de Dzemila :

– Où a-t-il appris à prononcer ce mot de français ?

– C'est Kirill ! rit la jeune Bosniaque. Irfan lui enseigne des trucs pour pêcher dans la rivière et, en échange, Kirill lui apprend quelques mots de votre langue.

– S'il sait faire un tel troc, il n'est pas si fou que cela ! s'esclaffe Mic. C'est en définitive grâce à lui que Kirill nous apporte ses poissons. Voilà l'explication de ces pêches miraculeuses.

Au petit jour, le vieil homme s'était glissé hors de la grange. Il les avait quittés pour son marathon agricole. Maintenant, Guy râle. Il faut que Nebo reprenne une vie normale. D'évidence, les gens du village savent. Dzemila le confirme en rejoignant Léa : – Ils ont peur, mais ils veulent voir les soldats... pour les nouvelles, vous comprenez ? Ils attendent que vous les autorisiez à venir ici, explique-t-elle dans son jargon franco-anglais.

Guy s'entretient quelques instants avec Eyup et ses amis. Puis, il décide :

– Eyup, tu vas aller les voir avec Dzemila et Kirill, intime-t-il. Explique leur que les soldats ont besoin d'être soignés et de se reposer. Demain, ils pourront venir par petits groupes. Mic, tu m'organiseras cela. En attendant, je veux une vie normale : qu'ils sortent tous, vieillards, femmes et enfants..., tous, comme d'habitude ! Et surtout rappelez-leur : si d'aventure, nous recevions une visite, ils n'ont rien vu et ne savent rien !

Sur ces entrefaites, Léa revient de sa visite médicale des arrivants nocturnes : – Ils émergent, confirme-t-elle. Des bobos sans gravité, mais ils sont au bout du rouleau. Sous-alimentés, pour ne pas dire affamés. D'ailleurs, ils arrivent... pour manger ! Vous pouvez en profiter pour les interroger, ajoute-t-elle avec une certaine réticence perceptible dans la voix. Pendant ce temps-là, je vais m'occuper du blessé.

Les gestes tremblants et les visages gloutons de fatigue mal ravalée, les cinq soldats bosniaques pénètrent un à un dans la salle. Ils paraissent aussi mal à l'aise qu'un SDF pénétrant dans un bureau de l'ANPE.

– Bien dormis ? leur demande Eyup dans leur langue natale. Sans dire mot, ils hochent affirmativement la tête. Il leur fait signe de prendre place à table. Tandis que Dzemila leur sert à manger, Eyup les interroge et traduit au fur et à mesure les réponses.

Celui qui paraît être leur chef – il doit avoir vingt-cinq ans et en paraît à peine dix-huit – s'exprime en termes sobres. Sans haine, sans rancœur, le fugitif décharge leur désillusion et leur désespérance.

... Les forces bosniaques de Srebrenica avaient reçu la parole de l'ONU, celle qui avait élevé la ville et les cinq autres enclaves musulmanes au rang de zone de sécurité. Eux aussi, les pauvres bougres, confortés par la présence des Néerlandais au casque bleu, n'avaient pu imaginer passer du sanctuaire à l'oraison funèbre, de l'illusoire honteux au deuil déshonorant.

Puis, la déferlante serbe avec ses tchetniks abreuvés de raki, confortés par l'immobilisme feutré de la FORPRONU. Oh ! ils s'étaient bien battus, eux, les petits soldats bosniaques, à un contre mille, encerclés, abandonnés. La rage au cœur, ils avaient vu les avions de l'OTAN les survoler... pour prendre des photos ! La rage au ventre, ils avaient vu la passivité des soldats onusiens pactiser avec les tueurs de Pale, leur ouvrir les portes et se retirer !

Mladic lui-même vint en personne féliciter et complimenter les forces spéciales de la « Republika srpska » devant un auditoire passif de Casques bleus.

C'est terrible, assura le narrateur, oui, c'est fou comme le rouge de la honte fait tache sur le visage blond des Nordiques ! et l'homme ne sourit pas. Il parut même compatir à ces soldats déshonorés par leurs chefs !

L'horreur est apparue avec le pillage de la ville, les exécutions sommaires, les viols. Plus personne ne contrôlait personne. L'épuration devait s'effectuer sous la seule maîtrise de la terreur... et la terreur s'en donna à cœur joie ! Les médias occidentaux vinrent se donner bonne conscience avec la tape amicale du tueur de Pale au visage terrorisé d'un gamin bosniaque, agrippé aux jupes de sa mère. Sadiques, mais organisés, les hommes de Mladic avaient fait monter la foule dans des camions, envoyés par le charitable Milosevic. Suivant les règles nazies, aux sorties de la ville, loin des caméras complaisantes, ils en extirpèrent tous les hommes de seize à soixante ans et... quelques filles ! – On ne fait pas d'omelette sans casser quelques œufs, fussent des gamines ! messieurs les diplomates qui préparez votre prochain week-end avec votre secrétaire ! –.

– C'est alors que notre chef, expliqua le soldat tourmenté, nous a recommandé de nous échapper, en évitant les Serbes naturellement, et... tout autant la FORPRONU, alliée de ce génocide.

Par petits groupes d'une dizaine, nous avons franchi les barrages serbes et onusiens, échappant ainsi aux rafles meurtrières. Avec mes hommes, j'ai voulu rallier Tuzla au travers des montagnes. Notre chef nous avait dit que c'était notre seule chance d'échapper aux chiens des tchetniks lancés à notre poursuite. Cela fait plus de trois semaines que nous errons en nous nourrissant de fruits sauvages et de racines.

A ce moment, le soldat bosniaque se tourne vers ses quatre compagnons. Ceux-ci le contemplent, rivés à ses lèvres, revivant par ses mots le chaos de leur fuite éperdue. Celle où l'on court sans plus d'espoir, puisque l'ennemi et le faux-ami vous le refusent. L'enchevêtrement des souffles oppressés par l'histoire évoquée pousse le narrateur à poursuivre...

... Au passage de la Drinjaca, ils nous ont rattrapés. Deux des nôtres ont été faits prisonniers près de Sekovici. Nous avons longtemps entendu leurs cris de supplicié avant que les miliciens ne les noient dans la rivière. Pardon, mais ce fut un soulagement pour nous et... pour eux ! Dans notre fuite, nous avons traversé de nuit la route de Kladanj à Tuzla, pressés que nous étions par une autre bande de tchetniks qui avait pris le relais. Pour eux, c'était un jeu ! J'ai pensé remonter le Konjuh jusqu'à Tuzla, mais, il y a deux nuits, au col du Smolin, nous sommes tombés dans une embuscade. J'ai eu un mort et deux blessés. Depuis cet instant, nous errons dans les forêts, espérant... Là, le Bosniaque lève les épaules, fataliste.

Il y a quelque chose d'incantatoire dans cette voix monocorde qui raconte l'horreur des mourants et le triste écho de leurs pas chancelants. Eyup a traduit, hésitant parfois sur le mot. Il a cherché visiblement à atténuer la dureté des regards lorsque les soldats avouaient la lâcheté onusienne. Ceux-là acceptaient la guerre, fut-elle perpétrée par des communistes nazis. Mais pas la veulerie hypocrite des faux-amis !

Guy et ses amis sentent que cette confession exige d'eux des sons, des mots qu'ils n'ont pas : « ce n'est pas de ma faute » ou « je n'y suis pour rien » seraient terriblement burlesques, lamentablement à la hauteur d'un Parlement européen fromager et banquier ! Ici, Oncle Picsou, on a pas le temps de faire de la monnaie unique. Juste à peine celui de mourir !

Une fois de plus, Léa est l'exutoire. Elle revient de la pièce où repose le blessé :

– Cela va mieux. Il a passé une assez bonne nuit. Mais il faudra faire vite pour son évacuation. J'ai fait tout ce qui était possible ici, à Nebo. A vous de jouer !

Eyup traduit. Les soldats suivent la jeune femme du regard comme une apparition dans leur ciel vide. Banale et souriante, elle glisse quelques gouttes médicamenteuses dans un œil, refait un pansement, applique un onguent, donne un cachet de-ci, de-là. Léa promène sa pâleur de princesse amère. Guy a compris cette pâleur anormale : « Elle a tout entendu, se dit-il ».

– C'est à vous cet équipement ? demande Eyup. Il met sur la table le M16 et la musette. Avez-vous abandonné autre chose ? réfléchissez bien, c'est vital pour vous et pour nous !

Les soldats se concertent quelques instants. Puis celui qui fait office de chef annonce, la voix étouffée que le fusil et la musette appartiennent au blessé et qu'ils n'avaient rien d'autre avec eux.

– Où est le deuxième blessé ? s'inquiète Marc.

A la question de l'Allemand, le chef répond, la voix encore plus basse :

– C'était son frère. Il désigne la pièce où repose le blessé. Ils ont été touchés en même temps lors de l'embuscade de l'autre nuit. Nous les avons portés pendant de longues heures. L'autre était blessé au ventre et souffrait terriblement. Lorsqu'il a compris qu'il nous retardait et que les tchetniks se rapprochaient de nous, il a demandé à me parler seul...

Le soldat balbutie quelques mots incompréhensibles, le visage livide devenu. Il se reprend avec difficulté et poursuit : – Je l'ai écouté et nous l'avons laissé. Il ne voulait pas que nous perdions notre temps avec lui. Il se savait foutu. Il m'a demandé de sauver son jeune frère. Avant de partir, je lui ai remis une de mes grenades. Il ne voulait pas souffrir dans les mains des Serbes... il n'a pas souffert avec ma grenade... il s'est couché dessus... et grâce à lui, nous sommes ici, chez vous... L'homme a crié ses dernières phrases, comme pour mieux expier le sacrifice de son compagnon d'armes. Avec un pauvre sourire, il conclut : – Finalement, dans cette maudite guerre, il y a beaucoup de lâches, mais peu de héros.

Cette fois-ci, Guy est certain que, dans cette dernière partie du récit du soldat, Eyup n'a pas transformé un seul mot. Son œil luisant, sa main fébrile et sa voix rocailleuse en témoignent.

On est loin de la longue pratique de la langue de bois des politiciens, où chaque mot est posé, huilé pour bien glisser dans l'Histoire sans laisser de traces de responsabilité. On est loin de la dernière période des ambiguïtés théâtrales françaises. Dans l'air flotte la même quête de l'impossible, la même dérive d'un destin dérisoire. L'interminable zigzag d'une mouche indifférente grésille sur un rai solaire. Le bourdonnement métallique de l'insecte vibre comme les pas interminables des cinquante mille réfugiés de Srebrenica. Il frémit comme les cris des milliers d'habitants exécutés. On pourra donner le nombre des assassinés, nombre approximatif !, enfouis dans les charniers connus et inconnus, lorsque l'on parlera des assassins Milosevic, Karadjic et Mladic, ainsi que de leurs seconds couteaux. Mais quand le temps sera venu de juger ces psychopathes, alors il sera indispensable de parler de chacune des victimes individuellement. Viendra enfin le jour de la lecture de tous ces noms, massacrés pour la gloire de la Serbie, la honte de l'Europe et l'ignominie du Monde dit libre... beaucoup d'entre les vivants n'oseront pas se lever à l'appel de ces noms, tant le poids de leur responsabilité pèsera lourd sur leurs épaules !..

L'automne approche à grands pas. Ses soleils versatiles et froids s'ensevelissent dans les brumes. Les loups et les ours du Konjuh appréhendent son arrivée. Certaines nuits, parfois, ils desserrent leur gueule pour des plaintes rêveuses. Le noir et le brun de la terre mortuaire percent sous les couleurs encore estivales. Effrayées, les forêts agrippées aux flancs montagneux se laissent aller à des vocalises orageuses.

Dans la matinée, Eyup, Guy, Marc et l'inévitable Kirill fouillent encore une fois l'emplacement de la dernière cache des soldats bosniaques. Une casquette détrempée est leur seule récolte. D'un geste inquiet, Eyup désigne que la coulée de branches brisées dans le maquis qui mène à leur emplacement.

– Il va falloir essayer d'effacer toutes ces traces. On ne peut mieux désigner Nebo ! Après un temps de réflexion, il laisse tomber : – J'espère qu'Ali va se grouiller. Car le temps nous est compté.

– Il a fait relever ton message, cette nuit. Maintenant, nous devons attendre, remarque Guy. Peux-tu me répéter le sien ?

– Un instant.

Le Bosniaque sort de la poche de sa chemise une feuille de papier gris. Il lit rapidement, tandis que Marc et Kirill les rejoignent : – « Les nuits sont dangereuses. Le Konjuh est infesté de tchetniks. Je m'occupe des soldats. Débarrassez-vous des réfugiés. Avec les miens, je peux me charger de la réussite de votre mission. »

– Dis donc, il manque pas de souffle, le moujahidin ! grogne Marc. C'est nous qu'il vise ! Fichez le camp, je ferai le boulot à votre place ! Il a rien dans le ciboulot, ce connard d'Iranien !

– Bien au contraire, Marc, fait Guy, dubitatif. Il joue au connard, c'est différent.

– Sundgau a raison, approuve Eyup. Je n'arrive pas à saisir quelque chose. Mais toute cette histoire commence vraiment à me déplaire. Il y a un point sur lequel Ali a raison : la sécurité des réfugiés me paraît compromise. Ils sont en danger. De toute façon, le délai que nous a donné Steff expire dans cinq jours. Tâchons d'être sur nos gardes jusque-là. Nous aviserons entre temps.

– Et découvrir cette putain de preuve, jure Guy. Pour ma part, je commence vraiment à en avoir plein le dos de jouer à cache-cache. Ce n'est plus de mon âge !

– Cache-cache ? fait Kirill, interrogatif.

– Oui, Kirill. Cache-cache ! Déridé par l'intrusion de gamin, Guy explique : – Tu vas te cacher et moi je te cherche.

– Ici, c'est impossible ! Tu ne me trouveras pas !

– Sauf si tu me laisses un indice..., un caillou, une branche, un vêtement..., une preuve, quoi !

– Et si ne laisse rien derrière moi ? pas d'indices ?

– Dans ce cas, je ne te trouverai certainement pas et il n'y aura pas de jeu. C'est très simple, cache-cache. On y joue depuis la nuit des temps.

Le petit Bosniaque réfléchi absorbé par une profonde réflexion :

– Guy ! L'indice, c'est comme ce que tu cherches à Nebo ?

– Tu as compris, mon bonhomme ! Tu as tout compris. Dans un geste affectueux devenu habituel entre eux, l'Alsacien caresse la tignasse blonde.

– On va à la source, Guy ? Dis, on y va ?

– Écoute, Kirill. Nous y sommes allés presque tous les jours. A partir d'aujourd'hui, ainsi que je te l'ai déjà dit, nous devons être prudents. Nous irons un peu plus tard, lorsque le calme sera revenu à Nebo.

De concert, tous quatre réembroussaillent les épineux, relèvent les herbes affaissées, effacent les traces du passage des soldats. Puis, ils redescendent vers le village sous l'œil faussement intrigué de la vache noire. Gamin, Kirill joue au torero avec le ruminant consentant.

– Sundgau, Kirill t'a montré sa source ? fait Eyup.

– Oui. Je sais que c'est également la tienne. Mais il a été tellement heureux de me livrer son secret. Il est vrai que cette source est un beau lieu de repos.

– Un lieu pour y faire dormir l'innocence. Il faut avoir l'âme d'un enfant pour aimer cette source... Eyup ne parle pas du bogomile. La question hésite sur ses lèvres. Elle s'arrête.

– C'est bien vrai. Kirill m'a fait confiance. Je puis t'assurer que je n'en ai parlé à personne.

– Il s'agit plus que d'un acte de confiance, Sundgau ! Fais attention, ce gosse éprouve beaucoup d'affection pour toi. Et je ne suis pas jaloux quand je te dis cela !

– Après Léa, tu es la deuxième personne à me parler de jalousie à propos de Kirill, rigole doucement Guy. Pour moi, poursuit-il, l'enfance de Kirill fait tache au milieu des combattants de la tragédie de ton peuple... car, en Bosnie-Herzégovine, il n'y a rien de plus terrible que d'être un enfant !..

La carriole d'Hasib est arrêtée devant la grange. Dérisoire et fragile lien entre la ville assiégée de Tuzla et le bucolique Nebo, faussement sécurisant. Quelques sacs d'approvisionnement, avec ses trésors d'une misérable richesse : des bougies, des boîtes de sardines, de l'huile et du lait en poudre, des paquets de café, un mauvais sac contenant du riz... de quoi faire hurler les nantis adipeux et adipeuses devant leurs supermarchés ainsi achalandés !.. quelques piles bienvenues pour le petit poste de radio, afin de capter, le soir, les émissions trafiquées et même la musique orientée... les médicaments pour Léa, ceux qui, contrairement au slogan publicitaire, font un peu mal pour procurer un peu de bien !.. Ah, du chocolat et des bonbons ! Sous ses dehors froids, Steff s'est rappelé les enfants de Nebo. Un village sans enfants ? Qu'est-ce d'autre qu'une nuit sans étoiles, une montagne sans sources, un jardin sans fleurs !

Assis devant une tasse de café, Hasib s'est installé dans son rôle de conteur des hautes pâtures. Le facteur qui, de ferme en ferme, pousse sa bicyclette chargée de lettres et de paquets. Et lui, l'homme raconte, gonflé de nouvelles du pays. De celles qui rallument les lampes que l'on croyait éteintes. De celles qui écrasent les mèches à bout de souffle.

– Notre armée avec celle de Tudjman foutent une sacrée raclée aux Serbes de Ratko Mladic. Ils se sauvent comme des lapins et il devient difficile de tuer des lâches qui s'enfuient ricane Hasib. La pierraille de sa voix roule au rythme de l'intense satisfaction qui se lit dans ses yeux, lorsqu'il rajoute : – Nous avons presque reconquis notre Krajina. Et le pauvre Karadjic doit commencer à avoir des cheveux gris quand nos canons tonnent sur Banja Luka.

– Et à Tuzla ? s'enquiert Marc.

– Ni mieux, ni pire que la dernière fois. Du haut du Majevica, ils nous tuent au compte-gouttes. Fataliste, Hasib hausse les épaules.

– Avez-vous des nouvelles de Jan ? s'inquiète Léa.

– Il est arrivé à Vares dans une ONG où Steff a une amie norvégienne. Les nouvelles sont bonnes. Il est entre de bonnes mains et sera à bord à votre départ.

– C'était comment pour monter ici ? La vérité, Hasib ! C'est Guy qui va aux renseignements concrets pour assumer le quotidien.

La question devait brûler les lèvres d'Eyup. A l'interrogation de l'Alsacien, ses yeux cillent. Il se penche un peu plus en avant. Attentif.

– Sur la route en direction des centres de tri de Tuzla, c'est l'exode. Maintenant, il y a un peu moins de monde. Mais ce sont les plus faibles, les plus paumés, ceux qui sont à la traîne en temps de paix comme en temps de guerre. Les snipers serbes les canardent dès qu'ils sortent de la route. Il y a beaucoup de cadavres de vieux et d'enfants qui dorment au soleil ! Hasib s'interrompt comme pour laisser le temps à son auditoire de contempler la belle campagne bosniaque ensanglantée de ses fleurs fragiles : la terre digère le sang des enfants endormis...

– Steff vous le dit dans cette lettre. Toute la région devient de moins en moins sûre. Après Kurdevik, j'ai pris la carriole. J'ai mis plus de huit heures pour venir jusqu'à Nebo. J'ai dû emprunter de petits sentiers le long du Konjuh. Eyup me les a faits connaître autrefois quand nous chassions par ici. Mais je ne suis pas sûr que ce sera aussi facile dans quelques jours. D'ailleurs, je compte repartir en fin d'après-midi. La lune sera belle cette nuit.

– Merci, Hasib, acquiesce Guy tout en prenant le message de Steff. Tu auras un passager avec toi. Et il lui narre l'épisode des soldats.

– Ils sont là.

– Oui. Mais ils sont cachés. Et pour le moment, ils se reposent avant de repartir. Ali se chargera de l'évacuation des valides.

– Ah ! Le regard d'Hasib recherche celui d'Eyup, obstinément planté vers la terre. Laconique, il laisse tomber : – Ce n'est pas bon tout cela ! J'espère, enfin je veux dire : Steff espère, se reprend-il, que vous progressez dans vos recherches. Il est impatient et inquiet. Je crois qu'il veut avancer votre départ de Nebo. Lisez !

La lettre de Steff est tout aussi laconique qu'explicite : « Ici, c'est le bordel ! Nous vivons la pression du meurtre au quotidien. Pas de quoi faire déraper un journal télévisé ! Il y a des tentatives de l'OTAN pour récupérer les deux pilotes français, abattus au nord de Sarajevo. Échec sur toute la ligne. Dommage qu'on ne mette pas autant d'ardeur à châtier les copains de Milosevic ! Une impression de grandes manœuvres internationales flotte dans l'air : l'ONU a prouvé son inefficacité. A mon avis, sous couvert de l'OTAN, les cow-boys vont se pointer. Vive le show à l'américaine... comme pour des élections ! (en novembre, je crois ?) En principe, je viendrai vous chercher dans trois jours, quels que soient vos résultats. Nous ferons le point. Amitiés à tous. Steff. (Nota : pour Jan, c'est OK !). »

Dzemila est venue chuchoter à l'oreille de Léa. celle-ci opine de la tête. Elle déclare tout haut :

– J'ai un problème. Nous avons un vieux couple qui n'en peut plus. Ils sont au bout du rouleau à tous les points de vue. S'ils peuvent avoir une chance de survie, c'est dans une évacuation hors de ce camp de concentration.

– Léa, reproche doucement Guy. Tu ne vas pas avec le dos de la cuillère.

– Je vois que vous ne réalisez pas l'ambiance dans laquelle nous vivons à Nebo. En paix, certes ! Avec la peur au ventre, des gardes de nuit et une pression, un étau qui se resserre autour de nous, de jour en jour. Sans nourriture convenable et soins appropriés, ils vont tous crever, les uns après les autres... les vieux et les bébés, les premiers. La jeune Belge s'est dressée, blanche et tragique. Elle fonctionne à la peau. Entre ses lèvres pressées trébuchent les mots bousculés : – J'entends tonner le canon, exploser les bombes, jour et nuit. Alors, sauvons ce qui peut être sauvé. Ces deux vieux doivent partir avec le blessé !

Une rapide consultation du regard entre Guy et ses amis. Il s'adresse à Hasib :

– Est-ce possible avec ta carriole ?

– Cela ira. Je marcherai à pied. De toute façon, j'aurais dû le faire en voyageant de nuit. Le Bosniaque répond directement à Léa. Son regard a de curieuses lueurs. « Elle le ferait passer par un trou de souris, ce gars-là, note Guy ».

– Il faudra les mettre bien évidence, fait observer Eyup, toujours aussi pratique. Cela peut faire diversion : un vieux couple accompagnant leur fils grièvement blessé. Dans ses yeux, Guy peut lire qu'il n'y croit guère : les règles humanitaires n'ont plus cours dans le Konjuh.

– Nous allons te préparer ton carrosse, mon vieux, plaisantent Marc et Mic. Ils sont tout heureux de rasséréner l'ambiance. Repose-toi, pendant ce temps-là, Ben Hur !

Comme si elle craignait que quelqu'un change d'avis, Léa donne immédiatement des ordres à Dzemila. Celle-ci sort en courant pour prévenir les deux vieux.

– Je profite de ce que Dzemila ne soit pas là pour vous dire que, sans paniquer, Léa a bien analysé la situation, commente Guy. Soyons concrets : dans trois jours, Steff sera à Nebo. Je ne sais si le doigt du ciel va enfin se décider à se poser sur Nebo et si nous trouverons ce que nous sommes venus y chercher, mais une chose est certaine : dans deux jours, nous commencerons à conditionner les habitants pour redescendre vers la vallée. Hasib, dis à Steff qu'il nous faut de quoi transporter une trentaine de personnes. Dans le pire des cas, Léa, combien d'impotents y a-t-il ?

La jeune femme ferme les yeux et réfléchit rapidement :

– Une dizaine de vieillards et autant d'enfants en bas âge, incapables d'endurer une marche de nuit.

– Merci, Léa ! Hasib, au minimum de quoi transporter ceux-là. Précise bien que nous ne partirons pas sans eux ! La voix de l'Alsacien a pris un ton rauque. Avec ses yeux de moine illuminé, son visage mal rasé, cuit de soleil, brûle d'une ferveur exacerbée.

Subreptices, des ombres dramatiques se glissent et s'entassent dans la salle. Le temps lui-même paraît sinistré.

La nuit de septembre tombe vite, pressée qu'elle est de lancer son immense filet insomniaque. Le ciel prend sa couleur de brou. Le grand allumeur de réverbères piquète un à un de petits clous brillants sur l'impalpable toile brune. La lune tarde à se lever. A moins que le satanique Milosevic n'ait encore inventé un nouvel otage dans un goulag communiste. Avec lenteur, presque avec peine, l'astre blanchâtre s'extirpe des monts serbes, se libérant des piques sapineuses en embuscade sur les hauteurs de la Drina.

– C'est maintenant, remarque Hasib. Il salue rapidement les soldats avec lesquels il a conversé une partie de l'après-midi. Mettant à profit la nuit tombante, ceux-ci l'accompagnent sur le seuil. Ils jettent un dernier adieu à leur camarade allongé.

Dehors, la carriole est avancée. Avec l'aide de Dzemila, Marc et Mic, Léa a installé le blessé sur une litière de paille. Les deux vieux sont agglutinés sur l'autre côté.

– Je lui ai fait une piqûre de morphine pour le trajet. Kasib, voici de quoi en faire une autre dans cinq à six heures, s'il souffre trop. Je t'ai montré comment faire.

– Pas de problèmes. Il faut que je parte ! J'ai une longue route. Heureusement que la route descend.

Les copains m'attendent au sud de Durdevik.

Il salue gravement Eyup, Guy et ses amis :

– Nous passons notre temps à nous quitter. Ne me faites pas revenir pour rien : soyez prudents ! Il tire l'animal de trait par la bride et s'arrête devant Léa :

– Fais attention à toi ! Tiens, un petit cadeau d'Hasib. Le Bosniaque lui tend un minuscule miroir rond. Sur ses traits bruts de fatigue flotte un sourire timide.

– Merci, Hasib. Cela va me permettre d'être un peu mieux coiffée à l'avenir. Les yeux de Léa brillent de « l'incomparable douceur argentée » nocturne qui lui redonne une féminité de jeune fille. La gorge serrée : – Fais bien attention à toi, Hasib !

Dans les ténèbres illunées disparaissent bientôt le pauvre attelage, l'homme et le baudet. Ils se tiennent par la bride. Brinquebalant sur le platelage, le vieux couple descend dans ses angoisses, tandis que le soldat serre ses mains et les dents pour échapper à l'insidieuse douleur qui monte dans son ventre. Un léger crissement rappelle de temps à autre les halètements des roues qui cherchent leur chemin. Rapidement, le vent du Konjuh impose son temps aux végétations maléfiques de la nuit...

La soupente de foin permet, une fois de plus, à Léa et Guy de goûter les blandices d'autrefois. La jeune femme paraît rajeunie, autorisant son amant à réveiller son impertinence langoureuse. Elle se libère, quand ses hanches houleuses, rythment de troublants désirs. Elle s'écroule, enfin immobile, les joues creusées, la bouche mordante, quand il déverse en elle toute l'attente des instants présents...

En dessous d'eux ruisselle la chaîne de la vache noire. Elle aussi doit rêver de vertes pâtures, de courses libres. Mais la lune blême fait chuchoter et tressaillir la gente ailée nocturne. De brefs ululements trouent l'odeur mouillée de la rivière proche. De toute sa froide rosée, le Konjuh dégoutte dans la sapinière. Parfois, dans la forêt, on entend un bref cri de mort. Quelques traces éphémères comme des pas de sang marquent le passage du trépas...

A petits pas prudents, ils sont venus. Obstinés, ils ont frappé à l'huis. Phalènes hallucinées, ils ont poussé la porte pour retrouver la lumière du foyer. Tels des gens de peu, honteux de leurs guenilles et de leur misère, ils se sont serrés dans la grande salle pour regarder les soldats manger.

Ils se sont regardés, les gueux et les soldats. Ces éclopés d'une vie qu'ils n'ont pas voulue. Ils ne se sont pas reconnus. Chacun espérait l'autre. A la poursuite d'une improbable connivence, leurs regards se sont happés espérant retrouver un visage, une voix, une silhouette...

Depuis le départ d'Hasib, Nebo semble être rentré dans l'ordre. Par petits groupes, les réfugiés de Srebrenica ont rejoint la ferme de Samir. Maintenant, ils sont là, entassés, attendant l'entremetteur, l'étincelle. Car il ne leur reste plus que l'espoir fallacieux de la révélation. Guy et ses amis ne disent rien. Ils n'osent rompre ce silence qui ne leur appartient pas.

Roide, mécanique, une petite vieille se lève. Elle brise l'attristante tension. Avec son petit châle usé, ses larges pantalons bouffants, elle expose à la chiche lumière ses rides profondes. Sa démarche feutrée, frottée, l'amène près de la table. Son pauvre regard délavé y déverse ses souvenirs et ses souffrances humblement endurés. Sa main saccadée vient se poser sur celle de l'un des hommes en uniforme. La voix de l'aïeule se glisse dans la secrète ambiance qu'elle déchire, tel le brin d'herbe qui fissure la terre asséchée. Arrimée au soir de sa vie, la vieille n'ose pas se servir des mots.

Kirill traduit à voix basse :

– Elle lui demande de quel quartier de Srebrenica, il vient... Ils ne sont pas de son quartier...

Les bribes effilochées de la confession entre la vieille et le soldat relèvent les autres ombres assises sur le sol. Bientôt, une sourde rumeur chuchote dans la salle. C'est la rencontre d'êtres qui titubent sur le fil invisible de la quatrième dimension. Avides, les femmes donnent des noms..., des lieux..., une rue... un numéro... Les mots semblent ternis. Les demandes hérétiques. Brasillante rencontre qui ne trouve pas le souffle pour s'embraser. Les lèvres sans tain hésitent. Les regards se couvrent alors de brouillard fugitif.

– Je les avais prévenus, glisse Eyup, de ne pas ajouter à la détresse des réfugiés. Sauf si, naturellement, ils avaient des renseignements précis et positifs. D'après ce que j'entends, ce n'est apparemment pas le cas. Le Bosniaque miroite un pauvre sourire :

– Mais cela doit leur faire du bien à tous de se parler... de parler de chez eux !

Maintenant, chaque soldat est entouré d'un groupe de vieux, de femmes et d'enfants. Resté à l'écart, Irfan, le semeur de vent, s'est réfugié dans une obsession que lui seul entrevoit. Le visage fermé sur cet air de vivre comme entre parenthèses. Les yeux clos pour ne plus fouiller une ombre qu'il sait être vide, le solitaire hume la rumeur de la salle. Celle-ci doit débusquer en lui d'autres souvenirs qui réunissent images et parfums de l'autrefois.

Par moments, au-delà des crissements de l'angoisse perceptible, Guy croit entendre un léger rire. Un bambin joue avec la boucle d'un ceinturon. Une femme emporte qui une veste, qui une chemise à ravauder. D'autres plus âgées retrouvent la tendresse maternelle pour servir le café, tandis que les vieux à grosse moustache partagent leur passé dans les volutes grises des Drina échangées. Ensemble, ils se promènent dans Srebrenica, un instant retrouvé...

... Parfois, au détour d'une rue, ils tombent face aux gardiens de la chiourme de Ratko Mladic. La soldatesque serbe les entasse, atterrés sur des places aux allures d'abattoir. Suivant le rite nazi, ils doivent subir auparavant le lyrisme du poète Radovan Karadjic. Le barde de Pale veut en plus les charmer vers le lieu de leur supplice : Néron n'est pas loin ! Le génocide organisé abat ses cartes : les vieux et les enfants pour l'exode. Les femmes pour la cuisse. Les hommes pour les charniers. Milosevic, en bon communiste, se délecte et parle de la paix, tandis que l'Europe et l'ONU évitent de se mouiller les pieds dans les flaques de sang de Srebrenica. Et là-haut, tout là-haut, à plus de dix mille mètres, les avions de l'OTAN font la guerre... aux nuages !

Dieu qu'elle est joyeuse la guerre en Bosnie-Herzégovine avec tous ces militaires au triste bagage de brouillard ! Dieu qu'elle est belle la guerre en Bosnie-Herzégovine avec tous ces morts aux spasmes éteints ! Dieu qu'elle est triste la guerre en Bosnie-Herzégovine avec tous ces politiques démocrates qui vivent en fantômes !..

Une angoisse dans les tripes, une nausée dans la gorge, Guy se lève brusquement. Il quitte la salle. A la vue de ces rescapés de Srebrenica qui se promènent dans leurs malheurs comme dans un immense cimetière où ils ne peuvent retrouver les tombes familiales, l'Alsacien a du mal à corseter ses émotions.

– Ils ont tous quelque chose à exorciser, laisse tomber Eyup. En compagnie de Léa, Marc et Mic, il vient de rejoindre Guy aux abords de la ferme.

– Eyup a raison, Guy, assure celle-ci. Laissons-les ensemble conjurer les drames qu'ils ont vécus. Nous ne pouvons pas leur interdire de tenter de recoudre la toile déchirée de leurs souvenirs.

– Je n'ai pas compris grand chose de ce qu'ils disaient, rétorque Guy. Mais je réalise seulement que ces chiens perdus sans collier endurent une nouvelle fois la mort de leurs morts. C'est moche !

– Ils sont des moments charnières qui abandonnent des traces ! intervient Mic. « Il Professore » poursuit : – Jamais, nous ne pourrons remettre nos pieds dans celles-ci...

– D'accord avec cette épitaphe, Mic ! l'interrompt Marc. Mais au moins nous allons aider à faire jaillir la lumière sur elles !

– Mes amis, vous vous croyez tous blindés. Eyup hausse les épaules. Et pourtant vos cuirasses sont pleines de petits trous… cela permet à la lumière d'y passer !.. c'est là votre force et votre faiblesse !

Une chagrine pluie d'automne fuit le Konjuh. L'ondée renforce l'offrande parfumée des ombellifères : le jaune maceron et la livêche opale exaltent la fragrance résineuse de la myrrhe. Tordus par le vent du soir, les sapins dessinent dans le crépuscule des arabesques inquiétantes. A Nebo, la nature est liée au souvenir. Elle s'implique dans une relation tangible au temps.

Dans la clarté oblique du Konjuh, gesticulant, Kirill dévale la prairie. La vache le suit. Haletant, il les rejoint :

– Il y a des hommes qui viennent par ici… ils sont armés… ils descendent par la forêt…

– Combien ? fait Eyup.

– Au moins dix… peut-être un peu plus. J'ai couru pour vous prévenir, s'excuse le gamin.

Tandis qu'Eyup scrute la lisière assombrie, Guy donne ses ordres :

– Marc et Mic, occupez-vous des soldats. Veillez à ce que rien ne subsiste de leur présence parmi nous. Léa avec Dzemila, fais évacuer tout le monde de la ferme… que les gens regagnent leurs maisons. Et surtout, fais-leur dire d'avoir une vie normale : que les gosses jouent, que les adultes fassent n'importe quoi, mais qu'ils fassent quelque chose !

Il se retourne vers le Bosniaque aux aguets :

– Alors ? Tu vois quelque chose ?

– Je ne distingue rien... mais c'est normal avec la pluie et l'obscurité qui tombe.

– Et toi, Kirill, où les as-tu vus ces hommes ?

Un éclair de malice dans les yeux, le blond garçonnet réplique :

– Ils ne passent pas par la prairie. Ils sont comme le renard, regardez là, le long des fermes. Ils arrivent !

L'enfant a raison. Une douzaine de silhouettes se dessinent à l'entrée du village. Silencieuses, souples, grises, elles sont de ces formes que l'œil oublie à peine les a-t-il entrevues. Elles semblent venir de nulle part pour aller n'importe où.

– C'est Ali et ses moujahidine, annonce Eyup. Il respire visiblement décontracté. Avec Guy sur ses talons, il s'avance pour accueillir les nouveaux arrivants.

Dans les fermes de Nebo, le calme semble s'être installé. Dzemila a passé le message : « Ce sont des amis ! ». A la lueur vacillante du foyer et des petites lampes, Eyup et Guy ont rassemblé leur groupe ainsi que les soldats.

– Je viens les chercher ! déclare Ali, sans ambages.

– Ils sont encore épuisés, objecte Léa.

– Il vaut mieux respirer épuisé que dormir mort, rétorque l'Iranien. Il hausse les épaules, visiblement agacé d'avoir à répondre à l'Européenne, fusse-t-elle médecin.

– Léa, je sais qu'ils n'ont pas encore récupéré, intervient Eyup. Mais pour eux le plus tôt sera le mieux. Nous ne pouvons les dissimuler indéfiniment ici.

– Les tchetniks contrôlent la route de Kladanj à Tuzla. Ceux de Trifko grenouillent dans tout le Konjuh. Il y a trois jours, vers Banovici, à vingt-cinq kilomètres d'ici, nous avons eu un accrochage avec les siens. J'ai perdu deux hommes. Trifko cherche à récupérer les soldats rescapés de Srebrenica. Il faut faire vite. Demain ou après-demain, je ne réponds plus de rien, si ce n'est qu'il y aura de la casse !

– C'est entendu, acquiesce Guy. Mangez avec nous. Cette nuit, avec la pluie, la lune ne vous embêtera pas. Vous partirez dès que vous serez prêts. Eyup, tu leur expliques cela, dit-il en désignant les soldats.

Ali paraît désarçonné par l'apparente dualité de commandement entre le Bosniaque et l'Alsacien.. Il tente de reprendre l'initiative :

– Votre liaison de la nuit dernière a eu beaucoup de réussite. Je crois que tout mouvement par la route est foutu. Vous avez une femme avec vous. Alors, fichez le camp de Nebo. C'est votre dernière chance. Avec vos renseignements et mes hommes, nous obtiendrons ce que vous cherchez... Je vous l'ai déjà proposé !

Guy est soulagé d'apprendre qu'Hasib et son chargement aient pu atteindre Durdevik. Toutefois, la vieille rancœur du camp des réfugiés à Tuzla refait surface. Décidément, les offres de l'Iranien lui paraissent toujours aussi sulfureuses. Quel intérêt peut-il avoir à leur départ ? Sa soudaine sollicitude pour Léa est une ficelle un peu trop grosse ! Il est évident que si une information importante est planquée à Nebo, Ali saurait utiliser des moyens autrement plus persuasifs pour l'obtenir. Prudent, Guy ménage l'avenir : – C'est bien ce que nous avons l'intention de faire dans quelques jours. En définitive, nous avions obtenu un mauvais renseignement. D'après ce que Steff nous a fait savoir, il a trouvé à Tuzla ce que nous cherchions à Nebo. L'Alsacien ajoute en se forçant à rire : – C'est toujours comme cela, on cherche ailleurs ce que l'on a sous la main.

– Et c'est très important ? Le ton anodin d'Ali est trahi par l'éclat noir de ses yeux.

– Oui, affirme Guy, elliptique. Des documents qui vont faire très mal.

– Vous les emporterez avec vous, naturellement ?

– Ça c'est l'affaire de Steff ! Guy dégage en touche. Il plaisante : – Nous, nous avons fait notre boulot. Nebo aura été un bien agréable Club Med !

– Et si nous regardions ensemble les itinéraires que tu vas emprunter, Ali ! intervient Eyup. Il a saisi les dérobades de Guy. Pour y mettre un terme, il déploie une carte du Konjuh sur la table.

La bête montagneuse gigote dans un immense œuf dessiné par les routes d'Olova à Tuzla. L'une pour le flanc est, l'autre pour l'ouest. La Krivaja et la Spreca en argentent les deux pôles. Convulsé, saccadé, agité de soubresauts troubles, le Konjuh est un personnage en ronde bosse, dionysiaque et barbare. La montagne bosniaque ressemble à l'une de ces femmes fatales : elle a conscience du regard des hommes qui parcourt ses flancs et s'ensevelit dans le mystère de ses vallées.

Elle connaît donc son pouvoir sur les hommes en tant que femme... en tant que montagne...

Ondulations et plissements, rochers et forêts hachent le paysage. Les défilés grandioses, les gouffres vertigineux n'appartiennent qu'aux bergers et aux aigles. Ironique, manichéen, le sommet égratigne le ciel de ses 1328 mètres. Il y mêle le songe et le réel. Hors des aiguilles du cadran, le vent du Konjuh y souffle des jets d'ombre et des flamboiements de lumière. Bestiole apeurée, Nebo palpite sur son versant occidental...

– Nous monterons sur la crête par ce sentier dans la forêt, décrète Ali. De là, nous passerons par le col au sud du Konjuh pour ensuite repiquer dans la forêt, plein nord, jusqu'à Banovici. Nous avons quelques bons points de repère et des amis qui contrôlent encore la plupart des points de passage. Dans deux jours, vos amis seront à Tuzla.

– Négatif pour le col sud, décrète Eyup. C'est trop dangereux !

– Pourquoi ? intervient Idriss. Muet jusqu'ici, l'Algérien n'a cessé de sonder les visages des protagonistes. Il a certainement saisi les hésitations imperceptibles, les cillements des yeux, les coups d'œil obliques recherchant la connivence. « Un vieux truc de terroriste et d'universitaire », râle Guy en silence. Il est furieux contre lui-même, craignant de s'être fait piégé : – « L'un agit, l'autre surveille. L'un parle, l'autre observe. »

– Le renard ne passe pas deux fois sur le même piège, rétorque Eyup. Il reste imperturbable et argumente : – Il y a trois jours, dans cette région, ces soldats sont tombés en embuscade.

– Un obus ne tombe jamais dans le trou d'un autre ! sourit Idriss – « Sinistre, ce mec ! » note Guy. Condescendant, l'Algérien poursuit : – Vois-tu, mon frère, on peut faire dire ce qu'on veut aux proverbes, comme aux chiffres !

– J'aime mieux pas, c'est tout ! assène le Bosniaque. – Peut-être as-tu l'intention d'utiliser ce col plus tard ? insinue l'Algérien, de plus en plus ironique. Comme Eyup se contente de répondre par un haussement d'épaules désinvolte, il insiste : – Je croyais que vous repartiez directement sur Tuzla sans franchir le Konjuh !

– Qui t'a dit le contraire ? Le ton d'Eyup est si professoral que l'autre se replie sur lui-même – « Un regard de murène qui se rencogne dans son trou » s'inquiète Guy. Et le Bosniaque écrase son adversaire : – Ali, tes moudjahidine ne sont pas de chez nous. Il faudra leur apprendre la différence entre intelligence et sagesse. Elle est très subtile.

Tout le monde sourit comme devant une bonne répartie. Les lèvres ne crissent pas le même sourire. Spasmodique et roide, la murène se lève et replie la carte :

– Nous ferons comme tu le veux. Après tout, c'est ton problème. Tiens, reprends ta carte. Pour nous, c'est clair !

Guy n'aime pas, mais alors pas du tout, cette dernière remarque de l'Algérien. L'ambiance de la salle est celle des mauvais compromis. Ceux où le ton est franc et courtois, autrement dit vache et plein de sous-entendus.

Discrète, Dzemila pénètre dans la ferme. Elle se penche à l'oreille de Léa. La jeune Bosniaque lui chuchote quelques mots à l'oreille. Le médecin se lève :

– Je vous quitte. Il y a un bébé qui est malade.

– Depuis quand les femmes musulmanes ne cachent plus leurs cheveux ? Même dans les villages se répand la luxure occidentale ! gronde l'Iranien. Il tance la Bosniaque, laquelle sous l'influence de Léa reprend contact avec la vie. L'homme, satisfait de sa misérable revanche, enfonce le clou : – Bientôt, toi aussi, tu porteras des pantalons !

Il vient de faire directement allusion aux jeans de Léa. Bien mal lui a pris ! Guy va pour intervenir. Mais la jeune Belge toise l'Iranien avec insolence. Sa réponse cingle :

– Tant qu'il y aura des pays où les femmes sont moins bien traités que les bourricots, il y aura des pauvres d'esprits comme vous ! Très dix-huitième siècle, elle persifle : – J'espère que nos chemins ne se croiseront plus... Je vous prête le bonsoir !

Inconsciemment sensibles à l'esprit de Molière, les deux moudjahidine ne peuvent réprimer un geste de colère froide :

– Eyup, j'espère que, lorsque nous aurons gagné, ton pays saura remettre de l'ordre dans toute cette dégradation morale, laisse tomber Ali.

– Tu ne trouves pas que les gens d'ici ont assez souffert comme cela ? Marc est glacial.

– Une république islamique au cœur de l'Europe

décadente rendra celle-ci plus vertueuse ! professe l'Iranien. Regardez tous ces massacres qu'elle laisse perpétrer au nom de ses intérêts matériels. Vous, les Occidentaux, vous êtes dans la situation de l'Inde avec ses vaches sacrées et ses brahmanes. Au nom de votre morale, vous ne savez parler que de vos privilèges... Les droits des autres ne vous intéressent pas !

– Ali, ne t'enflamme pas de trop, intervient, sentencieux, Eyup. Les églises comme les mosquées sont l'âme d'un peuple. Et la Bosnie-Herzégovine était autrefois, il n'y a pas si longtemps, terre de tolérance entre les religions, les cultures et les hommes. Tout gosse, j'ai été bercé par l'appel du muezzin, mêlé au son des cloches catholiques et orthodoxes... un vrai miel déversé par le ciel. Vois-tu, tant que nous bâtirons sur cette coexistence, mon pays existera, sinon...

– Sinon ? l'interrompt l'Algérien, visiblement outré par le propos.

– Sinon, nous ne serons plus qu'un misérable petit émirat européen, sans pétrole..., livré à l'appétit de nos deux voisins : Milosevic et Tudjman ont déjà de grands projets pour nous !

– Ou le point de départ de la jihad purificatrice de cette Europe dégénérée, lance Idriss, incantatoire. Déciviliser pour revenir à des valeurs plus pures !

– Bravo ! Bravo ! ne peut s'empêcher de railler Guy. Et nous voilà repartis pour un tour !.. encore des massacres en perspective au nom de la religion ! Vous camouflez votre intégrisme religieux sous de fallacieux oripeaux de liberté. Mais votre islamisme, grand copain du capitalisme et du socialisme – mimique horrifiée des deux moudjahidine ! – n'a pour but, tout comme eux, que l'uniformisation d'une société abêtie.

– Tous oublient que l'homme est avant tout unique et divers ! Mic conclut, un pétillement d'excitation intellectuelle dans le regard. « Il Professore » s'imagine, un instant, devant un parterre d'étudiants florentins.

Le débat aiguise les dagues. Les fourreaux se dégarnissent de leur lame. Les alliés de circonstance se cherchent et s'esquivent. A l'instar des villes-martyres bosniaques, sans cérémonie, ni larmes, ils creusent déjà quelques fosses d'avance..., des cimetières en attente ! Seul Eyup paraît las du débat en cours. Sa voix cassée semble cacher de lourds secrets. Étrange chute dans une tristesse indicible :

– Moi, le Bosniaque, celui à qui personne ne demande son avis, je ne sais plus ce que tous vos grands mots veulent dire : liberté, démocratie, religion. Vous les employez en nous laissant crever : avez-vous entendu parler des camps de concentration serbes où les soldats viennent prendre du bon temps, cet enfer des femmes bosniaques ? Dans les pays arabes, les femmes n'ont pas le droit à la parole. Et en Occident, elles servent aux couvertures de magazines... Connaissez-vous le camp de Manjaca, celui où les seuls mots de pain et d'eau sont synonymes de vie ou de mort ? Moi, j'ai fait partie de ces squelettes qui avaient pénétré « dans le second royaume de la mort »... Les anges de la mort habitent toujours les cachots du funeste camp de Doboj. Mes amis ont sombré dans ces ténèbres infinis... Regardez donc autour de vous : vos pauvres mots ne recouvrent bien que des égoïsmes et des calculs. Ce que je désire pour l'avenir, ce ne sont pas vos libertés, démocraties et religions, mais, tout simplement... la vie au quotidien... pouvoir vivre, à mon gré, comme un chien si je le veux..., si je le peux ! Que Dieu et Allah ensemble, si possible, nous laissent survivre en paix... à défaut de vivre !

La petite troupe s'enfonce dans la nuit. A la chaleur des adieux s'opposa la froideur calculée du salut entre les moudjahidine et Guy, entouré de ses amis. Léa n'était pas de retour. Personne ne fut dupe de son absence.

– Prévenez-nous de votre départ, insista Ali. Comme convenu, nous vous escorterons.

– Je te préviendrai, Ali, répliqua Eyup. J'aurai mes gars avec moi, mais je compte sur toi. Anodin, il laissa tomber :

– Enfin, par la route, Tuzla n'est pas trop loin !

Dans la nuit, la blancheur des sourires s'échangea. Carnassière, inquiétante. Le poison de l'au-revoir feint d'ignorer l'amertume rentrée. Tous font mine d'accepter le silence usé pour faire comme si...

Engloutis par les ténèbres ruisselantes, Ali et les siens ont disparu. La pluie taraude un silence de planète inhabitée. Le Konjuh invisible pulse sa présence épaisse. En ses flancs tourmentés un pandémonium surréaliste réveille des ombres étranges, inquiétantes...

TROISIÈME PARTIE
LE KONJUH

Chapitre VII

Un ballet criard de corneilles strie l'horizon, tandis qu'un couple de pies en habit jacassent leur dialogue noir et blanc. Le soleil de septembre se démène pour s'extraire des sales nuages. Jaloux, ceux-ci s'imaginent piailler par imitation. Ils ne sont pas les seuls.

Une théorie sanglante de mélampyres monte la garde au pied du rocher-boîte à lettres : ils dressent leurs altiers chandeliers de clochettes muettes. En bordure de la forêt, la bruyère entretient un aparté rose baiser avec la vipérine plus bleue que de raison. Des rondes enfiévrées de belles dames, aux ailes gazées de marqueterie chocolat et crème, butinent les érections des potentilles. Celles-ci allument leurs fleurs-papillons d'or sur la longue prairie.

– Nous l'appelons la rose du Triglav. C'est Eyup qui répond à la mimique admirative de Léa devant les fleurs en rosette jaune.

– Mais ce n'est pas ici, Triglav ?

– Diable, voilà une jeune femme calée en géographie ! s'amuse le Bosniaque. Triglav est le nom d'un parc national en Slovénie. Mais heureusement pour elles, les plantes n'ont pas de patrie. Elles ont déjà le poids du ciel, c'est bien suffisant. Si j'étais lyrique, Léa, je te dirais que nous avons également adopté le lys de Carniole pour notre emblème.

– C'est difficile d'être Bosniaque ?

Au détour de la disgression floricole, laquelle témoigne de la désespérance de l'homme à s'accrocher à des racines fuyantes, l'intuition de la jeune Belge l'a conduite à deviner la terrible mouvance de ce petit peuple ballotté par l'Histoire. Les diplomates, affamés d'idées simplificatrices, tracent des lignes droites. Ces arêtes tranchent des sandjaks et des voïvodats avec le même rire sardonique qui lui font dépecer les villages, diviser les fermes et séparer les lits.

Les vagues successives de l'Histoire ont balayé ce pays démonté : qu'importe l'hellénique, la romaine, la bulgare, l'ottomane, la hongroise..., Vienne et Bysance seront noyés dans le même ketchup réducteur. L'ubuesque Europe n'a toujours pas compris les cicatrices de l'histoire de la Bosnie et Herzégovine : personne ne pourra départager la nationalité de ces habitants. On inventa pour eux la nation des Musulmans, oubliant déjà que seuls certains d'entre eux étaient musulmans pour leur religion.

Nous sommes en train de manquer l'occasion unique d'un Islam européen, dépoussiéré. Une religion moderne, balancier apaisant et indispensable à une civilisation judéo-chrétienne en proie à ses doutes et aux fausses valeurs. La purification ethnique organisée par les communistes de Milosevic, conduite par les tchetniks de Karadjic, soutenue par l'Islam obscurantiste, « régularisée » par l'Occident, est en train d'installer la poudrière de la future jihad. Il est vrai qu'on ne refait pas l'Histoire ! Le corridor de Dantzig et l'occupation de la Ruhr ne furent que des bavures qui ne coûtèrent que... quelques millions de morts ! Certains prétendent qu'on ne refait pas l'Histoire ? C'est pour cela qu'intuitivement, ce sont ceux-là même qui organisent à l'avance les futures commémorations des massacres dont ils raboutent les éléments...

– Tu poses une question qui est un véritable gouffre, hasarde Eyup. Et puis, tu t'échappes de je ne sais quel rêve... peut-être connais-tu déjà le tragique de nos jours et de nos nuits ?... Le Bosniaque cligne des yeux au regard lumineux de son interlocutrice :

– Au cours de mes pérégrinations, j'ai lu un livre de Heinrich Boll : « La littérature des ruines ». Je réalise seulement maintenant combien ces pages, lesquelles, à l'époque, m'avaient semblé curieuses, presque anecdotiques, trouvent ici la vérité de la bêtise et de la détresse humaine... On tue pour faire la paix... On fait la paix pour mieux tuer !.. Et ce qui est véritablement criminel est que tous ensemble nous détruisons les rêves de nos enfants avec nos problèmes à la con ! Léa, regarde de quelle façon Kirill s'accroche à Sundgau !

– Un petit écureuil étonné ! s'attendrit la jeune femme.

– Il voit le monde du haut de ses treize ans, réplique Eyup... Ton ami souffre d'une absence... lui, aussi, s'accroche à Kirill. Tous ont les genoux et le cœur écorchés. Mais, Sundgau devrait savoir qu'en Bosnie-Herzégovine, il n'y a rien de plus terrible que d'être un enfant ! Or – Eyup hésite comme devant une énormité –, un enfant a toujours deux pères : le biologique et l'électif ! En général, il s'agit de la même personne. Parfois, dans des circonstances extraordinaires, ce sont deux personnages différents... Kirill a perdu ses parents... Moi, je ne suis que son oncle, son « amidza » ainsi qu'il m'appelle affectueusement – il traduit le familier « tonton » – Et, lui c'est un enfant qui ne sait pas vieillir. Il prend de l'âge sans...

– Tu veux dire que... ? s'interrompt Léa, interrogative.

– Eh, oui Léa, tu as parfaitement saisi, lui répond l'homme. Le visage douloureux, il poursuit : – En bricolant sa nouvelle vie auprès de vous, en installant Sundgau au milieu de ces pauvres trésors que tout enfant cache au fond de lui, Kirill tente de comprendre le nouveau monde qui l'entoure. L'affection qu'il porte à ton ami le protège de l'énorme violence d'aujourd'hui... Léa, je ne voudrais pas que Kirill souffre encore plus !

– Je te comprends, Eyup. Mais, même si cela peut te paraître invraisemblable, je crains que nous n'ayons un problème identique avec Guy...

– A la différence que Kirill est un gosse !.. Tels certains animaux en voie de disparition, il ignore qu'avec ses treize ans, il est déjà... une sorte de survivant !

– Tous deux sont en chemin !

–... le jeu, la guerre...

–... un enfant, un adulte...

–... la vie, la mort ! conclut, brutal, Eyup.

Les deux protagonistes s'arrêtent épuisés. Effrayés qu'ils sont par la vision entrevue derrière la porte entrouverte...

Le ciel est devenu jaune. Une torpeur ocre s'abat sur la forêt. Le Konjuh embrumé de chaleur automnale semble être un énorme Bouddha invoquant un typhon. Une procession fluide, d'un blanc sale, glisse des nuages informes qui s'accrochent au soleil. Le versant forestier et buissonnant dévale vers l'est, déclinant toute sa gamme des bruns mordorés gorgés de lumière et d'ombre. Encombré d'arbres centenaires et de rochers millénaires, il ondule à perte de vue ses gorges profondes, ses pics déchiquetés. Le regard navigue vers l'horizon dégagé en pointillé.

Narines au vent, les yeux mi-clos, Léa et Eyup captent le Konjuh. Ils sont heureux de le découvrir de loin, plus apaisant que l'ascension harassante qu'ils viennent d'effectuer au cours de leur aparté.

– Jusqu'ici, je croyais qu'il n'y avait qu'un seul endroit au monde où l'on entendait le mieux la plainte du vent, sourit doucement la jeune Belge. C'était entre les dents d'orme et de charme des moulins flamands. A Nebo, je me sens dilatée. Le vent de cette montagne me chante un monde que je ne connaissais pas. Chez moi, je fonce, frénétique, à la poursuite du lendemain. Ici, c'est la tentation permanente du présent !

– Et pourtant, autrefois, le futur rôdait dans ces paysages... Ma vie fut très aventureuse. J'ai pas mal bourlingué. Cependant, mon regard a toujours recherché le Konjuh, marmonne Eyup. L'homme est comme fasciné par la puissance assise du massif dinarique : la tache sombre des sapinières, les rochers métal rouillé et les falaises explosées telles des bles-

sures sanglantes aux blanches cicatrices. Le Bosniaque poursuit, comme s'il parlait pour lui seul :
– Je n'ai jamais vu tant d'espace. Avec sa tête, la montagne creuse un trou dans le ciel... jusqu'au néant. C'est de ce trou que le vent souffle sur nous... il n'y a plus de forêts, de rivières, mais seulement ce vent qui vient de partout, ce vent qui pénètre dans nos corps.

– Tu aimes le vent, Eyup !

– J'aime entendre son chant lorsqu'il se glisse hors de la montagne : c'est une voix de femme qui sort d'un ventre de femme... en réalité, cette voix est un chœur qui chante *a capella* ou hurle sa colère. Eyup contemple Léa avec un demi-sourire :

– J'ai souvent tenté d'y mêler ma faible voix. Ce fut toujours un échec : je n'ai jamais réussi à prendre la note...

– Ne penses-tu pas plutôt que c'est ce chœur qui refuse de te répondre, intervient Guy. Il vient de les rejoindre. Léa et Eyup le regardent avec une curiosité non feinte. Il est entré dans leur conversation et s'est installé d'emblée à leur niveau. Imperturbable, l'Alsacien poursuit : – C'est le cas de toutes les forces naturelles... elles rappellent à l'homme qu'elles lui sont supérieures.

– Ami, toi qui parles ainsi, tu comprends alors l'agonie gourmande de mon pays ! s'exclame le Bosniaque. C'était un pays doux à vivre... il est dévasté ! Nous y cultivions l'olivier, le maïs et le figuier... ils le couvrent d'obus, de balles et de mines ! Nous y faisions la fête... ils ont planté des charniers !

Nos enfants y naissaient... ils les assassinent ! Nos jeunes filles y chantaient... ils les violent ! Et pour mieux étouffer nos cris, le monde tente de nous tirer un drap sur la tête !.. Chacun d'entre nous a son Konjuh, pour ne pas mourir complètement ! Maintenant, le Bosniaque se tourne vers la montagne impavide pour égrener sa litanie :

– Je sais que mes mains sont trouées et sales. Mais, parvenu aux limites de mon horizon, mes oreilles veulent encore entendre le chant des oiseaux. Mes yeux veulent encore voir un arc-en-ciel sur le Konjuh... fusse-t-il faux, comme retrempé au délire de la déraison !.. Après... Inch Allah !

Psalmodiés dans un chant, plus que dans le désespoir, les mots du Bosniaque tracent des ombres fugitives dans l'air attentif. Ils se gonflent tels des voiles au vent de la montagne. Peut-être qu'en cet instant fugitif, unique, la voix de l'homme domine enfin le vent et lui donne sa note...

– Un homme est grand lorsque, comme toi, il aime, soupire Léa.

– Nous sommes tous des personnages qui dérapent... probablement parce que nous avons perdu ou que nous risquons de perdre quelque chose d'essentiel, hasarde Guy. Le « Après... Inch Allah ! » d'Eyup le fascine. A toutes forces, il cherche à s'extraire de cet envoûtement teinté de tourments et de révolte que la mort exerce sur lui. Instinctivement, il songe au bogomile figé dans sa pierre funéraire.

– Kirill t'a conduit à la source, lui rappelle Eyup. A croire qu'il le suit dans ses cheminements.

– Oui..., oui, bafouille l'Alsacien. Il est pris au dépourvu, avide de la suite qu'il espère et pressent. Il ajoute pour se donner une certaine assurance :

– C'est un endroit de repos.

– Dans ce cas, Kirill t'a sûrement montrer la stèle du bogomile ?

– C'est exact... bien que ses explications fussent vagues. J'ai cru comprendre qu'il s'agissait d'une tombe ancienne. Kirill m'a dit que tu pourrais me donner des détails.

Le Bosniaque a repris une attitude pleine de calme, mais aussi d'amicale ironie :

– Partout et toujours, il y a une angoisse à exorciser. La Bosnie est une éternelle marelle déguisée en champ de bataille. Les assassins, les soldats, les politiques y jouent à cloche-pied, mais personne ne respecte les règles du jeu... Sundgau, un jour, tu m'as bien dit que tu étais protestant ?

Affirmatif, mais interloqué, l'Alsacien incline la tête. Il est impatient, curieux d'attendre la suite. A ses côtés, Léa est tout aussi attentive.

– Dans ce cas, toi et moi sommes de la même religion, sourit largement Eyup.

– Ça, je m'en doutais. Nous avons un ancêtre barbu, Abraham...

– Oh ! je ne pensais pas réveiller ce patriarche. Je ne remontais pas si loin, rigole son interlocuteur. Pour aller en Espagne, je suis passé par la région des Cathares. Savez-vous que dans cette région, il y a quelque chose des paysages du Konjuh. Ces persécutés s'insurgeaient déjà contre le pouvoir et les richesses de l'Église... C'étaient des Protestants avant la lettre, non ?

– Pour l'essentiel, c'est à peu près cela, concède Guy. Et alors ?...

– La Drina qui sépare la Bosnie et la Serbie représentait autrefois la frontière entre les Églises catholique et orthodoxe. Ces deux Églises, voyez-vous, ne purent admettre l'existence de l'Église bosniaque des bogomiles, cette religion qui se réclamait de la simplicité et de l'intemporel, un heureux mélange de doctrines de la Bible et de celle du Perse Zoroastre. Nos bogomiles se considéraient comme purs, puisqu'ils refusaient toute collaboration avec la matière. Ils étaient en quelque sorte les ancêtres de vos Cathares languedociens. Déclarés hérétiques par les uns et les autres, les bogomiles n'ont trouvé leur salut que dans la conversion en l'Islam. C'est ainsi que l'intolérance des Églises chrétiennes a donné naissance à une enclave musulmane au cœur de l'Europe... De leur existence sur cette terre déjà ensanglantée, ils ne nous ont laissé que ces stečcis funéraires... Te rappelles-tu bien la main grande ouverte du bogomile, Sundgau ?

– Très bien, répond Guy. Il revoit Kirill grave devant l'étrange figurine sculptée. Il ne peut oublier la forte symbolique de l'évocation magique.

– Ce geste est un avertissement solennel !... Et voilà comment sans remonter jusqu'à Abraham, toi et moi, nous sommes du même bord ! Les bogomiles, ces amis de Dieu – car telle est la traduction de ce mot d'origine bulgare, précise-t-il – professaient une doctrine simple du bien et du mal. Cela dérangeait beaucoup de gens... et ces simples valeurs dérangent encore bien de bons esprits de notre temps, dressés qu'ils sont à calculer. Eyup réfléchit un instant avant de lâcher : – Dire que l'Europe risque, une fois de plus, de nous rejeter dans un monde enfermé !

– Ah ! avoir la possibilité magique de gommer l'inhumain qui est en nous, ricane Guy. Le ton est amer.

– Notre monde est fou... surenchérit Léa, un sourire de dérision aux lèvres.

– Tu veux dire qu'il est surtout... flou ! corrige Guy.

– Il nous suffit peut-être de songer, ne serait-ce que quelques instants, au stečak du bogomile pour reprendre confiance en l'avenir, reprend Eyup. Voilà pourquoi, tout comme Kirill, j'aime aller écouter la source. J'y fais exploser l'épaisseur du doute en me disant qu'un jour quelqu'un aussi prononcera mon nom... et ce quelqu'un pensera donc à moi, un court moment... j'espère seulement qu'alors il ne sera pas triste... Je l'entends répondre à ceux qui l'appellent : « J'arrive. Ce n'est rien. Je pense à quelque chose. » Et moi, dans cette infime fraction du temps à venir, j'aurai vécu une chaude éternité !

Léa et Guy ne répondent pas. D'ailleurs, il n'y a rien à répondre. Ils respectent ce monologue de phrases étroites. Elles plongent dans le secret du Bosniaque. Elles en sortent éclaboussées de tendresse. Parce qu'elles ramènent au jour de son quotidien tourmenté des éclats de nuit intime... Avides de fraîcheur, Léa et Guy s'abreuvent et s'imprègnent des rêves d'Eyup en plans tremblés...

Celui-ci est le premier à se ressaisir. Il cherche à combler le silence qui s'est appesanti entre eux :

– Dieu, Javé ou Allah sont momentanément aux abonnés absents... Eux aussi sont en grève ! Ils sont devenus ces fonctionnaires d'un service public qui oublient l'humanité qui est souffrante !... Heureusement dans ce monde vise de sens, ils nous ont laissé l'amitié et la solidarité. Avec ses ingrédients, je pense que nous devrions tout de même nous en sortir. En tout cas, je suis heureux de vous connaître, vous deux et vos compagnons.

– Nous sommes amis, Eyup ! N'est-ce pas suffisant entre nous, rétorque Guy. Il lui tend la main, plus ému qu'il ne veut le laisser paraître.

– Oui..., nous sommes amis ! Et le Bosniaque de prendre dans chacune de ses mains celle de Léa et de Guy pour former une chaîne. Impressionnée, la jeune femme s'empresse de la fermer en saisissant à son tour la main libre de son compagnon...

La saison des amours est passée... Sur un rocher de granit bleu, renaît la saison des amours à la rencontre de deux bouvreuils pivoines. Ils se sont reconnus : elle, frénétique, hoche sa noire calotte. Lui, avantageux, gonfle sa rouge poitrine. Ils se sont plus : leur doux sifflement est flûte. Ils se sont bécotés : ils croisent, entrecroisent et décroisent les caresses de leur bec lourd.

Dans l'après-midi automnal, le Konjuh se parfume. Parce qu'il charge l'air de la moiteur de son ventre forestier, l'attente a déjà l'air d'un départ... même pour les bêtes, la saison des amours ne repasse pas les plats...

– Il y a Kirill et Marc qui nous font signe ! signale Eyup. La chaîne des mains se rompt au ralenti. Détachées, les mains unies ont su trouver les chemins mystérieux qui mènent à l'autre. Le Bosniaque remet l'ouvrage sur l'établi : – Au fait, avez-vous progressé de votre côté ?

– Absolument rien pour moi ! reconnaît l'Alsacien. Ainsi que je vous l'avais annoncé, j'ai décidé de faire savoir que nous quittions Nebo dans trois jours. D'une part, c'est d'accord avec Steff. D'autre part, j'espère une réaction des réfugiés...

– Si réaction, il doit y avoir, l'interrompt Léa. Ainsi que tu me l'as recommandé, et sous le fallacieux prétexte d'hygiène, j'ai fait mettre au grand jour toutes leurs pauvres affaires. Je n'ai pas aimé cela. Je sais qu'ils l'ont remarqué. En attendant, je persiste à penser que Dzemila est la seule qui pourrait avoir à nous révéler quelque chose. J'ai entrepris de la presser de questions, en lui proposant une sorte de thérapie psychologique à son cas. Hier au soir, elle a commencé à me raconter sa triste histoire : son mari s'est enfui avec d'autres soldats. Dans son exode forcé, elle a dû abandonner son père impotent. Les tchetniks de l'immonde Mladic l'ont décapité devant elle et sa mère. Celle-ci en a perdu quasiment la raison. Elle est à demi-folle. Comble de l'horreur, elle a retrouvé sa petite sœur de neuf ans morte dans une bétonneuse. A Srebrenica, il y avait longtemps que l'on ne faisait plus de béton et qu'il n'y avait plus d'électricité. Les assassins avaient tourné la bétonneuse à la main !.. Et je passe sur les détails qui sont monnaie courante chez les communistes et les nazis ! Les Serbes de Milosevic et Karadjic ont apparemment de grands penseurs et d'excellents modèles...

Les deux hommes laissent le vent ribouler entre eux. Ils espèrent naïvement qu'il entraînera les images évoquées.

– En dehors de ses déclarations, as-tu pu entendre quelqu'un d'autre ? hasarde Guy.

– Très sincèrement, je ne vois pas, répond la jeune Belge. Elle se mord les lèvres de nervosité rentrée. La plupart de ces gens ne se connaissaient même pas avant de se retrouver à Nebo. Mais pourquoi se sont-ils réfugiés dans ce patelin ?

– Sur la route de l'exode de Srebrenica, ils ont fui les Serbes, mais aussi la FORPRONU en qui ils ont vu des traîtres, explique Eyup. Il y a des choses qu'ils ne pourront jamais oublier. Il y a des taches qui sont indétachables... surtout sur des drapeaux ! Ces réfugiés ont donc voulu éviter les camps de Tuzla, tenus par l'ONU... une fois suffit ! ils ont préféré s'écarter de la route pour y trouver refuge dans la solitude de Nebo.... Et le message qui nous a été transmis était clair : quelqu'un ici possède une preuve irréfutable des massacres à Srebrenica... impossible de remonter à la source, fait le Bosniaque, devançant ainsi la question sur les lèvres de Guy. Il poursuit son explication : – Nous l'avons fait parvenir à votre organisation, avec laquelle nous avons déjà travaillé... La personne en possession de cette preuve ne veut la remettre ni à nous, au prétexte que nous manquerions de crédibilité, ni à l'ONU, dont le triste rôle en la matière n'est plus à démontrer. Nous avons un problème simple et complexe à la fois à résoudre !

– Autrement dit, nous en sommes toujours au point de départ, constate Guy. Avons-nous songé qu'il pourrait être concevable que cette personne ait quitté Nebo entre-temps ?

– J'y avais pensé, c'est impossible. J'ai fait mon enquête : n'oubliez pas que Nebo est un peu mon village et que mes cousins Samir et Meliha y habitent. Depuis six semaines, pas un des habitants ou réfugiés n'a bougé d'ici ! J'en suis absolument certain. Ils sont comme des animaux traqués, persuadés qu'au creux du Konjuh ils sont à l'abri de tout et de tous.

Les trois amis descendent le sentier pierreux vers Nebo. Les masures campagnardes, campées de guingois, se penchent les unes sur les autres. Telles de vieilles commères du village, elles doivent se confier de lourds secrets... Autrefois, elles avaient dû être coquettes... autrefois...

– Tiens, voilà notre semeur de vent ! Il doit être fatigué, plaisante l'Alsacien.

Le vieux solitaire est immobile sur le talus de son champ mille fois ensemencé. Il ne les regarde pas venir. Son regard les traverse, pensif, comme venant d'autre part pour aller autre part. Une façon de voir. Son corps oscille aux souffles de la montagne. Il répond aux lois d'une gravitation figée.

Alors qu'ils vont le croiser pour rejoindre Kirill et Marc, ils surprennent l'œil du solitaire : la rougeur du couchant sur le Konjuh ensanglante l'iris délavé. La pupille noire est emplie d'une sorte d'effroi. La bouche ouverte exhale un mauvais cri plaintif. Le vieil homme côtoie l'abîme des morts. Dans l'air bleui, un hibou hulule son cri spasmodique. Le volatile nocturne doit s'imaginer avoir rencontré un congénère, tant le semeur de vent ressemble à un vieil oiseau déplumé avec sa tête acérée reposant sur la collerette blanche du pansement du cou.

– Holà ! Irfan ! l'interpelle Eyup.

Le solitaire ne sursaute pas. Il ramène son regard sur les trois amis, le focalise sur Guy. Avec un sourire esquissé, il glisse :

– Tišina ! Tišina !

– Tišina ! Silence ! Voilà bien notre problème, grommelle Eyup. Il se reprend : – Ils ne savent plus ce qu'ils font et ce qu'il faut faire. Ils ne savent même plus où ils sont ! Et pourtant, j'ai confiance dans ces petites gens... Voici notre Bosnie ! Il tend le bras en direction d'un enclos :

– Ne vous méprenez pas, c'était un jardin... Les gens d'ici l'appellent le jardin-tombeau !

Les murets de pierres sèches sont couleur d'eau bleuie au soleil levant. Elles dessinent le parcours initiatique du montagnard qui les a ramassées. Jardinet misérable : il se voudrait jardin suspendu de Babylone. Pitoyable enclosure bosniaque qui ne sera jamais ruine inca de Machu Picchu.

Abandonnée au doute, délaissée au silence, la mauvaise terre recroquevillée arbore et mêle quelques trognons de choux étiques à des fleurs incertaines et des fruits vénéneux. Assiégé, pillé et profané par le vent du Konjuh, le jardin a recueilli toutes les semences de la forêt pour les épouser dans son ombre. Des oiseaux picorent parmi des cadavres d'oiseaux... Des insectes cuirassés et caparaçonnés escaladent d'autres insectes desséchés... Une grenouille coasse, lamentable, dans ce monceau d'écorchés et d'entrailles. Parfois, désarmant et cocasse, un rai de soleil s'égare pour un rituel d'autrefois. Sa lumière immobile arrête le temps sur ce jardin-tombeau. Elle extrait de l'ombre d'un muret écroulé un sublime bouquet d'acanthe et un magot d'iris aux pétales de flammes dorées. Subreptices, des morelles douce-amère becquettent l'ombre aubergine de leurs corolles-becs d'oiseaux lilas vif : la Brinvilliers des jardins fait miroiter ses grappes de fruits cramoisis.

Le doute et un calme trompeur s'insinuent dans les traces fantômes d'un dédale de sentiers incertains... Là-haut, dans le ciel, orbite un rapace. Un simple trait noir sur la peinture céleste. Déjà une blessure... Son cri aigre se perd dans les replis de sa mémoire fugitive. A la recherche du souvenir, de l'oubli. Son vol étire le temps comme le thyrse de Baudelaire enroule le « mystique fandango autour du bâton ». L'emboîtement des cieux se borde de la lumière moirée du soir...

En dépit de son âpreté, de l'angoisse qui le trouble, peut-être à cause d'elles, le jardin-tombeau éveille chez l'Alsacien les chuchotements et les tressaillements de l'espace sundgauvien. Furtif, il s'assied dans sa petite Camargue rhénane. Dans sa tête bruissent les pas qui ne sont pas menteurs. Ceux qui mènent aux joncs mouillés du marais, à l'eau engourdie qui rêve entre les saules confidentiels...

– Dites donc ! Il vous en faut du temps ! rouspète Marc.

– Qu'y a-t-il de si pressé ? demande Léa.

– Ce soir, c'est la fête, s'exclame Kirill. Les yeux ardents du gamin témoignent de son excitation.

– Quelle fête ? Qui fait la fête ? questionne Eyup. Il est tout aussi intrigué.

– Tous les habitants de Nebo ! répond Marc. Mais, je n'ai pas bien compris leur raison...

– C'est pour toi, Guy ! Toi et tous tes amis ! l'interrompt Kirill. Ils veulent vous dire merci avant votre départ... Tu as bien dit que nous partions dans trois jours ?

Le ton anodin de l'enfant dissimule mal son regard brouillé. Le « nous » résonne comme sourd appel, telle la senteur entêtante de l'automne à la veille de la froidure. Attiré par l'autre rêve de ce monde hérissé de faux-semblants, de fanfreluches tarabiscotées agitées par les politiciens en mal de publicité, Kirill a entrevu un autre univers, mystérieux et troublant... parfois, et de plus en plus souvent, il ne sait plus où aller... Alors, « tu as bien dit que nous partions ? »...

– C'est bien vrai, Kirill. Nous partons bientôt. Guy se sent lâche et bouleversé : – Tous, nous partons ! L'homme a trop souvent serré les dents. Assassiné ses illusions. Il le sait. Maintenant, une petite lueur s'allume en lui. Il faudra qu'il en parle à Steff. Après tout, l'Alsace a retrouvé son sens de l'accueil en recevant dans ses foyers de nombreux petits Bosniaques. L'obsession de la présence paternelle effacée scintille. De son cœur endormi émane une clameur primitive : – Allons, gamin, viens me montrer un peu ce qui se prépare !

L'homme prend affectueusement le blond garçonnet par le cou et l'entraîne en direction des fermes. Dans sa poche, il croise l'index et le majeur. Un rite oublié, instauré avec son fils, pour conjurer le mauvais sort. Il y a si longtemps qu'il n'a plus joué à ce jeu. Brutal, le souvenir d'une embardée dans la neige du Markstein remonte à la surface, tout comme ces spasmes sourds qui rappellent au sidéen la maladie qui le ronge. Peut-être que l'odeur mouillée des iris du jardin-tombeau réveille en lui celle des sapins enneigés. Peut-être aussi que la chamade qui bouscule son cœur résonne tel le tambour annonçant la fin d'une enfance... Faire de l'air tremblant jaillir une évasion...

– C'est cela, nous allons leur donner un coup de main ! surenchérit Léa, la voix joyeuse.

Le ton insolite de Guy l'a révélé dans une course poursuite dont elle se demande s'il en sortira indemne... d'affection ! Le grandiose s'enracine dans le dérisoire...

Difformes, des nuages blancs et gris courent sur la soie du ciel nocturne. La lune bataille ferme pour arborer sa païenne plénitude rousse. A l'horizon tout proche, le Konjuh desserre ses mains noueuses, pleines de racines, pour feutrer les sous-bois de mortes feuilles. Au creux de noirs halliers de cistes et de myrtes, les fûts résineux, drapés de mousses grises, envient la rivière. Le flot montagnard s'argente d'éclats de mica dérobés aux étoiles.

Les habitants de Nebo se sont rassemblés en cercle. Un feu rougeoie au centre. Gueux et misérables, ils ont tous fait l'effort de fête. La vieille casquette a été brossée. Le gilet de l'aïeul ravaudé. Les chemises sont immaculées. Un fichu délavé pour dissimuler les gris cheveux. Un ruban de couleur pour souligner la taille. Un semblant de brillance et d'excitation illumine les yeux fatigués. Et cette ivresse légère du sourire de chacun, gage qu'il va pouvoir enfin échapper à lui-même, ne fusse que pour l'illusion.

La pauvreté de la grange ouverte sur le Konjuh a pris le ciel pour plafond sur piqueté de cristaux étincelants. On s'assied à même la terre battue ou sur de vieilles couvertures. Et on entre sans transition dans le mirage d'un sanctuaire noyé d'offrandes forestières. La grange se fait lyrique sous les feuillages dorés des hêtres et des châtaigniers, dans les ramilles des sapins dépecés, au travers des longs épis de fleurs roses de l'épilobe du maquis. Des guirlandes de saxifrages rouges et de grandes berces sont les premiers trophées d'un conte illuné. La poussière a été bousculée, l'araignée et sa toile déplacées, la paille et ses bottes lustrées. Les outils et la carriole sont devenus autant de foisonnantes sculptures de la mémoire. La connivence de la ténèbre, du silence et de l'illusion est au rendez-vous... Le diapason de la nuit vibre... Les âmes deviennent poreuses...

Pour un peu, Guy pourrait imaginer une scène familière du peintre-paysan Generalic. Depuis sa clôture, la vache noire considère avec étonnement le spectacle. Seule, la volaille, apparemment écœurée, cligne des yeux pour désapprouver ce remue-ménage. Vision intimiste d'une misérable scène de vie campagnarde. Elle s'illumine de la délicate naïveté d'un surréalisme hlébéniste.

Dans une rafale d'applaudissements nourris, Dzemila se présente suivie de plusieurs autres jeunes femmes. Elles portent de lourds plateaux sur lesquels sont entassés de petits pâtés odorants. Ce sont des feuilles de chou fourrées de viande hachée et de riz. Hésitantes, puis déliées, les mains dépècent à la fois la sarma et l'être collectif souffrant que les habitants de Nebo sont devenus. Ce soir monte en chacun d'eux une vague déferlante de défoulement sauvage, telle l'eau qui s'enfle, décidée à faire exploser le triste barrage de béton qui l'emprisonne.

Un brouhaha court sous les poutres. Installé entre Léa et Guy, Kirill est volubile. Maître d'hôtel qui se veut convaincant, il explique avec force détails – certains sont si surprenants que l'Alsacien soupçonne son petit compagnon d'enjoliver la sarma de senteurs et couleurs d'autrefois !

Guy reçoit une amicale tape d'Eyup. D'un coup de menton dégoulinant de viande, le Bosniaque lui désigne Marc. Le Badois est en grande discussion avec deux aïeux au sourire édenté. Quelques mots de serbo-croate, quelques mots d'allemand. Un jargon de mots incompréhensibles, inventés, sortis de la fraternité, leur donne des mimiques de philosophe de village.

Un peu plus loin, Mic pallie sa déficience linguistique par une gesticulation théâtrale. Sa faconde latine fait merveille lorsqu'il clame : « Tutte le donne sono belle ! L'importante è renderle belle ! » Un auditoire féminin conquis sourit timidement la main devant la bouche. Le Florentin les entraîne dans une ronde charmante – au sens premier du terme. Les femmes bosniaques, jeunes et vieilles, meurtries et violentées, y retrouvent les fards et strass d'une vie dont elles ont entendu parler. Un voyage extraordinaire dans le chaud phrasé de l'Italien. Sorte de paradis en carte postale.

– Un futur ministre de la Culture, blague Guy en désignant l'Italien.

– Pas du tout. Un vrai ministre de la Santé, rétorque Eyup ; pour la Culture, ce serait plutôt Marc. Tous deux se sont penchés sur Nebo. A leur façon, ils aident. Mais, tous deux le font avec leur cœur. C'est bien là l'essentiel.

Étonné, un rire se fraye un chemin dans le babil des marmots et le jacassement des enfants. Petites mains qui s'agrippent aux trésors de l'aide humanitaire : le tube de lait concentré, la plaque de chocolat. Plutôt le lait crème que l'avenir blême ! Plutôt le chocolat amer que les heures grises ! Plutôt quelques miettes de bouffetance que des discours sans couleur ! Les gosses meurent sans rancune parce qu'ils ne peuvent imaginer que ceux qui leur larguent des jouets sont les mêmes qui donnent la priorité à leurs congés payés ! Les gosses de Srebrenica ne peuvent croire que la vie a une porte où ils ne peuvent frapper...

La réunion devient festive lorsque chacun oublie sa souffrance et retrouve les lallations bibliques ou coraniques de leur arrivée au monde. Un chant de ruche tente de compenser l'incompensable.

En ce temps de la délinquance linguistique, laquelle sous le fallacieux prétexte de modernisation s'appauvrit et s'abâtardit, ici à Nebo, sous le ciel bosniaque du Konjuh, paumé au creux de la chaîne dinarique, le festin verbal devient roboratif : des acceptions oubliées retrouvent des racines d'une sémantique endormie. Des images créées prennent vie aux hochements de tête rigolards.

Dans le secret de la paille tassée, dans la mastication de la sarma, le devisement furtif prend des allures de délire : – « Tišina i tmina... le silence et l'obscurité ; živ ili oživljeu... vivant ou réanimé ; Bosna je zmlja gde... la Bosnie est un pays où ; čovek može mirno crknuti na ulici... on peut crever tranquille dans la rue ; prozori su hermetički otporni na krkljanje... les fenêtres sont étanches au râle ; stidom ?... par la honte ? ; ljubvavlju ?... par l'amour ? ; sujetom ?... par la vanité ; tišina... le silence ; gusta tišina... le lourd silence ; ranjena tišina... le silence blessé. »

A la cueillette des mots et des sourires, des regards et des mimiques, Guy se réchauffe. « Je est un autre » disait Rimbaud. L'Alsacien est à sa propre recherche. Il ne s'est pas encore trouvé. Toutefois pour la première fois, il pressent que le voile ténu qui lui masque la vérité va enfin se déchirer. Depuis de longues années, la société avec ses règles et ses médias a tenté de lui faire croire que le Veau d'Or du fric, de la carrière, des avantages et des privilèges étaient la finalité de son existence.

La grange délabrée, dévorée de vide et de lumière, vibre d'émotions initiatiques. Elle ramène le murmure à la protestation, le sous-entendu humanitaire au piège de l'Histoire. Ouverte sur le ciel tavelé, haletante vers le Konjuh grondant, la masure, avec son cortège d'agapes misérables et d'êtres fissurés distille un bien étrange discours. Elle susurre que les mots que l'on s'acharne à faire croire désuets et inutiles sont en fait les vraies valeurs, celles de la référence : l'intériorité prime le paraître.

Dans la nuit qui pique, la grange devient biblique. A l'instar d'un poème, elle provoque émotion et identification. Elle respire, mêlant son propre souffle de vie à celui des convives.

Telle la dernière bûche du foyer qui n'en peut plus de rougeoyer pour ne pas s'éteindre, l'espoir vacille dans la tête de Guy. Il amène un triste sourire à sa bouche. Léa et Eyup, intrigués par son silence, captent le rictus qui se veut plaisant. Ils ne sont point abusés. Ils comprennent que l'Alsacien vient de laisser transparaître qu'il reste en lui une part qui garde comme une meurtrissure. La blessure s'appelle simplement nostalgie...

A son tour, Guy surprend la mimique de ses deux compagnons : Léa, toujours aussi lumineuse. Eyup, discrètement amical. Impulsif, il pose sa main affectueuse sur la blonde tête de Kirill. Il est désolé et cherche à s'expliquer :

– Malheur à la ville dont le Prince est un enfant, dit l'Ecclésiaste !

– Pourquoi dis-tu cela, ami ?

– Eyup, pendant que les grandes discussions... discutent de ton pays, les podestats serbes fabriquent des ruines où joue une génération sacrifiée pour une Bosnie-Herzégovine pas tranquille.

– Ne te pose pas trop de problèmes, Sundgau. On ne revient pas sur l'enfance ! réplique le Bosniaque. Et nos enfants n'ont plus le loisir de demander des comptes. Ils ont compris qu'ils ont perdu le sens de leur futur. C'est plutôt les parents des démocraties qui doivent s'inquiéter de l'image qu'ils présentent à leurs enfants.

– Il ne faut pas trop leur en vouloir, intervient Léa. Beaucoup traquent un quotidien gris. Les élus sont à peine élus et ne sont plus des élites. Alors, faute de modèle à copier, voire à surpasser, il ne reste plus à certains qu'à tenter de se surpasser eux-mêmes. Et cela, Eyup, cela s'appelle l'espoir ! Nous sommes encore quelques-uns à espérer !

La voix de la jeune femme est douce, presque intime. Elle contraste avec son teint chaud de fruit de l'été mûri au soleil de Nebo. Carnation dorée, éclairée de l'intérieur comme celle des Lusitaniennes de Nazaré. Sa chemise en toile de jean délavé lui confère curieusement une ressemblance moderniste avec la Zéphora de Botticelli qu'on voit dans une fresque de la Chapelle Sixtine. Contradiction étonnante avec le dimje que lui a offert Dzemila. Elle porte l'énorme pantalon bouffant à la taille et aux chevilles, semblable à une créature de harem. Une kérica, broderie ancienne, apporte une note somptueuse autour de son cou. En échange, la jeune Belge avait accroché au cou de la Bosniaque sa chaînette d'or. L'affection à l'état brut qui installe une boule au fond de la gorge. C'était tout Léa, elle et sa lumineuse tendresse...

– Léa parle bien, surenchérit Guy. Aux femmes et aux hommes de bonne volonté, et il y en a, Eyup, il y en a ! il importe de se faire les hérauts d'une nouvelle croisade... Ah ! battre le rappel et lever l'armée des mots. Les soulever et les déchaîner contre la langue de bois des politiques, contre la barbarie des dictatures, cet éternel retour de la bête nazie !..

Interloqué par la véhémence de l'Alsacien, Kirill le tire par la manche :

– Pourquoi es-tu en colère, Guy ? Contre qui ?

Comme touché par une décharge électrique, Guy se calme. Une tendresse infinie dans le regard, il contemple cet enfant qui vient d'apparaître à la vie. Celui-ci paraît au grand jour, laissant la nuit derrière lui... mais il ne le sait pas : il appelle déjà la mort en lui...

– Mais non, Kirill, je ne suis pas en colère... je pensais tout haut. Et puis, c'est la fête, n'est-ce pas ? Nous vivons de bons moments !

Le garçonnet approuve en hochant sa blonde tignasse. Deux fossettes gaminent son visage. Guy poursuit en le prenant par les épaules :

– Plus tard, Kirill, plus tard tu sauras que nous tenons debout par les bons souvenirs, parce que le ciel de la nuit est rarement éclairé par les étoiles.

Une émotion subreptice se glisse entre eux. Elle s'égrène en champs lumineux et vastes, accordant au temps figé cette apparence tranquille que l'on imagine être de l'éternité. Dans l'échancrure de la porte ouverte, l'horizon borné après la dentelure du Konjuh prend toutes les nuances du bleu sombre au gris argenté...

Une nouvelle rafale d'applaudissements accompagne l'arrivée de plats fumants.

– Sundgau, tu m'as souvent cassé les pieds avec ta choucroute alsacienne, le plaisante Eyup. Le Bosniaque se veut léger afin de gommer le trouble apparent de son ami : – J'espère que notre bozanski lonac te séduira quand même. C'est la spécialité bosniaque : une potée de légumes accompagnée d'agneau à l'étuvée. Hum, Hum ! Il se tourne et sort quelques bouteilles de plavac de Vis, dissimulées dans la paille. L'œil de la plupart des hommes s'allume. D'autres ont un petit sourire d'excuse pour remplir leur verre d'eau citronnée.

Guy hésite. Depuis leur arrivée à Nebo, c'est la première fois qu'ils boivent du vin. Son protestantisme révolutionnaire est synonyme d'une grande tolérance en matière religieuse : il a toujours pris soin de ne pas heurter les habitants du hameau, respectant ostensiblement les heures de prière musulmane lorsque certains s'isolaient pour leur recueillement. Il n'eût aucun état d'âme à faire sienne cette parole de la religion musulmane qui dit que le voisin est le copropriétaire de sa propre maison.

– Avec cet agneau, tu ne vas pas me dire que tu refuses ce plivac, Sundgau ! raille le Bosniaque. Il paraît pris d'un énorme fou rire : – Tu connais la devise de la Légion : l'alcool tue, mais la Légion n'a pas peur de la mort ! Et il lui verse un grand verre du vin rouge dalmate, en conseillant : – Profite un peu de ces légumes. Les cuisiniers d'aujourd'hui inventent une gastronomie de la jachère... avec des simples, des orties, un peu de chou et des épinards, on dîne chez Lucullus. En Europe, vous avez la jachère des fonctionnaires. Nous, en Bosnie-Herzégovine, nous avons celle de la misère ! Comme quoi, le règlement, c'est le règlement, comme on dit à l'Armée. Il éclate d'un rire gigantesque.

Les bouteilles circulent. Les gosiers s'échauffent. Le brasier brasille, les yeux brillent. Les hommes, dont la moustache prend des couleurs vineuses, se racontent des exploits de chasse, de pêche, souvent au deuxième degré.

Les femmes, aux yeux encore noyés de désirs amers, astiquent le miroir terni de leurs souvenirs. Seuls, les enfants, pour échapper à l'ennui de vivre, s'enivrent de plaisirs furtifs. Toute nouveauté est la bienvenue dans le paysage de l'enfance. Sauf Kirill, pauvre petit homme, tous ne sont encore que des bambins. Ils ne s'interrogent pas sur la porte fermée de leur vie, celle qui pourra s'ouvrir un jour proche – ou une nuit sur le malheur en embuscade. Ce jour-là, ils ne seront plus des enfants. Ils ne réalisent pas que l'exode de Srebrenica est cette porte béante... et qu'elle donne sur d'autres portes plus béantes...

« Ils ont la candeur » dit le poète. Et il ajoute : « les hommes ont le remord ». Comme quoi, le poète peut se tromper... sur les hommes !

Il flotte un parfum dérisoire dans les vapeurs de fête, tout comme si chacun avait quelque chose à oublier. L'impression diffuse de larmes discrètes sur un masque de carnaval. Au feu du soir, dans le crépitement de l'étincelle et dans l'âcre fumée, surgit le grand questionnement sur soi et sur l'autre...

Le plavac explose dans l'estomac de Guy en un petit Hiroshima. Une atmosphère de hammam bourdonne à ses oreilles. L'escalade du bien-être fait qu'il se sent en phase avec tous ces gens animés d'une fièvre proche de l'ivresse.

Les pâtisseries orientales réveillent la soif – il n'y a plus d'excuse à laisser couler le vin dans la gorge ! – Le halva fourré de noix pilées et de miel, le baklava en pâte feuilletée, nappée de sirop, déclenchent la danse du feu. Laissant derrière elle un goût de pierre à fusil, la slivovica descend le gosier en souliers à crampons.

Au-dehors, la soie du ciel, piquetée d'étoiles et de nuages maraudeurs, lâche des bouffées d'odeur d'eau. Les couleurs de la nuit s'immiscent dans les effluves de la cuisine bosniaque. Le Konjuh s'illumine d'éclairs. Il dégueule des borborygmes de tonnerre. Guy se dit que, peut-être, un génie malfaisant devait charger à mort les chaudières de l'enfer. Pour quel orage ? Pour quel malheur ?...

Un sourd murmure court parmi l'assemblée. A voix basse, les dents serrées, les bouches chantent. Des notes lentes, austères, presque balbutiées. L'exaltation lente et progressive, semblable aux caresses de l'amant expert pour atteindre le paroxysme du baiser. Elle enfle les plumes de l'aile prête à l'envol, l'appel du souffle du vent dinarique, le lyrisme oriental. Une sorte d'intimité sensuelle qui commence dans le chuchotement et va *crescendo* vers l'ivresse nostalgique. Une respiration amplifiée à l'écoute de cette intériorité qui permet de rêver ensemble avec des rêves différents. Les cœurs sont astreints au silence. On entend à nouveau le brasillement du foyer...

– Il commence à faire frais, glisse Léa. Elle tressaille et se lève : – Je vais me chercher un lainage.

– Moi aussi, j'ai froid, ajoute Kirill. Je vais prendre quelque chose. Le gamin frissonne dans sa pauvre chemise de toile.

– Restez là tous les deux ! leur intime Guy. Je vous rapporte des vêtements plus chauds.

Quelques instants plus tard, l'Alsacien se retrouve dans la soupente à foin qui lui sert de chambre avec Léa. Il farfouille dans l'obscurité. Il sort du sac de voyage de son amie l'écharpe couleur de lune. Avec une infinie tendresse, il la porte à ses narines. Chien courant, il en hume les effluves cachées du parfum Calèche. La fragrance hésitante lui paraît lointaine, très lointaine, presque anachronique. Une image sépia s'enfonce dans la pénombre. Elle est bientôt remplacée par la douce silhouette en dimje et chemisette en jean. L'éternelle agonie du souvenir... l'éternel recommencement du monde...

Guy poursuit ses recherches afin de dénicher dans ses propres affaires un vêtement chaud pour Kirill. Il en sort un sweater portant un flocage de feuillages sur la poitrine. « Un peu grand, mais cela devrait lui aller », se dit-il, en le déployant. Un objet tombe hors du vêtement. Il roule sur le plancher. L'homme se penche et le saisit. La « boule de neige » a lancé ses chiens assoupis dans une ronde folle autour du petit sapin enchâssé.

Tourneboulé par l'oxymore du souvenir du fils endormi dans la neige d'Alsace et du regard embué du petit Bosniaque, Guy apaise les chiens fous d'un doigt tendre :

– Allons, mes beaux ! Du calme. Quelqu'un vous attend, murmure-t-il. Déterminé, il glisse la « boule de neige » dans sa poche. Il sort de la soupente.

Face au conformisme confortable et au consensus organisé, Guy avait décidé, pendant quelques temps, d'abandonner son vêtement de Français, de refuser les oripeaux grand-guignolesques d'Européen et de se revêtir de sa nudité d'homme. Le seul vêtement qui vaille pour s'affronter. Il lui importait de se poser enfin les vraies questions. Il sait qu'il vient d'apporter au moins une première réponse... Comme certains, l'amour ne court pas derrière une retraite anticipée. Parfois, le cœur prend son temps pour s'embraser. Mais il est toujours capable de battre aussi fort...

L'Alsacien rejoint ses compagnons. Il enveloppe Léa dans l'écharpe, frôlant au passage la nuque féminine d'une caresse sans équivoque. La jeune femme lui sourit. Ils sont sur le même itinéraire codé.

– Tiens, Kirill ! J'espère qu'il t'ira. Garde-le.

Le garçonnet enfile le sweater. Il paraît très ému. Léa lui retrousse les manches sur les poignets.

– C'est vrai ? Tu me le donnes, Guy ?

– Je viens de te le dire. Il est encore un peu large, mais tu vas vite le remplir, j'en suis sûr.

– Il y a si longtemps que je n'ai pas eu de cadeau. Ici, c'est devenu si rare !

– Je t'avais promis un cadeau en échange du bogomile, t'en rappelles-tu, Kirill ? Voilà ! C'est un petit souvenir de chez moi. L'Alsacien lui tend la « boule de neige ». Les chiens assoupis observent. Puis, ils partent dans une joyeuse sarabande au creux de la main de l'enfant. Les yeux de Léa sont emplis de brouillard.

– Merci, Guy. Kirill lui tend gravement la main.

L'homme ne peut s'expliquer pourquoi il le saisit par les épaules et l'étreint affectueusement. Le gosse bredouille à son oreille : – C'est un cadeau ou un secret ?

– Les deux à la fois, Kirill ! La réponse est partie tout aussi directe. Il prend le petit Bosniaque par le cou et lui raconte : –... Le retour en montagne, semblable au Konjuh... la neige, la voiture qui dérape... la mort, le fils aux yeux définitivement clos... et puis, le souvenir douloureux qui le pousse à avancer comme s'il suivait le sillon d'un soc invisible... Guy crapahute dans ses années grises pour en extraire quelque chose qui ressemblerait à une aventure spirituelle...

– C'était à ton fils ? Les chiens assoupis s'affalent.

– Je ne crois plus aux objets souvenirs, Kirill. Les vrais souvenirs, on les garde au fond de soi. Maintenant, cette « boule de neige » t'appartient. Comme promis, nous avons échangé nos secrets. Les chiens assoupis sont surexcités.

Léa et Eyup ont entendu la confidence. La jeune Belge joint sa main à celle de Guy sur le cou du gamin. Quant à lui, le Bosniaque lui tend une tasse de kava odorant :

– Sundgau, nos paysans disent que notre esprit est comparable à une mare d'eau boueuse. Plus longtemps, tu en laisses la surface immobile, plus la vase se dépose et plus l'eau devient claire. Il en est de même quand tu médites ta vie.

– Ils sont sages, tes paysans, Eyup ! Il est vrai que je me suis trop longtemps bagarré avec moi-même dans ma solitude sundgauvienne. En venant dans ton pays, je me suis arraché à une certaine quiétude pour retrouver mes rêves d'enfance. Aujourd'hui, j'en suis encore au stade des découvertes... Et Dieu, qu'elles sont belles ! Mektoub, Eyup !

– Mektoub, sourit le Bosniaque. Le petit mot coupe le fil de la vie. Il sépare définitivement le passé de l'avenir.

Savoir relier le présent au passé reste le meilleur moyen de construire l'avenir : – El hamdu Llaâh !, conclut Eyup.

– Guy, j'ai trouvé ce que tu appelles des indices, murmure Kirill. Des choses pas normales !

– Que racontes-tu, Kirill ? sursaute l'Alsacien. Léa et Eyup tendent l'oreille.

– Je ne sais pas si c'est important, hésite l'enfant.

– Je t'ai expliqué que tout est important. Allez, parle tout doucement, demande Guy, attentif.

– Tous les soirs, Dzemila va s'asseoir sous le même noyer. Elle reste là-bas longtemps, assise à ne rien faire. On dirait qu'elle attend quelque chose ou peut-être quelqu'un.

– Elle a probablement besoin d'être seule, objecte Léa. Continue, Kirill.

– Lorsque je demande aux femmes de Srebrenica de me parler de chez elles, elles ne veulent pas me répondre et me repoussent.

– L'eau de la mare est encore trop bouleversée pour ces malheureuses, déclare Eyup. Plus tard, tu comprendras cela un peu mieux, mon garçon !

– Oui, mais elles parlent beaucoup entre elles ? Pourquoi pas avec moi ?

Les deux hommes semblent embarrassés, ne trouvant pas de réponse à la question de l'enfant. D'une voix maternelle, Léa vient à leur secours :

– Kirill, il arrive que les gens humiliés aient besoin de se retrouver entre eux pour parler de leurs espoirs. Ils espèrent ainsi retrouver leur dignité. Ce que je suis en train de t'expliquer est encore plus vrai pour des femmes qui ont souffert. Et cela aussi, tu le comprendras mieux plus tard !

Le gamin ne paraît pas convaincu par la réponse. Visiblement, il montre qu'il trouve un peu facile de la reporter à plus tard, lorsqu'il sera plus grand ! Au fait, à partir de quel âge devient-on grand ?

– Au fait, Kirill qui a eu l'idée de cette fête ? Guy perçoit le léger nuage qui flotte dans l'esprit enfantin. Et ce d'autant plus, qu'il pressent que Kirill a cherché à lui faire plaisir en lui révélant ses indices. – Dzemila avec Irfan. Celui-là également n'est pas aussi fou qu'il le laisse croire, s'exclame le petit Bosniaque.

Mais il est gentil avec moi. Pourquoi tu ne l'as pas encore guéri ? s'adresse-t-il à Léa. Il porte toujours son vilain pansement sur le propre que tu lui as remis !

– Irfan m'a laissé voir sa blessure au cou, le reprend la jeune Belge. Elle est en bonne voie de guérison. Mais..., si cela peut lui faire plaisir de continuer à porter son vieux bandage sur le propre, c'est son affaire ! C'est sa folie à lui ! Cela fait probablement partie de ses souvenirs. A chacun les siens !

– Quand on parle du loup !... plaisante Eyup.

En effet, Irfan, le semeur de vent s'est installé sur une botte de paille. La peau tannée du visage ressemble à du vieux cuir, rehaussée qu'elle est par le pansement du cou. La tache de sang rouge noirci n'attire plus les regards. Ceux-ci se portent sur la guzla. Dans les mains calleuses du guzlari bosniaque, l'archet fait vibrer l'unique corde en crin de cheval.

Les notes frêles rappellent l'errance de ces ménestrels lesquels, de village en village, psalmodiaient les actes héroïques contre l'oppresseur turc. Le semeur de vent fait pleurer la caisse d'érable recouverte d'une peau de bouc. Il en joue en virtuose tombé de la lune. Son regard, pas si fou que cela, s'attarde sur Guy. Sa symphonie à une corde devient tellurique lorsque la voix rauque invente son propre langage.

Paroles syncopées, surfées. Elles épousent les accidents de la gorge, les recherchent même. Elles sont enfiévrées, à la fois frontales et lyriques. Une écriture débridée et hachée, entre métaphore du soufi et palabre du rappeur banlieusard. Le semeur de vent, conteur ambulant, transmet l'épopée de Niegos : « les guirlandes de la montagne ».

Pour Guy, la fascination est immédiate. La rencontre chaleureuse malgré l'obstacle de la langue. Le vieil homme, ce vieux fou, comment le définir ? Il faudrait faire appel à Virgile et Anthony Quinn, Dante et d'Artagnan !

Un ultime coup d'archet arrache la dernière note aigrelette. Elle virevolte dans la grange, cherchant où choir. Sur un signe du guzlari, elle choisit Kirill.

Très grave, le garçonnet se lève. Il confie à Léa le chat qui s'est pelotonné contre lui : – Prends soin de mon chat, s'il-te-plaît.

– Ne t'inquiète pas, Kirill, lui répond-elle, affectueuse. Je parle assez bien le chat.

A petits pas, le petit Bosniaque se faufile au milieu des gens assis pour rejoindre le ménestrel. Le silence vibre de curiosité, d'attente. Kirill commence à chanter. Petite étincelle de lumière qui marche en équilibre sur la corde de la guzla enchantée. Par la mélodie des paroles, on est à la limite de l'aria. Les mille et une petites blessures de l'invisibles s'apaisent.

Les strophes se succèdent, alternant la joie et la douleur, la fierté et l'espoir d'une terre si longtemps souillée et humiliée par des mains barbares. Bouches fermées, les spectateurs accompagnent le chanteur ; « Konjuh planinom ».

– « A travers le Konjuh », glisse Eyup. Notre chant !

Soudain, à certaines intonations incompréhensibles pour Guy, la voix de Kirill déferle tel un torrent sauvage où roulent l'épopée et la légende, le bruit et la fureur. Elle en tire des sonorités émouvantes son âme mélancolique, cette âme d'enfant qui se complaît dans une enfance trop tôt disparue, trop tard pour se retrouver. « Konjuh planinom » !

Eyup et les autres Bosniaques paraissent électrisés. Kirill esquisse un dialogue dansé. Blottis dans sa main crispée, les chiens assoupis dispersent une sarabande dans la « boule de neige » réveillée. Les femmes esquissent un curieux kolo local. La ronde sur place se cadence par le pas des danseurs en transe. La gestuelle des bras donne à l'enfant l'apparence d'être tombé du ciel avec un sourire d'ange. Tous se lèvent Ils reprennent en chœur l'ultime refrain... une prose veinée de douceur, d'attendrissement, de nostalgie et de révolte... « Konjuh planinom » ! Tout passe dans leurs yeux légèrement embués... sauf ceux de Kirill étrangement fixés vers le ciel, les bras ouverts pour s'y envoler... il est en position sacrificielle...

Des rafales de coups de feu claquent. Des cris sauvages retentissent. Des rires de fou ricanent. Épouvantés, les villageois se recroquevillent en un amas affolé : les femmes gémissent. Les gosses se mettent à hurler. Des coups de crosse et des coups de pied rameutent les hésitants vers le mur humain. Léa s'est réfugiée contre Guy.

Le visage avide, hirsutes, des hommes en uniforme les mordent de leur regard pervers. L'œil prismatique des kalachnikovs s'empiffre de l'effroi dont il fait conquête. Un homme de haute stature, aux traits cruels, s'avance : – La fête continue ! aboie-t-il en serbo-croate. Et il se met à rire.

Guy le reconnaît immédiatement. Il l'attendait et l'espérait depuis son arrivée à Nebo. Voici, enfin, en chair et en os l'homme de Zwornik, dont les moudjahidine lui avaient montré la photo. C'est cet homme avec lequel, confusément, il mène un combat singulier. A distance, sans jamais s'être vus. Mais l'Alsacien sait que l'autre, depuis les tréfonds du Konjuh, l'observe. Charognard à l'affût de la défaillance. Le chevaucheur de ses tourments parade devant ses yeux. La rumeur surannée d'une haine secrète vient de prendre corps. Guy en est bizarrement soulagé.

Son esprit troublé par l'apparition du nervi de Maldic flotte dans l'impossibilité qu'il est de différencier ce qu'il veut de la raison obscure pour laquelle il le veut. La statue de ce commandeur de foire à neuneu lui arrache un léger rire. Rire irrésistible.

– C'est Trifko, le chef des tchetniks du Konjuh, glisse-t-il à Léa, avant de s'écrouler sous un coup de crosse sournois. A Nebo, même le rire n'est plus de mise...

Un chuintement liquide annonce que la pluie s'est mise à tomber. Dans la prairie, le crapaud siffleur s'est tu. Farouche, le Konjuh se couvre derrière un éventail défeuillé... Une hideuse sensation d'éternité s'insinue dans la plainte des femmes de Nebo. A l'instar de celle des pleureuses des funérailles, elle distille la ténèbre de l'horreur, la poussière du malheur. L'odeur de la mort est là, présente, étouffante...

*

*   *

Chapitre VIII

Ce que ni la catastrophe du Markstein, ni la solitude sundgauvienne, ni la rédemptrice Léa n'avait réussi à obtenir, la vision du tchetnik hilare l'obtint du premier coup. Guy jouit enfin de l'extase athée de la route imparfaite entrevue : le destin sarcastique l'attend. Mektoub ! Oui, c'était écrit !

Avec avidité, il déglutit les premiers spasmes de la haine montée de son ventre meurtri. Aimer, haïr, c'est la vie. Comme l'ombre et la lumière. Il est venu en Bosnie-Herzégovine pour aimer. Il vient de découvrir la face cachée de la lune, la partie noire sans laquelle l'astre de nuit n'aurait pas d'existence. Il saura la parcourir !

Un mélange de vieille poussière, de sueur et déjà de sang distille avec componction son inoubliable intimité. Les yeux de l'Alsacien accommodent avec difficulté les objets de la grange : c'est avec soulagement que l'homme devient roue, botte de paille, fourche. Son regard s'arrête sur le visage de Léa.

La jeune femme est penchée sur lui, lui frottant les tempes et la nuque avec un mouchoir imbibé de sljivovica. Une rythmique percussive lui casse le crâne. Il a toujours cru à ces accidents de la vie, ces sortes de carrefour où il lui faut choisir sa nouvelle route. Son karma lui murmure qu'il vient de recevoir en don cette rencontre. Encore un carrefour... mais cette fois-ci, les dés sont pipés. Son choix était fait d'avance. Un nouveau fou-rire le reprend. Il lui fait mal à l'abdomen, là où il reçut la punition du coup de crosse. Inquiète, Léa l'aide à se relever :

– Tu te sens bien, Guy ?

– OK, ca va !

L'Alsacien se masse la poitrine. Il regarde autour de lui. Il est stupéfait du changement brutal d'ambiance. Il a quitté, il y a quelques minutes, un fête de village, presque une fête religieuse. Et le voilà précipité au sein d'une scène de ripaille d'une soldatesque débraillée, aux yeux étrangement cupides.

Les tchetniks sont des bandits de grand chemin. Les bandits sont des tchetniks. Milosevic les paie. Karadjic les a sortis des bas-fonds pour les endoctriner. Mladic les commande. Ces trois pâles disciples nazis sont des bandits. Puisse la mémoire de l'humanité s'en souvenir ! La justice, quant à elle, réglera leur sort. Non pas au nom de la morale, mais de la Realpolitik ! Déjà se profile à l'horizon médiatique le nauséabond plagiat de Nuremberg. Celui où l'on punit les hitlériens tout en occultant les communistes de Katyn et des goulags !

Tandis qu'une demi-douzaine de tchetniks tiennent en respect le tas de vieillards, femmes et enfants, Trifko s'est confortablement assis au milieu d'une vingtaine d'autres acolytes. A lui et ses compagnons, il fait servir victuailles et vins. Des jeunes femmes apeurées passent les plats. Leur visage se ferme encore plus aux gestes grossiers de la soldatesque. Parfois, un coquin assoiffé de débauche presse de plus près l'une des serveuses affolées. Des larmes tombent alors dans le chemisier fripé par les mains insensées. La femme pousse des cris et s'enfuit. L'hilarité graveleuse la poursuit et la viole. Les gémissements apeurés des vieilles, les regards honteux de leur âge des vieux exacerbent les bouches des enfants effrayés.

Guy se retrouve aux côtés de Léa, Marc et Mic. Regroupés au milieu des habitants de Nebo, il recherche Eyup. Stupéfait, il ne retrouve qu'un vieil homme courbé et haletant. Sous une défroque de vieille toile, l'air abêti, la lippe bavante, il se dandine pesamment. « Quasimodo », ne peut s'empêcher de penser l'Alsacien. Il se souvient du conseil du Bosniaque en cas de rencontre avec les tchetniks : « Vous ne me connaissez pas. Quant à vous, jouez votre rôle d'ONG ! »

Le rideau est levé, tandis que, de sa canne d'olivier, Trifko semble frapper les trois coups de la comédie humaine bosniaque. Immobiles, au milieu du cercle des reîtres, Kirill et le semeur de vent attendent. Sur un geste impératif, le garçonnet s'approche de Trifko. Marc traduit à voix basse le dialogue serbo-croate.

– Que chantais-tu lorsque nous sommes arrivés ?

– Une chanson sur le printemps dans la montagne, répond Kirill. Sa voix est sans trace de peur. Un rien de bravade y flotte.

L'œil jaune du chef-tchetnik luit à l'équivoque défi :

– Eh bien, petit salopard, continue ! Et dis au vieux de jouer !

Le gamin s'en retourne. Un coup de pied revanchard le propulse dans la poussière. Un énorme rire roule parmi les soldats. Le visage écrasé au sol, Kirill regarde en direction de Guy. Aux yeux farouches de l'enfant, l'homme cligne les siens en signe d'apaisement.

Kirill se relève. Sans un mot, sans un tremblement, il rejoint Irfan. A l'instar d'Eyup, le vieux fou s'est également métamorphosé. Hagard, son regard égaré délire des lueurs louches. En cet instant, le clown dédoré doit errer dans un fouillis de fosse commune.

Tristes et monocordes s'élèvent les accents de la guzla. La voix de Kirill est tendue, impersonnelle. On assiste à une épreuve d'un concours de village. Loin de la ferveur et des échappées dans les vagues de notes et de mots. Les yeux des Bosniaques entassés se baissent dans la résignation. Ceux des tchetniks sont déjà ivres de lugubres trajectoires. Une tourmentante obscénité dévoilée se déshabille d'une mortelle vulgarité.

Une des brutes avinées se lève pour dévisager un à un les habitants de Nebo. Sa main osseuse relève le menton des femmes. Son œil injecté d'images grivoises fouille les paupières baissées. Arrivé devant Léa, il la tire hors des rangs par le bras. Lorsque ses doigts se hasardent vers le col ouvert du chemisier, ceux de la jeune femme s'impriment sur le visage ahuri du tchetnik. Guy, Marc et Mic font mine d'accourir à son secours. Mais les kalachnikovs se pointent vers eux et les refoulent dans la paille.

Glaciale et méprisante, la jeune Belge se retourne vers eux. Elle martèle ostensiblement en français : – Ce n'est pas grave ! Ce ne sont que des méthodes de nazi !

Le halo mousseux du foyer ravive le sentiment d'angoisse et de rage qui se répand chez Guy. Ses oreilles bourdonnent. Ses tempes palpitent. Son cœur se débride. Tel l'arbre qui hésite avant de choisir la direction où il va tomber, l'Alsacien est hagard, décomposé. Sourd a la raison, il est entré dans ce domaine que ceux, habitués à fréquenter de près la mort, connaissent bien : les rodomontades des tchetniks face à la douce tranquillité de Léa lui dévoile cette joie sauvage d'affronter enfin la vérité. Il ne voit plus les kalachnikovs. Il s'apprête à bondir.

Pas un muscle du visage de Léa ne tressaille. Guy la connaît : elle a peur. Orgueilleuse, elle ne le montre pas. Son teint de pêche andalouse contraste avec le casque blond de sa chevelure coupée court. Une aura de vierge guerrière flotte sur elle. Son apparente désinvolture prête une grâce cruelle à son regard d'âpre ironie.

Le tchetnik souffleté s'approche d'elle. A l'évidence, il est déterminé à une vengeance dangereuse. Une tension sacrilège s'installe. La lumière fantasmagorique du feu, le grotesque des débris de la pauvre fête, la poussière qui hésite à se reposer, la sueur inquiète creusent l'angoisse sur les visages des Bosniaques. La ripaille et la bave des forfaits à venir maculent ceux des tchetniks. Un claquement de culasse ramenée en arrière annonce la point d'orgue.

– Stani !, gueule Trifko. Il se lève pesamment. Avec une nervosité faussement négligente, il frappe un plat renversé de la baguette qu'il brandit. Résonnent les trois coups d'une nouvelle comédie bosniaque.

Arrivé à la hauteur de Kirill, il saisit l'enfant par la joue. Il le pince fortement, amenant des larmes aux yeux enfantins :

– Ko je ta žena ?

Discret, Marc traduit : – Il veut savoir qui est Léa ? L'Allemand cherche à retenir son ami qu'il sent prêt à bondir.

– Elle est étrangère. Elle... Irfan, le semeur de vent ne poursuit pas. Le chef des tchetniks n'a même pas tourné la tête. Il a simplement saisi la guzla et l'a assénée sur le crâne du vieux ménestrel. Celui-ci s'écroule, ruisselant de sang.

– Ko je ta žena ?, hurle-t-il en secouant Kirill dont la joue se violace sous la poigne du milicien. Le sbire insiste pour obtenir sa réponse.

Toujours aussi glaciale et imperturbable, Léa s'avance. Elle a compris qu'elle est l'objet de ces brutalités sauvages :

– Je sam doktor ! articule-t-elle. Ses yeux impavides sont plantés dans ceux de Trifko médusé. Ils ont la pureté minérale du mica. Elle est dangereusement belle. Puis, sans un autre mot, elle s'agenouille auprès du semeur de vent pour lui apporter les premiers soins.

Un huis clos calciné dans un décor grunge. Entre le milieu englué dans sa perversité et la lumineuse jeune femme, agenouillée près du vieil homme ensanglanté, s'élabore une esquisse rougissante d'une scène dramatique. Sans repères, sans garde-fous.

– Kirill, aide-moi à l'allonger, intime-t-elle.

La geste autoritaire, elle désigne l'enfant. Impressionné par l'attitude de Léa, Trifko lâche la joue tuméfiée. Guy et ses amis font mine de s'avancer en direction du semeur de vent. Les canons des kalachnikovs se font menaçants. Avec une lenteur calculée, Guy s'accroupit, apparemment fatigué. Sa main gauche tâte la baïonnette dissimulée sous la jambe gauche de son pantalon. Les yeux mi-clos, il laisse sa main glisser vers son soulier, puis remonter sous la toile du pantalon.

Soudain, il est bousculé par la masse haletante d'Eyup. Éructant des borborygmes, la tête de travers, le Bosniaque ressemble à un vieil orang-outang. Il inspire autant la pitié que le mépris. Il pousse Dzemila vers le devant de la scène. Au passage, il lâche dans un gargouillement incompréhensible :

– Fais pas le con ! Et sa poigne s'affermit, comme par mégarde, sur la main de l'Alsacien prête à se saisir du poignard.

La jeune Bosniaque livide et le Quasimodo ahanant rejoignent le médecin belge. Quelque chose d'Esmeralda tirant derrière elle sa créature difforme. Le semeur de vent revient à lui. La slivovica accomplit son éternel miracle. Elle désinfecte la plaie du crâne et réveille aussi l'estomac du blessé.

– Ce n'est pas trop grave, constate Léa. Je le soignerai mieux tout à l'heure.

Elle éponge le sang qui ruisselle sur le visage du vieux. Dans un geste brutal, Irfan saisit la main de Léa, laquelle se hasarde vers le pansement du cou. Il la prend et la baise, lui interdisant ainsi de poursuivre sa tentative.

– Pas d'inquiétude, mon vieil Irfan. Je respecte cette autre blessure. Je suis médecin et je sais comprendre cela. De toute façon, un jour ou l'autre, je te soignerai ! rit-elle.

Le rire de Léa fait voler en éclat l'angoisse froide. Ses mains apaisées effeuillent l'ambiguïté de l'air assoupi. Sans provocation, mais fermement, concentrée et grave, la jeune femme évolue entre les hommes en uniforme grotesques devenus. Lame effilée, inoxydable, elle fait crisser les cœurs rouillés. Elle cherche une bouteille de slivovica, récupère une couverture. Au passage, comble de l'indifférence calculée, elle désigne du doigt sa trousse à pharmacie, marquée de la croix-rouge.

– Molim !... S'il-vous-plaît ! intime-t-elle au tchetnik qui braque son kalachnikov sur Guy et ses amis.

Le milicien, éberlué de tant d'audace, jette un coup d'œil désemparé vers son chef. Impassible, Trifko approuve du chef. Le tchetnik va chercher la trousse et, presque timide, la tend au médecin. Léa la prend. En même temps, elle saisit le bras de l'homme. Du doigt, elle lui montre une plaie aux lèvres bleuies.

– Povredeni ? demande-t-elle.

– Metka, balbutie le milicien. Du doigt, il mime la balle qui l'a blessé.

– Viens par ici ! Elle le tire derrière elle et le fait asseoir à côté d'Irfan.

Une scène proche d'un burlesque dramatique se fait jour. Les Bosniaques éberlués admirent la fragile jeune femme qui enlève le kalachnikov des mains du tchetnik et lui demande d'ôter sa veste pour pouvoir mieux l'ausculter. Les sbires de Trifko, désorientés, abaissent un à un le canon de leur fusil. Ils se sentent ridicules avec leurs armes braquées sur ce ramassis de vieillards, femmes et enfants. Ils se sentent humiliés et ramenés au rang d'écoliers par ce petit bout de femme. Ses immenses yeux d'eau gris-vert dénotent une paisible assurance qui vient de repousser le malheur avec les tchetniks.

Presque provocante, Léa achève tranquillement de soigner Irfan, tandis que le milicien serbe attend patiemment son tour. Ubuesque et si naturel que tous, Bosniaques et tchetniks, en arrivent à trouver la scène normale. Les flammes virevoltantes du foyer, que Léa a demandé à l'un des miliciens d'activer, flashent des lumières fantasmagoriques : il n'y a pas de bruit. Il n'y a que la poussière. Et l'angoisse impalpable qui circule parmi des personnages échappés à un musée de cire imaginaire...

Impassible, Trifko reprend la situation en main :

– A oni ? interroge-t-il en faisant avancer Guy, Marc et Mic.

– Parlez-vous français ? rétorque Léa, telle une maîtresse d'école. Sans brutalité, à dose homéopathique, elle s'assure une position incontournable.

Le milicien fait un signe négatif de la tête.

– Anglais ?

Même mimique du Serbe. Il paraît s'amuser follement.

– Allemand ?

– Ich habe in Stuttgart gearbeitet... fünf Jahre... bei Volkswagen, répond Trifko. Sprichst du Deustch ?

– Non ! Je le comprends un peu, mais je le parle très mal ! Mon camarade Marc – elle l'extirpe du lot – est Allemand. Il peut traduire.

Interprète improvisé, Marc traduit la conversation entre Trifko et Léa. Celle-ci explique que, tous quatre, ils font partie d'une organisation non gouvernementale. Ils sont venus aider et soigner les populations de tous bords.

Les volutes de cigarettes s'enroulent sous les poutres de la grange. La flamme du foyer les saisit à bras le corps, leur donnant des formes de trombes africaines ou les aplatissant contre les parois comme ces souvenirs que l'on cherche vainement à effacer de la mémoire. L'atmosphère s'alourdit de chaleur, de poussière et d'inquiétude presque visible et palpable.

Habile, retors, manœuvrier, le milicien reprend le contrôle du scénario qu'il a senti lui glisser hors des mains. Connement petit chef, il tire de sa poche une paire de lunettes de soleil. Il la place sur son nez. L'imbécillité obscène se camoufle derrière les verres fumés, persuadé qu'il est alors, de dissimuler sa faiblesse. Oubliant aussi que les mots s'échappent des regards derrière les lunettes teintées.

D'apparence décontractée, prudente, presque souriante, Léa construit son puzzle dont le modèle lui a été inculqué quelque part dans les Fagnes belges. Son exaltation est au fond d'elle, secrète et palpitante. C'est avec une immense curiosité et admiration que Guy, Mic et Marc – ce dernier tend le filet de l'acrobate – suivent la trapéziste si habile. Mais, même dans le plus grand cirque du monde existe l'imprévu, l'anicroche. Arrive l'instant où la pièce est écrite pour quelqu'un d'autre.

– Je ne vous crois pas ! déclare Trifko. Le ton est posé. C'est lui qui dicte sa volonté et il le démontre : – Je vous observe depuis votre arrivée. Ce hameau est sous mon contrôle, même si vous ne m'avez jamais vu... Pourquoi cette carriole vient-elle ici toutes les semaines.... demande-lui, intime-t-il à Marc.

– Elle nous apporte des médicaments et un peu de nourriture, traduit l'Allemand.

– Il y a trois jours, il y avait des gens qui repartaient à son bord, grogne le tchetnik.

– C'est vrai ! répond Léa dans un mauvais allemand. Elle a compris la question. C'était un vieux couple très malade que j'ai dû évacuer, explique-t-elle, très calme.

– C'est ce que nous avons vu lorsque nous l'avons contrôlée, concède Trifko.

Le milicien serbe vient de mentir effrontément. La carriole d'Hasib, hasardeuse et risquée certes, est passée sans encombre pour rejoindre Durdevik. L'œil de Léa lance un éclair de triomphe, mal réprimé. Celui de Trifko le perçoit tel un affront. Un frisson de colère le parcourt. Son regard erre, déjà brûlant de pensées fourbes.

La jeune Dzemila vient de finir d'aider Léa à panser le bras du milicien blessé. Elle se redresse, la main dans les reins, telle l'alouette qui file, les yeux fermés, vers le soleil. Ses formes pleines, son teint mat allongent le sourire du tchetnik. De ses mains puissantes, il prend la jeune femme par la taille et l'attire vers lui. Le geste sans équivoque ranime le graveleux de l'intrusion des tchetniks.

Des secondes noires d'éternité s'écoulent dans la protestation et la défense dérisoire de la jeune Bosniaque. Les mains brouillonnes du milicien s'excitent dans la chair dévoilée du corsage démantelé. De lourdes larmes ruissellent sur le visage horrifié de Dzemila. Elle ferme les yeux pour ne plus être là...

– Espèce de salaud ! La voix de Léa claque. Communiste ! Nazi !

A chaque mot lancé, le visage du Serbe blêmit. Il n'a peut-être pas compris le mot « salaud ». Il l'a deviné. Les invectives de « communiste », puis de « nazi », giflées telles une insulte l'ont rendu livide. Il y a comme cela des mots qui sonnent la misère humaine, qui résonnent de la détresse de ceux que l'arbitraire piétine et humilie.

Avec ses lunettes noires sur son teint blafard, Trifko a l'air égaré. Ses lèvres pâlissent. Les kalachnikovs se redressent. Ils attendent. Quoi ?... Le pouls de Guy bat la chamade. Toujours accroupi, il a saisi son poignard. Son regard croise celui d'Fyup. Un imperceptible clin d'œil. Des visions terribles errent dans l'air alourdi. Un poison nauséabond circule dans l'atmosphère empuantie.

Un méchant éclat de rire, mal vissé au fond de la gorge, Trifko rembarre Dzemila. Sanglotante, celle-ci s'écroule sur la terre. Lui fait un pas vers Léa. Un silence prodigieux rompu bientôt par une plainte monocorde et suraiguë. Les femmes bosniaques, comme les pleureuses des funérailles antiques, gémissent leur angoisse et leur douleur de n'être que des femmes. Bêtes à plaisir. Bêtes à jouir. Bêtes outragées.

Muette, la jeune Belge fait front au milicien serbe. Elle paraît curieusement déphasée par rapport à tous ces êtres qu'anime une tension inconnue d'elle. Ironique, pleine d'insolence glaciale, elle défie Trifko. Elle ne réalise pas que sa combativité lui confère un attrait torturant.

La seconde d'après, Léa se retrouve dans les bras du tchetnik. Elle se débat pour échapper à l'abjecte étreinte. Sûr de sa lâcheté, de ses hommes, complices hilares, Trifko lui plaque un baiser sur la bouche, tandis que sa main s'ose sous le chemisier.

Un cri de douleur haletant. Le chef des tchetniks se recule, se tenant le bas-ventre à deux mains. Le genou belge n'est pas une blague ! Celui de Léa propulsé dans l'entrejambe de son agresseur a fait mouche. La jeune femme reste sur place, le sang aux joues et aux oreilles. Machinale, elle s'essuie les lèvres et crache à terre, tout comme si elle avait avalé un poison. Ses yeux clairs paraissent moins limpides. Une ombre boueuse en est venue troubler la pureté.

Une stupeur incrédule flotte dans la forcerie bosniaque. Les habitants de Nebo et les tchetniks confinés dans l'épaisseur étouffante de l'irréparable découvrent l'hideuse lucidité de la mort prochaine. Un cauchemar secret et glacé frissonne sous les poutres. Femmes, enfants, hommes, loqueteux ou en uniforme, objets muets ou exhibitionnistes, disparates ou incertains, tous sont étouffés dans l'air empoussiéré.

La grange est figée dans la peur. Le temps suspendu du poète tient enfin sa triste échéance. L'arrêt sur image hitchcokien accentue le caractère fatal : la lumière exsangue du foyer chasse toute évasion vers un Tadj Mahall utopique ! la fosse commune grouille déjà de vers insatiables !

Un filet de bave aux commissures des lèvres, Rifko se redresse. Le teint terreux, il souffle, tel un phoque. Pesante et brutale, sa main, aux doigts fermés pour mieux marquer, frappe lourdement le visage de Léa. Sa tête est littéralement projetée sur le côté. La jeune femme boule à terre, à demi-évanouie sous le choc.

D'un seul bond, Guy suivi de Marc et de Mic se relèvent. L'Alsacien dissimule son poignard, la lame glissée sous l'avant-bras. Immédiatement, les coups de crosse pleuvent. Les doigts se crispent sur les détentes. Exutoire libérateur de la tension des tchetniks.

– Je veux voir vos papiers ! gueule Trifko en allemand, en s'adressant à eux.

« Papier » est un aboiement international aux tristes résonances gestapiques ou communistes. Saoulés de coups, les trois amis reprennent leur souffle avec difficulté. Ils fouillent leurs poches et s'exécutent. Quasimodo, avec l'aide de Dzemila reniflante, retirent Léa, groggy, hors d'atteinte de Trifko. Obséquieux, la lippe hébétée, le Bosniaque s'en va offrir un verre de slivovica au chef des miliciens. Celui-ci le récompense d'un magistral coup de pied au cul. Grotesque, Eyup évite à moitié la ruade imbécile. Il rit en bouffon consommé.

– Médicis ? interroge Trifko en s'adressant à Mic. C'est ton nom ?

– Oui, je suis médecin, acquiesce Mic, presque souriant. Je suis italien et ma famille travaille dans la banque. « Il Professore » ne peut s'interdire l'ironie au deuxième degré. C'est sa façon à lui de dompter la frousse qui l'empoigne.

– Sundgau, c'est lui ! décrète le milicien serbe, méprisant. C'est son amie ? ajoute-t-il en désignant Léa.

Marc, qui traduit, se contente d'un haussement d'épaules. La rage brille dans ses yeux.

– Et toi, c'est Kohl, ricane Trifko. Pourquoi pas Hitler ? rigole-t-il, goguenard. Il paraît bêtement heureux de sa misérable revanche.

– Tout le monde ne peut pas s'appeler Tito, articule Marc, glacial.

Trifko le dévisage pesamment. Il jette à terre les papiers d'identité qu'il vérifiait et ajoute : – Nous allons contrôler ces gens chez eux. Quant à vous quatre, je reviendrai... Toi, s'adresse-t-il à Dzemila, montre-moi où tu habites !

Sur ces mots, il sort son pistolet hors de son étui. Avec la même nonchalance avec laquelle il avait écrasé la guzla sur la tête d'Irfan, il tire sur Marc. Le projectile traverse le bras gauche de l'Allemand qui titube.

– Je n'aime pas que l'on se moque de moi ! décrète-t-il, aussi calme que s'il donnait l'heure. Toi, viens avec moi ! Et il entraîne Dzemila terrorisée. La jeune Bosniaque jette un ultime regard vers Léa, laquelle reprend progressivement ses esprits. Il y passe toute l'horreur des heures qu'elle entrevoit. Elle ne crie pas. Seule, une petite plainte d'animal blessé glisse hors de ses lèvres fermées. Elle disparaît au-delà de la porte.

Après un rapide tri au milieu de visages au cœur déjà exproprié, les autres tchetniks s'emparent chacun de femmes effondrées. Ils les emmènent déjà gémissantes et suppliantes. Deux miliciens restent avec le petit groupe de Guy et de ses amis. Les vieillards et les enfants terrifiés sont aussi là. Apparemment, ils ne sont pas utiles au contrôle ! Ils n'en ont ni l'âge, ni le sexe ! Eyup et Kirill se tassent contre le semeur de vent. Eyup murmure... Le vieil homme roule des yeux farouches... Le gamin étreint sa « boule de neige ». Les chiens assoupis tremblotent au rythme des frissons de sa main crispée...

Bousculée par les souffles irréguliers du vent, la pluie, régulière et serrée, larmoie. Elle orchestre le naufrage des sentiers et des prairies. Dehors, la vache noire, que l'on a oublié de rentrer, meugle son énervement. Le Konjuh exhale des bouffées laiteuses saturées d'humidité tiède. Un orgasme de la vallée parsème Nebo de filandreuses et blanchâtres traînées. Certaines se hasardent sous la porte de la grange refermée.

Presque désinvoltes, les deux miliciens se sont assis face à leurs victimes. Ils bâfrent les restes de victuailles, un doigt sur la détente de leur kalachnikov.

C'est ce doigt qui obnubile Guy. Avec prudence, il se rapproche d'Eyup. Ensemble, ils apportent les premiers soins à Marc. Léa les rejoint. Son professionnalisme l'a fait émerger de son étourdissement.

– Grave ? demande Guy.

– Je ne pense pas, répond-elle. Elle manipule avec précaution le bras du blessé : – Pas de fracture, conclut-elle. Tu as du bol, Marc ! Je vais te panser sommairement et t'immobiliser. Lorsque ces salauds nous laisserons tranquilles, je verrai cela un peu mieux.

Comme si rien ne s'était passé, elle évolue dans la grange à la recherche de sa trousse. Les deux sbires la suivent d'un regard intéressé. Trop intéressé, au goût de Guy. Il lui intime de rester tranquille :

– Tiens toi à carreau ! Ne joue pas la provoc ! Ces deux débiles sont prêts à n'importe quelle connerie.

Puis, s'adressant en catimini à Eyup, il tente la confidence : – ils ne sont que deux, souffle-t-il.

– Et dehors plus de vingt, avec des armes ! Dans les yeux d'Eyup s'allume une drôle de lueur quand il prononce le mot « arme ». Beaucoup de regret. Beaucoup d'envie aussi.

Guy se mord les lèvres. Il se souvient qu'il avait refusé de s'armer à leur départ de Tuzla. Il réalise également l'immensité du risque qu'il pourrait faire courir aux otages dans les mains des tchetniks. Face au pogrom intérieur qui le dévore, il vient de franchir une nouvelle limite. Il en a terminé avec l'hésitation de ceux qui n'osent plus s'écarter de leurs larmes, de ceux qui s'enferment dans les mots, de ceux qui dégustent et discutent la misère des autres.

Les secondes explosent telles des bulles d'angoisse. Des cris. Des râles obscènes. Des coups sourds de chair battue. Des pleurs. Des rires impudiques. Des supplications...

La porte de la grange s'arc-boute pour laisser au-dehors le délire des tchetniks et la détresse des réfugiés de Srebrenica. La sauvagerie des nervis de Mladic a craqué une nouvelle allumette face aux paupières du monde. Celui-ci fait mine de dormir et ne rien voir....

Léa frissonne. Guy lui prend avec difficulté la main. Il découvre avec une rage funeste qu'au fond de ses paumes les ongles de la jeune Belge ont laissé quatre sillons sanglants. La confrontation avec Trifko fut menée de l'intérieur...

Un battant s'ouvre pour laisser passer deux miliciens rigolards. Ils se réajustent d'un air canaille en prenant la place de leurs camarades. Égrillards, ceux-ci partent. Violons parfaits de l'humiliation infligée, de l'excitante souffrance de l'autre...

Un craquement énorme déchire le ciel, secoue Nebo. Le Konjuh rugit une colère flamboyante. Il déverse sur la trouble scène de la nuit champêtre, une nue accumulée dans ses flancs forestiers. Par les déchirures des lourds nuages noirs éperonnés, la montagne recouvre la nuit de ses pirouettes liquides.

Insolite, inquiétant, un brouhaha de voix d'hommes se fait entendre. Dans la grange, Guy et ses compagnons sentent le nœud qu'ils ont dans la gorge se resserrer. Le même nœud que le condamné à mort doit déglutir lorsque l'aube blêmit à la moitié de la nuit.

Précédé de quelques tchetniks, Trifko pénètre dans la bâtisse. Des griffures roses marquent son visage. Ses yeux jaunes ont un éclat mauvais.

– Votre présence à Nebo à tous les quatre n'est pas normale ! Je reprends vos papiers pour les faire contrôler, grommelle-t-il. Il récupère les documents abandonnés sur le sol. Vous n'avez sûrement pas l'intention de partir de sitôt ! ajoute-t-il. Un rire sardonique crisse sur sa lippe menaçante.

Au moment de quitter la grange, tel le matador qui recherche un dernier effet après avoir tourné le dos à l'arène, Trifko se retourne :

– Nous vous tenons en permanence à l'œil ! Toi, la femme, gare à toi, si... Il n'achève pas, haussant les épaules d'un air entendu. Je reviendrai, éructe-t-il, déjà vengeur. A l'extérieur, quelques rafales crépitent. Les armes automatiques ponctuent les chants avinés.

Envahie d'espace clos, la grange reste figée. C'est l'étrange paix qui s'instaure juste après la tempête, lorsque le mutisme des oiseaux immobilise la canopée ruisselante. Abasourdis plus par le silence inattendu, la solitude imprévisible que par la meute des gros nuages drossés contre les parois de planches, les compagnons de Guy demeurent un instant affalés. Déchiquetés de rage, de honte et de sentiments contraires.

L'Alsacien se lève. Son regard parcourt les restes de la fête désertée. Plus il s'attarde sur Léa et sur Kirill, plus il a honte de lui. Plus il contemple les taches sanglantes sur la tête d'Irfan et le bras de Marc, plus il a le sentiment d'avoir failli. Le cauchemar qui les attend dehors le tourmente. D'un ton sec, il lance : – OK. Maintenant, il faut faire le point.

– Et après ? c'est Quasimodo qui se déplie et redevient Eyup.

– Après ?... Il faudra prendre une décision. Toutefois, je pense que dans votre esprit à tous, elle est claire : nous devons quitter Nebo. Le problème est de savoir quand et comment !

– Steff doit bientôt venir nous rejoindre, n'est-ce pas ? fait Marc.

– Exact. Mais auparavant, nous avons quelque chose à régler : les habitants de Nebo ! Ça va, Marc ?

– Léa s'en occupe, grimace ce dernier... Tu as été extra, Léa, sais-tu ?

– Le seul véritable homme de cette soirée ! approuve Eyup. Mine de rien, tu as sauvé la mise de tes copains. Ils étaient prêts à faire des bêtises !

– Et toi, Eyup, tu as joué à quoi ? grince Guy.

– A sauver ma vie ! car moi, bosniaque, je n'ai aucune autre carte à jouer... sauf par les armes ! Et je veux encore pouvoir me battre.

– En tout cas, je te remercie pour tout à l'heure, reconnaît l'Alsacien. J'étais tout près d'une connerie. Il fait allusion à la bousculade d'Eyup lorsqu'il s'apprêtait à bondir sur Trifko, le poignard à la main.

– Ce n'est rien. Vous vous êtes tous laissés dominer par vos sentiments... Toi, Sundgau, avec Léa, laquelle n'avait pas besoin de toi pour se défendre. Toi, Mic, tu as joué gros en misant sur la stupidité de Trifko. S'il avait entendu parler des Médicis, tu serais peut-être à la place de Marc... et nous dans la merde. En tout cas, toi, Marc, tu ne manques pas d'à-propos : – Tito, Hitler ! C'était du grand art. A l'avenir, vous tous, rappelez-vous que face à une bête enragée, il faut attendre le moment propice... pour l'écraser du talon ! Oui, attendre... et surtout ne pas avoir d'état d'âme lorsque l'occasion se présente !

La fin du propos du Bosniaque prend une tournure sinistre quand son geste mime le mot. Il ajoute : – Je tiens à vous prévenir qu'il n'y aura pas de deuxième fois. Je crois que vous me comprendrez mieux tout à l'heure... J'ai camouflé ici, à Nebo, les armes que vous aviez refusées à Tuzla. Je pense que, maintenant, vous êtes persuadés que le retour de Trifko ne se fera pas dans la joie !

Tous, y compris Léa, approuvent gravement d'un hochement de tête. Guy distribue les ordres : – Kirill, tu ramènes Marc et Irfan à la ferme. Nous quatre, nous allons voir les... – il cherche le vocable – dégâts et rassurer, si possible, les gens.

Sans cesse, le ciel se fissure. Des mugissements barbares sourdent du Konjuh. Les masures du hameau sont noires. Des portes éventrées sortent des gémissements, des soupirs et des paroles hallucinées. Sur le seuil, quelques vieilles agglutinent sous leurs voiles des bambins détrempés. Dans chaque ferme, une ou plusieurs femmes rajustent leurs vêtements arrachés. Des gestes d'automate. Des yeux sans vie, fustigés par de faibles lueurs de folie. Les corps à demi-nus tremblent encore sous la honte et l'outrage.

– Léa, je ne suis pas sûr qu'Eyup, Mic et moi soyons aptes à... bafouille Guy.

La jeune femme ne répond pas. Elle les entraîne dans son sillage. Elle distribue quelques paroles – il n'y a qu'une femme pour comprendre le viol ! – aider une femme à se rhabiller et lui donner un calmant, faire rentrer les vieux et les enfants à l'abri...

– Allons chez Dzemila, lance-t-elle, froide et déterminée. Guy a perçu la fêlure de la voix.

La fermette est sombre. La vieille mère gît dans une flaque d'eau sur le perron. Mic et Eyup la relèvent et la transportent à l'intérieur, où Léa et Guy les ont précédés. Un lourd pressentiment les obsède. Un briquet s'allume. On trouve une bougie sur la table. Une mauvaise lumière triste et tremblante se hasarde dans l'ombre. A même le sol, le corps entièrement dévêtu de la jeune Bosniaque est prostré. Des marques bleuâtres défigurent son tendre visage. Des meurtrissures sanglantes balafrent sa poitrine et son ventre. Malheureuse bête affolée, martyrisée, Dzemila est effondrée contre le mur. Anéantie par un océan d'angoisse qu'elle seule entrevoit, elle s'abandonne, ne cherchant même pas à dissimuler ses seins blessés, son sexe violenté...

La luxure flétrie des miliciens serbes a déchiffré le corps de ces femmes avilies... Leur semence nauséabonde a empoisonné le ventre fragile de ces femmes profanées. Leurs lèvres morbides ont mordu celles de ces femmes souillées... Dans les yeux indéchiffrables des Bosniaques courent une bruine sale de pleurs et de moisissures... Leurs paupières se closent pour mieux éteindre l'écho de leurs rêves effacés... L'ombre du sinistre Trifko plane...

– Guy, aide-moi à la mettre sur le lit, demande Léa. Ensuite, fais du feu et mets de l'eau à chauffer. Eyup et Mic, faites de même dans toutes les fermes. S'il y a des blessés, prévenez-moi immédiatement.

Dites aux femmes que je passerai les voir toutes sans exception ! Je leur distribuerai des anxiolytiques. En attendant qu'elles se lavent complètement. Les ordres de la jeune Belge fusent mécaniques : – La guérison de l'âme passe par celle du corps ! Nous devons d'abord les rendre à elles-mêmes !

Plusieurs heures se sont écoulées. Refoulant sanglots, peurs et détresses, les habitants de Nebo tentent de trouver quelque repos. Un cri de cauchemar éveillé, un enfant qui galope de frayeur, une femme qui sombre dans une débauche refusée, trouent l'absurde éternité de la nuit assassinée. La pauvre vache noire, abandonnée dans son pré, meugle de curieuses plaintes lancinantes.

Dans la soupente, Léa s'est réfugiée dans les bras de Guy. Ses pupilles sont agrandies de noirs frissons. Son corps, fait pour l'amour, est celui d'une enfant terrorisée. Toute la tension de la soirée de fête, de la nuit tourmentée se souvient. Son rêve blessé devient une lente agonie... La femme-enfant serrée contre lui, Guy la rassure et la cajole. Traversé par l'orage et la déchirure, il ne veut pas lui transmettre une rage nouvelle pour lui : elle a éclôt dans son ventre et lui chauffe le sang. Un sourire sinistre étire ses lèvres lorsqu'il se souvient de l'avertissement de Trifko : « Je reviendrai ! »... Il sait son cœur encore capable de passion : Léa endormie contre lui le lui prouve. Il vient de découvrir, avec une mauvaise jouissance, que la haine s'est introduite dans son âme...

Le Konjuh forge l'éternel laminage des nuages dégueulasses. Il vomit des incantations hachées, semblables à celles arrachées au muezzin. Lourdaude, l'averse fait encore des trous dans les toits défoncés. Charlatan, le vent la répand, inhumaine d'odeurs amères... La voix des rhapsodies venteuses et celle des chimères rêveuses se recherchent. L'été est bien mort !

L'aube va poindre. L'obscurité est déjà moins opaque. Par touches successives, telle une fresque de Klimt qui prend forme sous le pinceau du peintre, le visage de Léa émerge peu à peu dans la pénombre. Sur la paroi de planches disjointes, le soleil oriental esquisse une tache de lumière noire. L'éclaboussure lumineuse ressemble à une fleur étrange. Elle s'affaiblit, perd, un à un, ses pétales. Bientôt, elle s'éteint complètement. Un nuage a dû passer par là. « Ainsi va la vie, se dit Guy. Ainsi passe la mort... »

Avec d'infinies précautions, il détache le collier des bras féminins de son cou. Il ne peut rester là plus longtemps. La nuit passée a modifié la donne. Il descend dans la cuisine où il retrouve Eyup.

Sans un mot, ils se serrent la main. Le Bosniaque lui tend le pichet de café. Tandis qu'ils boivent, ils écoutent les blocs de silence détachés par le tic-tac de l'horloge asthmatique. Cette ponctualité se traîne seconde après seconde. Mais elle avance !

– J'aimerais construire une horloge dont les aiguilles reculent, pense-t-il à voix haute.

Eyup pose son bol. Il contemple l'Alsacien avec gravité et se lève. Il paraît hésiter un bref instant. Puis, il lui pose simplement la main sur l'épaule et quitte la pièce en sifflotant... « Le temps des cerises »... De ce temps-là, il n'y a que Jean-Baptiste Clément qui « garde au cœur une plaie ouverte » !

– Que cherches-tu comme cela, Kirill ?

Le visage émacié, la silhouette fragile, Léa vient d'apparaître. Elle interroge le gamin que Guy, perdu dans ses pensées, n'avait pas remarqué fouinant un peu partout.

– Kirill a perdu son chat. Depuis... hier au soir, il est parti, explique-t-il, le cœur gros. Il était avec moi quand les tchetniks sont arrivés.

– Il a dû se cacher dans la grange pour se protéger de la pluie, répond Guy. Il va revenir chercher à manger.

– Kirill n'a pas su protéger son chat, insiste le blondinet.

Guy se sent mal à son aise devant le reproche à peine voilé. Il tente de se dédouaner : – Tu n'y pouvais rien, Kirill, rétorque-t-il. Tu sais bien que pour descendre une montagne, il faut d'abord l'escalader. Devant l'air dubitatif de l'enfant bosniaque, il ajoute, désemparé : – Un peu de patience, Kirill !

– Patience ? Il en faudra beaucoup pour monter le Konjuh ! renâcle l'enfant. Il sort.

Pour la première fois, une infime fissure s'est insérée entre l'homme et le gamin, entre leurs songes gardés secrets. Bouleversé autant que culpabilisé, Guy s'affole. Non, il n'a pas trahi. Ni Léa ! Ni Kirill ! Ni les habitants de Nebo ! Certes, il admet s'être quelque peu renié, prisonnier qu'il était encore de la logorrhée d'un Occident barbotant dans les eaux troubles de son Histoire. Son engagement dans cette aventure délirante traduisait sa vocation libertaire et désirante à disputer aux appétits politiciens l'odyssée tragique d'un peuple assassiné.

Tout engagement contient une part d'aléatoire, d'imprévisible. Le risque ou la chance de cette part d'inconnu déjoue les routines. L'aventure engagée célèbre la rencontre cosmique de l'homme et du hasard. Et maintenant, Guy est parasité par une fatalité mortifère. Elle est là, tapie en son sein, telle une vieille femme au ventre jaune et à la poitrine flétrie. Pour la faire taire, jusqu'à ce jour il lui a flanqué à la gueule les termes convenus du médiatiquement correct : caritatif, humanitaire, générosité. C'est fini ! Guy ne veut plus feindre de l'ignorer : il y a des injustices et des détresses qui ne peuvent, ni ne doivent laisser indifférent. Il va enfin pouvoir arracher les étoiles pour incendier l'ivraie et protéger la récolte. Il s'est servi de ses yeux. Sa bouche ne demeurera pas close. Son geste l'accompagnera !

Le diabolique Trifko, ce passeur de l'épouvante obscène, obsède l'Alsacien. Parmi les gestes qui parlent d'éternité, il y a celui, métaphysique, de la mort. Pour certains, le héros n'est trop souvent qu'un salaud qui s'ignore. Briser les conventions des juristes en chambre, crawler dans l'inacceptable, Guy vient de l'admettre à la seule condition que Trifko soit au bout du chemin...

Eyup réapparaît. Un bref salut à Léa. Il demande l'aide de Guy pour déplacer avec effort la lourde armoire. Il arrache quelques planches et découvre une cache, dissimulée dans le mur. Des armes luisent : fusils et armes de poing.

– Je les avais cachées là après notre arrivée, déclare le Bosniaque. Je pense que maintenant vous serez d'accord pour vous en servir.

Guy opine du chef. Le nœud d'angoisse de sa gorge s'est libéré au contact de l'acier froid des armes.

– Que fais-tu, Eyup ?

– Choisis-toi une arme et suis-moi !

L'Alsacien opte pour un pistolet automatique. Un Herstal à quatorze coups. D'un clin d'œil, son compagnon approuve le choix : – Tu as de bonnes réactions, Sundgau. Viens !

– C'est grave, demande Léa.

– Pas du tout. Il faut abattre une bête.

– Ah ! J'ai vu Marc. Il se repose. De mon côté, je me rends auprès des femmes. Elle saisit sa trousse à pharmacie et sort avec les deux hommes. Sur l'ordre d'Eyup, et quelque peu dépité, Kirill suit la jeune femme : « Tu lui seras plus utile qu'à nous », avait intimé le Bosniaque.

Après la pluie de la nuit, le ciel est lavé de ses nuages. Le soleil veut effacer le désordre de la ténèbre. Empruntant le sentier qui s'enfile vers le Konjuh, Guy et Eyup quittent Nebo.

Bientôt, ils rencontrent le semeur de vent agenouillé au bord du talus. Irfan leur montre la misérable petite tache de poils noirs et blancs. Pour le plaisir d'un talon sadique, la tête du chaton de Kirill a explosé. Même les peluches vivantes n'ont pas trouvé grâce devant la bestialité des tchetniks.

– Kirill ! déclare Irfan. De ses mains calleuses, il creuse un trou pour y déposer le petit cadavre. Il met un doigt sur la bouche : – Tišina, souffle-t-il.

– Tišina, acquiescent en chœur les deux hommes en s'éloignant.

– Pourquoi répète-t-il toujours « Tišina » ? interroge Guy.

– Peut-être parce qu'il souhaite y vivre en permanence..., dans le silence !

– Il n'est donc pas si fou qu'il voudrait nous le faire croire, approuve l'Alsacien.

Ils atteignent l'extrémité de la prairie. La vache noire gît là dans une position grotesque. Roulant des yeux exorbités, la langue énorme haletante, elle meugle de petites plaintes. Ses pattes, agitées de tremblements, tricotent les entrailles qui s'échappent de son ventre déchiré.

– Les salopards ! ne peut s'empêcher de murmurer Guy. Il imagine la joie mauvaise du milicien déchargeant son kalachnikov dans l'animal.

Un coup de feu assourdi résonne. Eyup vient d'abréger le martyr de la bête. La détonation déchire la fausse quiétude de Nebo. Maintenant Guy en est certain : le Konjuh vient de changer de visage. Du massif apparemment clos de versants noirs glissent des filaments violets et pourpres. Le ciel d'un bleu trop pur s'en empare pour un deuil annoncé. A l'orée de l'hêtraie-sapinière, les fûts balancent leur houppier au vent d'automne, tels des jeunes filles qui cherchent le sommeil.

– Mektoub ! Le Bosniaque veut rompre le silence.

– D’accord, Eyup. C’est Dieu qui décide ! Mektoub ! Mais il y a une chose qui m’appartient... c’est la manière dont j’ai décidé de vivre !

– Non, Sundgau ! On ne s’appartient vraiment jamais... sans nuit, pas de cauchemar !..

Au loin, Mic les hèle. Ils pressent le pas et entrent dans le village.

– Que se passe-t-il ?

– Guy, Dzemila a disparu. Nous la cherchons partout.

Dans la fermette, Léa paraît désemparée. Elle parle doucement à la vieille mère de Dzemila. Le masque tragique de la pauvre aïeule est secoué de tremblements nerveux. Désarmée, effondrée sur la terre battue, ses mains ridées plient et déplient le foulard de la jeune Bosniaque. Ses yeux fous trahissent un désespoir extrême, l’angoisse et le dégoût. Ils ponctuent les quelques paroles qu’Eyup traduit :

– Dzemila a pleuré toute la nuit... elle n’a pas pris tes médicaments, Léa... Ce matin, de très bonne heure, elle est sorti après avoir embrassé sa mère.

– Que dit-elle maintenant, demande Léa. Elle a noté la crispation du visage du Bosniaque.

– Elle raconte la nuit dernière, hésite-t-il.

– Et alors, insiste la jeune femme. Parle ! Cela peut nous aider à la retrouver.

– Dzemila a été exposée, toute nue, aux tchetniks. Battue et violentée par Trifko et ses miliciens, elle a subi des humiliations invraisemblables... pardonnez-moi, mais je préfère ne pas traduire. La mère a dû assister au spectacle de la dégradation de sa fille.

– Je pense que cela suffit comme cela. Laissons cette pauvre femme et allons plutôt fouiller chaque recoin de Nebo, intervient Guy. Il faut la retrouver. Mic, tu...

– Guy, vite ! Viens ! Kirill le tire par la manche.

Ils sortent tous pour suivre le gamin. La vieille n'a rien compris. Cependant, alarmée, elle trottine derrière eux de son pas de souris claudiquante. Dans le ciel, le soleil luit de toutes ses forces. Il fait presque chaud. Presque beau. Arrivé en bordure de la prunelaie, Kirill s'arrête. Sans dire un mot, il pointe un doigt tremblant au sein du verger automnal.

L'unique noyer tente de dissimuler sa charge honteuse. Un reflet rougeâtre décore l'une de ses branches ployées. Telle une fleur de printemps, anachronique, le corps de Dzemila se balance. Sa petite veste rouge dérange l'ordonnance verdâtre des feuillages qui refusent le deuil. La ramure de l'arbre porteur crible une lumière crue. Celle-ci strie le dos de la femme qui se balance. Elle le fait ressembler à une monstrueuse radiographie de son squelette. La mort est depuis longtemps à l'œuvre.

– Toi, reste là avec la mère. Occupe-toi d'elle, intime Guy à l'enfant.

En compagnie de Léa, Eyup et Mic, il se précipite vers l'arbre de la suppliciée. Un coup de couteau. Détaché enfin de la branche qui respire, le corps de la jeune Bosniaque s'affale dans les bras d'Eyup. Un bout de corde folâtre encore dans les airs.

En dépit de la strangulation, le visage de la suicidée est presque calme et beau. Ses yeux agrandis ne frémissent plus. Ils regardent au-delà. La main de Léa rabaisse les paupières. De grosses larmes incrédules ruissellent sur le visage de la jeune Belge. Sa bouche s'embarrasse de lourds sanglots, tandis qu'elle détache le nœud coulant du cou meurtri. Elle ôte la chaînette d'or inutile et la glisse dans sa poche. Léa prend la tête lasse de Dzemila pour la blottir contre elle. Embarrassés et émus, les trois hommes sentent leurs yeux piquer.

Lorsqu'ils soulèvent le cadavre pour le ramener au village, de la poche tombe un papier plié. Un seul mot y est écrit : « Zašta ? » « Pourquoi ? » est probablement la seule question à laquelle ils ne savent pas répondre. Pièce à conviction du questionnement de la morte, le corps de Dzemila se fait très lourd. Les hommes portent sur eux, en eux la fatalité qui vient de prendre pied à Nebo...

Au milieu des vivats des dernières fleurs de l'été, dans le gazouillis siffleur des oiseaux, les pieds dans la rosée cristalline du matin ensoleillé, le triste cortège rejoint le village. Alertées par la rumeur, les femmes sont toutes là. Les lèvres murmurent des sourates. Les mains se tendent vers le corps brinquebalé. Sombres, les hommes transmettent le fardeau. Les femmes de la quatrième sourate se font incantatoires !

Léa s'est couverte la tête de la kerica offerte par la jeune Bosniaque le soir de fête. Elle se fond dans la théorie des femmes en deuil. La connivence féminine devant l'absurdité de la mort provoquée fait front. Les femmes se font cantilène.

La vieille mère reste immobile, courbée vers le sol qui l'attire. Eyup la prend par les épaules pour la ramener chez elle. Elle résiste, marmonne quelques mots incompréhensibles. Qu'attend-elle ? Rêve-t-elle de la prunelaie chatoyante ? Ou farfouille-t-elle dans sa mémoire douloureuse ?...

Enfin, l'aïeule lève les yeux. Elle psalmodie quelques versets coraniques. Guy prend le regard vide de la femme en pleine gueule. Ah ! ces yeux qui ne le regardent pas. Ces yeux qui le traversent. La grand-mère ne le voit pas... La mère ne le sent pas... La femme est vide... La jeune fille est flétrie... Et les yeux, ces yeux de toutes les femmes de Nebo qui le transpercent. Ils portent au loin les imprécations, les malédictions non dites, refoulées et avalées par les bouches muettes. Le viol reste le seul crime où la victime se sent plus coupable que le criminel...

La litanie féminine pénètre dans la ferme où vont débuter les gestes rituels de la mort reconnue. Les hommes restent à l'extérieur. En proie à des pensées solitaires, lourdes de ces horribles choses que chacun camoufle comme une mauvaise plaie sous un pansement immaculé.

Guy se sent brutalement vide, nu et seul. Il prend Kirill contre lui et le serre avec force. Le petit homme se fait tout petit. Lui aussi a mal. Adossé à un sapin, l'Alsacien appuie sa tête sur le tronc. Il incruste avec force son front meurtri sur les écailles hérissées de la peau ligneuse. Il veut pleurer, mais ne le peut encore. L'arbre tressaille au vent. Il transmet à l'homme son balancement. Il lui refuse sa force. Car c'est au fond de lui-même que Guy devra la puiser...

Pour l'instant, Guy voudrait simplement pouvoir

effacer les regards de ces femmes. Ne plus avoir ces regards au fond de ses yeux...

Sur le muret réchauffé du jardinet abandonné, Guy et Kirill sont assis. Côte à côte, ils se repaissent du soleil de l'après-midi.

L'homme a tout fait pour écarter le garçonnet du cérémonial de l'enterrement de Dzemila. Le rite fut respecté. Les femmes ont lavé le corps et l'ont parfumé. Léa a donné le petit flacon de parfum que lui avait offert Guy en Italie. Parfum d'amour devenu parfum mortuaire. Puis les hommes ont porté Dzemila, tout de blanc revêtue, vers l'alfange de Nebo. Ils l'ont déposée dans l'étroite fosse. Maintenant, elle repose, la tête vers le lever du soleil. Ce soleil qu'elle n'a pas vu se lever, ce matin !

– Guy, tu as eu peur hier au soir ?

– Oui... pour toi, pour les autres et... aussi pour moi !

– Je ne savais pas que tu pouvais avoir peur.

– Mon petit bonhomme, apprends que seuls ceux qui ont une âme éprouvent de la peur.

– C'est quoi l'âme ?

– Kirill, tu parles comme un grand ! Tu es déjà très vieux.

– Ce n'est pas moi qui ai demandé à vieillir, bougonne le gamin. mais, tu n'as pas répondu ! Petit pantin sensible, Kirill se glisse dans le sentiment. A l'aide de songes d'enfant décrochés de sa mémoire, il parvient à susciter et tenir l'émotion, comme l'archet tient une note jusqu'à la fin.

– C'est difficile à expliquer, Kirill. Beaucoup de philosophes s'y sont cassé les dents.

– Alors pourquoi en parles-tu ?

– Bon... pour te faire plaisir, je te dirai que l'âme, c'est quand tu comprends avec le cœur. En même temps, Guy tapote la tête et la poitrine de l'enfant.

Celui-ci réfléchit profondément. Les lèvres purpurines de fantasmes démordus, de fièvres débridées, de désirs défendus, s'entrouvrent :

– Souvent, je me demande pourquoi Dieu a inventé... la mort ! Avant, les gens, les animaux s'endormaient à la fin de leur vie. Maintenant, on les tue sans leur offrir le paradis. Dans mon village, près de Durdevik, j'ai des amis qui sont morts, d'autres ont disparu... certains, avec qui je jouais, m'ont lancé des pierres... Il n'y aura pas de rentrée d'école cette année ! J'aimais bien la rentrée d'école !... C'est aussi comme cela chez toi ?

L'interrogation de Kirill révèle l'enfant blessé. Elle scintille telle une bulle de savon irisée et dansante dans un courant d'air. A coups de flash-back puissants, pathétiques, bouleversants, le petit Bosniaque dévoile son impuissance d'enfant devant l'horreur qu'on lui impose. Son esprit et son âme surnagent apparemment intacts. Ils sont endoloris, brûlés à vif.

– Mon village en Alsace ressemble au tien, Kirill. Les maisons sont solides avec des toits très bas. On les croit fragiles, parce que construites de bois et de torchis : leur pérennité étonne. Les murs ont de grands dessins, comme des araignées en bois – Kirill émet un léger sourire. Il y a des géraniums aux couleurs claquantes, des églises, une mairie, une école, un monument aux morts, car, chez moi aussi, il y a eu la guerre… il y a également des forêts, des sentiers avec des croix rurales…, des sortes de bogomiles ! et de l'eau partout. Dans ma ferme, au bord du marais, le silence a chassé la cité. Avec lenteur, j'attends le murmure du ruisseau qui s'éveille sous les glaces affolées de printemps. J'y découvre la pleine lune, absente des villes… Je sais que tu aimes la lune, Kirill – le gosse sourit. La nuit, elle projette dans les étangs la couleur des montagnes… et moi, je rame doucement entre les nénuphars gardés par les grenouilles… L'Alsacien ferme les yeux. Les images sundgauviennes le prennent par la main, l'entraînent par monts et par vaux.

– Dans mon village à moi, il n'y a presque plus de maisons. Il n'y a plus de fleurs, rien que de la mauvaise herbe… il n'y a non plus de monument aux morts… plus tard, il faudra tout reconstruire, et surtout édifier des pyramides pour y inscrire tous nos morts… peut-être chacun sur sa face, mais tous sur le même monument !

Les quelques mots que le blondinet bosniaque vient d'accepter d'offrir ont la grâce funambulesque de l'acrobate qui avance, les yeux fixés sur l'extrémité du fil soutenant ses pieds. En cet instant, la fin du fil reste dans l'ombre ! Kirill détient encore, diffuse, un peu de cette naïveté qui construit l'enfant. « Malheureusement, se dit Guy, il n'y aura bientôt plus d'enfants naïfs ! »

– Le ciel est redevenu clair. La lune sera belle ce soir, annonce-t-il. Tentative céleste de renouer le fil de sa souvenance sundgauvienne. Il se sent un peu con de donner ainsi dans le bourgeoisement correct. En réalité, il cherche désespérément à échapper à ce monde d'enfant. Ce monde aux sonorités bizarres, au sens renversé. Il a peur de ce petit jongleur d'images qui pourrait en laisser choir une. Les éclats de songes brisés font toujours très mal. Il le sait !

– Je la regarde depuis longtemps, Guy. C'est toujours la même.

– Non, ce soir, elle sera différente. Elle sera toute ronde. Chez moi, en Alsace, elle va se baigner dans les marais, comme elle le fait chaque mois. Et tout le monde cherche à attraper les gouttes d'eau qu'elle laisse tomber lorsqu'elle en sort.

– Ici, elle sera carrée !

– Que racontes-tu, Kirill ? tente de rigoler Guy. Il pressent autre chose qu'une blague.

– Je te montrerai, Guy ! Il ne faut pas accepter la lune que les autres t'imposent. Chaque fois que le malheur frappe à ma porte, je sais que le monde est mauvais. Alors, je me fabrique... ma lune. Une lune carrée ! Elle n'existe que pour moi !

Kirill s'abreuve de rêves. Il n'a pas aperçu son étoile sombrer dans l'abysse de la lâcheté et du mépris quotidiens. Le pressent-il ? Le ton du gosse se veut narquois. Il cherche à dissimuler le filet d'angoisse qui y tremble.

– C'est une plaisanterie ton histoire de lune carrée !

– Peut-être ! La voix enfantine est devenue ambiguë : C'est peut-être un mensonge, ma belle histoire... mais elle est belle, n'est-ce pas ?

– Tu racontes bien, Kirill ! Maintenant, va t'amuser un peu... un enfant doit jouer à ton âge. Promets-moi seulement de me montrer ta lune carrée !

– Pardon, Guy. Je ne connais pas d'enfant heureux... cela existe-t-il vraiment ? Ici, il n'y a que des enfants morts ou dans l'attente de la fosse commune... Le gosse se laisse glisser au sol : – Je n'ai toujours pas retrouvé mon chat !

– C'est très indépendant un chat, Kirill. Sais-tu que, vivant ou mort, le chat a la certitude de retour à la vie d'autrefois ? L'Alsacien rit de ce demi-mensonge propre à faire passer une demi-vérité.

Un haussement d'épaules amusé du petit Bosniaque ponctue son sourire sceptique. N'ont-ils pas sept vies, les chats ? Dans le soleil de miel filtré par le Konjuh, Kirill ressemble curieusement à un chat ! Le félin a toujours eu une relation mythique avec la lune, qu'elle soit ronde ou... carrée !

Les ombres violettes s'allongent sous les hêtraies. La bruyère s'ensanglante, repoussant hors de la sylve sapineuse l'odorant genévrier. Le maquis de cistes et de plantes halophiles s'essouffle d'abeilles et de mouches excitées : le petit-houx et l'orchidée rivalisent d'ardeur rougeoyante face à l'azur de l'aphyllante.

Une petite troupe d'hommes s'extrait du crépuscule forestier. Guy les observe à l'aide de ses jumelles. Il sourit, car il reconnaît Steff et Piet. Il ne peut s'empêcher de faire une grimace, lorsque son oculaire s'arrête sur la face d'Ali :

– Qu'est-ce qu'il vient foutre ici, celui-là ?...

– Il y a un problème ? s'inquiète Eyup. Il tapote son M16.

– C'est Steff qui arrive avec Piet. Mais regarde qui les accompagne !

Le Bosniaque scrute la colonne. Il se racle la gorge – signe qu'il vient d'apercevoir l'Iranien – puis poursuit son investigation : – Hasib est là avec mes hommes. Un sourire complice dans le regard, il rend les jumelles à Guy.

Une demi-heure plus tard, Steff donne l'accolade à son ami alsacien. Son œil acéré le dévisage : – Tu m'as l'air crevé ! Tiens, tu es armé, déclare-t-il en désignant le pistolet que porte Guy, glissé dans son ceinturon. Le ton se veut anodin, du genre petit bourgeois : « Elle est chouette, ta cravate ! » Guy a compris que son ami s'inquiète et s'interroge sur la « cravate ».

– Je t'expliquerai plus tard. Auparavant, nous allons vous installer. Eyup, veux-tu t'occuper de tes hommes et de ceux d'Ali ? Il faudra renforcer la garde cette nuit. Et surtout exige beaucoup de discrétion dans les mouvements dans Nebo. Rejoins-nous, s'il-te-plaît, avec Hasib et Ali. Nous dînerons ensemble pour faire le point.

– Quel luxe de précautions, Sundgau ! C'est la guerre ? remarque Piet.

– En tout cas, nous ne sommes plus au paradis... aux portes de l'enfer, certainement ! rétorque Guy, le visage sombre. Suivez-moi !

Dans la salle de la ferme, c'est le branle-bas de combat. La vieille Meliha fait les honneurs de son modeste dîner. Sur la table fume la pitta aux choux.

Au-delà de la joie des retrouvailles, une certaine gravité flotte dans les regards. Marc, très pâle, arbore son épaule bandée avec une mimique de gosse qui a commis une grosse bêtise. Au rythme d'un haiku désinvolte, l'Allemand caricature ce qu'il nomme « l'incident » : – Il avait une sale gueule, le Trifko. Je ne l'aimais pas. Lui, non plus. Alors, il a tiré. Le compte rendu est un va et vient entre le lapidaire et l'ironie. L'Allemand a tout dit et tout suggéré.

Kirill, intimidé, se tient derrière Guy. Il le suit comme l'abeille la fragrance du pollen. Attentif, l'Alsacien le présente à Steff et Piet :

– Kirill, mon petit frère !

Steff lance un regard acéré au « grand frère ». Le message est clair : « Dans quelle aventure t'es-tu encore lancé, mon vieux ! ». Piet, enchanté par l'émotion palpable chez l'enfant, l'accapare pour lui montrer son caméscope et ses appareils photographiques.

A voix basse, Eyup et Hasib s'entretiennent. De temps à autre, Eyup lève les yeux sur Guy, comme s'il recherchait une explication. Une flamme étrange l'anime.

Un peu plus loin, Ali et Idriss, raides tels des piquets, mangent tranquillement. Seraient-ils seuls qu'ils n'agiraient pas autrement. Guy fut irrité par la présence de l'Algérien qu'il n'avait pas souhaitée. Eyup, prévoyant sa réaction, l'avait bousculé en le dépassant. Petit code secret entre eux depuis le passage de Trifko : « Du calme, mon vieux ! »

Pour l'instant, l'Alsacien raconte les tragiques événements qui ont précédé l'arrivée de Steff : la fête..., les tchetniks..., les violences..., la sauvagerie de la nuit violée..., le suicide de Dzemila... Il conclut :

– Je suis sur qu'il s'agit de ce Trifko dont Ali nous avait montré les photos à Tuzla. Eyup nous l'a confirmé... Ce salaud a pris nos papiers pour les faire contrôler et il doit revenir à Nebo dans les prochains jours... Ce gars-là est une véritable bête sauvage !.. A ton avis, Steff, combien de temps peuvent résister nos papiers ?

– Avec eux ?... deux à trois semaines, je pense... Mais nous ne les attendrons pas : il y a trop de risques ! Nous serons partis d'ici bien avant. Sous la table, Steff lui glisse un discret coup de pied.

– Ah ! Guy comprend qu'il lui faut changer de sujet : – Et vous, comment s'est déroulé votre départ du camp ? Qu'est-ce qui se passe dehors ? Ici, à Nebo, nous sommes plus paumés que sur une île déserte... avec les sauvages en plus !

– La situation semble évoluer : les forces croates de Zagreb et celles bosniaques de Sarajevo progressent en Bosnie occidentale. C'est la débandade serbe, comparable à celle de la Krajina. Jajce et Kluc sont tombés... les forces de Mladic se sont retranchées dans leur fief de Banja Luka. A l'extérieur, ton Président, Sundgau, court toujours après ses deux pilotes. Je me demande si, en définitive, ces deux otages ne sont pas devenus une chance pour la paix. Paradoxalement, les tiens font le forcing et cela emmerde les Serbes de Pale et de Belgrade... Savez-vous que l'on annonce plus de six mille Bosniaques musulmans massacrés à Srebrenica. Et pour la deuxième fois, Radovan Karadzic et Ratko Mladic viennent d'être inculpés par le Tribunal international pénal de La Haye... avec un peu de patience, Milosevic les rejoindra bientôt !

– C'est formidable, cela progresse, lance Mic.

– Piano, piano, Signore Professore, tempère Steff. Ayez toujours en mémoire les rapports de Tadeuz Mazowiecki. Ils se sont englués parmi les fonctionnaires de l'ONU. Et nous savons tous la passion des fonctionnaires pour les papiers : papichieurs, ils sont aussi papivores... ils dévorent et... plus de traces ! Ce pauvre petit tribunal a été créé par le Conseil de sécurité de l'ONU. Or, nous savons par expérience la crédibilité que l'on peut accorder à ce type de décision. Au nom d'un intérêt politique contraire, l'ONU peut défaire d'une main ce qu'elle a créé de l'autre.

– Dans ce cas, nous sommes peut-être l'une de ses chances d'exister à ce tribunal, gronde Guy.

– Vous avez compris. Menons à bien notre tâche et rassemblons des témoignages irréfutables pour alerter l'opinion publique... ainsi, nous pouvons éviter qu'on réduise le Tribunal au silence.

– En quelque sorte, nous travaillons pour l'Histoire, remarque Léa. Elle triture la chaîne d'or passée à son cou. Rosaire de souvenirs, les mailles métalliques égrènent une à une, sans fin, les souffrances accumulées.

– C'est cela ! s'exclame Steff. Et nous, nous saurons si l'Histoire a une morale lorsque nous connaîtrons le nombre et les noms des criminels condamnés. Et soyons honnêtes, dans ce type de guerre, il y en a de tous bords... même si les Serbes, dans le domaine de l'épouvantable, ont pris une bonne longueur d'avance. Virtuoses du crime organisé, les communistes de Pale et de Belgrade ont tout de même réussi l'incroyable gageure de surpasser en barbarie leurs collègues nazis... Pour démasquer les criminels de guerre, il importe de ne pas tomber dans le piège ethnique : il faut juger tous ces salauds qui se croient à l'abri... ou protégés !

– Allah protège les siens ! Sa colère divine vous a presque tous épargnés hier au soir, profère Ali. Il arme nos bras pour que nous exterminions l'infidèle sacrilège !

– Épargnez-nous vos sermons d'imam sous-développé ! explose Léa avec hargne. Un soupçon d'anarchisme religieux !.. plus par anticonformisme que par convenance, voire par attirance l'entraîne au cœur du débat. La jeune Belge s'offre le temps de s'écouter :

– Ne pensez-vous pas que ces femmes et enfants bosniaques sont déjà suffisamment punis en venant au monde ? Leur faut-il encore d'autres punitions ? Celles de vos règles anachroniques ? Cela vous arrive-t-il d'être seulement un homme ?

La chaîne d'or défile, frénétique, entre les doigts énervés de Léa. Les images d'éclats brisés de la vie de femmes en fête, l'apparition fugace et livide de Dzemila zèbrent la psyché de chacun.

– Hum ! Hum ! Steff se racle la gorge. Inutile de nous énerver. Nous sommes encore loin du dénouement, mais je veux être assez optimiste. Car, ainsi que vous le savez, à défaut de pétrole, les élections américaines et russes se rapprochant, les mangeurs de hamburgers et les buveurs de vodka vont venir chercher ici quelques électeurs !

– Et à nous les charniers ! La voix d'Eyup est tendue. Jusque-là il s'est tenu étrangement silencieux. Il a encaissé les paroles des uns et des autres comme autant de coups. Son ton se fait acerbe : – Qu'il s'agisse d'enterrer nos morts ou de les déterrer, nous devons toujours creuser notre terre. C'est notre façon à nous de retrouver notre mémoire ! En Europe, vous titubez entre Guernica, Katyn et Auschwitz. Nous, nous devons éviter la forgerie humanitaire et hurler que depuis longtemps ça y est ! Nous avons dépassé la côte d'alerte de l'ignominie d'Auschwitz ! Srebrenica, Zepa, Vukovar valent largement vos drames historiques. Et tous nos petits My Laï, ceux camouflés dans votre mémoire oublieuse !

– Je te suis entièrement, Eyup, approuve Guy. Il est ému par le pathétique de l'homme qui se sent abandonné : – C'est à vous, Croates, Serbes et musulmans de reconstruire votre pays. Vivre ensemble ou côte à côte, c'est votre affaire... Mais ne soyez pas naïfs !

– Crois-tu, Sundgau, que, moi aussi, je ne rêve pas de retrouver la société multi-religieuse et multi-raciale de la Bosnie-Herzégovine. La coexistence et la tolérance étaient notre fierté : nous ne nous sommes peut-être jamais assez aimés. Mais nous nous estimions et nous nous entendions, car nous avions besoin les uns des autres. A certaines heures du jour se mêlaient l'appel du muezzin et celui des cloches catholiques et orthodoxes – Ali ne peut s'empêcher un mouvement d'humeur. – Mais penses-tu, un seul instant, que je sois assez crédule pour ne pas comprendre les appétits cannibales de Milosevic et de Tudjman ? As-tu oublié la canonnade de Mostar ? As-tu oublié que les Croates de la « Herceg-Bosna » n'ont toujours pas abandonné leurs prétentions au rattachement à Zagreb ?... Le Bosniaque ferme les yeux comme s'il voulait effacer des visions funestes. Amer, il poursuit : – Je souhaite simplement que tous les donneurs de leçon abandonnent, une fois pour toute, le dogme munichois de la partition ethnique de mon pays. Cette solution n'est que la reconnaissance officielle du génocide, de la purification et du partage des âmes ! Contre cela, je me battrai... jusqu'à la mort, s'il le fallait ! La banalisation du mal, voilà vers quoi on tend !

Une lourde chape de silence écrase les protagonistes. Un toc-toc énervant harcèle les esprits. C'est Ali qui, apparemment, désinvolte, décharge son adrénaline après les propos d'Eyup. Il tapote son verre de son couteau...

– Et votre départ de Tuzla ? reprend Marc, d'une voix anodine propre à rasséréner l'assistance.

– Nous avons quitté le camp, très discrètement, il y a deux jours, répond Streff.

– Deux jours ? s'étonne l'Allemand.

– Sortir de la ville n'est rien. C'est après que cela se complique. A partir de Durdevik, c'est l'empoignade. Les tchetniks contrôlent tous les abords de la route de Kladanj. Impossible d'en sortir autrement qu'à pied et encore de nuit. Les abords de la route sont truffés de mines anti-personnelles. Mais Hasib connaît bien le coin...

– Les mines et les rochers n'ont jamais fait bon ménage ! s'esclaffe ce dernier.

– Enfin, tout ça a fait que nous avons marché pratiquement deux jours et une nuit durant, poursuit Steff, pour vous rejoindre. Nous avons eu la chance de tomber sur Ali et les siens. Ils nous ont facilité la progression jusqu'ici.

– Ali ? Eyup se tourne, interrogatif, vers l'Iranien.

– Oui, le hasard ! J'étais venu reconnaître le terrain pour votre futur départ. Ainsi que l'a dit Steff, nous nous sommes rencontrés... par hasard !

De nouveau le silence satiné, haché par le toc-toc d'Ali.

– J'ai compris que vous comptiez repartir de Nebo très vite. Il serait bon de nous dire quand et par quel itinéraire, si vous voulez que nous assurions votre protection autrement qu'au bon vouloir du destin ! Idriss, l'Algérien, a pris un ton professoral. Il dissimule son regard derrière des lunettes de soleil. Cela fait remonter à la surface de lourds souvenirs : le visage de Trifko s'installe parmi eux. Des bulles putrides éclatent à la surface des mémoires convulsées...

– Auparavant, je dois en parler avec mes amis, réplique Steff. Un soupçon d'agacement se fait jour dans sa voix trop polie.

– Le temps presse, s'exclame Ali. Les tchetniks sont de plus en plus présents.

– Si Eyup est en mesure de nous faire sortir de ce piège à rat et que Sundgau est d'accord, nous pourrions partir après-demain soir, concède Steff. Quelques regrets raclent sa gorge.

– Bien. Avez-vous une préférence pour revenir sur Tuzla ?

– Nous ne repasserons pas par Tuzla !

Une immense interrogation se lit derrière les verres teintés. Le toc-toc d'Ali s'interrompt.

– Le retour par Tuzla est devenu trop hasardeux et trop long. Je tiens à limiter les risques. Si mes amis partagent ma façon de voir, nous franchirons le Konjuh de nuit. Ceux de Vares nous tendrons la main. Ils sont prévenus.

Kirill se tasse contre Guy. Il prend la main de Léa dans sa menotte et la serre, convulsif. L'enfant inquiet fait un peu de place à l'énigmatique montagne noire. Elle vient de s'installer à table. Steff y a déplié une carte d'état-major. La forme ovoïde du Konjuh irradie ses crêtes adjacentes vers chacun des spectateurs. Elle leur tend des mains décharnées, crispées. Rêve de pierres tourmentées sur lesquelles s'écaille le temps.

– Durant ces dernières semaines, j'ai eu le temps de faire un minimum de reconnaissances, admet l'Alsacien. Tu vois juste, Steff ! Les chemins les plus crapahutes, mais les plus sûrs passent par le Konjuh. Toutefois, ainsi que nous l'avions étudié chez nous –

l'air des Ardennes respire –, le problème réside dans les accès aux cols et dans la traversée de ces cols. D'après moi, les derniers kilomètres seront problématiques. Voilà donc ce que je propose...

Le doigt de Guy se faufile dans la vaste forêt. Il se glisse dans les failles rocheuses. Il bondit hors des torrents mugissants. Dans un jaillissement d'écume, il s'offre de furtives dégringolades. Un vol lourd d'oiseaux de nuit s'échappe de la carte froissée. Dérangés, les nyctalopes ailés se réfugient sur les poutres assombries de la salle...

– Tu passes par le col sud... je croyais... remarque Ali.

– Rien n'est définitif, je suppose ? répond Guy. Te sens-tu en mesure de nous assurer une protection éloignée de cet itinéraire ?

– Aucun problème !

– Point de contact dans le col ? Je veux être sûr de la redescente vers Ribnica.

– Il y a une vieille bergerie... là ! J'y mettrai deux hommes. Ils assureront votre passage sur le versant ouest. Code de reconnaissance ?

– Lampe électrique... Appel : un coup bref, un long, deux brefs. Réponse inversée. Cela voudra dire que tout va bien. C'est Idriss qui parle.

– OK ! C'est noté, fait Guy. A l'autre coin de la table, Eyup fait signe qu'il a enregistré.

– Itinéraire de rechange, si cela tourne mal ? intervient Idriss.

– Pour la montée, nous nous répartirons sur deux ou trois itinéraires différents. Au sommet, il n'y a guère le choix avec ce bordel de rochers. Si nous étions bloqués dans le col, j'ai prévu son contournement par là. L'Alsacien dessine une trajectoire à flanc d'une épaisse forêt. Il lève la tête pour s'assurer qu'il est bien suivi. Interrogateur, il s'ancre dans le regard d'Eyup, lourd de reproches. D'évidence, le Bosniaque recherche la connivence. Un cillement de paupières est explicite.

– De toute façon, nous n'allons pas jouer aux stratèges de l'ONU, remarque Eyup. Nous verrons bien sur place. A nous de nous adapter. Et une fois le col atteint et la bergerie rejointe, je ne vois pas où nous pourrions avoir des problèmes. Le ton est bref, cassant. C'est une conclusion à une discussion à peine entamée. Elle laisse derrière elle des relents indéfinissables. Les yeux d'Ali et d'Idriss pissent le regret mal réprimé.

– Vous serez à combien ? demande Idriss.

Guy se tourne vers Eyup, lequel prend un air dubitatif : – Une quinzaine... enfin, quinze à vingt.

– Vous aurez votre témoin avec vous, naturellement ? s'enquiert Ali. Le ton se veut anodin.

– C'est-à-dire que... hésite Guy. Il échange un regard avec Steff. La réticence de l'Alsacien flotte entre atermoiement et scrupule. Cela se sent, se pèse et se soupèse. Le discours cellophané crève de silence ligoté !

– Notre ami Piet l'a enfermé dans son caméscope, éclate de rire Léa. Volubile, elle explique que les témoignages recueillis au camp de Tuzla, et accessoirement à Nebo représentent la récolte qu'ils sont venus faire : – La cruauté comme la souffrance se vit au quotidien, de façon presque banale. Nous venons d'en vivre une cruelle expérience ! C'est cette petite histoire qui construit la grande. A l'origine, l'hydre du génocide avec ses têtes de nazi, de communiste ou de fasciste se veut toujours banale. Elle perdure par habitude des victimes et veulerie des spectateurs... Allons, Messieurs, ne faites pas cette tête ! Ne vous vexez pas ! Pour une fois, je ne vous visais pas... directement !

Sans pouvoir l'expliquer, Guy exulte. Les Afghans haussent les épaules, dédaigneux. Le propos d'une femme ne peut les intéresser. La brillance de leurs yeux furieux en témoignent différemment. Ils posent encore quelques questions pratiques, puis prennent congé.

– Nous devons partir. Nous avons notre dispositif à mettre au point, rappelle Ali. Et deux jours ne seront pas de trop. Au revoir et bonne chance à vous ! Je pense que nous ne nous verrons plus... Eyup, viens !

L'Iranien, l'Algérien et le Bosniaque sortent. Amusés plus que vexés, Guy et ses amis répriment un sourire plein d'ironie. Ils attendent quelques instants. Lorsque, enfin, ils voient les Afghans prendre le sentier vers le Konjuh, ils sortent et rejoignent Eyup. Celui-ci les contemple, amusé :

– Le sable est peu sûr, Sundgau !

– Il y a des sables mouvants, Eyup !

Ils éclatent de rire, tels deux gosses qui viennent de jouer une belle farce.

– Au début, j'ai craint que tu ne parles de trop. Mais je t'ai sous-estimé : tu es un faux bavard. Je suis certain qu'Ali et les siens s'embarquent vers Ribnica.

– Exactement ce que je cherchais, Eyup ! Au départ, nous prendrons le sentier près de la source, en une seule colonne. Ce sera plus sûr et plus rapide. J'estime qu'en quittant Nebo à la tombée de la nuit en quatre à cinq heures nous pouvons atteindre le col. J'espère toutefois qu'Ali le contrôlera : c'est tout ce que je lui demande pour assurer notre exfiltration. Les gars de Vares ne seront plus loin. Et au lieu de filer vers Ribnica, nous basculerons sur le versant sud vers Kamensko.

– Une question, Sundgau ? fait Eyup. Il a l'air de s'amuser énormément.

– Vas-y !

– Pourquoi cette soudaine méfiance ?

– Soudaine ne me paraît pas le bon adjectif. Saine me conviendrait mieux. Mais je n'élude pas ta question ? Tu auras ta réponse, Eyup ! Steff, à qui as-tu parlé de ton départ ?

– A nos amis du camp que vous connaissez comme moi. Et j'ai été très discret, car nous avions ressenti de façon très bizarre être sous surveillance... invisible.

– Et ta rencontre avec Ali dans la montagne ?

– Rien d'inopiné, si vous voyez ce que je veux dire. Ils nous attendaient !

– Exactement ce qu'Hasib m'a rapporté, laisse tomber Eyup.

– Ainsi, tu as ta réponse, mon vieux, sourit Guy. Ou Ali et les siens nous couvent, et dans ce cas ils sont pesants, ou ils nous épient, et alors ils m'emmerdent ! Si tu ajoutes cette curieuse insistance sur notre mission et ses résultats, il y a de quoi intriguer la moins fouineuse des femmes ! Je croyais que la discrétion était de mise dans notre boulot !

– En attendant, Léa ne mâche pas ce qu'elle pense, intervient Mic. Avec son intuition, elle a exprimé tout haut ce que nous ressentions.

– Ouais, mais prudence. Il ne faut pas accroître le nombre de nos ennemis, énonce Piet, en bon Anversois pragmatique.

Léa éclate de rire tout en les chahutant. Chaleureuse comme tous les esprits libres, la jeune femme communique à ces hommes engoncés dans leurs soucis ses gestes d'excentricité. Secoués tels les noyers de septembre, ils laissent leur cœur sourire.

– De toute façon, avec ces gars-là, dès le début les haricots étaient cuits ! conclut Marc.

– Eh bien tant pis pour eux. Car je n'aime pas les haricots ! s'esclaffe la jeune Belge.

– Tu es une dague empoisonnée, Léa ! s'exclame Eyup. Il est hilare. Cependant Piet a raison. Pour voyager de par le monde, j'ai quitté la solitude de mon pays montagnard et son charme oriental authentique. D'un geste large, le Bosniaque balaie l'horizon du Konjuh, tout en poursuivant : – Avec le temps, plus que la dzamija, pardon, se reprend-il, la mosquée de mon village, c'est lui, le Konjuh et son éternel petit nuage qui m'ont manqué. C'est ainsi que je suis devenu un musulman laïc. Allah pour moi, sans me l'imposer et sans l'imposer aux autres !

La voix du Bosniaque contient une fine fêlure lorsque son regard escalade le versant obscurci de la montagne. Il poursuit à voix plus basse :

– En principe, nous ne les fréquenterons plus que de loin. Cela vaudra mieux pour nous tous ! Dans le cas contraire, abstenez-vous de les provoquer : ils sont plus dangereux que vous ne pouvez le penser. Eux aussi, ils veulent une autre Bosnie... celle du Moyen Age avec les explosifs de l'intégrisme en plus !..

Deux hommes s'approchent du groupe. Ce sont des gens d'Eyup. Quelques ordres brefs. Les deux silhouettes se fondent dans l'obscurité.

– Cela fait partie de notre préparation, explique le Bosniaque. Comme convenu avec Steff, je les envoie prendre contact avec vos amis de Vares pour organiser votre récupération après le col... C'est là que nous nous dirons adieu... Eyup cligne des yeux : – Te souviens-tu, Sundgau, lorsque je t'ai présenté le Konjuh pour la première fois ? C'était par une belle nuit comme celle-ci...

Le massif impénétrable paraît s'ouvrir sur un amphithéâtre monstrueux pour mieux les envelopper et les engloutir en son sein. Sortie de l'utérus de l'univers, la lune ronde baigne Nebo dans une lumière sous-marine. La chacone venteuse psalmodie de sublimes et dégradés de jais... Le Konjuh irradie, noir de lumière...

– Laku noc, Eyup. C'est Léa qui souhaite bonne nuit.

– Laku noc, Léa. Hvala lijepa, remercie le Bosniaque sans se retourner. Il est perdu quelque part dans le foisonnement de la bruyère arborescente, du myrte et du pistachier.

Peut-être ne peut-il échapper à l'étau des sombres crêtes ? Peut-être, tout simplement, s'évade-t-il vers le « doux silence », ce but ultime à atteindre du conteur Ivo Andric ?...

*

*   *

Chapitre IX

Leurs pas les ont conduits au jardin-tombeau. Septembre y a fait halte : les vaines promesses des vénéneux fruits incarnats rivalisent avec les trompeurs espoirs des dernières opalescences des feuillages dorés. Le maquis tout proche exhale des bouffées d'arômes entêtants et mielleux. Le temps s'accélère au battement lent d'un papillon tardif.

– Ton jardin est évocateur, mais il est également morbide, s'exclame Steff.

– Exactement ce que m'a dit Eyup, réplique Guy. Il prétend que c'est comme la Bosnie !

Après le repos de la nuit, au petit matin, les deux hommes se sont isolés pour la mise à plat.

– A ce propos, que penses-tu d'Eyup ?

– Il faut vivre avec lui. Il le mérite... Je lui accorde une confiance totale, s'enflamme Guy.

– Un sacré bonhomme, en tout cas...

– Un moine-soldat dans son genre...

– Un mystique...

– Plutôt un pur, hésite Guy. L'ombre interrogative du bogomile glisse devant ses yeux.

– C'est pour cela qu'il ne survivra pas à la tragédie de son pays, assène Steff.

– T'es malade ou quoi ? Pourquoi dis-tu cela, Steff ? s'insurge Guy. Eyup est un vrai Bosniaque, un homme du terroir. Un jour, il m'a avoué avoir de la famille serbe et même quelques branches croates dans son arbre généalogique. Aussi a-t-il horreur du distingo national ou ethnique, lequel, à ses yeux, est le grand responsable du drame qu'il vit. Lorsque la paix sera revenue dans ces montagnes, ils auront besoin de types dans son genre.

– Et moi, je te dis que ces purs ont toujours fait peur aux politiques : ils les utilisent pour la sale besogne et ensuite ils les élimineront. C'est dégueulasse, mais il en est ainsi. Les combattants combattent. Les politiques cuisinent... l'immoralité !

L'Alsacien n'aime pas du tout, mais alors pas du tout, ce genre de digression. Le fantôme du bogomile s'est dissous au soleil. Il doit préférer le secret de l'ombre.

– En attendant, j'estime que vous avez eu beaucoup de chance lors de votre rencontre avec Trifko, relance Steff.

– Quand on gagne, on a de la chance ! Et lorsqu'on perd, c'est qu'on a été mauvais, réplique Guy. Or, je dois l'admettre : l'autre nuit, j'ai été mauvais...

– Ne sois pas maso, Sundgau ! Les tchetniks avaient l'avantage du nombre et de la surprise pour eux. Leur but est la terreur calculée pour provoquer la fuite des gens.

– Écoute moi bien, Steff ! J'ai déjà fait la guerre en Algérie. J'y ai tué des hommes, rien que des hommes ! mais, jamais, tu m'entends au grand jamais, je n'ai touché à un seul cheveu d'une femme ! et encore moins à ceux d'un enfant. Je n'admets pas et je méprise tous ceux qui enseignent la haine aux enfants... par l'exemple ou la terreur... « j'ai la haine » est devenu un emblème médiatique et un leitmotiv pour certaines banlieues de mon pays... Ces agitateurs oublient simplement que les enfants ont encore le temps de rêver et d'apprendre la haine... Il sera toujours temps de haïr! La voix de Guy se fait amère: – Je ne peux oublier les yeux de Kirill. Rudoyé par Trifko, déçu par ma passivité, horrifié par le spectacle des femmes enlevées, il vit le temps hors des aiguilles du cadran depuis la découverte de Dzemila.

– Inconsciemment, il doit chercher à recoller à une identité qu'il n'a en fait jamais abandonnée. Tout cela n'est pas beau et doit être dur à vivre pour un gosse.

– L'autre soir, il m'a parlé de la lune..., sa lune carrée. J'en étais tout retourné, car je sentais en lui tous les bourgeons qui n'avaient pas éclos. Mais il m'a semblé que lorsqu'il aperçoit cette lune, les anges doivent alors passer tous feux éteints dans son sommeil.

– Lune carrée ?... pourquoi pas une lune triangle ? tente d'ironiser gentiment Steff.

– Et pourquoi pas ?... te dirait Kirill, réplique Guy, très grave. Chut ! Le voilà avec Léa et Eyup.

Sérieux comme un pape – l'image œcuménique fait sourire l'Alsacien – le gamin porte, avec précaution, un pichet. A ses côtés, la jeune femme tient quelques tasses. Le Bosniaque les suit, le M16 apparent.

La densité des regards de Léa et Kirill est telle que Steff sursaute. Entre eux et Guy passe un immense souffle, proche d'une ivresse sacrée.

– Toi, tu as encore beaucoup de choses à me raconter. Lorsque tu seras prêt, nous parlerons, lâche-t-il à voix basse.

– T'inquiète, mon vieux ! Ces deux-là m'aident à supporter, voire à surmonter l'addition quotidienne de mes deux angoisses : celle de mon passé et celle d'aujourd'hui.

– Tu as une mission ! Tâche de ne pas l'oublier !

– Léa et Kirill ne sont pas une charge, bien au contraire. Ils m'ont donné l'existence...

– Alors, c'est fini ces cachotteries ? plaisante Léa en arrivant sur eux.

Elle distribue les tasses. Kirill les remplit consciencieusement de café chaud. Une scène campagnarde sous un ciel d'un bleu impossible. Au dessus du Konjuh violet, Guy découvre un petit nuage blanc. Brutalement, il lui semble l'avoir toujours vu là. Eyup l'avait d'ailleurs évoqué !.. cette blanche et infime nuée indispose l'Alsacien. Elle l'insécurise et le met en danger. Maintenant, le jour lui apparaît couleur de poussière. Les sapins sont gris, les crêtes rocheuses de plomb fondu. La clarté liquide du ciel, les couleurs ensoleillées de la nature automnale sont salies d'un noir dégoulinant...

– Merci, Kirill, fait Steff. Sundgau m'a beaucoup parlé de toi : il paraît que tu es un grand bonhomme !

– C'est mon... balbutie le gosse. Il hésite, happant le regard de Guy pour pouvoir répondre.

– Nous sommes devenus des frères, répond celui-ci. Et nous n'avons pas de secret l'un pour l'autre ! N'est-ce pas, Kirill ?

Un éclair d'affection tranquille transfigure le blondinet. Ses yeux ont le mérite de savoir rendre sa part de magie au désastre qui les nargue. Les quinquets du gamin bosniaque brûlent tous ces rires dont Léa et ses compagnons ont tant soif...

– Je suis content que vous soyez là. Avec Sundgau nous mettions au point quelques détails pour le départ demain soir. Steff s'ébroue. Il cherche à dissimuler l'attendrissement qui les gagne : – Notre ami me disait qu'apparemment notre renseignement sur Nebo serait bidon. C'est regrettable. Nous tâcherons d'éclaircir cela plus tard. Eyup, je te mettrai à contribution. Heureusement, notre moisson de témoignages à Tuzla a été fructueuse. Nos carnets et le caméscope de Piet ont bien rempli leur office. Nous pourrions les compléter ici avec ceux des réfugiés de Srebrenica.

– Les gens de Nebo en ont bavé. Le patelin pourrait ressembler au Club Med. Mais ce n'est qu'un hameau bosniaque où rôdait un fantôme du bonheur. Derrière les arbres et les murs, les âmes et les cœurs sont plus fissurés que les corps de ces misérables, remarque Guy. Tout particulièrement, au cours de cette dernière nuit de cauchemar. Ce n'était pas beau, Steff. Et, je me demande si...

– Ah, non ! s'insurge Léa. Ce serait trop facile. Plus que le viol de leur ventre, c'est celui de leur âme que les femmes de Nebo ont subi. Je vais leur parler. Elles doivent témoigner. Certaines y sont prêtes pour laisser une trace de leur histoire.

– Es-tu certaine que... se hasarde Guy.

– Mes anxiolytiques, ça va pour quelques nuits, même si elle pleurent dans leurs cauchemars, l'interrompt-elle avec brutalité. Mais pour effacer la salissure des nervis de Trifko, il faut que ces salopards passent en jugement. Si la justice fait son travail, alors peut-être auront-elles une chance de retrouver un sens à leur vie !

– Léa a compris, car c'est une femme, approuve sourdement Eyup. Seul, l'oubli est impossible !

– On ne tue pas les lâches. On les oblige à se montrer tels qu'ils sont ! lance la jeune Belge D'évidence, c'est son combat. Un combat de femme. Si, en venant en Bosnie-Herzégovine, elle avait été à la recherche d'une motivation, elle venait de découvrir sa vocation.

– Je ne suis pas d'accord avec toi, Léa, persiste Guy. Sa voix est blanche. Il faudra en définitive les éliminer ! Et tant pis pour les plaidoiries des juristes en chambre sur les Conventions de Genève ! Dans les marais rhénans de Saint Louis, j'ai un jardin. Et quand j'y découvre une mauvaise herbe, je la mets en évidence. Tu vois que jusqu'ici je te suis, Léa ! Puis, je l'arrache ! Je l'élimine ! Je la brûle !

La voix de Guy s'élève dans un cri venant du ventre. Son regard semble défier celui de ses compagnons. L'humiliation de la nuit de Trifko, la rage honteuse des femmes violentées, le désespoir suicidaire de Dzemila plantent un brandon incandescent dans sa poitrine. Sur ses lèvres flotte maintenant un étrange sourire. L'Alsacien vient de ranger sa peur et sa sensibilité dans l'armoire aux souvenirs. Il eut souhaité pouvoir tirer l'épée et défier Trifko en duel. La purification par le sang versé... Dans sa bouche, la salive a pris un goût de haine. Elle lui rappelle ce qu'un amis irlandais lui disait, un soir d'hiver, dans les Fagnes ardennaises : « La seule condition pour que le mal puisse triompher, c'est que les bons ne fassent rien ! » Or, comme la lumière n'existe que par l'ombre, le Bien n'existe qu'au travers du Mal. Et c'est dans ce sens que l'humain prend toute sa valeur dans sa lutte contre le Mal...

Eyup les a tous rassemblés : les vieilles et les vieux. Les femmes serrées dans leur fichu. Leurs yeux baissés n'osent s'aventurer hors d'elles. La honte et l'angoisse les confinent dans leur corps gris devenu. Les enfants, du marmot gazouilleur au bambin déjà tragique. Kirill a pris place parmi eux. Il fait partie intégrante de leur groupe.

Dehors, les amis d'Eyup assurent une garde discrète. L'après-midi commence. Eyup parle. Sa voix calme, lente et sourde, balance des phrases incompréhensibles pour Guy. Quelques mots explosent :... crime contre l'humanité... faire revivre les morts... charniers dissimulateurs... refuser l'oubli... lever la tête et accuser... transmettre toutes les informations personnelles et confidentielles pour déterrer les morts et revivre...

Le Bosniaque est le tribun qui fustige la mémoire, lui refusant le refuge du mutisme. Trop lasse, trop bafouée, elle s'enfonce dans la sombre amnésie. Lui refuse de confondre vérité et oppression.

Il est homme d'église. D'une église sans hiérarchie, sans discours hors du temps. Prophète, il refuse la démocratie utilitaire. Exorciste, il extirpe chacun, un à un, hors de l'horreur anonyme. Il leur redonne un visage, une apparence. Il désemmure les cœurs et les âmes de leur silence méfiant et désespéré.

Chevalier au rustique mysticisme, il est le bogomile entrevu sur la stèle auprès de la source. Sa main levée vers les habitants de Nebo les met en relation avec les puissances chthoniennes.

Un mutisme secret gonfle les poitrines des femmes. Elles ont gardé les yeux baissés. Leurs oreilles ont entendu. Derrière leurs paupières closes défilent les images des leurs abattus dans les rues de Srebrenica, des torturés dans les caves de Srebrenica, des martyrs disparus dans les charniers de Srebrenica. Leur corps fouaillé par le stupre serbe regimbe. Les apparences gercées depuis la nuit de Trifko s'effritent. Telles les fragiles portes japonaises de roseau et de papier, elles glissent sans bruit sur les traits féminins.

Un fichu gris se penche à droite. Un autre s'incline à gauche. Un remous ondule les épaules et relève les têtes. Un murmure court sur les lèvres blanchies tant elles sont mordues :

– Dzemila... Dzemila...

Dzemila affranchit les silhouettes des esclaves. Trois syllabes. Trois notes : – « Dze » l'invocation, « mi » la plainte, « la » l'appel. Dzemila, dans ton abîme de détresse, tu as cherché le balancement de la mort dans la prunelaie... Dzemila, petite chose fragile qui n'a su trouver le repos que sous le noyer non coupable.

Une femme se lève. Elle se dirige vers le groupe de Guy et ses amis. Elle s'arrête devant Léa. La femme lui prend la main et dit simplement : – Moi !

Une deuxième la rejoint. Toute la chiourme de Nebo se lève. Dans le fol espoir de guérir l'étrange maladie de leur regard, les femmes bosniaques se frappent la poitrine. Pour arrêter le balancement de la pendue, elles psalmodient : – Moi aussi ! La gorge serrée, les yeux embués, la jeune Belge les prend par les épaules pour les embrasser.

Un arbre, un pan de mur la rivière servent de confessionnal. Léa et Eyup passent de l'une à l'autre. Piet grille de la pellicule. Guy et ses compagnons noircissent des pages de carnet. Timides à la limite de l'autisme, les confessées témoignent. Les voix filent leur thrène en quête du plus beau des poèmes qui aient jamais existé : le cantique des cantiques, cette apothéose de l'éternel féminin.

Les petites blessures de la vie invisible laissent affleurer la coulée continue de la sensibilité blessée. Les gestes, les errances, les mots terribles de l'innocence bafouée. Srebrenica, Nebo, le même massacre des Innocents ! Milosevic, Karadjic : la même pourriture décadente ! Mladic, Trifko : la même folie meurtrière ! Les réfugiés de Srebrenica, les blessés de Nebo raclent leurs plaies jusqu'à la nausée. Et toujours le même regard, jamais renouvelé.

Guy se remémore l'interrogation de Tchekhov : « Pourquoi Dieu donne-t-il cette douceur et ces yeux bons, tristes à des êtres faibles, malheureux, inutiles ? Pourquoi ont-ils tant de charme ? »

Pour éteindre ce royaume de ténèbres, monochrome, glacé, pour effacer ce répertoire d'images hallucinées, visqueuses, le Konjuh tente d'atténuer les tragiques soliloques. Il piétine les ombres de trajectoires incandescentes. Sur le paysage de ses versants échevelés, il palpite une fresque céruléenne...

A la nuit tombée, la ferme de Samir et Meliha réunit les nouveaux confesseurs. Déséquélibrés dans leur vie au quotidien par les flash-back recueillis, ils ont du mal à se retrouver. Par de petits gestes dérisoires, ils voudraient déchirer les fils que l'angoisse est en train de tisser au fond d'eux. A la suspension abrupte et répétée des sentiments, ils partagent un désarroi identique, écrasés qu'ils sont sous le poids des mémoires piratées.

– Là-dedans, déclare Piet en tapotant son caméscope, il y a maintenant de quoi interdire tout déni de vérité.

– Ce sera à nous et à l'Organisation de témoigner. Tous les gens qui viennent d'accepter de parler ont franchi un pas énorme, surenchérit Steff. Mais ce ne fut pas facile. Félicitations à vous quatre – il s'adresse à Léa, Guy, Marc et Mic – vous avez fait du bon boulot et même au-delà, car les gens de Nebo vous aiment. Cela se sent !

– Il y avait priorité à s'intéresser à ceux qui étaient prêts à tomber, lance Guy.

– Félicitations aussi à toi, Eyup : tu as su trouver les mots pour les convaincre et leur montrer l'intérêt de leur témoignage.

– Pour eux, il était visible que c'était trop lourd d'assumer et de parler, appuie Marc.

– La souffrance individuelle a une autre résonance que la vérité collective, commente le Bosniaque. Cette dernière sera déjà arrangée au gré des politiques... peut-être écoutée, sûrement falsifiée, voire oubliée. L'autre s'avive avec le temps. Elle gueule lorsque les théoriciens de tous poils vont s'attacher à l'assourdir, puis à la museler pour se faire de fausses virginités. L'inhumain déshumanise les torturés et les spectateurs.

– Un jour, à la télévision, j'ai entendu un curieux débat sur la Première Guerre mondiale, intervient Guy. Un ancien combattant gazé parlait des souffrances endurées durant la guerre. Un jeune énarque, qui n'avait même pas connu mai 68, avait rétorqué, péremptoire et connement universitaire : « D'accord, mais il n'y eut "que" 1,5 % de morts gazés ! » L'Alsacien scrute Eyup : – A chacun son regard ! Le témoin vivant ne doit pas attendre. Il a la priorité ! Et le silence tout autant que l'oubli sont immoraux !

– « Il n'y a pas de rêves qui soient dans d'autres rêves », dit Borges. C'est Léa qui rejoint Guy.

– Maintenant c'est à vous de jouer ! s'exclame le Bosniaque. Vous êtes partis de quelque part, vous devez vous rendre ailleurs ! Il conclut son aphorisme : – J'espère que nous saurons nous rencontrer dans cet ailleurs ! Alors...

Eyup s'interrompt. La porte d'entrée grince. Elle s'ouvre. Sur la ténèbre du ciel étoilé s'agrandit la silhouette d'un homme. N'eût été le bandage blanc du cou, la découpe humaine aurait semblé un morceau de nuit détachée. Après avoir soigneusement refermé la porte derrière lui, Irfan, le semeur de vent s'avance.

Sans dire mot, il s'assied à la table entre Guy et Eyup. Son visage resté dans l'ombre lui confère celui du Buveur d'absinthe de Manet. Portrait mystérieux d'un homme aux yeux cachés, visage insondable à la fois lointain et triste.

Le semeur de vent se penche dans l'arène blême de lumière. Les bougies font effort d'éclats dérisoires. Minuscules veilleuses qui se veulent flambeaux. Le silence se fait écho de perspectives diaboliques.

Le nouveau regard d'Irfan brille, autrement lucide. Sa voix rauque, déréglée, est un remuement souterrain. Elle plie les genoux pour une confession à gorge serrée.

– Moi ! lance-t-il sur la table.

Après la procession des femmes déflorées, la présence du semeur de vent devient presque gênante. Grotesque. Clownesque.

– C'est bien Irfan. Merci, nous verrons cela demain, s'interpose Eyup. Ce soir, nous sommes très fatigués.

– Moi aussi ! s'insurge le vieux. Sa mémoire suintante refuse que l'on froisse le cimetière installé. Cri de secours ou cri de désir, il s'ose et s'adresse directement à Guy.

L'Alsacien est profondément remué par l'appel. Il réalise qu'il vient enfin de faire sa rencontre. Il a joué au spéléologue du cœur humain, oubliant au passage le vieux fou. Il l'avait senti frissonner à son approche, mais ne s'était pas arrêté à ses lisières secrètes.

Médiation frémissante, la main de l'Alsacien se pose sur celle du vieil homme.

– Parle, Irfan ! Nous t'écoutons. Pričaj !

Un ronronnement imperceptible. Professionnel, Piet vient de déclencher son caméscope. Un triste sourire aux lèvres, Irfan jette un coup d'œil rapide à l'objectif glacé. Le vieux aux cheveux gris dut se dire qu'il n'était pas facile d'affronter ce monde de fou, d'éclairer ce monde flou avec ses filigranes broussailleux le long des chemins.

Entre sa folie simulée et sa douleur véritable, le semeur de vent dégorge une misérable impudeur. Entre paroles sibyllines et mutismes éloquents, il boit à la source du souvenir enfoui. Abrité des regards farfouilleurs et des pressentiments de la ténèbre, il déshabille sa propre histoire. Un cauchemar éveillé.

Eyup traduit le déterrement de la mémoire :... Juillet est très chaud... Srebrenica vient de tomber – ou d'être livré ! –... les tchetniks défilent... infect épigone de Milosevic, Mladic jubile. La Forpronu cire ses chaussures... Les tchetniks s'enivrent. Ils pénètrent dans les maisons dévastées. Ils tirent dans tous les sens et chassent les habitants. Fiesta sud-américaine ! Des explosions. Des cris. Parfois, un corps bascule d'une fenêtre et s'écrase sur le pavé. Sainte Barthélemy bosniaque ! Les femmes affolées rameutent la diaspora enfantine hurlante...

A cet instant, le semeur de vent de lève. Une indicible douleur déferle sur le visage ridé. Son regard se perd dans l'assemblée figée dans l'attente. De quoi ?... dans les yeux troubles du vieux, son passé s'agite et bouge encore. L'incantatoire cède la place à la mémoire assassinée :

– Nous préparions en hâte quelques affaires quand mon fils m'a appelé. Il était photographe, mon fils ! – le regard d'Irfan s'use à forcer la nuit. Avec un appareil semblable à celui-ci – il désigne le caméscope de Piet –, il a filmé la rue à travers les volets entrouverts. J'entendais des bruits de camion, encore des coups de feu. Des cris et des rires. C'est alors que j'ai aussi regardé. Mladic était sur la place devant notre maison. Les tchetniks, en liesse l'entouraient. Contre une façade des corps recroquevillés mouillaient dans leur sang. Des jeunes filles étaient emportées comme des bêtes. Et mon fils filmait. Il pleurait. Mais il filmait tout en me disant : – « Ils peuvent nous tuer jusqu'au dernier. Mais avant de mourir, le dernier devra le dire au monde ! » A un moment, j'ai aperçu l'un de mes voisins serbes qui désignait notre fenêtre à un tchetnik. C'était un de mes amis – Irfan bute sur le mot « ami » – avec lequel, autrefois, je jouais au « suster »... nous jouions aux cartes en buvant le vinjak..

Le semeur de vent s'arrête. Non pas pour reprendre son souffle, la cantilène de l'horreur était spasmodique, mais comme s'il était hypnotisé par une vision mortifère. Dans sa bouche amère, le goût du sang jubile une méditation forcenée. Ses lèvres hésitent encore à façonner les souvenirs enfouis dans ses entrailles empoisonnées.

Avec un stoïcisme presque névrotique, Irfan poursuit sa confession :

– Ils sont montés chez nous. Nous les entendions. Nous avons caché ma femme, celle de mon fils et leur bébé dans un placard. Lui et moi avons tenté de les attirer à nous en nous sauvant par la cave. Les tchetniks ont tiré. J'ai été blessé au cou et je suis tombé à demi-évanoui. Mon fils m'a dissimulé sous des planches et s'est enfui. Je les ai entendu le rattraper. Ils l'ont frappé, frappé et encore frappé. Il criait. Puis, plus rien... Lorsque je suis revenu à moi, l'immeuble était vide. J'ai cherché ma famille. Je l'ai trouvée. Mon fils avait été décapité. Dans le placard, ils avaient jeté une grenade. Je n'ai reconnu les miens qu'à leurs vêtements. Ensuite, j'ai pu me glisser dans un convoi de réfugiés qui passaient dans la rue...

Le semeur de vent s'arrête de parler. Ses yeux fermés poursuivent le voyage vers le passé. Le vieil homme n'est plus dans la salle où tous ont baissé la tête, honteux de vivre. Lui s'en est retourné retrouver ses morts : l'encensoir de ses mains ramasse les entrailles des femmes éventrées, rajuste les membres épars de l'enfant fracassé, ensevelit le corps sectionné du fils...

Sa mémoire passionnelle assouvie, le conteur de l'inimaginable lâche une stupéfiante confession :

– Aujourd'hui, j'envie les tchetniks ! Car je sais qu'il est plus facile de détruire une vie que de repartir pour une nouvelle vie !

– Assieds-toi près de nous, Irfan, fait Léa. Son visage est bouleversé. Elle vient de prendre de l'âge.

Le semeur de vent secoue la tête négativement. Il fait un pas vers Guy et s'arrête devant lui. Avec mille précautions, dans un jeu de dentellière où se mêlent mysticisme et recueillement, il défait son bandage. Il déroule la bande sans lâcher l'Alsacien des yeux. Celui-ci n'ose comprendre, tant il est oppressé. Irfan saisit le pansement sanguinolent, noirâtre et dégueulasse. Il l'ouvre soigneusement et en sort une cassette. Il la tend à Guy :

– C'est le film de mon fils ! Il me l'a donné avant de s'enfuir pour attirer les tchetniks. Avant de partir, il m'a dit : – « Il faut le faire savoir ! » Toi, je t'ai regardé. Je t'ai suivi jusqu'au bogomile. Kirill m'a parlé – le garçonnet ouvre tout grand ses yeux de miel. Il est heureux d'être partie prenante dans la cérémonie en train de se jouer – j'ai confiance en toi et tes compagnons... C'est bien ce que tu étais venu chercher à Nebo ?... Prends !

Guy abandonne ses rives de brouillard. Il avance une main honteuse vers l'obole du vieux Bosniaque. La petite boîte de plastique devient hostie d'une Alliance nouvelle. Elle se fait intermédiaire dans les deux mains serrées, l'une contre l'autre.

– Irfan, je te promets... La voix de Guy est enrouée.

– Ne promets pas, Sundgau. Fais-le ! Celle d'Eyup claque.

C'est alors que, visiblement excité, Piet s'exclame :
– Passe-moi la cassette, Sundgau !

Un rapide coup d'œil de technicien. L'Anversois jubile : – Formidable ! C'est un standard de 8 millimètres. Nous pouvons immédiatement la visionner sur l'écran de mon caméscope. Enfin, si... vous le désirez. Il hésite en désignant Irfan.

Une rapide traduction d'Eyup. Le vieux Bosniaque opine du chef. En demi-cercle, agglutinés derrière Piet, ils convergent leur regard vers le petit écran. Les têtes accolées forment une chaîne inquiète. Discrètement, Guy tente d'éloigner Kirill des spectateurs : – Je ne crois pas que ce soit un spectacle pour un enfant !

– Guy, je suis un enfant qui peut aussi voir comment on tue les enfants ! La petite voix est si ferme que le cercle s'ouvre pour lui faire place entière. « En définitive, se disent-ils, ce gosse est plus à sa place au premier rang qu'eux, les étrangers à son pays ! »

Des grésillements crissent hors du haut-parleur. Des scintillements balaient l'écran. Puis, une à une, les images incrustent les pupilles. Les sons pulsent une sourde émotion. On est dans la pièce. Les paroles d'Irfan revivent. Elles défilent... Sur un coin de l'écran palpitent quelques feuilles d'arbre. La rue devait être paisible. Le soleil cogne. L'été devait être beau à Srebrenica !.. L'objectif descend sur la chaussée. Un cortège hagard d'êtres bousculés, brutalisés par une troupe hirsute de revanchards paranoïaques... un coup de pied dans une pauvre valise éventrée. Des mains qui tremblent en ramassant des souvenirs épars... un regard halluciné vers le poing qui frappe... un camion que les tchetniks insensés bourrent de femmes et d'enfants égarés... L'objectif court derrière la jupe d'une jeune fille arrachée à sa famille. Déjà, les mains graveleuses s'y osent...

Impitoyable, de l'ombre trompeuse, l'œil de verre extrait des Casques bleus. Gênés ou indifférents, ils jouent à la perfection leur rôle de fonctionnaire : ni responsables, ni coupables. Décidément, la veule formule a fait des petits ! L'air de l'été est si léger. Ils ne veulent pas savoir combien il étouffe et broie ceux qu'on appelle les habitants de Srebrenica.

Ceux qu'ils avaient promis de protéger ! ceux qui les avaient crus !.. Alors, pour effacer le problème de leur conscience, ils se retirent en bon ordre !. Les Casques bleus sont partis rédiger leur bulletin de renseignements inutile et leur comptabilité de basse boucherie...

Les camions sont aussi partis. Quelques mains tentent un adieu inutile. La rue paraît vide, renaissant à l'été qui poudroie... Débouchant d'une rue adjacente, une nouvelle horde de tchetniks apparaît. Un groupe de Bosniaques surgit. Ils trébuchent dans leurs membres entravés. Ils vacillent à l'approche de la mort partielle. Encadrés par les spadassins serbes, des adolescents, des hommes et des vieillards, ivres de coups, frissonnent à la fête préparée... Leurs bouches ensanglantées bâillonnent leurs rêves, avalent sanglots et angoisses mêlés...,

La caméra s'empare d'une voiture. Un homme ventripotent en descend. Le matamore au ventre ballonné, cisaillé par un énorme ceinturon, prend une attitude mussolinienne : le soleil dessine sur la pellicule le méchant lavis de Mladic, métamorphosé en Nosferatu, auguste et cynique. Les tchetniks applaudissent le clown en uniforme. Comme dans le théâtre élisabéthain, le metteur en scène de Pale est arrivé à réunir un bourreau, un prince, des fossoyeurs... et des victimes !

Le troupeau des Bosniaques est parqué contre une façade. Les tchetniks se reculent. Leur chef s'avance vers Mladic. Celui-ci lui donne l'accolade. La caméra zoome et cadre les deux visages : celui, porcin du général serbe. Celui, bestial, de Trifko. A distance, leur rire se fait sinistre. Trifko, sinistre Ravachol de la terreur, désigne à son chef le troupeau. Il abaisse le bras, tandis que les corps s'abattent, s'effondrent. Le haut-parleur crépite les rafales. Les yeux vides bosniaques sont maintenant tournés vers ce ciel qui a refusé de les entendre. Quelques gestes crispés agitent, de-ci, de-là, des suppliciés qui cadavres ne veulent pas devenir... des rafales distribuent les coups de grâce. Ils transfigurent les visages crispés de douleur en ceux, fiers de leur mort.

L'objectif revient sur les deux massacreurs. Nosferatu et Ravachol se serrent la main. Les deux prions sont satisfaits de l'ignoble besogne accomplie. Le train mouillé de sang peut poursuivre son amer voyage dans les ténèbres des démocraties endormies...

Le caméscope s'agite comme s'il avait reçu un coup. Dénonciatrice, une main, accusateur, un doigt désignent l'œil de verre qui les espionne. Signal de mort !

L'écran devient blanc. Le visage d'Irfan a raconté comment il a perdu son âme...

Teintée de dégoût, l'émotion dérape, narguant le temps et l'espace. L'obsédante révélation, l'absurde douleur du « trop tard » et du « pourquoi » taraudent les esprits. Un délire troué les fait choir aux côtés des fusillés. Leurs paupières mouillées exhaussent leur morne rage. Leurs rêves se sont rétrécis.

– Hvala, Irfan ! Merci, dit Guy. S'il-te-plaît, Eyup, explique-lui que nous saurons utiliser cette preuve. Et surtout, dis-lui bien que, grâce à lui, personne ne pourra jamais oublier.

– Sans justice et châtiment, il ne pourra y avoir ni pardon, ni paix ! gronde le Bosniaque.

– J'estime qu'il faudrait le convaincre de nous accompagner, ajoute Steff. Lui et sa cassette sont indissociables. Tâche de l'en persuader, Eyup. Demande lui qu'il réfléchisse bien et qu'il nous donne sa réponse demain matin. Nous quitterons Nebo en début de nuit prochaine.

Afin d'échapper au microcosme entrevu des cadavres exquis, Léa et Guy font quelques pas devant la ferme. Ils secouent les images putrides plaquées par la cassette du semeur de vent. Avançant dans la jungle permanente du doute flottant, des certitudes fissurées, ils cherchent désespérément à déguster les heures qui glissent.

Une clarté crépusculaire baigne Nebo. Dans ce factice havre de paix et de verdure, le Konjuh riboule sa plainte venteuse. Il balaie les forêts, les vallées et le hameau dans l'opalescence angoissante d'une gravure à la Piranese. Dans la nuit sanglante devenue, les silences s'attirent pour le trou noir de l'absurdité. La ronde lune les nargue.

– Pour certains responsables de la marche du monde, le secret de la nuit doit être difficile à vivre, remarque Léa.

– C'est certainement pour cela qu'ils évitent les miroirs, ironise son compagnon.

– Au fait, je t'ai entendu murmurer quelque chose comme « le miroir du protestant » lorsque Irfan a déballé la cassette hors du pansement. Entre parenthèses, chapeau pour ce vieux fou ! Et toi, que voulais-tu dire au juste ? s'enquiert la jeune femme.

– Depuis le premier jour, j'ai éprouvé une affection particulière pour ce vieux bonhomme. Sans le savoir, nous avions des racines communes. Quand il a extrait du pansement ce qui le rattachait encore à la vie, j'ai songé à mes ancêtres parpaillots, lesquels, pour échapper à la furie exterminatrice catholique, dissimulaient leur Bible derrière leur miroir. Ils la rendaient invisible aux yeux des Trifko de l'époque. Irfan et moi sommes des « tutoyeurs » de la vie ! Je m'en veux de pas l'avoir pas compris plus tôt...

– Tu veux la voir ? C'est Kirill qui les interrompt. Il s'encadre à la porte de la ferme, le gamin interpelle l'Alsacien d'une petite voix. Une infime fêlure d'angoisse y est perceptible.

– Quoi donc, Kirill ?

– La lune carrée !

Interloquée, la jeune Belge glisse à voix douce :

– Qu'est-ce que c'est que cette histoire de lune carrée ? Encore un de vos secrets !

– Un secret ? Une énigme devrais-tu dire ! Et ce soir, je commence à la comprendre, murmure Guy. Puis, à voix haute : – Rejoins-nous, Kirill ! Montre-nous ta lune carrée.

Le garçonnet accourt, flottant dans son tee-shirt. Il leur offre spontanément la main et les entraîne vers l'orée du hameau.

– Si je comprends bien, Kirill, ta lune carrée n'est pas une affaire d'homme, puisque tu acceptes Léa ? L'Alsacien taquine le gamin. Le trio qu'ils forment le bouleverse de trop de souvenirs mal réveillés.

– J'ai vu Léa avec Dzemila. Je suis sûr qu'elle aussi doit chercher la lune carrée ! La réponse a fusé, énigmatique.

Les trois silhouettes se glissent dans un reste de vieille grange. Après avoir rapidement inspecté les lieux, Kirill les fait s'asseoir sur une botte de paille qu'il a traînée au milieu de la bâtisse. Il prend place entre eux. Face à la paroi aveugle, il organise un voyage à contretemps. Sa mémoire d'enfant chahuté par l'histoire des hommes s'éclabousse de petites histoires désordonnées, elliptiques. Parfois, l'une d'entre elles lui échappe comme une plume au vent. Difficile de la rattraper. Les choses les plus simples se révèlent diablement compliquées lorsqu'un enfant vous fait part de son désir de voler. Il n'y a que le fusil pour stopper l'envol d'une colombe ! Kirill raconte. Il se raconte comme on fait sa toile et... la défait.

– Tu ne l'avais pas vu, dis, Guy ?... la cassette ?

– Non, je dois l'avouer. Mais j'aurais dû, s'excuse l'Alsacien.

– Et toi, Léa, non plus ?

– Tu as raison. Moi, non plus, admet-elle.

– Eh, bien, moi, non plus ! rit l'enfant. Pourtant, un jour, Irfan m'avait dit : – « Rien n'est invisible. Ce sont nos yeux qui sont aveugles ! » Moi, je croyais qu'il parlait des truites.

– Ah ! fait Guy, un sourire entendu aux lèvres.

– Il m'a aussi dit que les hommes construisent le monde à leur façon, à travers ce qu'ils voient par la fenêtre. Les étrangers fabriquent la Bosnie-Herzégovine à travers leur lucarne-télévision. Irfan dit aussi que tous oublient qu'il y a ici des hommes, des femmes et... des enfants ! Vous n'êtes pas comme cela vous ? N'est-ce pas ?

– Kirill, ne nous pose plus jamais une pareille question ! s'exclame Guy. As-tu oublié notre pacte de la source ? Le bogomile était présent !

– Au fait, il me semble que tu nous as menés voir ta lune carrée ? demande Léa. Elle est désireuse de dissiper le trouble qu'elle sent monter chez son compagnon. Alors, c'est quoi, cette histoire de lune ?

– Quand ça va mal, quand ça fait mal, je me cache et... j'accroche la lune dans ma lucarne. Alors, elle n'est plus ronde, elle devient... carrée ! Je me suis fabriqué ma lune à moi..., à ma façon ! c'est ce que dirait Irfan. D'une petite voix, comme s'il allait pleurer, il ajoute : – Ce soir, j'ai beaucoup mal ! tournez-vous et regardez ma lune à moi !

Médusés, remués d'une émotion mal contrôlée, Léa et Guy obtempèrent. Assis sur la botte de paille, le gamin entre eux, ils contemplent l'énorme lune blafarde. L'astre de nuit s'époumone de blancheur laiteuse, mais ne peut inscrire sa rotondité dans le cadre de la lucarne. Seul, un carré lumineux déverse la lumière lunaire sur le trio : la lune carrée de Kirill !

Des anges et des démons surgissent des bords du cadre. Ils envahissent la grange, à cheval sur les rais de Sélène. Ces métamorphoses déglinguées d'un mal-être évoluent à la merci du coup de baguette magique du gamin bosniaque. Burlesque autant qu'imaginaire, l'enfant trébuche et bâtit son rêve d'un soir. Évocatrice, sa voix convie Dieu et ses amis, Guy et Léa, à un spectacle où il perd ses illusions. Ses lèvres tremblent quand il murmure :

– Quand vous serez partis, qui viendra me tendre la main ?

– Kirill, veux-tu partir avec moi ? La voix de Guy escalade tranquillement les rais de lune. Quelque chose d'inéluctable, de décidé vibre.

– Chez toi, en Alsace ?

– Oui, Kirill ! Dans ma ferme au bord du marais.

– Guy, ici, je suis chez moi... La voix hésite entre le tragique et l'espérance : – Mon village était beau comme le tien. Autrefois... Maintenant, les arbres sont brûlés, les maisons sont détruites..., il n'y a plus d'écoles... il y a beaucoup de tombes... Pourtant, lorsque je m'assieds parmi ces cailloux noircis, je leur parle. Ce ne sont pas des jouets ! Je leur parle et ils me répondent. Tu me comprends, Guy ? Dis, tu me comprends ? Ici, je suis chez moi !.. J'attends seulement que les cailloux du Konjuh chantent comme autrefois... Tu reviendras, alors ? Dis, reviendras-tu ?

L'enfant a mis en place les fragiles maillons de la chaîne dont il enserre sa petite histoires. Il en a pris possession. Guy l'a compris. Il lui faut maintenant trouver l'ultime chaînon qui refermera la boucle.

– Dans ce cas, Kirill, je te jure que nous nous reverrons. Frères, nous sommes. Frères, nous resterons.

– Lorsqu'un enfant t'aime longtemps, t'aime vraiment... alors, tu deviens réel. Le regard du blondinet devient flou. Tel un objet précieux, il sort la « boule de neige » de sa poche :

– Et puis, j'ai ta neige !

Renversés, les chiens assoupis de la boule translucide virevoltent. Leur blancheur polaire fait la nique à la lune. La porte de la grange s'entrouvre sous une poussée du vent curieux. Tous trois sursautent. Le spectacle est terminé. Kirill frissonne.

– Viens avec nous, mon bonhomme. Ici, tu vas prendre froid. Cette dernière nuit, tu dormiras avec Léa et moi. L'Alsacien a pris un ton naturel, si naturel qu'il taille sans effort dans le silence poussiéreux. La brillance des yeux de la femme et de l'enfant vient d'éclore leur nouvelle intimité. Il y a comme cela des instants chuchotés dans la crispation du temps blessé.

Le foin élastique les a accueillis. Un couple avec un enfant entre eux. Le gosse s'est fait tout petit, comme rétréci par le chagrin. Guy revit le miracle ordinaire du père dilué dans son enfant. Au vol, il a dérobé un clin d'œil de Kirill. Il se souvient que lorsque, le soir, dans leur appartement de Mulhouse, il éteignait la lumière dans la chambre de son fils, cette lumière devenait la sienne jusqu'au matin de son nouveau sourire. Le petit lit de l'absence reposait toujours dans la ferme sundgauvienne.

– Guy..., tu me raconteras le Petit Prince... tu... tu me l'as promis, balbutie Kirill. Il n'attend pas la réponse. Il se pelotonne contre Léa. Le visage d'icône de la jeune Belge luit dans la pénombre. Elle porte un doigt à sa bouche :

– Guy, non. Chut ! Il s'est endormi... ce sera pour une autrefois ! Elle relève la couverture sur les épaules de l'enfant, prenant soin de ne pas détacher la main de Kirill agrippée à son cou.

« Ce sera pour une autre fois... ! » se dit Guy tout en contemplant la femme et l'enfant endormis. Ses yeux mouillés d'une curieuse eau salée scrutent la nuit à la recherche d'un éclair de lune au travers du lattis. Une douleur insidieuse s'insinue et taraude son esprit. Semblable à l'exaspérant goutte-à-goutte d'un robinet qui fuit et finit par tout envahir, elle lui refuse le jardin ensoleillé pour jeter un voile invisible sur le rêve qui s'ébauche. Harcelé de vapeurs rancunières, perturbé d'espoirs déçus, il tente d'imaginer le futur. Il ne parcourt que l'inconnu et ne découvre que la douleur d'être vulnérable. Avant de sombrer dans une mauvaise torpeur, l'homme s'interroge pour évaluer le nombre de lunes carrées que le petit Bosniaque a dû créer...

A son côté dort le fantôme du Petit prince bosniaque... son sommeil, entrecoupé de cris plaintifs, se console de rêves furtifs.

Le grondement lourd et lent du Konjuh ébranle Nebo. Le vent de la nuit gémit, le vide noir du ciel paralyse les étoiles effrayées. De ses flancs, la montagne vomit des décharges électriques bleutées. Des roulements secouent le sol. Un orage se prépare. Des bouffées d'air chaud s'infiltrent par les interstices. Elles ricanent à l'homme tressaillant : « Ce sera pour une autre fois... une autre fois... »

La journée s'est écoulée en traînant les pieds. Faussement calme. L'air est immobile et pesant. Nebo glisse avec lenteur entre jour et nuit, comme lorsqu'on pénètre à l'intérieur d'un gouffre.

– N'emportez que l'essentiel ! ordonne Guy.

– L'essentiel, c'est quoi ? râle Léa.

L'oreille de l'Alsacien a récupéré les notes aiguës

dans la voix de son amie. Inquiète, avec l'accent flamand qui tout à coup s'exaspère. La jeune Belge froisse la tristesse et la peur avec des gestes étranges. La femme écoute les coups de son cœur, comme s'il y avait danger.

Guy lui tend la trousse à pharmacie qu'elle s'acharne à ne pas trouver. Un petit clin d'œil. Leurs sourires échangés se substituent à leur inquiétude. Ils cloisonnent l'après et s'y trouvent étrangement mal à l'aise. Revenir chez soi. Après de si longues semaines, ils appréhendent leur retour. Plus confusément encore, la recouvrance de leur mémoire. Ahaner la vie, même avec ses douleurs, passe encore ! Mais mâcher lentement l'instant où l'on va se reconnaître. Faire comme si l'on n'était pas parti. C'est cela la tentation de la tricherie et celle, plus nauséabonde, de vivre la tête vide ! Sentiment trouble de dépossession permanente !..

Dans son coin, Ifran attend. Cicerone d'une quête aboutie, le semeur de vent est venu rejoindre Guy dans la ferme. Il n'a pas dit un mot. Le vieil homme a simplement incliné la tête en posant son maigre baluchon à ses pieds. Ce fut sa façon de manifester son accord pour le départ. Depuis cet instant, il regarde les préparatifs en cours, un sourire détaché aux lèvres. Lui seul sait où il est en ce moment !

Seul Kirill arrive encore à le sortir de sa torpeur méditative. Le semeur de vent semble alors s'extraire de l'absurde folie qui la conduit à arpenter sans fin des champs sans semences. Pour le gosse quémandeur, il sort mille trésors de ses poches. Les pays d'Orient, Fort Knox ou la monnaie unique européenne ne pourraient, tous ensemble, rivaliser avec la magie des mains ridées. Ils n'auraient que leurs richesses mensongères à opposer aux fêtes somptueuses proposées par la quenouille en bois de hêtre sculptée en forme de noix, par la flûte en roseau ou les mystérieux galets bleus arrachés à la rivière. Des inventions créatrices voilées pour des rêves sans voile.

Hormis les hommes de garde, tous les partants sont présents dans la ferme. Samir et Meliha ont fait assaut de prodiges pour offrir un pauvre repas. Les pitta fument. Le café brûlant se déguste à petites lampées. La dizaine d'hommes d'Eyup contrôlent leur armement. Le Bosniaque distribue des colts 45 à Marc, Piet et Mic. Léa refuse farouchement. Steff préfère un M16. Guy lui jette un coup d'œil interrogateur.

– Tant qu'à faire, autant prendre le grand modèle ! ironise Steff.

– La nuit, je préfère le pistolet, rétorque Guy. Il entre dans le jeu. Toutefois, Eyup, si tu disposes de quelques grenades, j'apprécierais.

– A ton choix, Sundgau ! répond le Bosniaque. Il ouvre une caissette et la lui présente.

Une connivence de baroudeur s'est installée entre eux depuis la nuit tragique. Les gestes remplacent les mots. Les regards suppléent les intentions.

– Celles-ci me conviennent. Guy s'équipe d'un petit harnais de toile auquel il suspend deux grenades offensives, une défensive et une incendiaire.

– Ouah ! C'est le grand jeu, Sundgau, grogne Eyup. Il est visiblement ravi des gestes mécaniques de l'Alsacien. Une machine vient de mettre en route !

– Le temps presse ! s'impatiente ce dernier. La nuit sera là dans quelques minutes. Je rappelle le dispositif : une seule colonne. Trois groupes. Distance : trente mètres entre les groupes. à moduler en fonction de l'éclairage. En tête, Eyup avec Steff. Tu détacheras une équipe d'éclaireurs et assumerez la direction. Je suivrai avec Léa et Irfan. En soutien, Piet et Marc. Eyup est au courant pour le rythme normal des haltes. Il va vous préciser les codes de reconnaissance pour cette nuit... A toi, Eyup !

– Trois de mes gars seront avec Piet et Marc. Arme ton pistolet avant le départ, manchot ! plaisante-t-il en s'adressant à l'Allemand. Cependant son regard reste sévère, lorsqu'il poursuit : Hasib et deux hommes seront avec toi, Sundgau. Il vaudrait mieux qu'Hasib s'occupe personnellement d'Irfan.

– Penses-tu qu'il tiendra le coup ? s'inquiète Steff.

– Un vieux bouc comme lui est increvable, surtout après l'entraînement de semeur qu'il s'est imposé, s'esclaffe Eyup. Il traduit la question et la réponse. Irfan secoue la tête devant cette invraisemblable interrogation. Moine-mendiant aux cheveux blancs et au visage ridé, son œil vif sourit. Les Bosniaques rient bruyamment. Cela détend l'atmosphère, jusqu'ici un peu crispée.

– Et avec toi, Eyup ? interroge Guy. Un vague soupçon rode dans sa tête enfiévrée.

– Trois avec moi et trois en éclaireurs... Pour les codes, prenez chacun l'un de ces appeaux. C'est le cri de la perdrix dérangée. Je rappelle : un coup, stop impératif. Deux coups, reprise de la progression.

Trois coups, ralentir ou signal que vous êtes perdus. J'en ai fabriqué un par personne. Mais, sauf cas de force majeure, seuls les chefs de groupe les utiliseront. Voilà, prenez...

Lorsque la distribution est faite, Guy, très pâle, saisit le bras du Bosniaque. Il l'attire brutalement.

– Non, Eyup ! Je dis non !

– Je me doutais de ta réaction, Sundgau. C'est Kirill qui me l'a demandé. Il vient avec nous ! C'est le meilleur éclaireur que nous ayons. Il connaît le Konjuh mieux que chacun d'entre nous. Il veut et va te conduire. Il tient à te faire ce plaisir. Rends-le lui en acceptant. Vous vous direz au revoir là-haut, quand nous aurons atteint le col ! Ensuite, il redescendra avec nous. N'oublie pas qu'après-demain soir, nous évacuons Nebo sur Durdevik. Cela non plus ne sera pas une partie de plaisir, crois-moi !

– Mais c'est un gosse ! s'exclame Guy. Abattu, il dévisage le garçonnet. Celui-ci, comprenant qu'ils parlent de lui, s'est approché d'eux.

Kirill redresse les épaules pour paraître un plus grand gamin. Il déplie son corps et chacun de ses gestes avec la supplication enfantine réclamant le pot de confiture. Mais aussi avec la promesse inquiétante du kalachnikov qu'il porte à son épaule et qu'il vient d'armer.

– Je ne suis pas d'accord ! réplique Eyup. Kirill est un combattant ! Car chez nous, en Bosnie-Herzégovine, les enfants vieillissent vite. Chez vous, vous vous payez le luxe d'en faire des Rmistes et des drogués. Nous, notre luxe, ce sont ces petits combattants !

– C'est dégueulasse, ton raisonnement !

– Dégueulasse ?... Eyup prend un ton amer, plein de colère contenue : – A chaque pays sa vilenie ! Cependant, sache que nous portons tous la responsabilité de ce crime contre l'enfance. Vous, les Européens, plus que le péplum hollywoodien de l'ONU, et que... nous, les assassins du quotidien !

Le Bosniaque secoue la tête et se retire près de Steff pour consulter une dernière fois la carte. Au passage, il lâche, si doucement que Guy a du mal à percevoir les mots : – Il est jeune, Sundgau ! Il ne sait pas s'il a encore un avenir. Alors, ne lui gâche pas le présent !

Kirill et Guy restent face à face. Le gosse a suivi la discussion, comme si elle ne le concernait pas. Dans sa main énervée bascule et rebascule la boule de neige. Les chiens assoupis ne trouvent pas de repos. Maintenant, ses yeux s'attachent à ceux de l'homme. Ils sont seuls, tous les deux. Isolés dans le brouhaha de la salle. Faussement isolés, car à quelques pas d'eux Léa vibre à l'émoi qu'ils ne peuvent dissimuler.

La vie a appris à Kirill qu'il ne fallait rien montrer de ses émotions. Il s'était calqué sur ceux qui faisaient aussi taire leur douleur. Peut-être qu'il attendait d'être seul, le soir, pour pleurer. Il ignore encore qu'une angoisse partagée est moins lourde à porter. Cependant, à l'instar de tous les enfants, Kirill désire que la vie continue. La petite bande d'ADN est programmée pour qu'il grandisse et aille de l'avant, car l'avenir est toujours devant lui.

« Eyup a raison lorsqu'il dit que Kirill ne vit ni pour hier, ni pour demain, se dit Guy. Il vit dans le présent. Il survit au jour le jour ! ». L'homme sourit, plein de morceaux de tendresse libérée.

Le sourire de l'Alsacien illumine le regard de l'enfant.

– Promets-moi d'être très prudent, Kirill ! Ne prends aucun risque ! Promets-le moi !

Kirill lui répond avec la même lumière dans le visage :

– Quand on a jamais connu la vie, cela ne fait rien de mourir, m'a dit Irfan. Il voulait m'expliquer la mort de Dzemila.

– Non, Kirill ! Il est toujours dur de perdre quelque chose qui n'a eu même que peu de temps pour exister.

– Guy, tu admires le tapis bleu de notre dzamija. Or, chacun d'entre nous est un nœud du tapis et... pour que le tapis soit solide, il faut que chaque nœud soit fort. Pour que le tapis soit beau, il faut que chaque nœud soit magnifique... Guy, chaque nœud est un, mais il est lié aux autres ! Grave, Kirill tend la main.

– Tu parles comme un grand ! Guy ne peut s'empêcher d'étreindre le gosse. Le canon du kalachnikov se heurte à son visage. Et il songe : « Tu es déjà si vieux... très vieux... Kirill, tu es probablement plus vieux que moi ! »

Par groupes échelonnés, ils quittent la ferme. Une brève accolade à Samir et Meliha. Les deux vieux ont le regard de ceux qui entrevoient le sommeil de l'alfange. Ils sont las, d'une belle tristesse de voir des amis partir.

– J'ai dit au revoir aux autres, murmure Léa. Sa voix trahit sa déception devant les maisons aux volets éteints. Elle se sent faible comme tous les êtres qui sont faibles à force de vouloir être aimés.

La nuit s'est noircie. Ignorante des vestiges lunaires, elle mêle ses tristes images aux étoiles mouillées. Elle bouche et rebouche d'intermittents sillages de lumière bleutée. Fréquentation nébuleuse du ciel et de la terre, elle se forge des hallucinations bleu baleine, des irruptions de roches noir mica. Mystique, le Konjuh s'offre de tortueuses farandoles grimaçantes. Grand maître de l'oulipo, il s'efforce d'immobiliser les mouvements célestes sans leur faire perdre leur mouvance. Sur le toit de la grange désertée, un oiseau désaccordé ulule deux notes nocturnes.

Au jardin-tombeau, ultime vestige de Nebo, flotte une théorie d'ombres immobiles. Enveloppées de leurs grands voiles sombres, les femmes de Srebrenica sont là. Il y a même quelques vieux appuyés sur leur bâton.

– Elles sont venues ! souffle Léa. Sa voix étranglée est explicite de ses entrailles nouées, de son cœur désordonné.

Les groupes passent au travers des rangs silencieux. Ils s'engouffrent dans cette voilure féminine. Imperceptibles, les lèvres murmurent le silence de bénédictions orientales. A leur passage, les mains s'apposent sur leur tête. Guy se retient pour ne pas mettre un genou en terre et recevoir l'onction de la croisade.

Étourdie, Léa passe de bras en bras. De furtives caresses, de légers baisers bouleversent ses secrètes mémoires. Petite fille à la candeur retrouvée, elle étreint la mère de la suicidée. Pour la deuxième fois, elle dénoue sa chaînette d'or et l'accroche au cou de la vieille :

– Pour Dzemila, fait-elle, un sanglot dans sa voix fissurée...

La petite troupe a quitté Nebo. Elle abandonne le hameau à sa frilosité retrouvée. En tête de colonne, Kirill a ouvert les portes de la nuit aux songes imprécis.

Après les effluves opulentes du maquis s'ébrouant au vent du soir succède le sommeil sans calme de la forêt. Le sentier se tapisse de ramilles sapineuses pour mieux feutrer les pas des marcheurs. Un gigantesque sapin abattu par la foudre marque un carrefour invisible. Guy ralentit instinctivement le pas. Léa, qui le suit, butte contre lui. Dans l'ombre, son regard interroge.

– C'est ici que part le sentier de la source de Kirill, murmure-t-il à l'oreille de la jeune femme.

– Le bogomile ?

– Il veille près de la source. Guy reprend l'allure pour ne pas perdre le contact avec la silhouette d'Hasib. Sans son esprit flotte celle du stečak. La pierre levée semble lui adresser le reproche voilé de l'adieu évité.

Un mauvais souffle venteux faufile des gifles de pluie au travers des sapins. Des dalles font office de marches approximatives. Glissantes, elles font tituber. De justesse, Guy évite la chute. Est-ce le bogomile qui l'a retenu par le bras ?... présage obscur... Maintenant, il en est sûr : son départ de Nebo paraît une fuite... En cours de route, il a oublié le fatum de la tragédie grecque. Quand elle se décidera à prendre le même chemin, la mort le ramassera. Elle, elle se souviendra...

De temps en temps, une perdrix cacabe. Les sombres silhouettes se figent, s'accroupissent et se fondent avec la noirceur des taillis. Le galop d'une bête sinueuse rompt la quiétude forestière. Elle rétablit celle de la troupe. Songeurs, luisent l'œil bridé de l'ours et celui d'or du loup. Par deux fois, la perdrix cacabe. Les marcheurs se relèvent et repartent dans les ténèbres. Ils mêlent leur souffle saccadé au velours insondable des nappes de brouillard.

Ils franchissent torrents sauvages et éboulis de roches énervées. Dans sa mémoire hébétée, Guy imagine Kirill en petit lutin. Bardé de pièces de satin scintillant, il trace de lumineux sentiers. Il apaise l'irréductible ballet des viornes impatientes. Il écarte la mascarade des sournois épineux. Du ciel de soie, il défait les blancs suaires des nuages coureurs. Des dures falaises de granit, il défie les cariatides, gardiennes du Konjuh exaspéré. Le farfadet bosniaque entraîne ses compagnons sur un plateau. Un pandémonium où le vent lâche sa horde de chevaux galopants.

Dans l'ourlet d'une lisière providentielle, une halte s'impose. De leur position, Guy et ses compagnons découvrent un paysage grandiose. Ils se tiennent à l'avant d'un gigantesque *Titanic* sombrant par l'avant dans de noires profondeurs. Paysage mugissant où ils naviguent au royaume de la démesure, entre les camps de Tuzla, les charniers de Srebrenica et les flots de réfugiés de l'épuration des âmes. Où gueulent les morts qui refusent de mourir. Où hurlent les vivants qui ne veulent plus vivre. Où tanguent de ténébreux tueurs qui relèvent autant de l'hôpital psychiatrique que du tribunal de Nuremberg...

La progression reprend. Les reins font mal au passage des rochers. Les jambes se font raides dans les pierriers. Les pieds glougloutent dans les chaussures détrempées. Dans l'effort, les fronts ruissellent. Sous la pluie intermittente, les mains se gèlent. De végétales saveurs montent de la terre brumeuse.

Le groupe de Guy se heurte à celui de Steff, qui l'attend.

– Que se passe-t-il ? interroge l'Alsacien.

– On aborde le col, répond Steff. L'équipe de tête est partie en reconnaissance jusqu'à la bergerie. J'espère que les gars d'Ali sont en place.

Un coup de vent déshabille le col de nappes de brouillard. Revancharde et impudique, la lune blanchit la prairie sommitale. « Une vision du Honeck alsacien », songe Guy, les yeux rivés aux jumelles. Il suit la petite silhouette qui glisse sur l'étain glacé du col. Quelque chose de Gavroche sur les barricades lui brûle les yeux. Il se mord les lèvres pour faire disparaître le sinistre présage du sacrifice. Diffuse, la nuit du Konjuh tisse des peurs enténébrées. Des éclairs de lampe trouent la façade de la bergerie. Les trois formes de la patrouille y disparaissent.

– OK. C'est bon, déclare Eyup. Allons-y. Nous avons fait le plus dur. Mais, avec ce sunlight, gardons les distances.

L'équipe du Bosniaque démarre à son tour. Puis, celle de Guy, tandis que Marc et Mic attendent. Les petites colonnes serpentent à bonne distance les une des autres.

La bergerie à demi-effondrée est proche lorsque Eyup se fige. Il est à quelques mètres des murs de pierre. Il porte l'appeau à la bouche. La perdrix cacabe par trois fois. Seul, le vent aigre répond.

Une série de rafales caractéristiques du kalachnikov brise le silence. Des éclairs rougeâtres illuminent la nuit. Une odeur de poudre brûlée excite les narines.

Méthodiques, Eyup et les siens ripostent. Puis, Guy prend la relève avec son groupe, assurant ainsi la couverture de leur repli. Les M16 fulgurent. Sèches, les détonations claquent. Les balles miaulent de toutes parts. Certaines ricochent sur les rochers et pourfendent les noires profondeurs du ciel, tels de longs doigts étincelants.

– Qu'est-ce que c'est que ce bordel ? hurle Steff à Guy. Il vient de le rejoindre.

– Je n'y comprends rien ! La reco était correcte : j'ai suivi l'échange des coups de lampe. Il ajoute d'une voix sombre : – Je ne crois pas aux coïncidences !

– Ils les ont laissés passer pour mieux nous attendre, grogne Eyup entre deux rafales. Par ici, il n'y a pas de hasard assassin.

– Et le code de reco, alors, hurle Guy.

– On réglera cela plus tard ! fait le Bosniaque. Pour l'instant, il faut s'extraire de ce merdier.

– A ton avis, combien sont-ils ?

– Une quinzaine... si j'en juge le départ des coups.

– T'as de la casse ?

– Des chasseurs du dimanche. Ils tirent mal ! Eyup hausse les épaules.

– Emmène Léa et Irfan et rejoignez Mic et Marc. Je vous couvre. Quand je balance les grenades, ouvrez le feu. Je me replierai par ce creux. Il désigne une déclivité où l'herbe haute ondule.

– Ensuite ?

– D'abord le regroupement en sécurité. Ensuite, on verra pour le débordement prévu par la forêt. Ces salauds tiennent le col. Ils ne peuvent pas tenir toute la montagne. Allez, à toi de jouer, Eyup ! Et n'oublie pas d'envoyer la sauce à mon signal !

Sur l'ordre de Guy, par courtes rafales, Hasib et les trois autres Bosniaques vident chacun deux chargeurs en direction des éclairs des détonations adverses. Eyup, Steff et son groupe se gomment dans l'obscurité. Gros scarabées à la course erratique.

L'Alsacien appuie calmement sur la détente du Herstal. Le neuf millimètres tressaute et retombe dans sa main. Animal docile, prêt à aboyer. Prêt à vomir les petites masses d'acier et de plomb. Dans le chargeur, les cartouches montent une à une vers la chambre où elles vont exploser. Presque détaché, Guy assume avec une rage froide la tunique du combattant qu'il vient de revêtir. La silhouette qu'il a guettée depuis de longues minutes se détache sur une blancheur traîtresse de la lune amusée. Sélène participe à sa façon au jeu redoutable : à la vie, à la mort ! L'ombre ennemie s'illumine dans une série de déflagrations. Dans l'étrange silence qui suit le ricanement du kalachnikov, Guy ajuste l'éclair fulgurant de sa main armée. La silhouette s'écartèle. Puis contour informe, elle s'effondre avec un cri d'agonie : l'Herstal a accompli son œuvre ! L'Alsacien remet un chargeur plein. Il est devenu homme de guerre !..

Derrière lui, la fusillade a repris. Eyup a rejoint Mic. La couverture est en place. Un ordre bref. Chats de guerre, les quatre Bosniaques se crispent. Au signal, les grenades fusent dans les mains ouvertes. Fruits vénéneux, elles explosent dans la bergerie. Dévastatrices elles engendrent hurlements et plaintes.

A petits bonds de lièvre de Pâques, Guy et ses compagnons se coulent dans la dépression accueillante. Furtifs et dissimulés, ils bénissent le ciel d'avoir lâché de gros nuages obèses devant la lune curieuse. Quelques balles aveugles tentent de les découvrir.

– Ça va ? demande Eyup, laconique.

– C'est OK ! répond Guy. Il reprend son souffle : – J'ai un peu perdu l'habitude.

– Dis pas de conneries ! On peut compter sur toi, fait le Bosniaque. Vois simplement comment mes gars te regardent !

– Bon. Maintenant, nous débordons la bergerie par la lisière nord. Il y a un passage dans les rochers à un kilomètre d'ici. Ensuite, nous récupérerons les nôtres sur l'autre versant du col... Ils connaissent le point de rendez-vous, n'est-ce pas Eyup ?

Celui-ci opine du chef.

– OK. Dispositif inchangé. Tu prends la tête, Eyup. Augmentez les distances.

Courbés, comme attirés par le sol, les groupes ses dérobent un à un. Des rafales de pluie fine et froide mouillent la terre. Elles lui mâchent de plantureuses odeurs. Enchâssée dans le traître col, le vent soufflette l'album des nuages. Ils accourent au spectacle des hommes qui jouent à la guerre.

Des éclairs de lune versés dans le regard, Guy encourage Léa. En d'autres temps, il eût stoppé la course de la jeune femme pour mieux caresser son visage brillant d'eau du ciel, clore sa bouche haletante et recueillir sa respiration en détresse. En d'autres temps, il eût aimé faire l'amour à cette femme. En d'autres temps... Pour l'instant, il serre les dents. Entre jubilation sauvage et peur ironique, il se jure qu'au sortir de cette nuit de débauche dans le Konjuh, il transformera les imprévisibles indécis en certitudes. Oui, il emmènera Léa dans sa Camargue sundgauvienne. En amour, il ne faut pas tergiverser, sous peine d'agonie sans même sans rendre compte. Un paradis étrange et précaire voile ses yeux...

Affalés au sol, ils reprennent leur souffle. La lisière fantomatique palpite la béance noire des sapins hiératiques. A cinquante mètres d'eux, une boursouflure de rochers éboulés dessine l'échancrure salvatrice où viennent bouillir des effluves brumeuses.

– Ça va, Léa ? Guy lui prend la main.

– Je ne te connaissais pas comme cela. Tu es presque effrayant.

– Léa, je ne suis pas joueur ! Lorsque je me donne, c'est pour de vrai et... en totalité. Je croyais que tu le savais !

– C’est vrai... mais cela paraissait si simple lorsque tu me le disais par beau temps...

L’équipe d’Eyup aborde la passe rocheuse. Dans l’absurde lumière lunaire crépitent de longues rafales. Menaçantes, des ombres se dessinent sur la crête. Sortant de la lisière, une demi-douzaine d’hommes se jettent sur le groupe de Guy. Les balles sifflent et miaulent. Des hurlements sauvages s’élèvent de toutes parts. Devant. Derrière.

– Les tchetniks ! hurle Hasib. Il fait feu avec rage en direction des ombres.

La surprise est totale. Également tenu, l’itinéraire de contournement est devenu piège mortel. Dans l’ouragan de ferrailles qui fait bouillonner viornes et genévriers, Guy voit Irfan tourbillonner et tomber. A ses côtés, Léa est devenue toute pâle. Un léger hoquet et elle s’effondre, petite poupée de papier.

En quelques instants, le combat devient un farouche corps à corps. Encouragés par les imprécations d’Hasib, les Bosniaques se sont rués sur les tchetniks pour une embrassade mortelle. Guy vide son chargeur sur les deux miliciens qui se sont précipités sur les corps étendus. L’un des tchetniks couine à mort. Il laisse tomber le kalachnikov avec lequel il s’apprêtait à fracasser le crâne d’Irfan. Il roule à terre, se tenant le ventre de ses mains crispées. Le second se détourne du corps de Léa immobile et s’élance vers Guy.

L’Alsacien regarde la culasse de l’Herstal bloquée sur l’arrière du pistolet. Le chargeur vide réclame sa provende de cartouches. Le tchetnik est sur Guy, la crosse levée. Instinctivement, celui-ci lance l'Herstal, telle une balle de base-ball, à la tête du milicien. Le choc est sourd. La face s'étoile de sang. L'homme titube un court moment. Puis, il empoigne son adversaire. Enlacés, ils roulent dans la terre humide. Leurs poings méchants cherchent les coups qui font mal. Les genoux, les pieds, armes primitives et redoutables deviennent.

Autour d'eux, la mêlée est échevelée. Parfois, au milieu des cris et des gémissements s'élève un râle. L'agonie de l'un relève l'autre.

Le groupe de Mic est arrivé à la rescousse. Ses hommes s'activent. L'affrontement se transforme en combat de rues. Chaque ligne de fûts de sapin devient ruelle mal éclairée. Chaque buisson recoin obscur.

Dans la tête de Guy mûrissent des fruits de lumière multicolores. Sa gorge lui fait mal. Sa respiration se fait râle. Les mains du tchetniks se sont agrippées à son cou et le serrent. Accolé au sien, le visage de son adversaire grimace dans l'effort de mort. Guy se laisse glisser au sol. Il met un genou en terre. L'autre précise son étreinte mortelle. Ses yeux se font un. Oeil cyclopéen de la fin.

La main de l'Alsacien tâtonne sa cheville pour retrouver son poignard. Ses doigts dérapent une fois, deux fois avant d'ouvrir le passant qui colle à sa peau. Il saisit l'acier pourfendeur. D'un seul geste, lent, sûr, implacable, il le fait glisser sous les côtes du tchetnik. A la recherche de l'organe palpitant.

L'œil du cyclope se dédouble en deux yeux étonnés. Caresses de l'amant assassin, les mains étrangleuses se desserrent avec lenteur. Guy se relève et avec lui, le poignard s'enfonce plus haut, plus loin. La lame exaspérée farfouille les entrailles qui se vident. La bouche ouverte vers l'air salvateur, les yeux hagards vers la lumière meurtrie du ciel, Guy laisse glisser sur lui l'abandon du milicien saigné. Ultime étreinte de l'homme, lequel maintenant s'accroche à lui pour un soutien. Tel un sexe dur reliant les deux amants, le poignard planté dans la chair est désormais le seul lien entre Guy et le tchetnik. Celui-ci gargouille un flot de sang. Il s'écroule dans une position fœtale.

Pourtant la terre détrempée, la mère nourricière, refuse de laper le sang impur. De fines rigoles pourpres s'égarent, sans but, sur les feuilles réticentes.

– Tu peux le lâcher, Guy. Il a son compte. C'est Steff qui le secoue.

– Qu'est-ce qui se passe ? balbutie l'Alsacien. Il s'efforce de reprendre ses esprits.

Le silence est retombé, fissuré de temps à autre par un gémissement.

– On les a eus ! Ils fichent le camp, s'exclame Eyup. La route est libre.

– Bilan ?... chez nous ? Guy se masse le cou. il réagit par réflexe.

– Nous avons deux blessés parmi mes hommes. Mais ils peuvent encore marcher, réplique le Bosniaque. Plus Irfan et... Léa. Il désigne les deux corps étendus à proximité. Hasib est auprès d'eux.

– Léa ? Le vague souvenir de la jeune femme s'affalant à son coté revient.

– Elle te réclame. Viens. Pour Irfan, je pense que vous pourrez l'emmener avec vous.

Funambule, Guy repousse du pied le milicien prostré contre lui. Le corps se déplie, face au ciel. La luminosité mortuaire de la lune éclaire le visage de l'agresseur. Sidéré, Guy reconnaît le milicien de Trifko, celui que Léa avait soigné. Veilleuses du domaine des morts, les yeux ouverts reflètent les maléfices du triste assassin. On est loin du dormeur du val !

Agenouillé près de Léa, Guy lui parle comme à une enfant. Quelques bulles roses fleurissent aux lèvres blanchies. Elle souffre et se mord les lèvres. De son poignard encore sanguinolent, il découpe le pull-over et la chemise de la blessée. Le flanc de la jeune femme palpite un trou rouge, rond. Avec douceur, Guy palpe le dos mouillé d'un liquide chaud. La lampe de Steff, camouflée d'un cache rouge, ajoute sa note écarlate au spectacle noir et rouge.

– La balle est sortie, constate Guy.

Léa guide les mains de son compagnon sur son torse et son abdomen. Exploratrices d'un corps qu'elles connaissent bien, celles-ci avancent, palpent et contournent les plaies au rythme des grimaces et des plaintes de la femme. Léa prévient. Les yeux fermés, elle inspire profondément et relâche sa respiration à petits coups sifflants. Douloureuse, elle a repris le contrôle de sa situation. Elle réclame sa trousse. Hasib se précipite pour la lui apporter.

– Guy, fais-moi cette piqûre ! intime-t-elle. Cela va me donner le coup de fouet nécessaire pour faire le reste du chemin. Mets ces pansements sur les blessures et bande-moi serrée. Avec un peu de chance, mon poumon n'est pas touché. Mais j'ai sûrement une côte cassée. Aïe !

En dépit de ses protestations, elle doit s'installer dans une sorte de chaise à porteur, construction hâtive imaginée par Hasib, aux petits soins.

– Ainsi, nous irons plus vite, décide Eyup

Léa consent, mais exige auparavant de voir les blessés. Le Bosniaque fait venir ses deux hommes et Irfan. Quelques conseils et prescriptions et la troupe est prête à reprendre sa progression.

– Et les autres ? fait Guy en désignant les corps épars des tchetniks tués.

– Ce fut un combat à mort. Tu en sais quelque chose, non ? La réponse est sèche.

Les groupes se sont reformés. Les blessés sont regroupés entre Guy et Hasib. Irfan marche devant le palanquin. Avec une malice endolorie, il exhibe le bandage sur son bras transpercé. Les deux hommes d'Eyup roulent des yeux féroces, brillant d'excitation meurtrière. L'odeur du sang atténue le délire de la fatigue.

Dans la nuit illunée, les cimes écailleuses font paître des roches noires ou grises, recroquevillées, rondes comme des moutons. Elles évoquent Jurassic Parc et ses créatures préhistoriques. Le Konjuh est un morceau de planète abandonnée aux dialogues de la pierre et du vent.

La petite troupe sort de la forêt pour rejoindre une ravine. Celle-ci mène au point de rendez-vous fixé par Guy en cas d'accrochage. Après le fracas du combat, le silence feutré de la prairie semble anachronique, presque dangereux. Drossée contre une barrière rocheuse, une infâme masure dessine une silhouette muette.

Écrasés au sol, ils observent. Pas un bruit. Pas un mouvement. Rien que le vent qui monte de la vallée de la Krivaja. L'approche a été parfaite. Ils ne peuvent avoir été éventés.

– On ne peut rester ici toute la nuit, remarque Eyup. Le coin est malsain. Les autres nous courent certainement après.

– D'accord, allons-y.

– Sundgau, lorsque l'on fait ce boulot, on ne doit faire confiance à personne ! OK ?

– Que veux-tu dire, Eyup ?

– Nous sommes tombés dans une série de pièges à cons ! L'embuscade sur le débordement ne t'intrigue pas, toi ?

– C'est vrai qu'il y a des coïncidences troublantes qu'il nous faudra, d'une manière ou une autre, éclaircir.

– Entièrement d'accord avec toi ! Et maintenant que faisons-nous ?

– C'est bon. Prends deux gars avec toi et va reconnaître la baraque, acquiesce Guy. Fais mef' mon vieux. Il y a eu suffisamment de casse comme cela. C'est... quand tu voudras. Nous te couvrons.

Les trois silhouettes, élastiques, ombres sur ombres, se dissolvent dans l'obscurité. Bientôt, dans un taillis, un oiseau de nuit appelle. Un autre, dissimulé dans la masure, répond, mécanique. Le contact est établi. L'un des trois Bosniaques se dirige vers la bâtiment. De brefs coups de lampe.

– Vous pouvez venir ! La voix claire d'Eyup résonne.

En quelques minutes, Guy et ses compagnons se retrouvent dans la bergerie. Des hommes discutent avec Eyup.

– Salut, Steff. Le voyage a été difficile, d'après ce que nous avons entendu.

– Salut, Bruno. heureux de te revoir... Tu imagines ! Voilà, Sundgau, dont je t'ai parlé. C'est lui qui nous a amenés jusqu'ici. Veux-tu jeter un coup d'œil sur nos blessés. Ils suivent. Nous allons nous reposer quelques instants avant de filer sur Kamensko.

Un bref salut entre les hommes. Des ordres fusent.

– Amenez les blessés à l'intérieur, intime Bruno. Ne faites pas de lumière à l'extérieur. On ne sait jamais.

Pendant qu'Eyup installe un dispositif de sûreté aménagé sur celui qui les a accueillis, Bruno se présente à Guy : – Tu es Alsacien, d'après ce que m'a dit Steff. Pas trop bavé ?

– Ça va !.. pour moi ! Quant aux blessés, j'attends ton avis. Vois Léa en priorité ! Elle me semble salement touchée... Tu es d'où, toi ? Tu fais partie de l'Organisation ? Qu'est-ce que tu fous là ?

– Lorrain de Metz ! Un jour, j'en ai eu marre de tout : de faire de la médecine pour du fric... ou l'inverse, rit-il, de régler les problèmes métaphysiques de la Sécurité sociale et de gérer les privilèges de mes concitoyens... Tu vois, c'est très simple. Alors, j'ai fermé mon cabinet en Fournirue et me voilà. Pour le moment, je suis à Vares, dans une ONG... plus officielle que la tienne... Comme toi, ainsi que l'exprime si bien Steff, j'ai eu envie d'être. Mais, je crois que, pour l'instant, il serait préférable que nous n'en sachions pas plus l'un sur l'autre.

– Pourquoi es-tu venu nous rejoindre, ici sur le Konjuh ?

– Tu me parais bien méfiant ! Mais je comprends après ce que vous avez dû subir.

– Alors ? insiste Guy.

– C'est Steff qui m'a fait prévenir par les gars d'Eyup. Aussi, nous sommes venus avec quelques renforts. Je crois que ce ne sera pas de trop avec vos blessés... Holà, s'interrompt-il, déposez-les à côté de l'autre !

– Quel autre ? s'inquiète Guy. Un trouble monte en lui.

– L'un des vôtres qui a réussi à s'échapper de votre première embuscade. Il est très amoché. J'ai demandé à Eyup d'aller le voir.

– Comment est-il arrivé chez toi ? La voix de Guy est blanche.

– A peu près une heure et demie après votre accrochage dans le col. Les Bosniaques qui m'accompagnent se sont avancés pour vous aider et vous récupérer. C'est ainsi qu'ils l'ont trouvé. Il avait pris deux balles dans le coffre. Pas très joli, mais c'est un homme dans la force de l'âge...

– Ils étaient trois ! L'exclamation de Guy crisse. Son visage devient masque de craie.

– C'est ce que nous avons cru comprendre du blessé. Nous avons fouillé et cherché... rien !

– Qu'a-t-il dit ?

– Il était très choqué. Maintenant, Eyup tente d'en savoir plus. Va le voir. Moi, je m'occupe de vos blessés.

Guy hésite entre le visage de cire de Léa et le tête à tête quasi religieux d'Eyup et du blessé. Bruno lui fait signe de partir : – C'est ton amie, mais ne m'emmerde pas quand je travaille ! Aies confiance. Pour l'instant, règle ton problème !

Le corps massif du Bosniaque se balance avec lenteur, tel le chêne refusant de choisir de quel côté tomber. Il tient son compagnon blessé dans ses bras. L'oreille collée à la bouche balbutiante, il est le père qui écoute l'enfant qui se confie à lui. Les yeux fermés. Le visage immobile, si ce n'est un rictus sauvage qui a pris possession de ses lèvres. Il repose le corps, murmure quelques paroles en hochant la tête et se relève.

– As-tu appris quelque chose ? fait Steff.

– Il m'a dit qu'ils ont fait la reconnaissance du col comme prévu. Que tout s'était très bien passé. Ce n'est qu'après avoir dépassé la bergerie qu'ils ont entendu la fusillade. Ils n'ont pu faire demi-tour, car les tchetniks leur sont tombés dessus par derrière.

– Pourquoi ne nous ont-ils pas attendus à la bergerie ? poursuit Steff. C'étaient bien les ordres, n'est-ce pas Guy ?

Ce dernier ne répond pas. Il respire lourdement à grandes goulées. Convulsives, ses mains s'ouvrent et se referment : – On leur a demandé de poursuivre une centaine de mètres plus avant pour des questions de sécurité, intervient Eyup. Du coin de l'œil, il ne lâche pas Guy.

– Qui ? gronde celui-ci. Décomposé, il semble revenir à la surface.

– Idriss !

En cet instant précis, la vérité fuse dans les esprits. Elle rameute les indices et incidents pour découvrir la nudité terrible du destin. Et que dit-il à propos... des deux autres ? Guy n'ose prononcer le prénom de Kirill. Il craint de pleurer. Trop de souvenirs, embusqués dans le malheur, affluent.... Léa blessée.. et maintenant, Kirill disparu...

– Ils ont été blessés et capturés par les tchetniks. Lui s'est caché. Après la deuxième embuscade dans la forêt, ils ont abandonné les recherches. Il les a entendu dire qu'ils retournaient à Nebo pour interroger les deux prisonniers avec les habitants du village.

Hagard, Guy regarde autour de lui. Steff, Eyup, les corps des blessés, Léa gémissante. Les murs délabrés et ce ciel noir tapissé de pluie qui le nargue, plein d'interrogations sulfureuses.

– Kirill... énonce-t-il enfin. Sa voix aux sonorités bizarres ânonne le prénom iconoclaste. Des images du Markstein enneigé se mêlent à celles du Konjuh ruisselant. Des rêves de pluie envahissent ses yeux brûlants. Il sort en titubant :

– Kirill ! hurle-t-il. Kirill !..

Seul le vent suinte de l'obscurité muette. Dans l'obscurité, l'Alsacien s'efforce de déceler une éventuelle apparition illusoire... celle qui le renverra aux profondeurs ténébreuses de son monde caché. Il sonde la pénombre tragique. Il ne perçoit que de fugaces éclats de sa vie brisée. Tête basse, il rentre dans la bergerie. Ses traits durcis traduisent une volonté farouche. A Steff qui veut s'adresser à lui, il jette :

– C'est au moment où les choses disparaissent que l'on commence à les remarquer. Alors, un être cher... un enfant !.. Il s'approche du médecin de Vares : – Comment va-t-elle ?

– Elle a eu beaucoup de chance ! Dans une heure, elle sera dans une ambulance qui attend un peu plus bas. Je m'en occupe personnellement : elle s'en sortira. Toi, fais ce que tu as faire !

– Puis-je lui parler ?

– Oui, mais dépêche-toi. Je lui ai fait une piqûre pour calmer la douleur.

Guy s'assied à terre près de la jeune femme. Elle est allongée sur des couvertures. Il lui prend la main. Elle ouvre les yeux. Et l'homme raconte...

– Léa, mieux que personne tu sais qu'un certain soir d'hiver les deux piliers de ma vie se sont écroulés. J'étais vide d'espérance. Tu es apparue... Par ta douceur, tu as su revivifier en moi l'irrépressible besoin de renaître... Ici, dans la tourbe de mes songes coupables, j'ai rencontré Kirill... La fraîche innocence de ce gosse m'a appris à vaincre mes peurs..., à résister et exister...

Les yeux de la blessée s'emplissent d'angoisse. Ce n'est pas une confession. Elle pressent la terrible demande de son compagnon. Celui-ci poursuit sa confidence : – Cette aventure bosniaque me fait découvrir mes points forts..., c'est toi, Léa ! Et aussi mes points faibles, c'est lui..., c'est Kirill ! En arrivant à Nebo, les contours de ma nouvelle route étaient encore flous. Ce n'est qu'après avoir rencontré Kirill que ma voie s'est tracée... Léa..., Léa, pardonne-moi. Je dois le faire !

La jeune femme a un petit sourire, faible :

– Décidément ! Guy, tu sais parler aux femmes ! Et moi, je craque toujours. Elle reprend son souffle : – Tu es avant tout très vulnérable, car tu cherches surtout à te faire aimer... sans oser l'avouer et... te l'avouer. Tu viens d'en comprendre le prix !.. C'est important de ne pas seulement donner de l'amour, mais également des preuves !.. Pars à sa recherche !.. Dépêche-toi de revenir.

– Léa, c'est tout ce que je voulais t'entendre me dire ! Merci de me comprendre.

– Rappelle-toi que tu m'as promis de me faire découvrir ton Sundgau alsacien... Depuis le temps que j'attends cette aventure ! tente-t-elle de plaisanter. Elle cherche désespérément à dissimuler l'eau salée qui emplit ses yeux.

– Chose promise, chose due, lui répond-il. Grave et tendre, il embrasse les lèvres crispées de sa compagne : – Tu sais bien que je tiens toujours mes promesses... toutes mes promesses !

Il se relève et adresse quelques mots à Bruno. Puis, il rejoint ses compagnons.

– Que fais-tu ? râle-t-il en s'adressant à Eyup.

– Comme tu le vois, mes gens prennent un peu de repos. Nous aurons une bonne trotte à faire.

– C'est-à-dire ? Le ton de l'Alsacien devient agressif.

– Connais-tu l'histoire de Boadill, le dernier roi de Grenade ?

– Je m'en fous de ton Boadill ! réplique aigrement Guy.

– Lorsqu'il fut chassé de sa ville par les chrétiens, poursuit le Bosniaque, imperturbable, sa mère le vit se lamenter sur sa défaite. Elle lui dit : – « Il ne faut pas pleurer comme une femme ce que tu n'as pas su défendre comme un homme ! »... Aussi, je me prépare des hommes pour retourner à Nebo. Une partie de mes gars venus avec Bruno repartent avec moi. Hasib vous raccompagnera jusqu'à Vares, puis... la mer ! Sundgau, le moment est venu de nous dire adieu.

Guy a remarqué l'hésitation du Bosniaque. Elle fut légère, mais perceptible à son esprit aux aguets, lorsqu'il prononça le mot « adieu ».

– Dans ce cas, je préférerais que nous nous dépêchions... je repars avec toi !

Eyup dévisage Guy, puis Steff, Marc, Mic et Piet. Ils sont tous là. Les traits creusés. L'incertitude et une certaine rage dans le regard.

– Je suis désolé, Sundgau, martèle Steff. Tu viens avec nous. Eyup a son boulot. Toi, le tien !

– Steff, si je commets une telle lâcheté..., je ne pourrais plus jamais m'accepter.

– La vérité est que tu cherches à te fuir toi-même ou alors... peut-être à te trouver !... car tu es toujours autre part. La voix de son ami est devenue sèche, autoritaire.

– Et toi, tu n'as que ta mission en tête. Les autres, tu t'en fous !

– Là, tu vas trop loin, Sundgau. Dans cette mission, j'ai pris pour règle la phrase de l'un de tes plus grands philosophes : « Les événements sont l'écume des choses, mais c'est la mer qui m'intéresse. »

Un long silence s'installe. Lourd et menaçant. Marc place son bras valide autour des épaules de Guy. Eyup paraît tétanisé par un dénouement que lui seul sent proche.

– Écume !.. Écume !.. Espèce de salaud ! gronde l'Alsacien. Steff, entre toi et moi, il y a une différence. Tu te bats pour la Bosnie. Moi, je me bats avec les Bosniaques !.. Eyup, je t'attends !

Steff a pâli. Blême, il retourne vers Bruno. On l'entend donner les ordres pour organiser la descente vers Kamensko. Marc, Mic et Piet donnent l'accolade à leur copain :

– Il ne pense pas ce qu'il a dit... Nous nous occupons de Léa. Toi, ne fais pas l'idiot... Nous avons tous besoin de toi. Alors, reviens vite !

Au moment de quitter la bergerie, Guy se tourne vers ses compagnons. Dans l'ombre ils lui font un petit signe de la main. Vers Léa. Elle lui cligne des yeux tendres et impératifs. Vers Irfan. Un drôle de sourire entendu aux lèvres.

Sur le seuil, Steff le rejoint. Il est visiblement bouleversé et ému. Il étreint Guy fraternellement :

– Fou ! Connard ! Sundgau, je ne sais toujours pas qui tu es : Fabrice del Dongo ou Laurence d'Arabie... en tout cas, je suis fier d'être ton ami ! Tiens.

Apprends ce papier par cœur et détruis-le. Au retour, passe par Vares. Bruno t'y attendra. Eyup, tu t'en occupes ! – Le Bosniaque laisse filtrer une grimace approbative. – Sundgau, rendez-vous dans trois jours à la plage convenue. Débrouille-toi pour y être. Et... merde ! C'est comme cela qu'on souhaite bonne chance en France...

La fresque himalayenne du Konjuh éclate d'une immense clameur de ciel et de roches scellés. Le soleil noir de la lune s'affuble de cosmiques brandons. Illuminées, les ténèbres nocturnes s'immobilisent sous une pluie diluvienne...

*

* *

QUATRIÈME PARTIE
KIRILL

Chapitre X

La nuit a pris la couleur du khol. Avec effort, elle tente de se frayer un chemin vers l'aube. Mais l'aube est encore loin, perdue qu'elle est dans le crépitement assourdissant de l'averse et l'obsédant ululement du vent. Maléfique, le Konjuh entretient le tourment. Ses versants ricanent l'haletance brumeuse. Des ao daï, ces longues tuniques blanches saïgonnaises, flottent impalpables, comme posées entre ciel et terre.

Des ordres brefs. Une rapide inspection. Eyup avait sélectionné ses hommes : une vingtaine de pur-sang, taillés pour la course, construits pour le vide hanté de la folle marche. L'armement : les M16 rapidement vérifiés et nettoyés. Cartouches et grenades. Les poignards hétéroclites collent à la peau : lames endormies dans le feutré monacal de leur étui, prêtes à darder leur acier déchirant. Point de bagages : un vêtement de pluie, un casse-croûte et un bidon d'eau entrecoupée de café, un pansement individuel. Requise, la trousse de Léa est confiée à l'un des hommes.

– Avalez une dernière tasse de café bien chaud, ordonna-t-il. Le prochain, nous le boirons à Nebo ! Allure : cinquante minutes, pas de gymnastique, dix minutes de repos. Relève de l'équipe de tête à chaque pause. Je suis derrière l'équipe de tête. En cas d'accrochage, nous n'avons pas de temps à perdre. Ceux qui sont au contact fixent l'adversaire. Tous les autres débordent comme ils le peuvent et se regroupent un kilomètre plus en avant. Et si c'est le merdier, éclatement général pour un regroupement au rocher de Nebo... Nous attaquerons avant le lever du soleil! Questions ?

– Les blessés ?

– Vous êtes en binôme. Si le blessé peut continuer, le problème est réglé. Dans le cas contraire, sortez-le de la merde et camouflez-le. Nous reviendrons le rechercher après avoir réglé notre problème. A partir de trois blessés, nous laisserons un homme avec eux.

L'affaire parut entendue. Le léger rictus qui crispa les visages démontra que la question était de principe... Tous étaient déjà à Nebo !

– Ne perdez pas de vue que nous avons un compte à régler ! asséna Eyup. Départ dans une minute !

La colonne progresse en petites foulées. En tête, trois Bosniaques. Ils sont la tête chercheuse. Celle qui opte pour la fausse divagation dans ce paysage désolé, devenu hostile. Les hommes forcent la forêt. Ils évitent la prairie dénudée aux appâts mortels. Ils redécouvrent les sentes étroites et pierreuses des bergers d'antan. Ils franchissent d'un seul bond les lacets qui s'effilochent dans les cols désertés.

Dans le sillage d'Eyup, Guy se dépouille de ses oripeaux d'homme civilisé. Les effluves des Bosniaques s'enfièvrent à l'air humide de la nuit. Celles de la forêt inondée montent, dégorgées par la terre à chaque foulée des hommes pressés. La folle course vers l'autre versant du Konjuh revêt un caractère initiatique. Seul au milieu de ses compagnons, l'Alsacien dépasse l'épreuve physique pour laisser ressusciter en lui une dilatation qu'il pensait impossible. Claquant au vent, le gentil sourire d'un gamin blond rythme son imaginaire.

La pluie et la bourrasque s'acharnent sur ces hommes qui, pour tout viatique, portent la vengeance et la mort dans leurs regards fous. Elles les veulent nus. Dépouillés de fausses certitudes, porteurs de sentiments droits. Ils courent, méthodiques, sans fausse précipitation. Instinctifs, ils avancent, glissent, trébuchent et chutent. Une main est toujours là pour le relais qui remet à neuf le corps et l'âme.

Dans ce site dinarique que guette l'oubli, Guy se dépêtre insensiblement de son marécage intérieur. Le Markstein enneigé lui avait arraché jusqu'à son adolescence, ensevelissant femme et enfant dans les draps défaits de tôle froissée. Voyageur sans secousses, il s'était mis à flâner dans son paradis précaire sundgauvien. Là, au bord du marais, avec l'orgue des grands solitaires, il s'était imaginé être passer maître dans l'art de cicatriser ses blessures.

La faillite morale de l'Occident, incapable de prendre la défense de l'opprimé contre l'agresseur, lui avait fait comprendre que pour ne plus filer une vie d'imbécile attardé au quotidien, il lui fallait désormais savoir alterner les pleins et les déliés. Face à l'émergence d'une culture de l'impunité et fidèle à ses convictions, il s'était engagé... à fond, comme à son habitude. Préférant l'engagement individuel au troupeau de moutons bêlant derrière les manipulateurs officiels.

Maintenant dans le vélin raturé du ciel de pluie, il se sait être dans l'œil du cyclone. Telles les lueurs métalliques des éclairs, l'éclat de la haine s'insinue à nouveau en lui. Elle fait germer des mots balbutiés dans sa tête, l'éclaboussant de fleurs tropicales, multicolores, échevelées..., vénéneuses.

Le ciel s'est ouvert. A peine annoncée par les roulements de tambour de l'orage automnal et les feux du ciel, la tourmente vient envelopper le Konjuh de son étreinte. Sous le déluge, les hommes ruissellent d'eau. Ils luttent pour garder les yeux ouverts. Ils refusent de s'arrêter parce que la boue dit non. Mâchoires serrées, ils escaladent les abrupts rochers. Il se laissent glisser dans les ravines englouties. Ils sont au cœur de la montagne mythique. Encombré de pics déchiquetés et de gorges profondes, explosé de roches cristallines, éruptives et métamorphiques, le Konjuh veille en sentinelle sur les marcheurs, à l'image des châteaux forts de légende.

Dans ce décor d'une étrangeté démoniaque, ces guerriers sont venus chercher l'absolu ! Il leur faut des falaises, des torrents, des forêts noires. Faux gamins, ils jouent à saute-mouton, de gorges en défilés par des cols vertigineux. Ils s'offrent des spectacles laiteux où la brume joue café au lait avec les ténèbres. Glacée, l'eau du ciel et de la terre. Craquant sous les pas, les bois morts. Odorantes, les mousses élastiques. Violente, la voile céleste d'étain qui les bouscule. Impromptue, la rencontre avec les yeux dorés du loup dérangé. A travers la galère du corps, la remise à neuf de l'âme : la recherche de la fatigue salvatrice...

La procession fluide, sombre, défonce la montagne enténébrée. Elle laisse le chemin mouillé se refermer derrière chaque rocher dépassé. Dans la pénombre d'une sapinière, les hommes s'arrêtent. Le soufflet rauque de leur poitrine s'apaise. Adossés deux à deux à un tronc, ils s'abritent du vent et de la pluie. Ils partagent la fraternité d'une plaque de chocolat, du bidon rafraîchissant.

– Je ne m'y retrouve pas, lâche Guy. Il halète à petits coups.

– Que veux-tu dire ? demande Eyup.

– Je ne reconnais pas le paysage... aucun repère, sauf ce satané Konjuh lorsqu'il veut bien s'éclairer ! Nous ne sommes pas venus par ce chemin ?

– Tu as le sens du terrain, Sundgau ! Dans l'ombre, le Bosniaque sourit doucement. Ce sont leurs premières paroles depuis qu'ils ont quitté la bergerie.

– On est loin ?

– En principe à la prochaine halte, tu devrais retrouver un pays connu. Nous rejoindrons la cascade au pied de la vallée qui file vers Nebo.

– Et après ?

– Nous ferons la dernière halte près de la source, celle... du bogomile. Le Bosniaque a trébuché sur la précision. Le nom de Kirill s'est englué dans sa gorge, bizarrement obstruée. Il poursuit : – J'ai préféré cet itinéraire. Il est plutôt crapahut et n'aurait pas convenu pour notre approche du Konjuh depuis Nebo. Mais pour nous, cette nuit, il nous fait gagner du temps et de la sécurité. C'est au final qu'il nous faudra redoubler de prudence.

– Quand penses-tu que nous y arriverons ? La voix de l'Alsacien est tendue.

– Sûrement avant l'aube... d'autant plus que la pluie s'apaise. Le vent du matin va chasser les nuages, au moins pour un temps.

En effet, les gouttes d'eau s'égrènent des branches. Celles du ciel sont en suspension dans l'air. Elles organisent le silence, ce « battement du cœur de Dieu » du moine Thomas Merton. La clairière développe une prairie longue, souple, élastique. Hérissée de cirses rose bonbon et de silènes blanches, elle se fait charnelle.

Obsédé par ce prénom qu'aucun d'eux n'ose prononcer, Guy se hasarde au sacrilège :

– Kirill n'est qu'un enfant ! C'est con et ignoble de trimballer ainsi un gamin blessé !

– C'est un Bosniaque ! Aux yeux des tchetniks, c'est plus que suffisant !

– Mais il n'y a rien à en tirer... Un enfant ne parle pas : il est innocent ! La voix de Guy est atone.

Eyup évite le débat. Il sait que l'attente et l'interrogation saccagent l'esprit et le cœur. Il préfère conforter leur engagement :

– Merci d'être venu avec nous, Sundgau !

– Tu as pu en douter, Eyup ?

– Pas du tout ! j'attendais seulement de savoir quand tu te manifesterais.

– Pour un homme, dans le malheur il arrive toujours un moment où il faut choisir...

– Ce que tu dis là est vrai pour chacun d'entre nous, approuve le Bosniaque. Nos paysans prétendent que notre seule liberté est celle du joueur de cartes. Celui-ci doit jouer au mieux avec la donne qu'on lui a donnée.

– Je lui ai confié les clés de ma mémoire… Je suis en compte avec Kirill. Me comprends-tu, Eyup ?

– Un homme qui refuse de reconnaître sa part de sensibilité est un pauvre type, Sundgau ! Te souviens-tu de notre première rencontre quand je t'ai raconté le Konjuh ?

Devant la mimique approbatrice de l'Alsacien, il poursuit :

– Tu m'avais alors demandé : – « Et les gens de ce pays, comment vivent-ils cette tragédie ? » Et moi, j'ai compris que tu faisais partie de ces témoins qui acceptent de mourir… Je t'ai accepté de ce jour-là ! Oh ! je ne souhaite pas ta mort, surtout pas ! Mais tu peux nous aider à la porter chez nos bourreaux. Tu verras que… c'est une autre façon de mourir !

Eyup abandonne l'abri de feuillage sous lequel il s'était réfugié avec Guy. Il redonne ses ordres pour une nouvelle équipe en tête. Un bref conciliabule où Guy distingue quelques mots : falaise, faille, cascade… les nouveaux points de repère pour cette navigation sans boussole.

– Tu es prêt, Sundgau ? Nous devons repartir avant de nous refroidir.

– Pour moi, c'est OK !

– Style marche commando ! Au moins ça, ça nous rappellera quelques bons souvenirs, n'est-ce pas ? Le Bosniaque tente d'alléger l'ambiance, mais le ton n'y est pas.

– Ne perdons pas de temps, Eyup !

Dionysiaque et barbare, la sylve les engloutit dans leur folle course reprise. Les pieds contournent les roches traîtresses, renâclent aux racines exhumées, suintantes. Les mains se déchirent aux ronciers épineux. Parfois, les corps se collettent aux troncs rétifs. Parfois, ils s'affalent au sol pour une étreinte qui aide à respirer. Craignant le guet-apens, les regards sont à l'affût de l'éclair qui désenténébrera le décor fantastique du Konjuh. Ils n'entrevoient que les images hallucinantes qui peuplent leurs esprits incandescents et ténébreux. A dos d'âme, ils mettent en mouvement le jeu enchevêtré du mythe et du fantasme...

Une sorte de frénésie semble s'être emparée de la troupe d'Eyup. Ils vont comme dans un rêve, tels ces phalènes fascinés par la lumière et qui vont se brûler à la lampe. Guy rythme sa respiration. Il fixe avec obstination le lourd ceinturon d'Eyup, calquant sa foulée sur celle du Bosniaque. Leur souffle ne fait qu'un.

L'Alsacien est ivre de fatigue. Ses oreilles bourdonnent. Ses tempes battent. En dépit des lambeaux de brume plaqués sur le visage, il a l'impression d'avaler du feu. Dans cette course échevelée, son esprit lui balbutie de curieux souvenirs : derrière lui, sur la banquette arrière, les yeux fermés, dort un garçonnet aux blonds cheveux... devant lui, un gamin au regard rieur lui fait signe de la main pour l'appeler...

– Voilà ! souffle Eyup. On déboule par cette faille et nous tombons sur la cascade. Nous y ferons la dernière pause. Ça va, Sundgau ?

– Ça va ! Guy reste laconique. A la fois embrumé dans sa funèbre ballade et à la recherche d'un second souffle pour ses poumons épuisés.

Un à un, les Bosniaques se laissent glisser dans le goulet. Sur leur passage, les Bosniaques laissent ruisseler des pierres qui ne demandent qu'à rouler plus bas. Eyup râle. Il réclame la discrétion. Le silence est d'ailleurs impossible, pilonné qu'il est par le saut suicidaire de la rivière qui vient s'écraser à plus de vingt mètres plus bas. Au fur et à mesure de leur arrivée au pied de la cascade, les hommes s'éparpillent pour s'assurer un repos en sécurité.

Exténués par la course, tous s'accordent le droit de s'écrouler de nouveau sur la terre humide. Une vapeur d'eau impalpable flotte dans l'air. L'assourdissante cascade diffuse des flots de bulles liquides. Elle immobilise le feuillage et fige le silence des oiseaux. Des bouffées d'arômes lourds et entêtants traînassent, développant l'intensité du monde végétal.

Infatigable, Eyup va de l'un à l'autre. Il fait vérifier les armes, s'enquiert de l'état de fatigue, encourage d'un mot, d'un geste. Un vrai chef de guerre.

Guy récupère. Une nausée aux lèvres, il tente de calmer la volée de cloches qui bourdonnent dans sa tête. Presque amusé, il se dit que ses entraînements physiques sur les pentes vosgiennes étaient une partie de plaisir au regard de la vérité du Konjuh. Une pensée le galvanise : atteindre Nebo. Retrouver Kirill. L'Alsacien pressent qu'il se presse au rendez-vous qu'il s'est obscurément donné. La mort sera probablement présente – elle l'est déjà ! Elle l'a déjà été ! – Qu'importe ! il faudra bien un jour lui faire face pour lui dire que la vie est belle et qu'elle peut aussi gagner la partie. Dans cette folle nuit bosniaque, organisée par Dante, l'essentiel est, maintenant, de vivre chaque minute comme si elle était la dernière ! Être enfin soi-même dans le calme du prochain pas, toujours renouvelé.

Une agitation au bord de l'eau. Quelques hommes s'écartent de l'endroit de repos pour aller se poster. Ils agrandissent le périmètre de sécurité. D'autres silhouettes pénètrent dans la vasque crée par la cascade. Intrigué, Guy s'en approche. Les hommes retirent une masse sombre, prise et reprise par le flot bondissant. La masse écartelée est celle d'un cadavre. Déposé sur la berge, Eyup retourne le mort. A la lueur métallique de la nuit, tous découvrent le visage de l'un des éclaireurs, prisonniers des tchetniks. Une plaie béante à la gorge montre qu'il a été égorgé.

– Saigné comme un mouton ! grogne l'un des Bosniaques.

– Mettez des caches rouges et fouillez-moi cette flotte ainsi que les alentours ! ordonne Eyup. Guy sursaute. Pour la première fois, la voix du Bosniaque s'est faite sèche, dure, autoritaire. Un brin d'inquiétude y flotte.

– Tu penses que Kirill...

– Je ne pense plus, l'interrompt Eyup. Le ton est devenu méchant : – Il est trop tard pour philosopher !

– Tu veux dire que...

– Rien, Sundgau ! Je ne suis sûr de rien. J'attends et j'espère.

Dense et tragique, le silence se troue des éclairs rougeâtres des lampes. La nuit en devient encore plus sombre. Elle interdit à tout rayon de lune de la transpercer pour mieux respirer. L'œil se fatigue à sonder la pénombre forestière, à plonger dans l'obscurité de l'eau. L'esprit se dérobe à de multiples détours. Au bout d'un quart d'heure, les hommes de guerre se regroupent, presque timides devenus. Les comptes-rendus de la funeste quête sont négatifs.

A la hâte, les hommes dévêtent le cadavre. Ils lavent le corps à l'eau de la cascade, tandis que d'autres creusent à l'aide de leur poignard une tombe dans la tradition musulmane : cinq mains de large, orientée vers ce lever de soleil qui n'est pas encore prêt. L'un des Bosniaques – « son meilleur ami », précise Eyup – prend la main du mort pour l'élever en prononçant par trois fois le rituel : « Au nom de Dieu... ». Couché sur le côté droit, le cadavre enveloppé dans une toile de tente est bientôt recouvert de pierres afin de le protéger des animaux prédateurs.

– Nous le rechercherons dès demain pour l'enterrer à Nebo, suivant la tradition, signale Eyup. Il paraît bizarrement plus détendu : – Quoi qu'il en soit, la prochaine halte, c'est à Nebo que nous la ferons. Et rien que pour celui-là, ils vont payer... Ali et Trifko !

– Pourquoi se sont-ils débarrassés de lui ? interroge Guy.

– Il était blessé au ventre. Peut-être les retardait-il un peu trop ? Peut-être était-il au bout du rouleau ?

– Qu'est-ce qui te fait dire qu'Ali est avec eux ?

– Jamais un Tchetnik n'aurait fait cela. Ils sont experts en atrocités, mais préfèrent la balle ou le camp d'extermination. Je ne connais qu'une catégorie d'hommes capables d'égorger de sang froid. Ali et ses compagnons en font partie ! Pour eux, décapiter un animal ou un homme obéit au même rituel imbécile. La souffrance des autres les jettent dans la déviance la plus extraordinaire. Ils connaissent la fascination morbide de vos médias pour le sang qui coule, prêts à venir laper le sang de leurs victimes si cela peut faire grimper leur audimat.

– Mais, Bon Dieu, ils sont dingues, ces mecs-là ! s'exclame Guy. Depuis le début, tu sais que je me suis méfié d'eux. Mais j'ai laissé de côté mes préjugés en pensant que nous étions du même bord. Mes amis pensaient comme moi.

– Même bord ? Je n'en suis pas sûr. En tout cas, pas de la même religion ! Vous vous imaginez que tous les musulmans sont des modérés comme les Tunisiens, les Marocains ou Jordaniens. Vous vous intoxiquez avec l'esprit artificiel de la grande Mosquée de Paris et refusez d'entendre les imprécations et les fatwa de l'université Al-Ahzar. Eyup hausse les épaules avec fatalisme, tout en poursuivant : – Ali et ses gars sont en croisade ! Je te l'ai déjà dit, Sundgau. Leur objectif est d'installer une république islamique en Europe. Dans l'esprit de ces fondamentalistes, il ne fait aucun doute que les Occidentaux, et vous les Européens en particulier, n'êtes pas intervenus en Bosnie-Herzégovine parce que les Bosniaques sont des musulmans. C'est ce qu'ils s'acharnent à nous inculquer. Par tous les moyens... Eux aussi se sont défiés de moi, car mes idées sont connues. Modernes, pour certains. Impies, pour d'autres.

– La paix, oui, déglutit Guy. Mais à n'importe quel prix... en tout cas pas au prix de la trahison !

– Trahison ! De suite les grands mots. Mais, tu n'as décidément rien compris, Sundgau ! La paix a toujours fait peur aux extrémistes de tous bords... les belliqueux comme les pacifistes... les athées comme les religieux... A croire que les tiens n'ont jamais lu, ou plutôt voulu connaître la malédiction dont les intégristes de la Ligue du monde musulman affublent tous les chrétiens : « Que Dieu les combatte jusqu'à la mort ! » Attends de voir les prochains mois, nous aurons de quoi rire... sauf qu'en Bosnie-Herzégovine nous continuerons de crever et que ces monstres sanguinaires de Milosevic, Karadjic et Mladic paraderont sur la scène... de la paix !

– Mais pourquoi tuer les tiens, Eyup. Nous, à la limite, c'est con, mais je peux le comprendre. Nous sommes des empêcheurs de tourner en rond ! Mais vous ! c'est aberrant !

– Sundgau, il faut que tu admettes quelque chose : ils sont prêts à s'allier au diable pour être les plus forts. L'Islam n'est pas obligatoirement intégriste. Il est vrai que certains de mes gars se disent inspirés par leur foi. Ils le prétendent pour mieux se retrouver et se reconnaître. Mais, eux, comme moi, savent fort bien que la raison religieuse reste secondaire dans leur engagement. Or, Ali et ses moudjahidine primaires savent également que le pire ennemi de leur intégrisme d'un autre temps ce sont nos traditions ancestrales pré-islamiques. Nous sommes des Européens. Et ils nous le feront payer cher..., très cher !

– Au prix du sang ami versé ?

– Pourquoi pas ? lance Eyup. Il devient ironique : – Mais comme tous les extrémistes, ils sont obnubilés par leur objectif et négligent les conséquences de leurs actes... petites pour eux, immenses pour nous.

– Que veux-tu dire, Eyup ?

– Le sang humain a toujours été le meilleur des ciments. Regarde mes gars ! Pour eux, maintenant, les moudjahidine d'Ali et les tchetniks sont les mêmes. Malfaisants, ce sont des êtres à éliminer.... sans exception. Les miens, je n'ai plus besoin de les motiver. Je dois plutôt chercher à canaliser leur désir de vengeance. Car, nos anciens m'ont appris que le courage vrai se construit plus avec de la patience qu'avec de l'audace !

– Je suis de votre côté, Eyup... sans réserves de votre côté ! Je réalise enfin qu'ayant voulu jouer un rôle, les circonstances font qu'il me faille à présent le jouer jusqu'au bout. Un rictus où le sinistre le dispute au fatalisme retrousse les lèvres de Guy. Il conclut : – Et l'aventure n'est plus... un jeu ! Alors que, très souvent, il me semble que je n'ai jamais quitté le monde des enfants.

– C'est encore plus simple que tout ce que tu me dis, Sundgau ! Nous sommes dans le Konjuh, le royaume des loups. Sache que ou tu es loup, et tu le sais, ou tu es victime du loup, et tu comprends trop tard.

– Que puis-je te répondre, mon ami ? L'Alsacien hausse les épaules en reprenant : – Je fais la guerre sans l'aimer, comme le disait notre Malraux.

– Ah ! Celui qui a combattu avec les républicains espagnols ! Décidément, vous, les Français, vous êtes de drôles de gens ! Là, Eyup se laisse à sourire, une certaine dérision dans le regard : – Vous vous battez à nos côtés, sans être chez vous ! Eux, les Serbes se battent contre nous pour détruire notre pays ! Et, nous, les Bosniaques, nous nous battons pour sauver notre pays et retrouver les nôtres et nos maisons !... La vie est vraiment conne, tu ne trouves pas, Sundgau ?

– Conne ? Je ne sais pas vraiment. Mais salope, ça j'en suis sûr ! Elle te contraint à faire le deuil de tes utopies. Mais peut-on vivre sans utopies ?

– Nous allons bientôt le savoir, Sundgau. Es-tu prêt pour Nebo ?

– Tu en doutes ?

– Je te pose simplement la question, car nous sommes au point de non-retour. Tout à l'heure, c'est à l'odeur du sang qu'il te faudra agir...

La course folle a repris. Les hommes écartent les arbres, brutalisent les ronciers, repoussent les rochers. L'éternelle lutte entre ces soldats de fortune, débraillés, mais ordonnés et la nature par vocation hostile à toute intervention. Au bruit précipité du galop humain, les pierres grises se recroquevillent sous la mousse écrasée. Coursier à l'œil fou, dans un paysage d'outre-tombe, Guy laisse résonner en lui les vers du Roi des aulnes :

– « Wer reitet so spät durch Nacht und Wind ? Es ist der Vater mit seinem Kind... » Il les traduit à sa façon – Pardon, monsieur Goethe, pour la transposition... affective ! – : « Qui galope si tard à travers la nuit et le vent ? C'est un père... à la recherche de son enfant ! »

Un rapide dispositif de sûreté immédiate est jeté de part et d'autre du gigantesque sapin abattu en travers du sentier. Les hommes s'accrochent aux branches afin d'expectorer leur poitrine encombrée. La sueur collante se mêle à l'eau du ciel et à celle des yeux troublés. Eyup laisse sa troupe souffler.

Guy s'est allongé à même le sol, les pieds posés sur le tronc. La bouche ouverte, il halète à petits coups, tel un chiot exténué par de folles gambades. C'est la dernière halte. Du sapin s'échappe la sente qui monte à la source du bogomile. L'onde reposante clapote à quelques centaines de mètres de leur position. Là-haut, la paix. Ici, sur le sentier, les préparatifs au combat. Le bogomile sourit énigmatique.

Non loin de l'Alsacien, Eyup s'est adossé à un tronc. Dépoitraillé, il aspire à longues goulées l'air lourd. Son visage sévère est paisible. Ses yeux sont fermés. Ils dissimulent peut-être de sombres pressentiments, des tourments convulsés. Guy considère cet homme, devenu son ami, avec une tendresse proche de l'attendrissement : oui, en cet instant virgilien, le Bosniaque Eyup est la réplique vivante de la silhouette moyenâgeuse du bogomile figé dans la pierre. Encore homme de paix, sa main est tendue dans l'air en un geste de secrète communication avec les puissances mythiques et chthoniennes.

Fruit de l'imagination de l'Alsacien ou jeu de la nature, deux grosses branches brisées par le vent se pavanent en forme de croix balbutiante. Anthropomorphes ou théomorphes, les bras croisés du crucifix ligneux s'approprient la silhouette du Bosniaque... Dans son brouillard haletant, Guy déglutit avec difficulté la boule d'angoisse obstruant sa gorge. Rigolard devant les superstitions, en son for intérieur, il les respecte et les craint. Les visions l'inquiètent ! Si fugace qu'elle puisse être, celle d'Eyup, descendant des bogomiles, le renvoie à ce monde caché du mystère et de la réalité de la Bosnie-Herzégovine...

Un drôle de parfum automnal s'est emparé de la terre du Konjuh. Un peu fade et âcre. Il fleure la mort. Mêlées, les branches lasses des hêtres et des sapins agrippent les vapeurs d'eau et les dégoulinent en traînées cotonneuses. L'ombilic penduline et la bruyère ciliée rosissent telles les lèvres de jeunes vierges. L'équivoque bucolique fait régner un je-ne-sais-quoi d'un tragique palpable.

– Nebo gori ! crie un homme en courant vers Eyup. Celui-ci se lève brusquement et se tourne vers la vallée. Il avait envoyé une patrouille effectuer une reconnaissance sur le hameau. Deux hommes sont restés sur place en observation. Le troisième ramène les renseignements. Le visage du Bosniaque est crispé.

En une fraction de seconde, sa main a quitté la lumière étrange de la clairière pour venir saisir le

M16, un instant abandonné. Le bogomile extatique est devenu le bogomile combattant. L'homme de paix, l'homme de guerre.

– Guy, ils brûlent Nebo ! La voix d'Eyup crisse dans l'air figé. Autour de lui, les hommes se sont levés. Ils ne disent rien. Ils attendent.

Pour la première fois, l'Alsacien prend conscience de l'appel angoissé de son ami bosniaque. Celui-ci a abandonné l'appellation « Sundgau » pour l'intimité du prénom que seuls, Léa et Kirill, s'autorisaient. Entré en souffrance, il vient d'entrer dans le cercle fermé de ceux qui véhiculent l'hypothèque de leurs rêves et de l'existence d'avant. En silence, Guy se lève et le rejoint. Il lui met sur l'épaule une main qui tremble :

– C'est le moment ! Eyup, nous sommes tous prêts. Il faut faire vite...

Le « nous » de l'Alsacien est la réponse au « Guy » du Bosniaque. Ce dernier paraît se rasséréner. Les ordres fusent. Simples. L'interrogation, la vengeance. Les habitants qu'on assassine, les maisons qu'on brûle. Pas un seul nom n'est prononcé. L'entrelacs de la raison et du cœur démêle et rétablit le « ils » à sa place de bourreau ou de victimes. Le sang de Guy roule et coule à flot vif au rythme de ses amis bosniaques. Impossible de les distinguer. La fausse clarté de l'aube ou du hameau incendié accroche des lueurs inquiétantes aux regards. Elle annonce la barbare fin des ténèbres...

Imagination traîtresse ! Vision parjure ! Ce ne sont point les lèvres des jeunes vierges que l'ombilic penduline et la bruyère ciliée rosissent. Mais déjà celles des plaies sanglantes de Nebo qui incendie le ciel du Konjuh ! Némésis, la déesse de la vengeance, tend son doigt accusateur vers le jeu enchevêtré d'ombres et de lumières...

Ils sont repartis, attirés par la clarté. La montagne retient son souffle. La nuit rutile ses derniers rapaces. Épouvantée, la sapinière ouvre ses lisières pour mieux offrir l'espace endeuillé. Dernier couvert avant la grande prairie qui domine Nebo, le maquis transforme le ciste et l'arbousier, le genévrier et même le rare caroubier en encensoir. Les fragrances épaisses rodent. Elles repoussent celles, déjà nauséabondes et âcres, qui rampent hors de Nebo.

Comme ses compagnons, Guy écarquille les yeux. Les deux éclaireurs de tête font leur compte rendu à Eyup. L'œil sombre, un rictus lugubre à la bouche, le Bosniaque enregistre, sans autres réactions apparentes. Quelques mots. A l'abri du maquis, courbés, des hommes viennent aux ordres.

– Il est en vie ! articule Eyup.

Guy avale une grande goulée d'air. Mon Dieu, que la vie est belle !

– En ce moment, ils le torturent avec Samir et les autres !

L'Alsacien ressent une peur bestiale. Elle le prend au ventre. Elle le fait flageoler sur ses jambes au point qu'il doit s'asseoir. Il est sur le point de se laisser dominer par une panique des nerfs venue du fond de ses entrailles.

– Il y a beaucoup de morts. Nous n'avons guère le temps de monter une opération dans les règles de l'art. D'ailleurs, ils ne nous attendent pas... Voilà ce que nous allons faire et il faudra faire fissa ! Les tchetniks sont une trentaine, à moitié ivres et complètement déchaînés.. D'ici, on peut voir Nebo : ils ont foutu le feu à presque toutes les fermes. Au centre du village, devant la maison de mes cousins, ils sont en train de torturer Samir et Kirill. Dans la grange où nous avons fait la fête, c'est un four crématoire : ils sont environ une douzaine. Les autres, une quinzaine, ont rassemblé les survivants près de la ferme de Dzemila, à côté de la prunelaie. Ils les liquident au fur et à mesure. Ah ! Il y a un double guet au jardin, celui que tu appelles le jardin-tombeau : ils surveillent le sentier du Konjuh. Je dois d'abord liquider ces deux-là. Ensuite, nous bénéficierons de la surprise. Cela devrait aller !

– Trifko ? Ali ? gronde Guy. Il connaît la réponse.

– C'est Trifko qui mène le bal au centre du village. La torture est sa spécialité. Par contre, aucune nouvelle d'Ali. Mais, Idriss, l'Algérien, est avec Trifko... Bien, maintenant, nous en savons assez. Mes chefs de groupe sont au courant. J'ai fait trois groupes : l'un pour la grange. L'autre pour la prunelaie. Ces deux groupes interviendrons deux minutes après l'élimination des deux guetteurs. Le troisième groupe, c'est le mien... et toi, si tu le veux ! Je n'ai pas besoin de grand monde. Ces salopards ne sont que quatre pour la torture. Trifko va bientôt crever, j'en fais mon affaire.

– Eyup !

Le Bosniaque sursaute. La voix de son compagnon s'est faite suppliante.

– Tu as un problème ? s'inquiète-t-il.

– Laisse-moi Trifko ! Je suis en compte avec lui...

Dans Nebo en ruines et en flammes, les deux hommes entendent les craquements du feu, les gémissements des survivants. Par instant, au gré du vent du matin, les plaintes se muent en cri d'horreur et de douleur.

Eyup considère son ami avec gravité. Il voit que ce qui se noue sur le visage de l'Alsacien est abyssal. Sans conviction, il hasarde :

– Nous allons nous battre, Guy. Tu n'es pas venu parmi nous pour cela !

– Je sais que je ne suis pas payé pour cela... C'est moi qui vais payer !

– Guy, réalises-tu qu'au bout du chemin, c'est le sang et la mort qui nous attendent ?

– Et toi, ne crois-tu pas que nous avons assez attendu ?

– C'est d'accord, Guy ! Nous serons tous les deux pour Trifko. Toi, tu seras le sacrificateur. Tu m'attends avec le groupe de la grange. L'autre se met déjà en place. Tu me rejoindras quand j'aurai réglé le problème des guetteurs.

– C'est toi qui t'en occupes ?

– Oui, avec Kemal. L'ami de celui qui a été égorgé dans la cascade.

– Je le remplace. Cela fera un dispositif moins compliqué !

– Tu es vraiment convaincant ! Tu n'as rien oublié du djebel, ça se voit, ca se sent ! Je t'ai vu saigné le tchetnik dans le col !... Pour les deux guetteurs, nous réglons leur problème au poignard. Le pistolet, seulement si nous sommes détectés. OK ?

– Clair !

Les hommes s'éparpillent. Ils deviennent invisibles. Seule, l'ondulation du maquis complice laisse deviner qu'ils s'y glissent pour mieux se dissimuler. La grange crissante et la prunelaie gémissante attendent, cherchant à échapper à l'acharnement machinal des secondes qui font mal.

Guy et Eyup s'insinuent de part et d'autre du sentier qui descend sur Nebo. Ils mettent à profit l'ombre portée du talus, le frisson de grandes fougères arborescentes pour s'insinuer au plus près du jardin-tombeau. Les deux tchetniks sont assis côte à côte sur le muret de pierres sèches. Ils tournent le dos au village. Leur regard aviné balaie, insouciant, la prairie et la sombre lisière. De temps à autre, une grossière plaisanterie, ponctuée d'une rasade de slivovica, répond à une clameur agonisante.

Pas à pas, main à main, les deux caméléons humains que sont devenus Guy et Eyup se rapprochent des deux reîtres. Le Bosniaque fait un signe pour indiquer de le suivre. Par une brèche de pierres écroulées, ils se faufilent dans le jardin-tombeau. Une vision d'horreur les y attend. Un air putride, l'odeur âcre de la mort les assaillent. Impénétrable, un étrange oiseau de nuit décolle pour un vol lourd. Il vient d'être dérangé par l'intrusion humaine. Les deux tchetniks dégueulent leur rire alcoolique aux hurlements hystériques d'une voix de femme.

Les deux caméléons n'ont pas bougé. Une sorte de plongée dans le néant. Apnée mortelle. Plus de repères dans le monde de l'invraisemblable du jardin-tombeau. L'isolement existentiel fait que les deux hommes se sentent totalement abandonnés. Ils ont peur de se sentir vivants parmi les morts. Jardin sans sens, sans sentiments. – l'horreur est-elle un sentiment ? – Ils savent qu'ils ne sont rien. Rien dans le néant, quelle perspective ?... rien qu'une immense souffrance intolérable !

Les cadavres d'oiseaux et d'insectes, les entrailles de la terre, les misérables fleurs d'acanthe et de morelles sont ensevelis sous un monceau de corps saignés comme du bétail. Se glissant parmi les corps déchiquetés, Guy et Eyup reconnaissent parfois des visages convulsés, aux traits rongés par la douleur et la folie. Le cœur aux bord des lèvres, ils se blottissent entre les bras raidis d'un vieux, étonné d'être là. Ils frôlent la face torturée d'une femme aux yeux vides, ne pouvant lui apporter ni chaleur, ni vie. Macabres et vengeurs, ils mettent à profit l'empiétement de ces corps liquidés et des voix des tchetniks.

Proches des cadavres exquis, ceux qui avaient été hommes, femmes et enfants dessinent une étrange cosmogonie imaginaire. Rebuts de la monstruosité serbe, pauvres innocents brutalement privés de vie, ils ont la véhémence, la monumentalité indécente des cadavres de Goya. Le jardin-tombeau, hideuse lucidité du pouvoir de l'homme, s'ensemence de la terreur ancestrale. Celle qui murmure qu'à l'aube du troisième millénaire le monde est en train de basculer dans un trou noir. Qu'il s'effondre ainsi que le pressentaient certains dans leurs cauchemars les plus secrets.

La fraîcheur opiacée de l'enclos éclôt les fleurs carnivores les plus dangereusement fascinantes. Celles conçues par l'homme pour dévorer l'homme. Les reliefs du festin iconoclaste puent le lourd secret de l'épuration ethnique. Un perfide silence fait cloche sur le jardin du sacrifice. Les fruits vénéneux sont sur le point d'éclore...

Par instant, une vague lueur lunaire vient caresser les visages terrifiés. Dans un mutisme prodigieux, certains yeux morts ont encore la force de briller. Parfois, une main, un doigt raidis s'élèvent. Un monde de spectres salue une dernière fois la pièce de théâtre en train de se jouer...

Dans cette géométrie à trois dimensions macabres, l'Alsacien et le Bosniaque progressent au rythme des cadavres. Caparaçonnés de cadavres complices, peau suintante des larmes de la nuit et des gouttes de sang éparpillées, ils tirent à eux le drap des ténèbres pour organiser la mise en scène noir et blanc. Ils dessinent les franges d'un gouffre où ils jettent leurs certitudes et leurs illusions... Leurs mains évitent celles des morts : elles pourraient les retenir ! Elles plongent dans des ventres mous, défoncés, déchirés. Elles s'enfoncent dans des masses molles, humides et encore tièdes. La gélatine humaine colle à la peau !

Plus le sang répandu les recouvre, plus les corps des habitants de Nebo s'écartent sur leur passage, plus Guy et Eyup se serpentisent. Serpent pour la forme onduleuse et manœuvrante... Serpent pour le venin qui s'accumule dans leur dard d'acier...

Ils sont au pied du muret sur lequel sont assis les deux guetteurs. A quelques centimètres, ils aperçoivent les deux culs affalés sur la pierre, les deux ceinturons qui matérialisent la cible de leur poignard. Une odeur chaude d'homme repu descend jusqu'à leurs narines. L'ambiguïté macabre transpire dans la conversation des tchetniks, tout comme le sang traverse un pansement.

Eyup fait un signe. Il simule la mimique de boire. Guy comprend et opine du chef. Le jeu sinistre de l'exécution est arrivé à son terme. Le rituel ridicule de l'ivrognerie en sera le déclencheur.

Un hurlement de douleur déchire l'air. Il excite les deux poivrots qui saluent à leur manière l'exploit de leurs congénères. La bouteille de slivovica à la bouche, ils ne savent pas qu'ils ingurgitent leur dernière goulée.

D'un seul bond, Guy et Eyup se sont dressés. D'une main, ils enfoncent la bouteille au fond des gorges asphyxiées. De l'autre, ils poussent leur poignard dans les dos arqués. L'alcool ruisselle et couvre les borborygmes des deux tchetniks. La lame fouille les entrailles, remonte le rein à la recherche obstinée du cœur enfin affolé. Les bras des deux guetteurs battent l'air, hésitant encore entre la gorge alcoolisée et les reins poignardés. Un dernier gargouillement. Les deux pantins s'affalent l'un contre l'autre. Ils retrouvent dans la mort absolutoire la fraternité des salopards.

Un cri aigre d'oiseau de nuit retentit. Eyup vient de donner le signal. Le champ est libre. Le maquis revit de ces hommes pour qui l'avenir n'existe plus que sous la forme d'un voile rouge, rouge comme le sang. La mise à mort possède ses rites tauromachiques. Les premières banderilles viennent d'être plantées. L'étoffe dorée, celle dont on fait les rêves, n'existe plus...

– Dans deux minutes, nous devons être prêts, souffle Eyup. C'est moi qui donnerait le signal de l'assaut. Guy, ça va ?

– Je suis prêt ! L'Alsacien rengaine la baïonnette dans son étui. Une fois de plus, elle a rempli son office, fidèle et efficace.

Mécanique, sans état d'âme, il saisit l'Herstal. Il l'arme avec précaution. Il vient de pénétrer sans transition dans le mirage qu'il se souhaitait. Tous, tchetniks et Bosniaques ainsi que lui-même, ont mis une part de nourriture dans la potée commune. Nul ne sait ce que l'autre y a mis. Retirant au hasard des morceaux sans nom, sans goût, tous s'en rassasient...

Les deux hommes reprennent leur reptation vers la place du village : ils écarquillent les yeux.

Le spectacle de Nebo en flammes leur offre la vision d'une préhistoire qui s'écrit sauvage sur la paroi finale du XXe siècle. Trifko y élabore un théâtre d'épouvante, violent, obscène. Le paysage sinistre résonne de son ricanement enragé.

La ferme de Samir et Méliha brûle à l'instar des autres bâtiments. Chaises, bancs, vieux lits, pendent, agrippés aux fenêtres. Patinés par le temps et les saisons, les gravats et la fumée, ils exhalent un parfum de vacances anciennes. Ils sont gauches, comme gênés par leur posture impudique dans le vide. Ils voudraient bien qu'on les croit descendus d'un grenier éventré ou sortis de la remise effondrée.

Près du puits, la minuscule dzamija, mosquée de pauvres campagnards, est saccagée. Par la porte ouverte s'attardent deux jambes écartelées. Guy imagine le sacrilège de la musulmane avilie. Le corps ne bouge pas... en dépit du feu qui grésille. Il est noir de fumée du tapis de prière et de la femme consumés !

Derrière la mosquée, l'alfange bosniaque : les stèles de fortune sont renversées. Des colombins ostentatoires puent la profanation. Les deux hommes se dissimulent dans l'éventrement de la ferme de Dzemila. Ils s'approchent, le doigt sur la détente.

Bien que leurs bouches se soient tues, leurs vêtements continuent à parler : des cadavres au regard clos jalonnent la rue de Nebo. Au détour d'un drap, à travers d'un fichu, une broderie, une couleur, les vêtements arrachés racontent l'histoire d'un massacre organisé. Dans ce théâtre de la cruauté, du grotesque, de l'ironie cauchemardesque, la scène du monde en réduction de Nebo est devenue osmose douteuse. Les hommes sont damnés. Les femmes violées. Les enfants assommés. Peut-être qu'enfin les bourreaux victimes deviendront !

La prunelaie gémit le lamento des possédés. Des femmes et des enfants y sont regroupés pour un tri ignoble. Glacial, Eyup désigne un point du maquis. Son groupe est prêt pour l'assaut.

De la grange en feu monte une puanteur de chair grillée. De temps à autre, un tchetnik s'avance dans la lumière du brasier. Son look cloné avec une même tête pour tous lui fait jouer une scène hallucinante d'un mauvais spectacle kabuki. Parmi les formes entassées près de l'étable, le reître va en chercher une. Un simple coup de feu et le corps culbute pour un grésillement insupportable. Le terrorisme serbe s'enivre de son pouvoir épurationniste. Il sème la mort où bon lui semble. Les requins s'affolent à l'odeur du sang qu'ils répandent !

Le carnage renvoie au massacre de Scio de Delacroix, torturé de détails à la Bosch, nourris de fulgurances à la Villon. Oradour et Auschwitz, Katyn et My-lai, Grosny et le Tibet... pourquoi la litanie de la bête humaine est-elle un éternel recommencement ?

Eyup lève le bras pour la deuxième fois. Le dispositif d'attaque est en place. Le Bosniaque fait signe à Guy de s'avancer en direction du puits où s'agitent quelques personnages. C'est le centre de Nebo. C'est le centre de l'action. C'est le rendez-vous avec Trifko !

Avec mille précautions, ils se faufilent à une vingtaine de mètres de leur objectif. Guy bloque avec désespoir l'immense clameur qui explose dans son ventre. Ses yeux horrifiés contemplent ce que son esprit refuse encore d'admettre, de comprendre.

Le chef des tchetniks est là. Chef d'orchestre, il poignarde le spectacle de son humour cynique. Près d'un brasier, il a fait dresser deux tables. Sur les plateaux inclinés, Samir et Kirill, entièrement dévêtus, gémissent. Sur une chaise, nue et entravée, la vieille Méliha ne trouve pas la force de dissimuler sa pauvre féminité. Elle n'a d'yeux exorbités que pour le corps supplicié de son mari. Près de la table de torture de Kirill, à même la terre, un tchetnik chevauche une Bosniaque dépoitraillée. La femme ne remue pas. Inerte, insensible au viol, elle ouvre la bouche pour de spasmodiques hurlements muets. Éternisé par la terreur, son masque livide se tend vers le corps écorché d'un bambin écrasé contre le mur. Le sang suinte de la tête décapitée. Assis sur la margelle du puits, Idriss se lève, de temps à autre. Il attise le brasier.

Des bourreaux ordinaires pour le triptyque du désespoir de la Bosnie-Herzégovine : la peur, la cruauté et la mort !

Ligoté sur son plateau, Samir se met à hurler. Idriss vient de tendre au tchetnik de service un fer à cheval fixé à une tige de métal. Il l'a sorti, incandescent, hors du brasier. Le tchetnik applique le fer rougeoyant sur la poitrine du vieil homme. Les poils gris de la poitrine grésillent. La chair fond. Le fer à cheval s'enfonce pour une marque ignoble. Samir ne peut plus hurler, tant la douleur tord son ventre, contracte ses muscles. Il se débat, les veines de son cou gonflées à éclater. Le tremblement spasmodique de ses jambes démontre l'atroce douleur. Il gémit des saccades de mots incompréhensibles. Des mots où la prière se fait plus forte que la souffrance. Déjà des mots pour l'au-delà. Méliha laisse ruisseler de lourdes larmes silencieuses. Ses lèvres également égrènent la prière des morts.

Kirill gît sur l'autre plateau. Il grelotte de froid, de terreur, de douleur. Son visage blanc comme de la craie laisse voir ses petites mâchoires serrées. Petit Prince qui a trop grandi. Gavroche sans âge pour un jeu d'adultes. Jeu interdit. Trifko l'a planté sur le plateau de bois d'un poignard fiché dans l'épaule gauche. Le gamin se soutient, mal, sur sa jambe valide. L'autre fait un curieux angle. La balle de l'embuscade dans le col du Konjuh l'a brisée.

L'atroce cri du vieux Bosniaque semble réveiller Trifko, spectateur attentif du viol de la femme. Il s'approche de Kirill. D'un coup de pied à la jambe blessée, il le sort de sa torpeur. Kirill hurle sa douleur de gosse torturé. Dans les yeux anxieux du malheureux petit Bosniaque passe toute la prière de l'enfance désarmée. Lorsque Trifko sort son poignard et qu'il grave dans la chair de la poitrine enfantine l'emblème serbe, alors retentit ce cri que Guy n'avait pu imaginer exister : un lourd sanglot, violent, déchirant, poignant.

Une plainte insupportable sur un ton monocorde et suraigu. Elle crisse dans l'air tel le diamant s'essayant sur le verre. Les nerfs craquent sous la mordance du gémissement. A voix cassée, Kirill implore la pitié ! Il est trop petit pour cette souffrance. Il est trop jeune pour mourir ainsi. Il est trop... Trifko paraît exaspéré. Il saisit la « boule de neige », avec laquelle il s'amusait, et l'enfonce dans la bouche de l'enfant. Colifichet ludique devenue poire d'angoisse ! La plaie du gamin exhibe la funeste croix serbe. Trifko incise le deuxième « C » de la honte... l'emblème en comporte quatre !

Simultanées, les deux détonations claquent. Deux coups. Deux balles qui filent vers les tortionnaires !...

L'espagnol Ulpiano Chéca y Sanz prend ses pinceaux pour repeindre son « Cavalier de l'Apocalypse ». Ce n'est pas un cavalier, mais vingt fils des bogomiles qui, dans une immense clameur, s'abattent sur les tchetniks. Ceux-ci paraissent désemparés par l'attaque surprise. Les forces de la lumière s'opposent à celles de l'ombre pour une nouvelle tragédie en liberté.

L'horreur de la bête serbe que la sauvagerie fiance avec la nuit bosniaque se transforme en terreur. Les Bosniaques ne se posent guère de questions. Leur seule référence vibre sous leurs yeux, martèle encore leurs oreilles : la vision insoutenable des cadavres démembrés, les spasmes hébétés des survivants, les flammes qui pétrissent les cendres humaines. Vêtus de leur seule vengeance, les fils des bogomiles se battent. Ils détruisent l'ombre des tchetniks pour en peupler les recoins humides. Les râles épars s'acharnent à tisser l'inéluctable. Les clameurs agonisent. Les vertèbres craquent. Les têtes explosent. Les yeux roulent hors des orbites pour mieux échapper à la brisure des chairs pétrifiées. Les fusils refusent l'interrogation des poitrines palpitantes. Les bouches s'ouvrent, inutiles, pour l'ultime frisson...

Guy et Eyup se sont précipités dans le sillage des deux balles qui ont déclenché l'assaut final. Sans mot dire, mais avec la même rage froide, ils ont visé sélectivement. Les deux projectiles filent leur thrène.

Celui d'Eyup s'écrase dans le ventre du tchetnik au fer rouge. Le sbire couine tel le porc éventré et s'affale dans le brasier. Il y gigotera longtemps. Médusé, Idriss fait un geste vers son kalachnikov posé contre la margelle du puits. De l'autre main, il voudrait bien se protéger des quatre-vingt kilos d'Eyup. Mais le choc reçu au ventre le plie en deux, vomissant et éructant. Le Bosniaque l'assomme pour mieux poursuivre la bataille de ses hommes.

Celui de Guy fracasse la nuque du fornicateur, lui ressortant par la bouche. De ses mains hagardes, l'homme cherche à compresser la grappe de fraises rouges écrasées qui s'épanouit sur son visage étonné. Le tchetnik vomit un flot de sang. Il s'écroule sur la femme. Libérée, la femme se traîne vers le corps mutilé de son bébé.

Abasourdi, Trifko s'est relevé, abandonnant sa funeste entreprise picturale sur le torse de Kirill évanoui. Un coup d'œil vers son arme. Elle est trop loin. L'Alsacien est déjà sur lui. L'hallali a sonné. La chasse est finie. La main du tchetnik se hasarde vers son ceinturon où pend un automatique. Il n'a guère le temps de poursuivre. Guy est pressé. Dans son âme lunaire, un loup hurle à la mort. Ses yeux ragent, sa volonté bascule lorsqu'au détour d'un coup de poing encaissé, il entrevoit le sourire fou de la gangrène tchetnik.

L'Alsacien agrippe son adversaire au cou, tandis que sa main forgée dans le métal de l'Herstal s'abat, méthodique, sur la face de Trifko. Le bouclier d'os de la bête craque, s'étoile de fissures sanglantes. Un coup de genou vachard s'incruste dans le bas-ventre de l'hideux tchetnik. Enfin, celui-ci glisse sur la pente amère de la défaite. Inconscient il s'affale sur la terre réticente. Désincarcéré de l'immonde étreinte, Guy souffle : il le voulait, il a Trifko vivant !

Une maléfique ivresse déambule dans sa tête. Il la laisse mâcher le présage obscur qui l'attise. D'un bond, il se précipite vers Kirill. Avec mille précautions, il retire la « boule de neige » de la bouche ensanglantée. Le gamin geint de toute sa douleur. Désemparé, l'Alsacien contemple le petit crucifié.

– Il faut lui enlever ce poignard ! Eyup est à son côté. Il est blême. Il a libéré Samir, jeté une veste sur Meliha, re-assommé Idriss pour le revêtir des liens du Bosniaque torturé. Mécanique, Eyup regarde le petit blessé :

– Auparavant, je vais lui faire une piqûre de morphine. Elle va calmer sa douleur.

Autour d'eux, quelques coups de feu épisodiques claquent pour clore un silence épais. Les Bosniaques s'affairent auprès des blessés et des survivants.

– Voilà, c'est fait. Eyup referme la trousse de secours de Léa. Tiens-le bien sous les aisselles quand je vais retirer la lame. Fais attention à sa jambe blessée.

Guy s'empare du corps supplicié et le soutient avec une tendre maladresse. L'homme a mal, très mal, quelque part au creux de sa poitrine. Kirill se raidit. Son corps s'arque lorsque, d'un geste qui se veut affectueux, son oncle retire d'un coup sec la lame de Trifko qui l'a cloué. L'Alsacien dépose le garçonnet sur une couverture jetée à la hâte sur la table remise sur ses pieds. Il a perdu connaissance.

– Dans cinq minutes, je lui en refais une autre, fait Eyup, très pâle. Il ne doit plus souffrir. Lugubres, les yeux du Bosniaque avouent ce que la bouche n'ose. Soudain, très vieux, livide comme un cauchemar, il articule presque inaudible :

– Guy, Kirill se meurt !

Les éclats brisés de la petite vie de l'enfant envahissent les deux hommes effondrés. Sur le visage sali de boue, bleui de coups, les sillons creusés par les larmes ont remplacé les fossettes rieuses. Guy se refuse à écouter, à croire Eyup. Non, pas cette fois-ci. Pas une deuxième fois ! Jusqu'à l'insoutenable, il accroche son regard aux paupières tremblantes de l'enfant de treize ans qui entrevoit ou revoit les souffrances exsudées par toutes ses pores. Effrayées, les mains – même celles aux doigts brisés – tremblent un peu. Un battement de cils, puis un autre. Les yeux apparaissent à la grande nuit. Ils ont perdu la lumière malicieuse de la prairie fleurie, l'étincelle fusante de la rivière babillarde. Ils ne sont plus que faibles petites lumières hésitant à s'éteindre, veilleuses sur le déclin.

– Kirill ! La voix de Guy crisse tant les mots se rebellent à sortir de sa gorge obstruée. Kirill ! C'est moi, Guy, ton grand frère ! Je suis là...

Les yeux du gamin s'effrayent à cette voix qui lui rappelle qu'il est condamné à vivre... encore ! Donc, à souffrir... toujours ! Puis, ils fixent le visage de l'homme penché sur lui. Ils s'ouvrent immenses comme pour décrocher un peu de temps au ciel qui blanchit. Même le sourire qui s'y lit semble attiser la douleur de la bouche blessée.

– Guy... je savais... tu viendrais... Épuisé, Kirill s'arrête.

– Mon bonhomme, mon petit bonhomme ! Gauches, comme tous les hommes qui s'aventurent sur le chemin de la tendresse jusque-là dissimulée, l'Alsacien découvre la maladroite douceur de sa vulnérabilité. Avec tendresse, il effleure le visage tuméfié. Il vient d'entrer dans ce domaine où, solitaire, il n'a plus peur d'affronter la vie, la mort..., sa propre vérité.

Le petit garçon au regard agrandi geint, gêné de se plaindre :

– Guy..., mal... Kirill a beaucoup mal... beaucoup froid.

– Eyup ! supplie Guy. S'il-te-plaît, la morphine, vite !

– Kirill, ja sam Eyup ! ja cu ti ponoci. Oui, ça va aller...

Guy réclame une autre couverture qu'il étend avec douceur sur l'enfant, tant le moindre contact est souffrance. Il ramène le brasier à coups de pied vers la table pour une cérémonie funèbre wagnérienne. Au passage, il écrase une nouvelle fois son pistolet sur le crâne de Trifko : le tchetnik s'était réveillé, scrutant la scène d'un sourire cynique.

– Tu vas aller mieux, Kirill, glisse Guy. Sa voix dénote la brisure qui s'installe en lui. Pauvres paroles qui n'expliquent rien. Paroles connes au milieu de ces giclures de sang. Il n'ose point toucher la main brisée, bloc informe de douleur devenue. La menotte a doublé de volume.

La piqûre fait son effet. Les traits enfantins s'apaisent artificiellement. Sur le valide bras de Guy, la main valide de Kirill s'agrippe. Le gamin désigne Trifko assommé d'un doigt accusateur :

– Lui... a pris la boule... ma « boule de neige »...

Ce n'est point du délire. C'est le reproche, le seul reproche de Kirill à son tourmenteur. A croire qu'il avait oublié les affres qui avaient chamboulé son âme d'enfant innocent et rêveur. Pourtant, à certains éclats du brasier, ses yeux s'agrandissent de la terreur du supplice qui pourrait encore survenir. Un regard d'enfant pour qui l'espoir n'existe plus ! Guy se dirige vers le tchetnik brusquement inquiet. Il le recouvre d'une bâche pour le dissimuler à l'enfant traumatisé. Trifko, ce sera pour après !

Après ? Après quoi ? L'Alsacien se refuse à entrer dans le petit jeu de la sémantique. Après, c'est après ! Pour l'instant, il n'est qu'un radeau de fortune errant sur une mer d'angoisse. S'il identifiait cet après, alors Trifko ne serait plus. Pour l'instant, Guy fonctionne « à la peau » !

– Popi dobro je ! Eyup fait boire un peu d'eau à son neveu. Le gros ours pataud devient Mater Dolorosa. Il précise : – Guy : – J'y ai mis un toni-cardiaque. Je crois qu'il veut te parler. Le Bosniaque baisse le regard : – Dépêche-toi, Guy.

– J'ai mis du bois dans le feu, Kirill. Tu auras plus chaud, s'empresse l'Alsacien.

– Ce n'est pas grave, Guy..., c'est ma terre qui entre en moi, fait l'enfant. Il paraît extraordinairement calme. Un peu de rose fleurit aux joues creusées.

– Veux-tu bien te taire ! Bientôt, tu verras...

– Mon grand frère, Guy... écoute. Je n'ai plus beaucoup de temps... Chut ! La petite main est venue se poser sur la bouche de l'homme. Toi et moi, nous avons eu de la... chance... La chance de nous rencontrer... Tu te rappelles la source..., notre source... C'était beau, dis ?

– Nous y retournerons, Kirill... je te le promets !

Avec effort, le regard limpide, trop limpide, revient sur Guy. Par instants, les paupières fatiguées éteignent les yeux.

– Tišina, Guy... tišina. Le visage pâle, crayeux, prend les traits du masque. La petite bouche livide se met à dire la source. Les mots s'envolent, à peine effleurés, tels des abeilles en partance pour la miellée. Ils semblent avoir tant à dire qu'ils donnent l'impression de se rebeller. Kirill voudrait faire les gestes de tous les jours de son enfance. Sa jambe trouée, sa poitrine percée, sa main brisée ne le peuvent. Alors, il offre sa vision de sa source avec pudeur et tendresse tranquilles... L'enfant parle d'éternité...

Au pied de la table, Eyup est assis. Prostré, replié sur une douleur qu'il cache, lui aussi écoute la source. Dans les ruines de Nebo flottent le vol des larmes qui n'osent s'égoutter de peur de briser le silence... et que tout recommence. Tout est ruines. Les ruines sont vraiment ruinées. Pas seulement les fermes et les granges. Les âmes aussi !

Mêlée aux survivants du village, aux combattants qui comptent les morts et ramassent les blessés, la grande faucheuse passe et repasse... Ici, dans cette niche bucolique du Konjuh, les hommes ne jouent pas le jeu ! La règle n'est pas respectée : les grands doivent partir avant les petits ! Les enfants, c'est seulement pour la vie. Et souvent, en Bosnie-Herzégovine, ce n'est vraiment pas beaucoup !.. Alors, la grande faucheuse se gêne d'effectuer sa sinistre besogne par la faute des hommes. Elle se gêne et fait passer le temps... un peu de temps !

Le ciel rouillé a remisé ses éclairs et ses tonnerres. Le Konjuh s'éclaire de traits orangés. Dans la longue prairie mouillée, stigmate après stigmate, les traces de pas de Kirill volent sur les corolles. Elles se dirigent droit au cœur de la forêt...

L'enfant ne parle plus. Il respire avec effort. Il parait épuisé. La frimousse torturée ferme les yeux.

– Kirill, supplie Guy. Kirill ! S'il-te-plaît, ne dors pas ! – Il n'a pas osé dire : « Ne t'endors pas ! »

Avec un rictus qui se voudrait taquin, le garçonnet revient à la surface. Il halète : – Dormir... oui, dormir... Guy, tu avais promis...

– Promis ? Quoi donc, Kirill ? La voix est devenue si faible que l'Alsacien colle son oreille aux lèvres balbutiantes.

– Le Petit prince... avant de dormir... s'il-te-plaît... promis... encore une fois... Un léger râle interrompt le gosse.

– Tu ne peux aider la souffrance ou la peur, Guy. Attentif, Eyup a perçu la demande de Kirill. Il en a compris le sens : – Si tu veux aider Kirill, sois avec lui... installe-toi dans son dernier rêve... soyez un !

Dans son ciel céruléen, le Konjuh s'assombrit. Ses flancs de falaises et de forêts deviennent démoniaques.

L'Alsacien recherche la planète du Petit Prince. Il ne la trouve pas dans le ciel bosniaque. Elle est si loin dans ses souvenirs figés au pied du Markstein vosgien. Comment coudre ensemble le fugitif et la pérennité ? Face à cet horizon sans échelle, il installe le Petit Prince orant dans son marais sundgauvien. Il raconte. Il ajoute les mots les uns aux autres. Berceuse en sourdine. Filet de paroles, fontaine de paroles. Il se laisse entraîner avec elles... et Kirill avec lui...

Ensemble, ils déambulent dans l'espace. Ensemble, ils dérivent sur le Rhin à la recherche d'îles mystérieuses. Ils entrent en résonance avec les myriades d'étangs de la Petite Camargue, mosaïque de petites planètes miroitantes au fil de l'eau. Guy raconte les vergers gorgés de soleil, là où se cachent les serpents dorés. Les forteresses du Jura alsacien où sont terrés les renards de Saint Exupéry. Il entraîne son jeune compagnon dans sa ferme, retirée dans la saulaie. Il lui désigne les fenêtres : elles sont toutes rondes. « Ici, assure-t-il, sur ta planète, il ne pourra jamais y avoir de lune carrée. »

La magie du conte a des pouvoirs infinis. L'enfant et l'homme sont éblouis, hypnotisés par le paysage qu'ils découvrent de concert. Ils sont émerveillés. Eux seuls savent pourquoi. Le regard trouble de Kirill gémit affectueusement.

Il a passé son bras valide autour du cou du conteur pour mieux entendre la voix qui, parfois, déraille. Son front est couvert de sueur. La mort dévorante s'approche. Elle guette le Petit Prince éphémère. Kirill agonise.

Bouleversé, Guy regarde jusqu'à l'insupportable cet enfant de treize ans qui meurt sans savoir pourquoi. Il parle sans se rendre compte qu'il crie, croyant ainsi retarder l'échéance. Les accents fous d'une éternelle incantation attisent les sursauts de la mémoire. Markstein, Konjuh, même saloperie d'un destin injuste. Un délire immense attise l'Alsacien : il tient la vie de Kirill et la sienne à bout de voix...

Guy s'interrompt. Le bras de l'enfant s'est détaché de son cou. Kirill le regarde avec un petit regard. Celui qu'à l'oiseau qui vient d'être abattu. Kirill se meurt. Il est en vie. Mais il est déjà mort. Guy ne veut pas l'admettre. Lui, oui !

– Guy... mon grand frère...

L'Alsacien lit les paroles plus qu'il ne les entend. Le balbutiement se fait prière : – La source... Guy... la source...

Le regard du petit Bosniaque supplie. Pathétique, l'homme craque :

– Oui, petit frère... je te le promets. Toi et moi, nous irons à la source... près du bogomile.

Entre eux, les mots n'ont plus d'importance. Seul compte le regard échangé. Ce regard que Guy n'avait pu obtenir de son fils fracassé. Il le reçoit de Kirill, si intense qu'il en devient visible. Complicité du sentiment, liaison presque charnelle de deux êtres qui se reconnaissent, car ils se savent porteurs de la mystique de l'endroit secret connu d'eux seuls.

Au dernier moment, avec simplicité, presque timide, Kirill ouvre ses yeux clairs pour chercher encore plus de clarté. Avec une terrifiante lenteur, il semble vouloir soulever son corps meurtri. Il prononce quelques mots inaudibles où le serbo-croate se mêle au français : – Stečak... Guy... Petit oiseau enfin mort, il retombe doucement dans les bras de l'Alsacien. Extatique, un sourire irradie le visage de Kirill. L'enfant aux yeux de miel rêve les yeux ouverts... Son sang goutte et rougit la terre.

Farouche, Guy serre dans ses bras le gamin au corps abandonné, dont seule l'extrême pâleur révèle qu'il est mort. L'Alsacien ne retient plus ses larmes. A gros sanglots douloureux, il pleure sa souffrance d'homme renouvelé : – Mon Dieu...

– Arrête tes conneries, Guy ! regarde autour de toi ! enrage Eyup. Cette nuit, à Nebo, ton Dieu, mon Dieu, notre Dieu vient de mourir plus de cinquante fois !

– Pourquoi mourir si jeune ?

– Pourquoi ? Pourquoi faut-il mourir si jeune ? éructe le Bosniaque. Il cherche le blasphème pour cautériser l'immense douleur qui le parcourt : – Toi, le chrétien, demande à ton Dieu s'il a vraiment eu un fils. Permets-moi d'en douter ! Quant au mien, je suppose qu'il devait s'envoyer en l'air avec une houri de son harem pendant que Kirill crevait à petit feu. Dieu et les hommes, tous les mêmes ! Tous des salopards !

Fébrile, le Bosniaque contemple Kirill. Puis, froid et déterminé, il dégaine son poignard. Il se lève et se dirige vers la bâche qui recouvre Trifko. L'homme paraît être entré en transe.

– Non, Eyup ! clame Guy. Tu me l'as promis ! Il est à moi !.. maintenant encore plus qu'avant !

Guy a reposé le petit cadavre. Il s'est précipité sur le Bosniaque. Il s'interpose entre Eyup et le milicien. Il ne menace pas. Il rappelle l'engagement. Le sang frais de Kirill sur son visage atteste de sa résolution.

Tous deux sont conscients du caractère tragique de leur empoignade. La tête de Trifko, revenu à lui, les scrute l'un après l'autre. Une vilaine expression sardonique lui fabrique des tics sataniques : fureur et terreur, perversité du regard et injures éructées lui confèrent la diablerie d'une gargouille grimaçante.

Eyup désigne l'ombre crucifiée sur la table. Le brasier rutile un mauvais suaire. Humble et exsangue devenu, le Bosniaque laisse tomber :

– Guy, je n'ai jamais voulu cela... Il avait mal, il t'a appelé..., il avait froid, tu l'as réchauffé..., il avait peur, tu l'as consolé..., il voulait voyager, tu l'as pris par la main... S'il-te-plaît, Guy, au bout du chemin, n'oublie pas Kirill !

Dans la triste aube rougeoient encore les lueurs de l'incendie, montent les gémissements et les soupirs des blessés. Pathétiques, les deux hommes s'étreignent. Autour d'eux et de la table mortuaire, des garde-fous graves : grandioses et hiératiques, les fils des bogomiles effilochent la tristesse obscure de la nuit massacrée...

Tandis qu'Eyup est repris par son rôle de chef de guerre, Guy revient à la table. Avec précautions, il soulève Kirill. Le corps de l'enfant est étrangement léger. Une poupée de chiffon, inerte, aux bras ballants. Un oiseau mort aux ailes inutiles.

Épave enlisée dans les ruines cauchemardesques de Nebo, l'Alsacien emporte son fardeau à l'orée du village. Sur le bord du talus, là où officiait le semeur de vent, devant la prairie où toréait Kirill, il reprend la cantilène interrompue.

Tête contre tête, il poursuit sa longue quête. Il a été projeté au cœur de l'enfer. Il tente d'en retrouver la porte. Quand il s'installe aux franges de Nebo, il prend pied dans l'univers du Petit Prince qu'il dessine à mots secrets. Il offre une broderie de mots ailés au gamin consentant. Le contraste stupéfiant du Konjuh ravagé et de son Sundgau paisible les conduit dans cet espace alsacien : un dessin d'enfant empli d'eau claire, de marais mystérieux, d'animaux dans le ciel et sur la terre... un de ces dessins naïfs qui arrachent les sourires condescendants des imbéciles. Ils ont déjà oublié leur propre enfance. Leurs yeux noirs de squale ne savent plus que compter les billets. Ils n'ont pas su garder leurs songes d'enfant...

Ensemble, Kirill et Guy tressaillent. Un sanctuaire campagnard d'offrandes noyées dans l'eau rhénane apparaît. L'Alsacien le peuple de tous ces animaux dont Kirill raffole : le canard loufoque, le héron trop sérieux, la poule d'eau inquiète. Pour la plus grande joie du gosse, il y rajoute le phoque facétieux, le pingouin dandinant et même une baleine bleue. Et la rose ?... Ah, oui, la rose ?... Le conteur en fait naître de partout : des fleurs simples, doubles ou semi-doubles dans les coloris de rouge, jaune, blanc et même noir. Ah, non, pas noir ! Bleu peut-être, mais pas noir ! C'est vraiment trop triste ! La rose du Petit

Prince ne doit pas, ne peut être noire ! Altières ou trémières, raffinées ou rustiques, subtiles ou florifères, les roses organisent un accueil enthousiaste à l'arrivée de Kirill. Il en éclate de rire. La houle du rire enfantin gagne Guy...

– Guy, Ça va ?

L'Alsacien sursaute. Il revient sur terre. Eyup est devant lui et le scrute avec une attention douloureuse.

– Pardonne-moi, je...

– Je sais. Vous étiez du même rêve. L'air grave, le Bosniaque poursuit : – Nous allons enterrer nos morts.

– Beaucoup de casse ? Guy refait surface. Mais il ne lâche pas Kirill.

– Deux de mes gars et dix-huit habitants de Nebo. Plus une douzaine de blessés, dont trois graves. Nous retapons et soignons ce que nous pouvons. Ils partiront demain soir. Je viens d'envoyer une patrouille sur Durdevik pour obtenir du renfort. La voix du Bosniaque est trop mécanique pour être sereine.

– Et les autres ?

– Les autres ? Le regard d'Eyup est devenu impénétrable. Le ton neutre, il commente : – Ils n'ont pas voulu se rendre... nous ne le voulions non plus pas ! Pour eux, tout comme pour nous, cela eût été trop facile !... Il ne reste que Trifko et Idriss.

– Ah, oui ! Idriss, fait Guy. Il a parlé ? Il était seul ?

– Avec deux moudjahidine. Ali vous hait, toi et tes amis. Un peu, moi aussi, feint-il de plaisanter Vous êtes les impies qui nous contaminent. Islamiste, c'est-à-dire fanatique et primaire jusqu'au bout des ongles, il a préféré votre élimination et..., si possible, la récupération ou destruction de la preuve que vous rameniez afin d'extirper cette influence décadente que vous êtes censés nous apporter. Tu vois, Guy, où la connerie humaine peut mener ces dingues ! Ils n'ont pas compris que la vérité ne nous appartient pas, parce qu'elle nous précède !

– Eyup, je veux lui parler.

– C'est inutile ! Le Biosniaque hausse les épaules.

– Je voudrais comprendre...

– Il n'y a rien à comprendre que ce que je viens de te dire. Et ça, Guy, tu le savais déjà ! D'ailleurs, ce traître ne parlera plus jamais. Je l'ai abandonné à mes hommes. Moi, c'est Ali qui m'intéresse !

– Ah ! laisse tomber l'Alsacien. Il aurait dû réagir. Mais, bizarrement, les corps allongés devant la grange, celui de Kirill dans ses bras lui rappellent que le grand questionnement sur la vie et la mort est tellement plus facile dans un salon.

Ici, à Nebo, le XXe siècle a rebroussé chemin, affolé qu'il est de passer le relais au futur siècle des droits de l'homme. Sous le masque de la religion ou de l'idéologie, il joue de la mascarade et du double discours.

Ici, à Nebo, au pied du Konjuh attentif, la vie s'étonne de n'être qu'illusion, que chimère. Lorsque le pied trébuche, il faut ôter le traître caillou pour le prochain pas. Lorsque le jardin s'extasie de sa floraison, il faut savoir en extirper la mauvaise herbe, l'arracher et la détruire. Car la mauvaise herbe dissémine ses grains !.. La puissance émotionnelle de la mort fait qu'on ne côtoie pas impunément les frontières de la tragédie.

– Et Ali ? reprend Guy.

– Je m'en occupe personnellement. Grâce à Idriss, je sais où le trouver. Tu peux me faire confiance, Guy. Moi, aussi, je suis désormais en compte avec lui.

Prenant la main droite de Kirill, Eyup s'agenouille à côté de Guy. Tel un verdict, il articule : – Il est l'assassin de son enfance !

Le rituel prend place. Le Bosniaque dresse l'index de l'enfant vers le ciel et murmure par trois fois la profession de foi du musulman : – « Il n'y a de Dieu qu'Allah et Mohammed est son prophète. »

L'oncle de Kirill se relève. Il fixe Guy, toujours penché sur l'enfant :

– Il faut que tu songes à repartir. Le temps presse. L'homme devient brutal afin de dissimuler l'émotion qui le gagne : – Nous avons du boulot pour remettre tout ce bordel en ordre et nous préparer au départ.

Déjà, devant eux passent de modestes civières sur lesquelles gisent les premiers cadavres. Les porteurs se dirigent vers l'humble cimetière.

– Puissent un jour les morts de Nebo poursuivre leur vie aux côtés des vivants, laisse tomber l'Alsacien.

– Guy, attends-moi quelques instants. Sur la face dure du Bosniaque s'est ridé un énigmatique sourire. Il s'éloigne vers l'un des bâtiments encore intacts. Il réapparaît peu de temps longue après, portant un drap blanc et une planchette de bois longue d'une cinquantaine de centimètres. Il tend le drap à l'Alsacien : – Sauras-tu ?

– Tu veux l'enterrer ici ! Avec les autres ?

– Tu lui as fait une promesse ! Kirill te l'a demandé à toi... alors, fais-le... s'il-te-plaît, Guy... fais-le. Moi, je saurai le retrouver !

Un bleu impossible et un noir d'encre se disputent le ciel. Le Konjuh chuchote le vent du matin. Le scialytique solaire se démène pour chasser les ombres de nuit. Des nappes de pluie brillante hachent l'horizon de ci, de là.

– Sauras-tu ? reprend Eyup. Il arrive que, parfois, sans le vouloir nous enterrons mal nos morts.

L'Alsacien incline la tête, sombre et soulagé à la fois. Sombre pour devoir confier Kirill au Konjuh, l'enfouir dans cette terre de sang et de larmes, juste faite pour séparer les vivants des morts. Soulagé de remettre le destin tragique de Kirill au bogomile, lequel, près de la source, doit attendre son petit disciple. Et lui, Guy, il sera le dernier à emporter au fond de ses yeux le sourire figé, les paupières closes au regard déserté de Kirill.

– Oui, je connais les rites. Je saurai les respecter, Eyup ! Merci de ta confiance et de ton amitié... Et surtout d'avoir compris que je voulais être seul avec lui.

– Kemal va t'accompagner et t'aider. Eyup fait mine de ne pas avoir entendu la dernière phrase.

– Non, merci. C'est Trifko que je veux ! La voix de Guy s'est faite impérative, coupante.

Le Bosniaque hésite. Désabusé, il lâche :

– Tu ne t'imagines tout de même pas que je vais le liquider ? Guy, moi aussi, je sais tenir mes promesses... Il est à toi ! S'il peut te servir, utilise-le. Je refuse de te juger, car tu es plus que mon ami... tu es celui de Kirill et je sais que tu ne saurais le trahir !

– Ne le prends pas mal, Eyup, s'excuse Guy. Ce n'est pas de la méfiance. Je veux seulement que cette crapule assiste jusqu'à la fin au calvaire de Kirill... Tôt ou tard, je saurai le lui rappeler !

– Je comprends. Prends seulement garde : Trifko est un serpent venimeux ! – Guy ressent toute la rancœur tenace du Bosniaque – Rendez-vous dans deux heures au carrefour en dessous de la source. Je t'y attendrai avec mes gens pour te conduire là-haut. Au col, nous nous quitterons. Une escorte t'accompagnera jusqu'à Vares.

Guy se lève, portant le petit corps inerte dans ses bras :

– Va chercher Trifko et entrave-le de façon qu'il puisse marcher. Apporte-moi une bêche.

En quelques minutes, le milicien est présent. Guy lui tend le cadavre. Trifko hésite un court instant. Devant le regard de Guy, il saisit Kirill et l'installe sur son épaule. Tandis qu'il dégaine son pistolet, l'Alsacien s'empare du drap et de la bêche. Il s'apprête à partir quand Eyup le retient par le bras. Le Bosniaque lui remet la planchette qu'il gardait par devers lui. A l'aide d'une lame rougie au feu, il y a rédigé une inscription dans l'ancienne écriture « bosanicica ». Les lettres cyrilliques anciennes cisèlent une calligraphie artistique. A l'œil intrigué de Guy, le Bosniaque traduit : « Ici repose Kirill. Quand il a souhaité exister, il a cessé d'exister. » Tu la planteras dans la terre, juste au-dessus de sa tête.

Guy opine du chef en signe d'assentiment. Eyup lui fait ainsi comprendre toute la symbolique du rendez-vous auprès de la source : la lune grossière représentée sur la planchette est la réponse ésotérique du bogomile selon laquelle Sélène est le vaisseau céleste où séjournera l'âme de Kirill, le juste, avant son entrée au paradis.

Lorsque Eyup veut expliquer à Trifko ce qu'on attend de lui, Guy l'interrompt :

– Tous deux, nous parlons l'allemand. Ne t'inquiète pas Eyup, nous allons nous comprendre, lui et moi !

La voix de l'Alsacien est presque chevrotante, tant l'ambiguïté du ton se fait sourde, poignante. Les yeux de son ami bosniaque cillent. Il hoche la tête :

– Guy, rappelle-toi ce que je t'ai dit au sujet du versant caché du Konjuh. Aujourd'hui, si tu veux comprendre, tu devras escalader la moitié de la montagne de ton côté. Celle qui se trouve en toi... Ne znam kako... samo pokusaj !...

Guy traduit dans sa tête l'incantation du Bosniaque :

– Je ne saurai te dire comment... essaie juste !

Le sentier de pierres les prend en main, l'assassin et le frère de Kirill. Les vivats du maquis gazouilleur et odorant se sont tus, remplacés par un chant funèbre riboulant amertume et compassion : c'est Kirill qui passe !

Un grillon grésille : c'est Kirill qui passe !

Balbutiant leurs pompons roses, les cirses s'étonnent : c'est Kirill qui passe !

Feignant de ne pas entendre, le vent s'éveille : c'est Kirill qui passe !

Hérissée et fiévreuse, gorgée de pollen empoisonné, la terre sécrète de sourds roulements : c'est Kirill qui passe !

La vallée s'est assombrie. Avec le soleil devenu invisible sous la nuée, la brumaille a enseveli Nebo. Vers le Konjuh où, agaçant, flotte le petit nuage gris, tout s'éteint lorsque les nuages obèses viennent déchirer leurs flancs sur les sapinières. Inquisitrice et glaciale, la pluie jaillit. Les doigts sans fin de l'eau du ciel caressent les feuilles offertes à la mort colorée de l'automne.

Sur le sentier détrempé où l'ondée se fait ruisseau, Trifko glisse et chute. Il lâche son fardeau. Kirill roule dans la boue. Interdit, un léger rictus sardonique à la lèvre, le milicien regarde Guy comme pour lui dire : « Qu'y puis-je ? Je ne l'ai pas fait exprès ! »

Parce que le rendez-vous est proche et qu'il lui faut insister quand la boue lui refuse le passage, Guy lance la bêche en direction de Trifko. Sans dire mot, il lui désigne la sente qui se faufile dans la forêt et le fait passer devant lui. Il glisse le drap et la planchette gravée dans sa veste. Il s'empare de Kirill.

– Aide-moi, gamin ! Nous sommes presque arrivés ! souffle-t-il.

Comme s'il était conscient de l'importance de l'instant qui passe, le corps s'allège sur l'épaule de Guy. Oublié par Dieu et les hommes, Kirill s'agrippe au cou de son frère alsacien. Sans voix, sans mouvement, l'enfant mort balance un doux et douloureux reproche.

Étrange ! Inquiétant ! la tête dodelinante de Kirill, le va-et-vient taquin de ses mains mortes parviennent à débarrasser Guy du mauvais souci de soi. Dans sa progression oppressante sous la canopée étouffante, il fatigue. Cette vigilance sur soi qui jusqu'ici l'a maintenu éveillé s'estompe.

Peut-être est-il en train d'escalader réellement la moitié de la montagne de son côté ? Au fait, qu'avez voulu dire Eyup lorsqu'il avait marmonné : « Ne znam kako... samo pokušaj !... »

Ne serait-ce pas tout simplement d'apprendre la lucidité pour ne pas se disqualifier à ses propres yeux ? En quelque sorte se désencombrer de soi pour faire place à l'autre... Mais alors, quel autre ? Trifko ? Kirill ? Ou celui qui, aux tréfonds de son âme, tente de se dépêtrer de ses mensonges convenus ?

Guy sent une peur sournoise s'insinuer en lui, sombre et tenace. Y a-t-il une haine plus forte que le pardon ? Le regard oblique que lui jette Trifko l'y encourage. Tels des pleurs incontrôlables, la pluie ruisselle des cheveux de Kirill dans son cou.

Et ce satané pardon, prôné par les humanistes loin des blessures des torturés qui hurlent, peut-il survivre à l'absence de justice ? Pas de pardon sans justice préalable ! La pluie rouge inonde sa poitrine, mêlant le sang du gamin à la sueur de son effort.

Le sinistre pendule ne cesse d'osciller : Trifko ! Kirill ! Le milicien tortionnaire, l'enfant limpide ! La délectation du criminel, la terreur du gosse !

Guy ahane. Veilleuse mortuaire devenu, il est le foyer qu'on a oublié d'éteindre. Une main invisible déchire et farde son visage d'une pâleur mortelle. Le plus difficile pour un homme est d'éprouver de la pitié pour lui-même. L'angoisse de la vérité chasse l'espoir clandestin.

Après la géhenne de Nebo endeuillé, la sapinière s'ouvre au passage du cortège funèbre. Elle s'écarte pour qu'ils parviennent à la mystérieuse source, celle où tout ramène à l'état originel. Certains n'y parviendront jamais. La pluie hache la sylve. Elle fustige branches et visages. Elle confère aux flancs boisés du Konjuh une teinte grise, brouillée bleu-vert. L'ondée se suicide dans la flaque d'eau qui sourd de la falaise.

Le chemin de terre et de mousse a sinué entre les fûts et les ronciers aux fragrances innombrables. Montent les odeurs fortes du myrte et de la bruyère. Les feuilles des hêtres scintillent.

La lumière tamisée fait vibrer la clairière. Elle tente d'en épuiser le mystère de sa texture : eau jaillissante du rocher forcé, ciel à peine autorisé, arbres accourus. La source jubile. Des phragmites aux longues feuilles d'un gris-vert presque bleu y colonisent une eau d'argent où barbote le triton palmé. Une ceinture de carex hérisse ses quenouilles pour la Belle au Bois Dormant.

Tout est devenu couleur affaiblie, festival minéral et végétal de nuances mauves et roses qui lacèrent les ombres effarées.

Trifko, lui-même, paraît décontenancé par le lieu. La source de Kirill sacralise leur arrivée dans les clairs-obscurs à la Vermeer. Clapotante, elle est devenue la Terre promise d'une quête dont l'enfant avait entrevu la fin.

Guy, soutenu par son précieux fardeau, y retrouve le mystère d'une géomancie à laquelle il a été toujours sensible. A l'instar des empereurs Nghuyen à Hué, Kirill avait imaginé son tombeau pour un enterrement secret. Durant sa courte vie, il était venu s'y promener, rêver, dessiner des rêves, peut-être... se raconter le Petit Prince. En définitive, seules les âmes comptent !

Ici, à la source, dans la même indolence bleutée, le surnaturel a rendez-vous avec la tragédie, le merveilleux avec le deuil. Face à la mort, la vie arrive encore à éblouir ! Près du pin noir, le bogomile est aux aguets. Il les a guettés, car il attend son petit compagnon.

Guy dépose Kirill sur la terre. Devant Trifko intrigué, il sort sa boussole. L'Orient palpite en direction d'une pourpre salicaire. Méticuleux, l'Alsacien délimite un long rectangle orienté vers la plante. Impassible, il désigne l'emplacement au tchetnik :

– Creuse !

Le fossoyeur improvisé bêche, un œil sur son travail, l'autre sur le bogomile qui le surveille. Guy est revenu près du petit cadavre :

– Nous sommes arrivés, Kirill... tu avais raison quand tu me disais que nous avions eu de la chance de nous croiser... notre route a été courte... il eût été dommage de ne pas nous rencontrer... ma vie fut vigne sans vendange. Toi, tu en as été le papillon... Nous attendions, toi et moi. Et nous ne savions pas que cette attente était un départ... Kirill, lorsque tu seras auprès du bogomile, je t'en prie, ne m'oublie pas !.. D'ailleurs, je te laisserai notre petit secret. Ainsi, tu me verras et tu m'entendras parmi toutes ces ombres qui viennent à la source... Je serai près de toi... Tu n'auras qu'à imaginer que, moi, je suis mort...

Accoudé sur la bêche, le milicien serbe lance :

– Ça va comme ça ? Il est décontracté, à croire qu'il vient de retourner une plate-bande.

Interrompu dans son monologue, Guy lève les yeux. Il observe l'homme comme s'il était une tache sur un tableau. Cette tache, il voudrait bien l'effacer. D'un signe impératif, il désigne un arbre et fait signe à Trifko de s'allonger. Il évite la parole de crainte d'exploser de haine. Douloureux, l'Alsacien perçoit chaque détail de la scène : le parterre de cistes éberluées par l'intrusion, le pin noir compréhensif, la stèle moussue, l'expression extatique du bogomile.

L'homme entre en communion eucharistique avec l'environnement de la source. Tous ses sens sont en prise directe sur les sons de l'air qui coule, les couleurs qui palpitent, les parfums qui bruissent. Guy entre si profondément en résonance qu'il lévite en bogomile...

Au bord de la source, l'Alsacien déshabille Kirill. Il le plonge dans l'eau et le lave suivant le rite musulman. Lorsque ses doigts effleurent l'emblème serbe incisé dans la chair, ses yeux s'attardent, vides, sur le tchetnik. Son pistolet à portée de la main dissuade la bête humaine de toute tentative d'agression.

Les yeux de Kirill refusent la morale du regard. Ils abandonnent Guy à son dilemme. Alors, celui-ci sort le corps de l'onde. Il l'essuie. Après avoir brisé des tiges de cirse, il les écrase pour en extraire quelques gouttes de laudanum. Avec une douceur quasi maternelle, il en enduit le front du mort. La résine odorante enivre les narines de l'officiant. Effluves parfumées, elles unissent encore une fois les deux frères. Puis, de son poignard, il découpe dans le drap un long ruban dont il ceint le front de Kirill.

Sans lâcher Trifko du regard, il rejoint la fosse. Maintenant, l'enfant y repose dans son linceul blanc. Avant de rabattre définitivement le drap sur le visage de Kirill, Guy glisse la « boule de neige » dans la main mutilée. Les « chiens assoupis » sont enfin apaisés. Un adieu précieux pour une présence qui va manquer...

– Pense à moi, Kirill... Pense à moi !

Dans la terre du bogomile, l'Alsacien abandonne la dernière collusion avec son fils disparu. Dans ses yeux, il y avait vu la folie des nuages escaladant les pentes vosgiennes, la douceur des soirs rhénans au bord du fleuve. Ceux de Kirill lui avaient livré le bestiaire échevelé de ses pauvres rêves, la fièvre tremblante des heures ensevelies dans le miroir éteint de la source.

Guy ne pleure pas. Il a tenu la promesse faite : Kirill a quitté la vie. Il n'a pas quitté le Konjuh. Mais derrière sa protection dérisoire, l'Alsacien est effondré, tout comme si un barrage d'émotions venait d'exploser dans son corps. De dalles épannelées dans la roche il recouvre la complicité qui le lie à l'enfant. A petites pelletées, il fait la tombe.

A genoux et muet, Guy plante la planchette d'Eyup. La musique du vent s'introduit dans la clairière pour faire accepter l'inacceptable : il frissonne le pas familier de l'enfant. Un bruit d'étoffe froissée chiffonne l'air : c'est un oiseau de nuit qui s'installe pour la veille. Imperceptible, le bogomile vacille dans son granit, montrant ainsi que l'on ne peut figer la mort dans la pierre. L'ombre flottante de Kirill goutte à goutte des fils gris qui emprisonnent l'Alsacien dans un rêve d'avant.

– Tu sais, Kirill, pendant longtemps, je me suis demandé ce que tu pouvais chercher dans cette nature sauvage... je suis sûr que maintenant tu l'as trouvé... au revoir, petit frère !

La source veille sa propre lumière. Guy baisse la tête : Il songe à Mallarmé lors de l'enterrement de Verlaine : « La tombe aime tout de suite le silence ! » Le poète avait raison.

Dans la forêt rêvante, à peine éclairée, dans la touffeur moussue et clapotante, il y a l'âme d'un Petit Prince assassiné parce que l'on voulut pas qu'il fût roi...

Les yeux fermés, Guy sourit à Kirill. Un instant inattentif, perdu qu'il est dans son théâtre d'ombres. Le déplacement de l'air plus que le grondement du tchetnik le ramène à la réalité.

L'homme est déjà sur lui, les mains à la recherche de sa gorge. Impossible de se saisir du pistolet. Sous l'agression, il est tombé hors de son étui ouvert. Le poignard gît sur le lieu de l'ensevelissement. Durant la mise en terre de Kirill, Trifko avait usé sur la roche la corde qui l'entravait. Libéré, il donne libre cours à sa rage. Son envie de meurtre bave à ses lèvres ricanantes.

Les deux combattants roulent à terre. Dans une roulade haletante, ils passent et repassent sur la tombe. Leurs corps dament la terre relevée. Les coups pleuvent. Ils cherchent à faire mal, à faire jaillir le sang. Chacun encaisse et riposte. Pas un mot. Que des jurons, des grognements, des souffles oppressés. Des macules terreuses maquillent leur face.

L'apothéose guerrière devient un carcan absurde. Éructant et hagard, Trifko cogne. Le visage blanc et immobile, Guy pare les coups et réplique. Ce n'est pas pour lui qu'il combat ! Il évite la tombe que l'autre piétine. C'est alors qu'à la vue des pieds de son adversaire foulant la terre mortuaire, Guy imagine les blessures réveillées, les spasmes du petit corps qui se croyait à l'abri. Dans la démesure de la rage et de la peur mêlées dans son regard, l'Alsacien réalise la nudité effrayante de son destin.

Les coups, c'est Kirill qui les reçoit. Les cris, c'est Kirill qui les pousse. Depuis la séance de torture auprès du brasier, les gémissements, les prières de Kirill résonnent dans la tête de Guy. Ils le tourmentent et l'obsèdent. Comme si c'était lui que Trifko avait torturé. Maintenant, c'est avec Kirill que le milicien se bat. C'est l'heure de la revanche du gosse !

Guy frappe pour mettre à terre. Pour abattre. Son angoisse, ses doutes, les vapeurs réincarnées de la sépulture bouleversée donnent force et brutalité à sa haine sourde devenue. Sous ses coups de boutoir, son adversaire s'écroule, trébuchant sur la tombe. – « Merci, Kirill », songe Guy.

Retors, le tchetnik lui projette une poignée de terre au visage, tandis que, d'un mouvement de jambe rapide, il le déséquilibre. Guy chute dans un roulé-boulé qui doit lui permettre de se relever. Trop tard ! Un chien fou danse dans les yeux de Trifko. Il a réussi à se saisir de la bêche. Désordonné, meurtrier, il frappe. Hachant l'air de moulinets, il vise les jambes, la tête, le corps. Guy esquive les coups rageurs en se roulant à terre. Une douleur aiguë l'a frappé à la main gauche. Il s'affale, irradié de douleur. Le milicien ricane et relève l'outil pour le dernier coup. Il prend son temps pour mieux jouir des grimaces de souffrance de l'Alsacien, comme s'il voulait savourer le sanglant envers de leur combat.

Sa face hilare s'éteint. Son geste se fige. Ses yeux cillent. Il laisse tomber la bêche. Du canon de son Herstal, Guy lui fait signe de se reculer. Il a mis à profit la bestiale jouissance de Trifko pour se saisir de son pistolet tout proche.

Péniblement, avec mille précautions vis-à-vis du tchetnik et de sa main blessée, l'Alsacien se relève. Il a entendu le spasme irrégulier de son cœur. Il a entendu la haine résonner en lui, lorsque la bêche a déraciné la planchette épitaphe de Kirill. Existe-t-il une justice pour les salauds ? Existe-t-il des salauds pour la justice ?

L'arme toujours pointée vers le milicien, Guy remet de l'ordre sur Kirill. La nuit s'approche : l'inquiétude se glisse dans son âme. Saura-t-il ? Pourra-t-il ?

Une ultime imprécation de Trifko fait luire ses dents. Provocateur ou suicidaire, le soudard donne un coup de pied. La chaussure frôle le visage de Guy et renverse à nouveau l'épitaphe. Très calme, Guy la remet en place. Puis, il lie les mains du milicien et le pousse plus avant.

Dans son esprit, c'est la fin des illusions, la dégringolade des certitudes. Impuissant, il a assisté à la tragédie de Nebo. La fin de Kirill lui a dessiné le gouffre de l'absurde. Maintenant, il lui appartient de couper définitivement le cordon du voile ténébreux qui les a tous ensevelis. Il est décidé ! Quelle garantie a-t-il qu'un autre le fera à sa place ?

Ils quittent la source. Attentif, le bogomile lève sa main vers l'arc et les flèches. Signe prémonitoire...

La sente étroite se faufile entre rochers et sapins. Par deux fois, déjà, Trifko a glissé sur l'herbe mouillée. mais, Guy est certain que le reître mène à nouveau un jeu fourbe. La stratégie mortelle de Trifko l'oblige à gérer la corde qu'il tient dans la même main avec laquelle il porte son pistolet. Le poignet gauche lui fait atrocement mal : avec beaucoup de difficultés, il s'efforce d'ouvrir et de fermer les doigts.

Dans une compromission ambiguë, malsaine, Guy consent à la course de plus en plus folle. Sournoise, la vision de Kirill traîné par Trifko s'impose à lui. Il se sent las. Terriblement las. Il fait des efforts désespérés pour recoller à la réalité. Le cheval fou qui le tire s'arrête net, l'attirant à lui d'un geste de ses poignets ligotés. Le coup de pied au ventre lui met la nausée à la bouche.

L'esprit clair, il lâche le lien qui les unit et se laisse rouler à quelques mètres de son adversaire. Il a conservé le pistolet à la main. Quand il se relève, son regard inquiète le milicien. Peut-être vient-il enfin de comprendre qu'ils ont atteint la sortie du perfide labyrinthe. Il n'est plus sous la protection du bogomile. Sinistre, il tente encore de ricaner afin de mieux renouer le cauchemar qu'il sait tourmenter l'Alsacien.

Le milicien ne peut savoir que seul Kirill, témoin fantomatique, les a accompagnés jusqu'à ce lieu de meurtre sacrificiel. Dans le sourire cynique de Trifko, Guy est attiré par l'image des yeux clairs du gosse bosniaque... ses yeux paraissent agrandis par la peur du supplice qui va fouiller ses chairs. C'est cette terreur dans les yeux de Kirill qui décident Guy. Il a gardé la haine intacte. Glacée, mais intacte. L'Herstal se redresse lentement...

La mise à mort de Trifko obéit à un rituel d'autrefois où le sang appelle le sang. Lente et puissante descente aux enfers.

Le milicien se met à geindre, les mains tendues. Il a joué. Il a perdu. Il n'a que le mensonge sanglant à la lippe. Son vainqueur livide tremble...

Deux coups de feu claquent. Précis. Nets. La forêt assourdit les détonations pour rétablir son immobilité un instant dérangée. Elle retient son souffle.

Les deux genoux explosés par les balles de neuf millimètres, Trifko éructe gémissements et imprécations. Lorsqu'il voit Guy s'approcher de lui, le doigt sur la détente il respire profondément. Il attend le coup de grâce. Mais l'Alsacien le tire vers un rocher, comme l'on sort le taureau de l'arène après la mise à mort. A la différence que le milicien est toujours vivant. A la nuance près que le taureau fut brave.

– Je ne te tuerai pas, Trifko... Guy hausse les épaules d'un air désabusé : – Non, je ne te tuerai pas. Ma religion prétend que seul l'offensé peut t'accorder son pardon, à condition que tu le lui demandes... Je ne suis ni Dieu, ni Kirill ! Et moi, je ne pourrai jamais te pardonner, car le repentir ne suffit pas ! Comment pourrais-je oublier !

Les yeux du milicien sont dominés par une peur sauvage. Affolés, ils suivent le manège de Guy. Une litanie de gestes chorégraphiés. Il attache une grenade au phosphore au lien qui ligature les mains de Trifko, dressées sur sa tête. Il la place sur le rocher qui domine le blessé. Puis, avec précautions, il déroule la bandelette, retirant ainsi la goupille : au moindre choc, la grenade incendiaire explosera. A trois mètres de l'installation diabolique, il pose une grenade défensive.

– Tu vois, Trifko, moi aussi, je sais jouer... Tu m'as appris la haine et tu vas mourir avec elle.... Connais-tu tous les habitants du Konjuh ? Bientôt, tu entendras les murmures et les appels de la forêt. Tu seras seul ! L'ours et le loup hument le sang à des kilomètres. Ils vont te rendre visite cette nuit. Tu seras seul ! Quand tu souffriras trop – au fait, sais-tu ce que souffrir veut dire ? Tu commences seulement cet humiliant apprentissage ! – tu pourras abréger ton supplice : je te laisse cette grenade défensive... il te faudra faire vite pour ne pas te consumer en enfer. Et Guy désigne l'incendiaire en position d'attente au-dessus de sa tête. Adieu, Trifko... et crève !

Le milicien a écouté sa sentence de mort, le visage convulsé de tics incontrôlés. Il n'ose bouger ses mains liées. La mort rode déjà dans ses yeux nauséeux. Sa face est celle de l'homme qui se noie. Une panique des nerfs l'agite. Plaintif, il réclame la balle finale. Le gémissement de Trifko ravive en Guy la lente agonie de Kirill. Sourd, il baisse la tête et s'éloigne...

Les appels de Trifko n'ont plus d'écho. Qu'importe l'acte terrifiant, puisque la justice des hommes est si incertaine. Peut-être que, recroquevillé dans le suaire de sa peur, Trifko saura trouver le courage d'être enfin un homme ?

A travers cet acte fou, Guy cherche à comprendre comment le quotidien est devenu une tragédie. Ces derniers jours se sont déroulés tel un drame sur des accents wagnériens. Lui, il s'est obstiné à jouer avec les sentiments pour réfuter la mort et conjurer les tabous de sa vie intime. Il avait fermé les yeux pour nier la nuit. Finalement, il vient enfin de l'écarter pour sortir du pays du silence : Kirill n'est pas mort, puisqu'il s'en souvient !...

Assis sur le tronc du sapin, Eyup et ses cinq compagnons l'accueillent en silence. Il est seul. Ils ont entendu les deux coups de feu. Personne ne pose de questions. Le Bosniaque examine la main blessée :

– A mon avis, ton poignet n'est pas brisé. Mais, salement amoché. Il faudra faire voir cela à Vares. En attendant… Eyup nettoie la plaie et bande l'avant-bras pour le rendre rigide. Il tente une diversion : – Léa se foutrait de moi si elle me voyait faire. On peut y aller ?

Guy respire un bon coup et souffle :

– C'est quand tu veux !

La pluie s'est remise à tomber, noire et glacée. La petite colonne s'élève dans les rochers. L'Alsacien souffre de sa main blessée. Mais la souffrance de sa tête est venue intolérable. Trouble, elle le projette dans le vide, sans parachute. Il se sent seul. Il a perdu ses doutes, ses certitudes. Tous ses repères ont disparu dans le néant noir qui l'habite. Le miroir sans tain de la longue agonie de Kirill s'est brisé pour faire place à la fin misérable qu'il a conçue pour le tortionnaire. Son ami bosniaque lui jette de temps à autre un coup d'œil comme pour l'encourager à surnager.

Un bruit sourd. Dans la forêt flamboie une immense lumière, blanche et sinistre. Un hurlement de bête blessée éteint les murmures de la sylve. Guy a saisi le bras d'Eyup. Il écoute. Il attend. Il imagine l'épouvante de l'assassin qui brasille. Il le voit brûler et ramper vers la grenade défensive salvatrice. Sournoises, ses jambes inutiles se traînent derrière lui. L'agonie empuantie prendra fin quand… Une explosion craque et crépite dans les branches suivie d'un silence de cathédrale. De lourds oiseaux abandonnent leur perchoir. La pluie redouble.

– Maintenant, tout est en ordre ! lâche-t-il. Mais, comme s'il voulait effacer une douloureuse chimère, il ajoute : – Les ordures sont le reflet de la société… cela vaut pour les détritus et… les hommes ! L'Alsacien a prononcé ces dernières paroles à voix basse.

– Je n'ai jamais douté de toi, Guy ! rétorque Eyup. Un lueur fraternelle s'agrippe à son regard.

La cascade, la falaise, les lourdes prairies et les forêts refermées sont traversées. Les gorges étranglées, les ventres adoucis des vallons, les fronts tourmentés du Konjuh sont effacés. Chacun leur adresse les signes de reconnaissance connus des randonneurs des grands espaces.

Le Konjuh est de la partie, vomissant le vent et dégueulant les trombes d'eau. Nul n'en a cure, occupé qu'il est à saisir la branche, à se retenir à la roche, à renâcler à la boue traîtresse. Enfin, le col est atteint. A croire qu'il a constaté la vanité de ses efforts, le Konjuh rejette nuées et brouillard. Coiffé de son tristounet nuage, il lâche la lune en maraude.

– Nous y voilà, Guy ! Prenons dix minutes de repos. Kemal avec deux gars va t'accompagner jusqu'à Vares. Moi, je redescend avec les autres sur Nebo.

L'Alsacien et le Bosniaque se sont écartés du groupe qui reprend des forces.

– Je me suis souvent dit qu'il y a des voyages qui représentent bien le cours de notre vie, murmure Guy.... A l'avenir, la vie, la mort me serviront de repère !

– Tu as fait ce que tu avais à faire ! répond Eyup. Car tu es un homme qui agit selon ses convictions et non par calcul. Maintenant, ne te laisse pas broyer pour les besoins sacrés d'une cause… vis pour elle !

– Sincèrement, en allant à la source, je n'avais rien décidé pour Trifko. Je me demande même s'il ne m'y a pas contraint.

– Le hasard nous tend des branches. C'est avec elles que l'on bâtit son destin. Parfois, la révolte et l'insoumission sont indispensables pour échapper à l'endoctrinement et retrouver son identité.

– Mais lorsque je me retourne et que je revois Nebo...

– Comme dans la fuite de Sodome, ne te retourne pas, Guy ! l'interrompt Eyup.

– Et jusqu'à quand dois-je fermer les yeux ? ne rien voir ?

– Lorsque tu auras trouvé un nouveau lieu où tu pourras exister avec ton histoire.

– L'Histoire ! ricane l'Alsacien. Elle trébuche en ce moment !

– Écoute-moi : tu verras qu'à ce moment-là, l'expérience de Nebo pourra servir l'avenir !

– Et Kirill ?... Je n'avais pas prévu de me souvenir de lui de la sorte et si vite.

– Rappelle-toi, Guy, que les êtres aimés ne meurent vraiment que lorsqu'on cesse de penser à eux. Bogomile devenu, Kirill t'entend...

Ils se taisent pour donner le temps à l'aube du Petit Prince de se retirer...

– Le temps presse, Guy. Sois prudent.

– Ne t'inquiète pas pour moi, Eyup, tente de plaisanter l'Alsacien pour masquer le trouble qui le gagne. Je ne voudrais pas que la mort me couse la bouche alors qu'il y a tant à expliquer pour remettre la vie sur ses gonds.

– Postoje reci daleko snaznije od slika ! Grave, Eyup traduit : – Il y a des mots bien plus puissants que les images !

– Compte sur moi ! Désormais, j'ai la Bosnie en moi !

Debout, ils se font face. Ils sont là, enveloppés de la même émotion. Elle les habille du même sourire fragile, apostrophe du voile de Nebo enfin déchiré.

– Mon frère, murmure le Bosniaque.

– Mon frère, fait écho l'Alsacien.

Les deux hommes s'étreignent, fraternels. Au moment de partir avec ses trois compagnons, Guy se retourne une dernière fois. Sur la butte, Eyup se détache sur la blafarde lune. Le Bosniaque le salue de la main levée. Le geste d'invocation magique est troublant. Il y a quelque chose du bogomile qui remplace la silhouette d'Eyup.

– Guy ! La voix résonne.

– Eyup ?

– Souviens-toi de Kirill !.. Ne le tuez pas une nouvelle fois !..

La voix crépusculaire est l'ultime appel du bogomile. Guy en est maintenant persuadé : Eyup et le bogomile ne font qu'un...

*

* *

ÉPILOGUE

Chapitre XI

La lumière laiteuse de cet après-midi de décembre aplanit le Dreieckland. La plaine rhénane est assoupie sous une pellicule de neige.

Je roule vers l'aérodrome de Mulhouse-Bâle. Je vais chercher Léa. Un soir, dans la soupente d'une ferme d'un hameau bosniaque, je lui avais promis de lui faire découvrir les émeraudes de mon Sundgau.

Lorsque de sa poitrine ensanglantée, j'ai recueilli le liquide rouge et chaud de sa vie en fuite, je lui ai renouvelé ma promesse. Le Konjuh m'en est témoin !

Le Konjuh !.. Ah, oui ! Le Konjuh ! Il gît quelque part dans ma mémoire. Le Sundgau alsacien, fille aux seins de soleil, aux sources secrètes et aux flaques d'eau rêveuses, le recouvre de voiles discrets, tel l'amant que l'on dissimule aux regards.

Le Konjuh ! Je pense le mot. Je prononce le nom. Et mes morts bosniaques ressuscitent en moi...

Trois jours durant, nous avons erré dans la montagne. La silhouette d'Eyup s'était estompée dans les ténèbres. Kemal se révéla un remarquable combattant. Homme de terrain, il détecta tous les pièges des tchetniks.

Ceux-ci avaient envahi le Konjuh, contrôlant cols et sentiers. Mes compagnons bosniaques et moi sentirent, palpable et meurtrière, la haine de ceux dont j'avais tué le chef. Au fait, à Trifko, je lui avais laissé le choix !... Non, en réalité, je lui avais accordé le temps de choisir le moment de sa mort… J'espère seulement qu'il a su profiter de ce temps pour bavarder avec la Camarde. Elle avait rôdé autour de nous. Imbécile, elle avait fait semblant de nous épargner pour mieux nous faire nous rencontrer. Salope, elle voulait que nous fassions son sale boulot à sa place. A croire qu'elle hésitait à faire siffler sa faux sur Trifko ou moi ! A elle aussi, je lui ai joué un bon tour ! Je n'ai pas tué Trifko. C'est comme si je lui avais pardonné en lui offrant l'inestimable chance de se racheter !…

Trois jours durant, le Konjuh avait gémi, pleuré et tempêté. La pluie dévissa devant nous des rideaux impénétrables. Elle obscurcit nos yeux effrayés et emplit nos bouche fatiguées. La terre et la roche cédèrent sous nos pas chancelants. La boue se refusa. Elle nous trahit. Lorsque nous voulûmes avancer, il nous fallut ramper. Nous voulûmes crier, nos corps et nos âmes ne purent que soupirer.

Parfois, le brouillard nous fit invisibles aux carrefours cotonneux où les tchetniks nous guettaient. Leur quête furibonde nous fit entrevoir la grande faucheuse, désœuvrée dans leur sillage aux visions assassines.

Le troisième jour, le Konjuh gueula. Le ciel s'était mis de la partie, roulant tonnerres tonitruants et éclairs aveuglants. Kemal et ses deux amis me racontèrent une légende bizarre où il était question d'une bataille gigantesque. Un héros d'autrefois affrontait les forces du Mal. Il avait placé des étoiles sur chaque crête. Les forces démoniaques s'en étaient emparées pour répandre l'incendie et la mort. Les flancs du Konjuh devaient revivre en ce moment cette lutte de déchirures et de douleurs.

Mes trois compagnons me parurent impressionnés. Ils jetaient des regards craintifs et respectueux vers la massif qui nous accueillait. Moi, je ne sentais que souffrance : mon bras ankylosé, ma main meurtrie me tourmentaient. Peut-être que ces tourments, accentués par le froid et l'épuisement, me firent tomber sous la coupe du Konjuh. La dernière nuit du troisième jour, livré sans défense à ses forces secrètes, je connus une peur bestiale et une exaltation sublime. Quelque chose comme celle que devait connaître le chevalier à son ultime combat ou lors de son adoubement.

Le lendemain matin, il cessa de pleuvoir. Le silence s'était installé dans les forêts du Konjuh. Un pâle soleil, exténué par les affres de la nuit, combla les vides des ténèbres enfuies. Au détour d'une lisière, j'entendis des sonorités étranges. Elles éveillaient en moi des souvenirs évanouis. Sur une maison abandonnée à l'entrée de Vares, une cigogne claquetteuse se rengorgeait au soleil du matin ! Nous sommes entrés dans Vares comme dans un mirage.

Bruno, le toubib de Metz, nous accueillit. Discret et efficace. Après un bref repos, mes trois compagnons furent acheminés sur Tuzla. Nous nous quittâmes simplement. L'accolade compensa l'absence des mots inutiles. Kemal me glissa un galet bleu, anodin, dans la main : – Emporte ce souvenir du Konjuh ! S'il t'arrive de penser à nous, ce caillou te parlera de tes amis bosniaques.

Je n'ai pas répondu. J'ai enfoui le galet au fond de ma poche. La phrase de Kemal me rappelait celle de Kirill. Il attendait de pouvoir parler à nouveau avec les pierres du Konjuh. Maintenant, il devait avoir de longues conversations !...

– Tes copains ont embarqué hier au soir, m'annonça Bruno. Leur départ s'est bien déroulé. Ils vont bien... ton amie a été secouée. Mais, avec un peu de temps, elle s'en sortira. Steff m'a demandé de te dire qu'il y aura toujours quelqu'un pour t'attendre au rendez-vous et... qu'il comptait sur toi ! Pour demain, j'avais prévu une évacuation sanitaire sur Mostar. Tu en feras partie. De là, ce sera simple pour t'acheminer, de nuit, à l'endroit convenu.

Je n'avais rien à dire. Tout était planifié, organisé. Plein d'amères souffrances, j'attendais qu'un geste, qu'une parole vint rallumer en moi la braise qui, jamais, ne s'était complètement éteinte.

Lorsque l'ambulance quitta Vares, je suis resté l'œil collé à la vitre arrière. Longtemps, très longtemps, j'ai gardé, incrusté dans la rétine, l'image du Konjuh et de son curieux petit nuage. Tout semblait être rentré dans l'ordre...

Et pourtant là-bas, au pied de sa falaise, la source du bogomile devait babiller pour raconter des histoires à un petit garçon endormi...

Le vent de l'Adriatique était glacé. La camionnette avait stoppé, tous feux éteints, près d'une bâtisse en ruines. Sortie de l'ombre, une silhouette s'était avancée.

– Steff !

– Tu ne t'imaginais tout de même pas que j'allais t'abandonner !

Nous nous sommes étreints, tels des gosses, aussi émus l'un que l'autre.

– Sacré Alsaco ! Tu m'as foutu une vraie frousse ! me lança-t-il. Il faudra que tu me racontes...

– Et les autres, l'ai-je interrompu. J'ai esquivé la réponse qu'il réclamait.

– D'après mes contacts, nos trois blessés sont dans une clinique amie à Ancône. Ils sont dans de bonnes mains et les nouvelles sont très satisfaisantes, tout particulièrement pour ce qui concerne Léa. Quant à Piet et Mic, ils sont rentrés chez eux. Toi, tu prends l'avion pour retrouver ton Alsace, comme convenu. Interdiction de contacter Léa ou les autres avant un mois. Ce sera à eux de reprendre contact avec toi lorsqu'ils auront regagné leurs pénates. Pour ce qui me concerne, je quitterai l'Italie avec notre ami Irfan, dès qu'il sera en mesure de voyager... Et maintenant, raconte !

Mon Dieu, comment extirper mes souvenirs ? Ils sont terrés dans les replis de ma mémoire. La douleur des visions terribles, l'amertume d'une vengeance consommée ont broyé ce qui me restait de mes rêves naufragés. Pour contenir la montée de ma détresse refoulée, j'optai pour la bravade insolente :

– Nous avons été donnés par Ali... Lorsque nous sommes arrivés à Nebo, les tchetniks incendiaient le hameau et assassinaient ses habitants... Trifko torturait Kirill... Il est mort dans mes bras... tous les tchetniks ont été tués au cours du combat... Eyup m'a garanti qu'il faisait d'Ali une affaire personnelle... j'ai confiance en lui... moi..., j'ai fait ma part du contrat :... j'ai tué Trifko !

Une silhouette s'extraya de la pénombre. Je reconnus Hasib. Il avait tout entendu.

– Tu as parlé d'Eyup ? dit-il.

– Oui ! Un homme courageux et fier.

– Sundgau, j'ai un message pour toi de mes amis de Tuzla.... Eyup a cherché Ali et les siens dans tout le Konjuh. Deux jours après t'avoir quitté, il l'a trouvé, terré dans la montagne. Ce fut une lutte sans merci entre nos amis et ces traîtres. Ceux-ci ont été anéantis. C'est Eyup qui a éliminé personnellement Ali au cours d'un combat d'homme à homme...

– Je savais qu'il tiendrait parole. Lui et moi sommes du même sang !

– Sundgau, Eyup a été blessé à mort... avant de mourir, il a demandé à être enterré à Nebo, près d'une source où se dresse une stèle...

– Le bogomile, ai-je balbutié, la voix blanche.

– C'est cela. Il a dit que tu comprendrais...

Je n'ai plus rien dit. Amer et effondré, j'écoutais le bruissement de la mer. Hasib poursuivit :

– Ceux qui l'ont enterré m'ont dit que, près de la stèle, il y avait déjà une tombe toute fraîche... une petite tombe, comme celle d'un enfant...

Je ne l'écoutais plus. C'était donc cela la troisième nuit du Konjuh ! La lutte du Bien et du Mal ! En moi résonna à nouveau l'écho des tonnerres. Mes yeux brûlèrent des éclairs livides. Mon corps tout entier s'offrit au silence qui suivit les fracas de la bataille. Une impression de maléfice, de quelque chose de démoniaque effilocha la nuit. Une énorme mélancolie trouva en moi sa cluse... Décidément, le Konjuh s'arrangeait pour garder les siens...

Depuis mon retour à Saint-Louis, je me suis cloîtré dans ma ferme. J'ai entendu parler du « coup de lune » des astronautes, revenant de leur voyage sur l'astre de nuit. Moi, j'ai pris un « coup de Bosnie ».

Pour certains – ils ont bien de la chance ! – toute blessure se referme et passe toute douleur. Mais moi, je ne puis oublier. Plongé que je suis dans la souffrance solitaire, jamais je ne me remets. Toujours torturé et tenté par l'obsédante rage de ne plus me trouver dans mon âme, tant elle s'est trop gaspillée.

Encore une fois, c'est Léa qui m'a remonté à la surface. Un soir, rentrant d'une promenade le long du Kirchenerkopf, ce bras mort du Rhin aux reflets cisterciens, j'avais la tête vide, à l'affût de sonorités crépusculaires venues de la saulaie toute proche. Le téléphone grelotta. C'était elle.

– Allo, Guy ! C'est moi, Léa !

– Où te cachais-tu, toi, dans tes Fagnes ? Je te cherchais depuis si longtemps !

– Qu'as-tu donc ?... J'ai l'impression que tu n'es pas heureux de m'entendre...

– C'est tout le contraire. Léa. Simplement, le fait de t'entendre à nouveau fait que je me sens brusquement très seul !

– Je suis toujours là !

– Où en es-tu de ton... accident ?

– Guy, je quitte définitivement les pattes de mes confrères ! Demain matin, je prends congé de la clinique.

– Alors, c'est fini ?

– Oui, prête et bonne pour le service ! plaisanta-t-elle. Une petite convalescence de quelques semaines et je serai au top !

– Tu es donc libre ?

– Oui, j'avais pensé que, peut-être...

– Je t'attends !

Et maintenant, dans l'attente de Léa, j'essaie de scier les barreaux de mes souvenirs. Ils en sont pleins. Car la souffrance apparaît lorsque la réalité ne suit pas l'imaginaire. Et les faits sont têtus ! Aux traques savantes et orchestrées des média, tournées vers la recherche du sensationnel à n'importe quel coût, même à celui du mensonge... par omission ! j'ai privilégié la quête spirituelle.

Après que Kirill eût construit son nid auprès du bogomile, tous mes rêves y ont fait escale. Sous mes cicatrices palpitent toujours la honte et la haine. Elles se réveillent chaque fois qu'un grondement du ciel ébranle l'éther. Chaque goutte de pluie glissant dans les ramilles des sapins me fait respirer la forêt rêvante de Nebo. Petites larmes infinies d'un ciel réfracté dans la terre brune de rouille mouillée. Leur clapotis me rappelle la tour enténébrée du Konjuh. Dans un silence de vêpres, les flocons de neige travaillent à bas-bruit, bleuissant les champs et les cimetières.

J'ai honte et j'enrage. Triste et solaire, la vision des réfugiés de Srebrenica hante mon esprit. Bientôt les morts battront le rappel de la vie en émergeant un talon, une main hagarde hors des charniers serbes. Ils pointeront leurs doigts décharnés vers le ciel qui les a abandonnés, croyant les ensevelir à jamais dans la terre oublieuse. La terre n'oublie jamais, elle ! Au ciel, elle le rappelle. Les monuments aux morts, eux, ne sont très souvent que des subterfuges des vivants avides d'un dédouanement facile et obscène. Parfois érigés pour la mémoire, ces pierres votives lavent et... délavent les consciences de ceux qui commémorent et défilent.

J'enrage et j'ai honte. Pour une justification veule, de bons esprits défendent les tourterelles des Pyrénées – et je suis toujours du côté des tourterelles ! C'est le seul moyen qu'ils ont trouvé pour ne pas parler des enfants assassinés. Politiques européens et autres, citoyens ignobles, ils siègent et plaident, hors de portée du temps et de leurs responsabilités !

Ils vont sûrement organiser un grand procès, truqué, tronqué et manipulé comme toujours. Ne vous inquiétez pas trop, Messieurs Milosevic, Karadjic et Mladic ! Des datchas discrètes vous attendent. Les intérêts des Grands seront préservés. Les caméras et les médias seront là. Ils sont toujours là pour l'audimat. Rarement pour la morale !

Et puis, comme à Noël, on déversera beaucoup de fric sur les vivants et les morts de Bosnie-Herzégovine. Ah, le fric ! Voilà bien la seule motivation de l'Europe ! Elle se satisfait d'aumônes aux pauvres qu'elle engendre !...

Depuis mon retour dans ma Petite Camargue, chaque nuit j'ai enduré celle de l'agonie de Kirill. Ses yeux clairs pleins de lumière flottaient sur les flaques endormies du Grand Marais. Dans mes moments de tristesse, avide de réconfort que je ne trouvais pas, j'ai fait appel à mes souvenirs. Peu à peu, dans un recoin de mon crâne, je retrouvais l'image cachée de l'adolescent... parfois, lorsque je me souvenais de Nebo et que je fermais les yeux, je réussissais à entendre le son de la flûte dont il aimait jouer : le vent des roseaux de la Drinjaca et celui des roselières du Kirchenerkopf chantent les mêmes notes. Alors, sadique, je m'inventais une petite fatigue pour mieux enchaîner mon esprit et lui interdire de penser quelques minutes durant. Oh ! quelques secondes seraient déjà un miracle permettant l'immersion dans l'autrefois...

Pourtant, lorsque je saisis le galet bleu du Konjuh, que m'avait donné Kemal, je m'interroge : comment croire et imaginer que ce visage d'enfant si présent, détendu dans l'au-delà, puisse conserver le regard vivant de Kirill, « la petite veilleuse de vie éternelle » de Malraux ?

Peut-être qu'avec le temps... le temps ? Oui, peut-être le temps saura-t-il atténuer cette absence. Non pas la faire disparaître. Le petit Bosniaque s'est lové dans un creux caché de ma mémoire. De temps à autre, au gré d'un roulement du tonnerre dans les Vosges, d'une senteur forestière, de l'alarme furtive d'un gibier d'eau débusqué, le fantôme blond réveille la douleur. Cette saloperie de douleur ne pourra s'apaiser totalement que le jour où les vrais tortionnaires de l'enfance auront payé. Eux et leurs complices... démocrates ! J'imagine que le temps sera long. Mais je mise sur lui, car je suis patient. Et si jamais, encore, je suis trompé par la logorrhée politicienne, je sais qu'alors je suis décidé à prendre les armes. Aujourd'hui, j'ai compris... et je sais que je ne me trompe pas !

Désormais, au cours de mes promenades nocturnes, il y a là-haut, dans le ciel piqueté d'étoiles, une étoile de plus qui brille... avec les autres. Et ce qui me panique, c'est qu'à chaque instant d'autres s'allument. Je ne les vois pas encore... mais, ça aussi je le sais ! Ce type de lumière imperceptible, invisible et lancinante, me fait terriblement mal. Hallucination qui m'empêchera de dormir. Cela également, je le sais.

Dans la chênaie-ulmaie du grand Marais, Léa et moi, nous nous promenons. La main dans la main. Couple d'amoureux transis à la Penet, nous frissonnons au tremblé de nos retrouvailles.

Jeune femme couleur de cerne, aux yeux ombrés de rêves défaits, engoncée dans un gros pull de laine, Léa parle avec une infinie tendresse. C'est elle qui sort de clinique. Et c'est moi le blessé qui ne connaît pas la convalescence. D'une gravité mozartienne, ma compagne me dispense son pouvoir cicatrisant :

– Guy, ce fut difficile pour chacun d'entre nous... J'ai de suite compris ce que Kirill représentait pour toi. Tu n'as aucun reproche à te faire.

– Je n'en suis pas si sûr, Léa. Car j'ai plus reçu que je n'ai pu donner !

– Ne t'exerce pas à la tristesse ! L'amour que tu as offert est le plus cadeau. Il vit au-delà de la disparition... Maintenant, tu dois croire à l'harmonie du temps et à l'espérance des jours à venir.

– Léa, ce fut un amour sacrificiel !... La conscience de l'irremplaçable revient par vagues. Je n'y peux rien !

– Ne fais pas de la vie un apprentissage permanent du deuil... Kirill est mort. Admets-le et ne chipote pas de rêves inutiles... Conserve votre magnifique relation au fond de toi... de façon sereine et inaltérable...

La cloche de Rosenau martèle l'espace. Nous remontons le long de la rivière à la recherche de cet horizon qui courbe la ligne du lointain. Le Rhin bruit. Le ciel alsacien s'emperle de gris. Le soleil plonge derrière les Vosges. Et moi, pour la première fois, je pense avoir compris le sortilège orangé de sa disparition... La nuit d'hiver tombe d'un seul coup.

Au carrefour des sentiers, une corneille noire s'envole du calvaire campagnard pour dispenser ses trilles aigres au-dessus du marais. Dans l'haleine stellaire, j'ai retrouvé mon Petit Prince. Kirill n'est plus qu'une poussière d'étoile.

Je prends la main de Léa. Nous franchissons le ponceau qui mène à la ferme. Nous rentrons chez nous... Grâce à ma compagne, j'ai effacé l'ambiguïté funèbre de mes rêves indociles. J'ai retrouvé l'âme palpitante du petit Kirill, je surmonte enfin ce qui me paraissait jusqu'ici insurmontable.

Dans mon Sundgau retrouvé, auprès de Léa, mon amie de toujours, je me souviens de ces jours du Konjuh. Lorsque je me concentre, je réussis à entendre le bruit de la source au pied du bogomile... Je n'oublie pas !

*

* *

« Plus je vais, plus j'ai besoin de tendresse.
Au fond, il n'y a que cela au monde. »

Paul VALÉRY